Für Bryan Fuller, vielen Dank für all die Ratschläge

HISTORISCHE ANMERKUNG

Diese Geschichte spielt 2252, vier Jahre vor jenem Tag im Mai 2256, an dem eine schicksalsträchtige Begegnung zwischen der *U.S.S. Shenzhou* und Anhängern von T'Kuvma einen Krieg mit dem Klingonischen Reich entfacht. (STAR TREK – DISCOVERY *»Das Urteil«*).

STAR TREK™
DISCOVERY

DIE FURCHT AN SICH

Von

JAMES SWALLOW

Based on
Star Trek
created by Gene Roddenberry
and
Star Trek: Discovery
created by Bryan Fuller and Alex Kurtzman

Ins Deutsche übertragen von
Helga Parmiter

cross cult

Die deutsche Ausgabe von STAR TREK – DISCOVERY: DIE FURCHT AN SICH
wird herausgegeben von Amigo Grafik, Teinacher Straße 72, 71634 Ludwigsburg.
Herausgeber: Andreas Mergenthaler und Hardy Hellstern, Übersetzung: Helga Parmiter;
verantwortlicher Redakteur und Lektorat: Markus Rohde; Lektorat: Katrin Aust; Korrektorat: Katja Wetzel;
Satz: Rowan Rüster/Amigo Grafik; Cover Artwork: CBS Studios Inc.;
Print-Ausgabe gedruckt von CPI books GmbH, Leck. Printed in the Germany.

Titel der Originalausgabe: STAR TREK – DISCOVERY: FEAR ITSELF

This book is published by arrangement with Pocket Books, a Division of Simon & Schuster, Inc.,
pursuant to an exclusive license from CBS Studios Inc.

Print ISBN 978-3-95981-865-0 (Juli 2018) · E-Book ISBN 978-3-95981-866-7 (Juli 2018)

WWW.CROSS-CULT.DE • WWW.STARTREKROMANE.DE • WWW.STARTREK.COM

Nichts macht uns wanken, als uns'rer Feigheit Schmach.

– William Shakespeare
Cymbeline, 5. Akt, 2. Szene

1

In der Dunkelheit wartete unsichtbar und unhörbar die Gefahr auf Saru.

Er duckte sich ganz tief und zog seine langen Arme und Beine eng an seinen dünnen Körper. Sein Kopf war gesenkt, seine Augen geschlossen und er erweiterte seine Sinne in den Raum hinaus, um die Bedrohung aufzuspüren.

Kelpianer verfügten nicht über Ohrläppchen, aber seine Gehörgänge und die Vertiefungen in seiner Kopfhaut führten auch das kleinste Geräusch seiner Wahrnehmung zu. Elektrosensitive Nervenknoten unter seiner Gesichtshaut und auf der Oberseite seiner dünnen Finger schmeckten geradezu das ständige Hintergrundsummen des Schiffs um ihn herum. Instinktiv filterte er den dauerhaften Ansturm der Sinneseindrücke nach irgendetwas Unerwünschtem und fand … *nichts.*

Langsam schlug Saru die Augen auf. Sein Sehvermögen passte sich sofort dem Zwielicht des unbeleuchteten Raums an. Er entfaltete sich zu voller Größe und stand mit dem Rücken zur Zimmerecke auf, sodass er die einzige Tür, die hinein- oder herausführte, im Blick hatte. Schemen drangen in sein Sichtfeld ein: sein Bett, ein Schreibtisch mit einem Computer, ein Tisch, auf dem ein abgegriffenes, geschnitztes Holzkästchen stand, ein dreidimensionales Schachspiel und eine Datentafel. Diese Gegenstände waren harmlos, es ging keine Bedrohung von ihnen aus. Oder wenigstens sollte er das denken.

Er stand ganze zwei Minuten da, ohne auszuatmen. Für einen flüchtigen Betrachter hätte er vollkommen reglos gewirkt, eine merkwürdige Statue im Stillleben der Kabine.

Dann setzte er sich schnell, aber besonnen in Bewegung. Von der Ecke des Zimmers bis zur Tür waren es genau fünf Hufschritte und Saru wäre in der Lage, diese Entfernung innerhalb eines Lidschlags zu überwinden, wenn er wollte. Doch heute waren seine Schritte gemessen und vorsichtig. Es war die Geschwindigkeit von jemandem, der passiv und harmlos war und der das Gleichgewicht dessen, was immer in den Schatten lauerte, nicht stören wollte.

Bei seinem dritten Schritt bemerkte er zwei identische Tassen, die auf dem Serviertablett seines Nahrungsverteilers standen.

Es war unnötig, dass dort zwei Tassen standen. Außer Saru wohnte niemand in diesem Quartier. Er war Lieutenant der Sternenflotte. Dieser Rang war hoch genug und die *U.S.S. Shenzhou* groß genug, um ihm den Vorzug von Privatsphäre in seiner Unterkunft zu gewähren. Und er war zu penibel, um unnötigerweise ein zweites Trinkgefäß zu produzieren, wenn bereits eins vorhanden war. Die Form der Metalltasse erzitterte mit einem öligen Schimmern. Er wurde instinktiv von der Bewegung, die eigentlich nicht da sein sollte, angezogen und wandte sich der Tasse zu.

Die Tasse *veränderte sich*. Die zylindrische Form verwandelte sich in etwas, das irgendwo zwischen Gel und Pulver angesiedelt war, und fiel zu einer Pfütze zusammen. Dann nahm sie eine stachlige Form an, die wie eine Gruppe krabbelnder, krebsartiger Beine wirkte, ein Klumpen glänzender Extremitäten, denen ein zentraler Verbindungspunkt fehlte. Die Kreatur setzte sich explosionsartig in Bewegung. Ihre schleimigen Sensorfühler spürten die Veränderung in der Luftdichte, als Saru an ihr vorbeiging.

Die Spitzen ihrer Beine verdichteten sich, bis sie beinahe so hart waren wie Stahl. Sobald die Kreatur ihr Opfer gefunden hatte, suchte sie nach dem weichsten Gewebe und durchbohrte dieses mit ihren Beinen. Nachdem die Haut durchstochen war, würde sie fressen.

Dieser Vorgang lief in drei Phasen ab: Ein Nervengift wurde ausgestoßen, das die anvisierte Lebensform lähmte. Dann wurde das gesamte Nervengewebe verflüssigt, was ebenso qualvoll wie grausam war. Schließlich wurden die inneren Organe ausgesaugt und verzehrt. Bei Eintritt der dritten Phase war das Opfer zum Glück bereits tot. Wenn die Mahlzeit ausreichend sättigend war, würde der vollgefressene Angreifer in einen Keimzyklus verfallen und sich vermehren. Eine gut genährte Kreatur konnte viele Male laichen, vorausgesetzt, sie erhielt ausreichend Nahrung. Sarus groß gewachsener Körper würde ein Dutzend Generationen mehr als ausreichend versorgen.

Er erstarrte, als die Kreatur auf seiner Schulter landete. Der Beinhaufen hielt inne, die Nadelspitzen zögerten. Er bewegte sich um seinen Halsansatz herum, über seinen Hinterkopf und dann an seinem Arm hinunter. Die Fühler zuckten durch die Luft. Das Verhalten der Kreatur ließ darauf schließen, dass sie verwirrt war. Die Bewegung, die sie gespürt hatte, hatte aufgehört. Ihr primitives, beuteorientiertes Gehirn konnte nicht begreifen, wie ein Beuteding von einer solchen Masse sich in einem Moment bewegen konnte und im nächsten nicht mehr. Sie war daran gewöhnt, dass das Ziel um sich schlug und in Panik verfiel. Das war ihre Bestätigung dafür, dass sie ihre nächste Mahlzeit gefunden hatte.

Saru rührte sich nicht, während das Ding sich an seiner dunkelblauen Uniform entlang nach unten bewegte und an dem Stoff zupfte. Bald verlor es das Interesse, ließ sich fallen und klapperte aufs Deck. Er beobachtete, wie die Kreatur über den Boden davonlief, bevor sie sich schließlich wieder neu konfigurierte. Der kleine Polymorph verwandelte sich zurück in die letzte Form, die er angenommen hatte, und wurde wieder zu einer passablen Kopie einer Tasse. Diese stand auf dem Boden vor der Tür und wirkte merkwürdig deplatziert.

Saru atmete tief durch und schoss nach vorn. Mit seinem Huf, der in einem schweren Stiefel steckte, stampfte er auf die Kreatur, bevor diese sich verwandeln konnte. Sie glitzerte, während sie starb – allerdings nicht aufgrund organischer Gegebenheiten, sondern weil holografische Pixel aufflackerten und dann verblassten.

»Simulation abgeschlossen«, verkündete eine Frauenstimme von einer Computerkonsole an der gegenüberliegenden Zimmerwand. *»Wünschen Sie einen Neustart?«*

»Was war das?«, fragte Saru ins Leere, erfrischt durch den Adrenalinstoß, der durch seinen Körper prickelte.

»Die Holo-Projektion war ein ausgewachsenes Exemplar der Spezies Salazinus metamorphii, *im Volksmund Salazars Täuschung genannt. Es handelt sich um eine mimetische Lebensform der Gefahrenstufe zwei, die auf einem Y-Klasse-Planeten im Lembatta-Cluster beheimatet ist. Wünschen Sie einen Neustart?«*

Erneut ignorierte er die Frage und stellte stattdessen selbst Fragen. »Das fühlte sich für mich langsam an. War ich langsam? Hätte sie mich in der Wirklichkeit getötet?«

»Negativ. Ihre Reaktionszeit war ausreichend, um einen tödlichen Verlauf zu umgehen. Dennoch waren Sie eins Komma drei Millisekunden langsamer als bei Ihrer letzten aufgezeichneten Einheit.«

»Ah. Ja, natürlich.« Saru warf einen Blick zu dem Holo-Projektormodul, das er an der Decke seines Quartiers montiert hatte. Beim letzten Mal hatte das Simulationsprogramm zufällig einen denebianischen Schleimteufel generiert, der im Schlitz der Müllentsorgung gelauert hatte. Dem Ding wäre fast ein Biss gelungen, der ihn – wenn es echt gewesen wäre – zwei Finger auf Höhe des zweiten Fingerknöchels gekostet hätte. »Grund?«, verlangte er zu wissen.

»Autorisierung erforderlich, um auf die medizinischen Scans zuzugreifen, damit eine Vermutung angestellt werden kann«, antwortete der Computer.

»Ja, ja«, sagte er knapp und gestikulierte. »Autorisierung Kappa Saru sieben.«

»Anfrage wird bearbeitet.«

Er warf einen Blick aus dem Bullauge der Kabine und sah ein unbewegliches Feld aus fremden Sternen, die von der unermesslichen Weite der Nacht eingerahmt waren. Auf der Steuerbordseite des Bugs der *Shenzhou* erfasste Sarus scharfer Blick eine graue Metallplatte mit glatten Seiten, deren Oberfläche durch tiefe Kerben verunziert war. Er betrachtete sie und wandte sich dann ab.

Eigentlich hätte Saru schon längst unterwegs zu seinem Posten sein müssen, aber das hier war etwas, das er nicht verschieben wollte. Er fühlte sich schon seit einigen Tagen langsam und unbehaglich, und wenn ihn irgendetwas verlangsamte, dann wollte er es jetzt wissen, bevor jemand anderes es bemerkte.

»Analyse abgeschlossen«, verkündete der Computer. *»Blutzuckerwerte liegen unterhalb der empfohlenen Werte.«*

Saru stieß den Atem aus. »Ah.« Zwei Mal in den letzten drei Tagen hatte er eine Mahlzeit in der Messe ausgelassen und die Lücke mit einem Rationsriegel überbrückt. Das, in Kombination mit dem Stress seines aktuellen Einsatzes, erklärte es. »Ich kann es mir nicht leisten, langsam zu sein«, sagte er vor sich hin. »Die Langsamen und Schwachen sind so gut wie tot.«

»Befehl bitte wiederholen.«

»Programm anhalten!«, fauchte Saru gereizt und fügte dann hinzu: »Vorläufig.«

Sinn und Zweck der Hologramm-Raubtiere und der Zufallssoftware, die diese generierte, war es, seine Sinne zu schärfen, erinnerte er sich selbst. Wenn er auf die primitiven Reiz-Reaktionen zurückgreifen müsste, die seine Mannschaftskameraden für selbstverständlich hielten, würde Saru »die Wände hochgehen«, wie Ensign Januzzi es einmal treffend beschrieben hatte. Die Simulation half Saru dabei, fokussiert zu bleiben und – was noch wichtiger war – sie erinnerte ihn ständig an seinen obersten Grundsatz: Das Universum war ein von Grund auf gefährlicher Ort, der alle auf der Stelle tötete, die unachtsam oder unvorbereitet waren.

Er wischte einen Fussel von den silbernen Streifen an den Seiten seiner Uniform, richtete sich auf, nahm die Datentafel vom Tisch und ging schnell hinaus in den Flur …

… und trat direkt in den Weg von Chief Petty Officer Zuzub. Der kaferianische Sicherheitsoffizier machte mit seinen breiten Kiefern ein klickendes Geräusch, trat zur Seite und hob entschuldigend die Arme. *»Pardon, pardon, Lieutenant«*, murmelte der auf der Schulter des Insektoiden angebrachte Vocoder. *»Die Brücke führt eine Übung durch, Sir, ich muss mich beeilen.«*

»Hmm«, brachte Saru hervor und schob das Entsetzen beiseite, das sofort in ihm aufgeflackert war, als er einen riesigen räuberischen Arthropoden im Flur vor sich aufragen sah. »W... weitermachen.«

Zuzubs großer Kopf hüpfte auf und ab und er machte sich wieder auf den Weg. Der Kaferianer war prinzipiell freundlicher Natur, aber seine Spezies hatte etwas Angsteinflößendes, das ihre sanftere Art Lügen strafte. Saru ging in die entgegengesetzte Richtung und dachte darüber nach. Er hatte viele empfindungsfähige Wesen kennengelernt, seit er sich der Sternenflotte angeschlossen hatte, und verschiedene fremde Welten besucht. Vom Kopf her verstand er, dass die äußere Erscheinung der meisten Wesen in keinem Zusammenhang mit ihren inneren Werten stand. Doch es war schwer, die ein Leben lang erlernten, tief sitzenden instinktiven Reaktionen sowie seine Physiologie zu ignorieren. Alles war nur darauf ausgelegt, beim kleinsten Anlass Fluchtreflexe auszulösen.

Saru ging weiter und beschloss, sich erst später im Sekundärsystemlabor auf Deck drei zu melden und sich zunächst einem niederen Bedürfnis zu widmen: *einem vernünftigen Frühstück*. Er konnte die Zeit dazu nutzen, sich noch einmal seine Notizen auf der Datentafel anzusehen und sich auf sein Tagwerk vorzubereiten. Er lief den Flur mit federnden, langen Schritten entlang und nickte im Vorbeigehen zwei menschlichen Ensigns der Astrogeologieabteilung zu.

Menschen wirkten immer so entspannt auf Saru, geradezu gefährlich entspannt. Er fragte sich, ob es ihnen auch so ging wie ihm und sie spürten, wie ihre primitiven Naturen an ihren hoch entwickelten Persönlichkeiten zerrten. Ihren offenen, glatten Gesichtern fehlten emotionsvermittelnde Riefen und die leere Gleichmäßigkeit ihrer spürbaren Auren machte es Saru schwer, die subtileren emotionellen Zustände ihrer Spezies zu erfassen. Er musste sie erst sorgfältig beobachten, um sie dann einzuschätzen, was für ihn sehr ermüdend sein konnte. Nicht zum ersten Mal fragte er sich, wie es wohl wäre, durchs Leben zu gehen, ohne das geisterhafte Summen der elektromagnetischen Energie zu hören, die jeder um ihn herum abstrahlte. Es wäre nicht anders, als ohne Geschmacks- oder Geruchssinn zu leben.

Für Saru schnurrte die *Shenzhou* vor sich hin, während die Systeme des Raumschiffs synchron arbeiteten. Der Antrieb war vorläufig auf Stand-by, da das Schiff sich mit der Station bewegte. Würden sie sich mit Impulskraft bewegen, hätte er das in dem Moment gewusst, als er seine Kabine verließ. Es gab eine unverwechselbare Schwingung des elektromagnetischen Felds, das er irgendwo am Oberkopf spürte, wenn sie sich mit Unterlichtgeschwindigkeit fortbewegten. Die Ausstöße bei Warpgeschwindigkeit riefen eine schärfere Färbung hervor, die sich an seinem Halsansatz sammelte. Nach Jahren in der Sternenflotte hatte der Kelpianer sich an diese Effekte gewöhnt, doch es gab immer noch Zeiten – üblicherweise dann, wenn er müde war –, wenn sie es ihm schwermachten, sich zu konzentrieren. Der Captain hatte Saru großzügigerweise erlaubt, die Wände seiner Kabine mit Schalldämpfungsplatten auszukleiden, um seinen Schlaf zu fördern. Dafür würde er ihr ewig dankbar sein.

Er spürte, dass sich ein weiterer Mensch näherte, noch bevor der Chefingenieur der *Shenzhou* in Gedanken versunken um eine Ecke des Flurs bog und zügig an ihm vorbeiging. Lieutenant Commander Saladin Johar machte noch ein paar Schritte und wirbelte dann schnell auf dem Absatz herum, um zu Saru hochzustarren. »Wissenschaftsoffizier«, setzte er an, als wollte er eine Frage formulieren.

»Ja, Sir?« Saru kam schwankend zum Stehen und balancierte auf seinen Hufspitzen.

»Ich bin unterwegs hinunter zur Brücke. Vielleicht können Sie mir die Fahrt im Turbolift ersparen.« Die meisten

Menschen waren kleiner als der schlaksige Kelpianer und Saru hatte festgestellt, dass viele von ihnen unwillkürlich eine Verteidigungshaltung einnahmen, wenn sie gezwungen waren, zu jemandem *hoch*zusehen – so, wie Johar es jetzt tat. Er widerstand dem Drang, sich vorzubeugen, während der Chefingenieur weitersprach. »Mein Team ist bereit, die Ersatzboje auszusetzen, sobald Sie uns grünes Licht geben. Ich habe mich gefragt, warum Sie uns warten lassen.«

»Es gibt Fragen, die erst noch beantwortet werden müssen«, erwiderte Saru und verschränkte seine Hände um die Datentafel herum. »Lieutenant Burnham und ich sind dabei, die beschädigte Einheit gründlich zu untersuchen ... Es wäre unklug, sie auszutauschen, wenn wir nicht sicher sind, was die Fehlfunktion der vorherigen Boje verursacht hat.«

»Das haben Sie mir schon in der letzten Einsatzbesprechung gesagt. Vor zwanzig Stunden.« Johar musterte ihn. Er runzelte die gebräunte Stirn. Der Ingenieur hatte die letzte Woche Doppelschichten absolviert und war für Lieutenant Commander Itzel Garcia eingesprungen, während sich der zweite Offizier auf Pacifica aufhielt, das hieß aber nicht, dass ihm etwas entging.

Saru experimentierte mit einem Schulterzucken. »Meine Erklärung bleibt dieselbe, Sir. Der Schaden war umfangreich. Der Grund dafür ist unklar. Wir brauchen eine Weile, um das zu analysieren.« Er fügte nicht hinzu, dass seine Meinungsverschiedenheiten mit Michael Burnham darüber, *wie* genau man diese Analyse durchführen sollte, den Prozess merklich erschwert hatten.

Zu sagen, dass Saru und die Menschenfrau nicht einer Meinung waren, wäre eine Untertreibung gewesen. Burnhams Hang, sich zu sehr auf bestimmte Einzelheiten zu konzentrieren, kollidierte ständig mit Sarus angeborenem Drang, etwas vereinfachte Problemlösungen anzustreben.

Saru vermutete, dass ihre Veranlagung von ihrer vulkanischen Erziehung herrührte. Er selbst war jemand, der strikt nach Vorschrift analysierte, doch ihre ablehnende Haltung anderen Herangehensweisen gegenüber war gelegentlich schlichtweg erdrückend.

Johars Gesichtsausdruck änderte sich nicht. Der Chefingenieur war mit der Antwort unzufrieden. »Beschleunigen Sie die Sache, Lieutenant«, sagte er und ging davon. »Bevor sich noch Spinnweben an den Warpgondeln bilden.«

Saru nickte, obwohl er die Redensart nicht ganz verstand. Dann ging er weiter in Richtung Messe. Unterwegs drängte sich das gegenwärtige Problem in den Vordergrund seiner Gedanken.

Die entlegene Überwachungsboje, die die *Shenzhou* vor zwei Tagen entdeckt hatte, gehörte zu einem weit verbreiteten Netzwerk aus eigenständigen, selbst versorgenden Geräten, die in diesem Abschnitt des Weltraums vom Sternenflottenkommando platziert worden waren. Dutzende identischer Einheiten – zylindrische Module von der Größe eines Photonentorpedos – schwebten hier draußen an der äußeren Grenze der Vereinigten Föderation der Planeten. Jede enthielt einen kompakten Kernreaktor, einen Ionenantrieb, einen Satz hochempfindlicher Sensoren und ein Subraumfunkgerät mit hoher Reichweite, das an ein spezielles Computersystem angeschlossen war. Sie waren die schweigenden Wächter der Sternenflotte, stets wachsam und bereit, Alarm auszulösen, sollte eine Bedrohung auftauchen.

Und sie waren hier aus gutem Grund stationiert. In einigen Lichtjahren Entfernung befanden sich die Grenzen anderer interstellarer Mächte, wie die schrecklich schwammigen Ränder der Tholianischen Versammlung. Saru rief sich ins Gedächtnis, was er während seiner Zeit an der Akademie der Sternenflotte über diese streitsüchtige, kristalline Spezies gelernt hatte. Sie hatten eine unberechenbare, kriegerische Art, legten Wert auf Pünktlichkeit und neigten zu feindseligen Handlungen. Der Kelpianer hatte noch nie eins ihrer pfeilförmigen »Netzspinner«-Schiffe gesehen, außer auf verschwommenen Bildern von Datenbändern, und er hatte auch nicht das Verlangen danach. Jeder an Bord der *Shenzhou* wusste, dass die Tholianer irgendwo da draußen waren und jede Bewegung der Sternenflottenschiffe vom äußersten Rand ihrer Sensorreichweite aus beobachteten. Saru stellte sie sich wie die *Ba'ul* vor, die gefährlichen Raubtiere seiner Heimatwelt, die auf der Lauer lagen, bis sie gegen ihre Beute losschlugen.

Die logische Annahme – zumindest in Sarus Augen – war, dass die Überwachungsboje ein Opfer tholianischer Aggression geworden war. Doch sollte sich das als wahr erweisen, würde es eine Fülle neuer Probleme für die *Shenzhou* und die Sternenflotte auf den Plan rufen. Burnham hatte bei Sarus Argumentation eine Augenbraue hochgezogen und angemerkt, dass die Nähe zur Versammlung nicht automatisch die Tholianer zu den Übeltätern machte. Zu Recht wies sie darauf hin, dass sich noch weitere intelligente Spezies im bündnisfreien Raum zwischen den beiden größeren Territorien befanden. Außerdem waren stellare Phänomene und andere Ursachen für die erlittenen Schäden der Einheit denkbar. Saru wusste, dass sie recht hatte, aber der Kelpianer war nur wegen des unfehlbaren Sinns seiner Spezies für Gefahren so alt geworden – und in diesem Moment sagte diese pragmatische Ader ihm, er solle sich auf das Schlimmste vorbereiten.

Der Junior-Wissenschaftsoffizier überlegte sich, wie er das Burnham erklären würde, als er durch die Tür ging und die Messe betrat. Dort saß die dunkelhäutige Frau an einem Tisch.

Sie war jung und markant. Burnhams Blick war forschend und Saru hatte immer das Gefühl, als wäre sie kurz davor, etwas zu tun, auch wenn ihre gemäßigte Art sie davon abhielt. Sie zögerte, ließ ihren Löffel in der Schüssel vor sich liegen und entdeckte die Datentafel in seiner Hand. Burnham nickte in Richtung ihres eigenen Geräts, das auf dem Tisch lag. Es zeigte genau wie Sarus dicht gedrängte Textblöcke von der vorläufigen Untersuchung der Boje aus nächster Nähe.

»Lieutenant. Wie es scheint hatten wir beide heute Morgen dieselbe Idee.«

»Lieutenant«, wiederholte er. »Es hat ganz den Anschein.« Er wusste, was ihn nun erwartete, holte sich aus dem Nahrungsreplikator etwas Müsli und Joghurt gewürzt mit einer großzügigen Menge aldebaranischer Paprika und setzte sich dann Burnham gegenüber an den Tisch.

Sie ließ ihm nicht einmal genug Zeit, seine Mahlzeit zu beginnen. »Ich habe die Sensoranzeigen noch einmal überprüft. Der nächste logische Schritt wäre, die beschädigte Einheit im Labor auseinanderzunehmen. Analysen aus der Ferne geben uns einfach nicht die Antworten, die wir brauchen.«

Saru kaute verbissen an einem großen Mundvoll, bevor er antwortete: »Captain Georgious Befehle waren deutlich. *Gehen Sie vorsichtig vor!* Wenn wir die Boje an Bord holen, bevor wir sicher sein können, dass sie keine Bedrohung für das Schiff darstellt, vernachlässigen wir unsere Pflichten ...«

»Sie ist inaktiv!«, beharrte Burnham. »Da bin ich mir sicher.«

»Ich weiß, dass *Sie* sich da sicher sind«, konterte er.

»Es gibt einen Punkt, ab dem man ein gewisses Risiko akzeptieren muss«, sprach sie weiter. »Dieses Schiff wäre nicht hier draußen, wenn das nicht stimmte. Es würde die Sternenflotte nicht geben. Sie würden immer noch auf Kaminar leben.«

»Sie könnte mit einer Sprengfalle versehen sein«, sagte Saru und schnitt ihren Gedankengang ab. »Die Tholianer sind dafür bekannt, solche Strategien anzuwenden.«

»Es gibt keinen Beweis dafür, dass sie dahinterstecken.« Der Hauch eines Lächelns umspielte ihre Lippen. »Aber ... das ist ein guter Einwand. Also schön. Wenn Sie nicht wollen, dass wir sie uns holen, dann gehen wir eben zu ihr.«

»Wie bitte?« Saru blinzelte.

»Sie und ich gehen in Raketenanzügen nach draußen. Bei der Arbeit, die wir verrichten müssen, würde ich schätzen, dass die Außenmission nicht länger als ... sagen wir zehn oder zwölf Stunden dauern wird.«

Sarus Haut prickelte. Der Gedanke, im All herumzuschweben und nur ein paar Schichten elastisches Netzgewebe und einen Helm zwischen sich und einem sofortigen Erstickungstod zu wissen, gefiel dem Kelpianer überhaupt nicht. »Es ist schon eine Weile her, seit ich den letzten Auffrischungskurs für Schwerelosigkeit absolviert habe«, gab er zu.

»Wirklich?« Burnham zog ihre Augenbraue in sehr vulkanischer Manier hoch. »Vielleicht möchten Sie dann meinen vorherigen Vorschlag noch einmal in Betracht ziehen?!«

Ihr Tonfall machte ihn wütend und die Gereiztheit war ihm an den Augen abzulesen. Seine Kinnlade fiel instinktiv ein Stück herunter. Die unwillkürliche Reaktion entblößte die empfindliche Oberfläche seines Gaumens. Auf Kaminar würde das seiner Spezies erlauben, die Luft zu schmecken und Spuren des Raubtiers aufzufangen, aber hier und jetzt war es ein Anzeichen für seinen Ärger über Burnhams Versuch, die Befehlsgewalt über die gemeinsame Aufgabe an sich zu reißen.

Es wäre ein Leichtes gewesen, sich einfach seiner absoluten Abneigung dieser Frau gegenüber hinzugeben – wäre da nicht die Tatsache gewesen, dass sie gut in dem war, was sie tat. Saru konnte nicht bestreiten, dass sie über einen scharfen Verstand verfügte, und das machte die Sache nur noch schlimmer. Es war kein Geheimnis an Bord der *Shenzhou*, dass Lieutenant Michael Burnham ein aufstrebender Stern war, dessen Aufstieg durch die Ränge geradezu kometenhaft gewesen war. Saru hatte gehört, wie andere Offiziere darüber sprachen, dass sie die wahrscheinlichste Kandidatin für den Posten des Ersten Offiziers dieses Schiffs war – in ein paar Jahren, wenn die Zeit für den amtierenden Ersten Offizier, Commander ch'Theloh, gekommen war, sein eigenes Schiff zu übernehmen. Das gefiel dem Kelpianer überhaupt nicht.

Sarus Karrierekurve war weitaus flacher verlaufen und hatte einen langsamen, aber gleichmäßigen Weg genommen, den er sich durch harte Arbeit und sorgfältige Abwägungen geebnet hatte. Er war Wissenschaftler, das war sein erster und wahrhaftigster Antrieb, aber die Rolle des XO und der Weg, der zum Kommando eines Raumschiffs führte, zogen Saru an wie nichts zuvor in seinem Leben. Er glaubte nicht an so etwas wie Schicksal, aber nachdem er seine Heimatwelt für die Akademie der Sternenflotte verlassen hatte, glaubte er, dass er seine wahre Berufung gefunden hatte: Captain eines Raumschiffs, das Unbekannte erforschen, die Föderation beschützen. Diese Zukunft wagte er anzustreben.

Aber Burnham würde ihm zuvorkommen. Er spürte, dass das unausweichlich war. Sie würde ihn in den Schatten stellen und an ihm vorbeistürmen – und irgendwo wusste die Menschenfrau das auch. In seinen pessimistischeren Momenten fragte Saru sich, ob Burnham ihn als Hindernis auf ihrem Weg zum Kommandosessel betrachtete. Er wurde aus ihr nicht schlau und alles, woraus Saru nicht schlau wurde, sah er automatisch als Gefahr an.

Bevor er sich zusammenreißen konnte, nahm er das Muster der streitbaren Diskussion wieder auf, das jede Unterhaltung zwischen den beiden Lieutenants zu bestimmen schien.

»Alleine die Einheit an Bord zu beamen, könnte eine versteckte Waffe auslösen«, sagte er schnell. »Ein schützendes Energiefeld müsste im Labor errichtet werden, um eine mögliche Entladung ...«

Burnham tippte auf ihre Datentafel. »Ich habe ein Makro für ein passendes Eindämmungsfeld bereits heute Morgen programmiert.«

»Natürlich haben Sie das«, murmelte er. »Ich finde es schwer nachvollziehbar, warum jemand, der mit den vulkanischen Lehren aufgewachsen ist, nicht begreift, dass es logisch ist, vorsichtig zu sein.«

Sie zog die Augenbrauen zusammen. »Genau wie ich es nicht nachvollziehen kann, dass jemand, der unter tödlichen Raubtieren aufgewachsen ist, nicht zwischen echter und eingebildeter Gefahr unterscheiden kann. Man kann durch Beobachtungen aus der Ferne nur sehr begrenzt etwas erreichen, Saru.«

Er wich zurück und bedachte sie mit einem tadelnden Blick. »Ich erinnere mich an eine menschliche Redensart: *Blinder Eifer schadet nur ...*«

Burnham kräuselte die Lippen. »Wir beschäftigen uns jetzt seit Tagen damit. Hier ist alles im Spiel, aber kein blinder Eifer.« Sie stießt einen Atemzug aus. »Und aus diesem Grund habe ich schon vor dem Frühstück entschieden, den Transport vorzunehmen.«

»Wie bitte?« Saru sprang auf die Füße und machte einen Schritt auf die Aussichtsfenster zu, die sich über die ganze Breite der Wand in der Messe erstreckten. Sofort sah er zum Bug, wo er die Boje von seiner Kabine aus noch hatte schweben sehen. Das Objekt war nicht länger sichtbar.

Burnham stand auf und kam zu ihm. »Wir sind alle noch hier. Also schätze ich, dass die Boje doch nicht mit einer Sprengfalle versehen war.«

»Sie hatten kein Recht, das ohne mich durchzuführen!«, presste Saru wütend hervor und starrte hinaus zu den Sternen. »Wir mögen denselben Rang bekleiden, aber ich bin der Dienstältere!«

Sie stand neben ihm und betrachtete die Leere. »Darum geht es hier nicht. Ich versuche nicht, Sie zu untergraben, ich versuche, unsere Aufgabe zu erledigen.«

»Indem Sie Vorschriften missachten?«

»Indem ich sie auslege«, schoss Burnham zurück. »Bestmöglich.«

»Was sollte dann die Bemerkung mit den Raumanzügen?«

Sie zuckte mit den Schultern. »Ich war gespannt, was Sie dazu sagen.«

Saru drehte sich zu ihr um, hob einen Finger und wurde sich erst zu spät bewusst, dass jemand hinter ihnen stand. »Ihre Aufgabe ist es, die Boje zu analysieren, nicht meine Reaktion auf ...« Er brach ab, als ihm klar wurde, dass der Neuankömmling der kommandierende Offizier der *Shenzhou*, Captain Philippa Georgiou, war. Burnham reagierte ebenfalls überrascht auf das Auftauchen der anderen Frau.

Der Captain hatte das unfehlbare Talent, aus dem Nichts aufzutauchen, sodass selbst Sarus scharfe Sinne sie manchmal nicht bemerkten. Außerdem besaß sie die scheinbar endlose Geduld eines Mentors für die Eigenarten ihrer Mannschaft. Ein trockenes Lächeln umspielte Georgious Mund, bevor sie an einem Becher mit Tee nippte. »Oh, Mister Saru«, begann sie, »Sie müssen nicht meinetwegen aufhören. Es ist faszinierend, zwei meiner Offiziere dabei zu beobachten, wie sie in ihrer natürlichen Umgebung zanken.«

»Es ist kein ...« Saru erstarrte vor Verlegenheit. »Wir haben nicht ...«

Man musste Burnham zugutehalten, dass sie die Ehrlichkeit besaß, so zerknirscht auszusehen, wie Saru sich fühlte. »Wir haben uns nicht *gezankt*, Captain. Es war mehr eine ... angeregte ...«

»Angeregte Unterhaltung«, fügte Saru hinzu. »Über zwei unterschiedliche ...«

»Wissenschaftliche Methoden«, beendete Burnham die zusammengewürfelte Erklärung der beiden.

»War es das?«, fragte Georgiou milde. Bei diesen Worten fühlte Saru sich kurz wie ein ungezogenes Kind, das von seinen Eltern zur Ordnung gerufen wurde. Burnham stand genauso starr neben ihm. »Ich unterstütze durchaus unterschiedliche Denkweisen an Bord meines Schiffs, aber die Grenze ist bei regelrechten Auseinandersetzungen überschritten.« Der Captain nippte noch einmal an dem Tee und beäugte beide. »Sie sind zwei meiner besten Offiziere. Ihre Fähigkeiten sollten sich ergänzen und keine Reibungen erzeugen.« Ein anderer Befehlshaber hätte diese Worte tadelnd klingen lassen, aber nicht Philippa Georgiou. Sie ließ sie wie eine Herausforderung klingen, wie eine Aufforderung. Ihr Lächeln wurde breiter. »Nun. Nicht allzu sehr jedenfalls.«

»Lieutenant Saru und ich werden bis zum Ende der Schicht einen aktuellen Bericht bereitstellen«, sagte Burnham. »Ich werde den Chefingenieur davon in Kenntnis setzen, dass er die Ersatzboje aussetzen kann.« Sie warf Saru einen fragenden Blick zu, der besagte: *Einverstanden?*

»Selbstverständlich.« Saru wollte noch mehr hinzufügen, aber dann erregte ein Aufflackern am Rande seines Sichtfelds die Aufmerksamkeit des Kelpianers und er sah wieder zu den Fenstern der Messe. Ganz kurz blitzte draußen in der

Finsternis ein stecknadelkopfgroßes, grellweißes Licht auf und verblasste dann wieder.

»Saru, was ist los?« Burnham sah in dieselbe Richtung und legte die Stirn in Sorgenfalten.

»Haben Sie das gesehen?« Es war möglich, dass Burnham und der Captain es nicht gesehen hatten, da der menschliche optische Erfassungsbereich nicht so ausgeprägt war wie der des Kelpianers, der bis ins Ultraviolette reichte. »Ein Lichtblitz, wie eine weit entfernte Supernova ...« Saru zögerte. Hatte er sich geirrt?

Während er noch grübelte, ertönte der schrille Klang einer Bootsmannspfeife, als sich das Interkom der *Shenzhou* einschaltete. Die strenge, kompromisslose Stimme des Ersten Offiziers war zu hören. *»Captain und Wissenschaftsoffiziere bitte sofort auf der Brücke melden.«*

Es lief Saru eiskalt den Rücken hinunter und er starrte hinaus in die Richtung des Aufblitzens. Die Neugier, die er ganz kurz gespürt hatte, verwandelte sich in Angst.

Burnham folgte ihrem Captain auf die Brücke der *Shenzhou*. Saru trabte einen Schritt hinter ihnen her. In der Mitte des Kommandozentrums drehte sich der Sessel des Captains herum. Commander ch'Theloh stand geschmeidig daraus auf und nahm Haltung an. »Captain auf der Brücke!«, verkündete er knapp und die Antennen des Andorianers krümmten sich.

Ch'Theloh hatte ein offenes Gesicht, das im Widerspruch zu seiner steifen Art stand. Sein Festhalten am militärischen Protokoll erschien Burnham manchmal übertrieben zeremoniell, aber die nahezu chirurgisch-präzise Effizienz des Ersten Offiziers stand außer Frage – ebenso wie seine Fähigkeit, die Brückenbesatzung in Krisenzeiten zu dirigieren. Burnham warf einen Blick zu den anderen Stationen und sah, dass jeder diensthabende Offizier schwer beschäftigt war. Sie ging zur Wissenschaftskonsole. Saru folgte ihr immer noch. Dann warf sie Ensign Troke an der zweiten Scankonsole einen Blick zu. Der blassblaue Tulianer sah sie skeptisch an. Dabei tippte er gegen das drahtlose Datenimplantat an seinem Hals. *Irgendetwas stimmt nicht.*

Captain Georgiou nahm auf ihrem Sessel Platz, wandte sich dem Hauptbildschirm zu und studierte das Bild, das auf die innere Oberfläche der Aussichtskuppel projiziert wurde, die das unterste Deck der *Shenzhou* bildete. Ch'Theloh hatte bereits eine taktische Berechnung über die Sternenlandschaft gelegt. Die wenigen Sonnen und Staubwolken, die in der näheren Umgebung verstreut waren, wurden leuchtend blau und grün hervorgehoben. »Bericht!«, befahl der Captain.

Wie immer verschwendete der Erste Offizier keine Zeit mit Vorreden. »Ungewöhnliche Energieentladung in extremer Entfernung. Subraumfrequenzen, auf diese Distanz diffus, aber stark genug, um unsere Sensoren auszulösen.«

Während ch'Theloh sprach, rief Burnham das Muster des Energieeffekts auf, das Troke in die Konsole eingespeist hatte, und begutachtete es eingehend. Saru spähte über ihre Schulter, um der Analyse zu folgen. »Phasenwellenimpuls«, vermutete er und legte das, was man bei ihm als Stirn bezeichnen konnte, in Falten. »Künstlich?«

Sie nickte und zeigte auf die glatten Spitzen und Tiefen des Wellenmusters. »Genau. Die hohe Gleichmäßigkeit macht das wahrscheinlich. Ein natürliches Phänomen wäre unregelmäßiger.«

»Ingenieur Johar rief uns fast in demselben Moment an, als es auftrat«, fuhr der Erste Offizier fort. »Er sagte, die Entladung würde auf seiner Anzeige im Maschinenraum angezeigt.«

»Aus dieser Entfernung?« Georgiou wirbelte herum, um einen Blick in Burnhams und Sarus Richtung zu werfen. »Lieutenants, wie sehen Sie das?«

Burnham neigte ihren Kopf und ließ Saru den Vortritt. Er räusperte sich. »Der Lichtblitz, den ich von der Messe aus gesehen habe, scheint die sichtbare Komponente eines Energieschocks im Subraum zu sein. Ich glaube, wir haben einen örtlich begrenzten, hoch intensiven Quanteneffekt vor uns, der aus einer künstlichen Quelle stammt.«

»Es handelt sich um einen Nadionimpuls«, fügte Burnham hinzu.

»Captain, Nadionpartikel werden von Energiewaffen erzeugt«, meldete sich Kamran Gant, der ranghöchste taktische Offizier der *Shenzhou*, zu Wort. »Die Romulaner verwenden diese Technologie.«

»Zur Kenntnis genommen. Aber wir sind weit vom Sternenimperium entfernt«, sagte Georgiou und erstickte derartige Spekulationen im Keim. »Was könnte sonst noch dafür verantwortlich sein?«

»Eine polarische Ionenenergiematrix«, schlug Saru vor. »Bestimmte Arten von Warpantrieben mit Kontrafeldern verwenden Zünder mit Nadioneinspritzung ...«

Burnham hörte nur mit halbem Ohr zu, während sie die Konsole vor sich bediente. Sie erstellte anhand der Messungen, der Entfernung und der Partikelzerfallsrate ein virtuelles Modell, wie das Epizentrum dieses Impulses aussehen konnte. Was auf dem holografischen Bildschirm vor ihr entstand, war alarmierend. »Captain, die Quelle des Impulses war sehr stark. Die Tatsache, dass das Aufblitzen der UV-Strahlung für Saru sichtbar war, bedeutet, dass es sich um eine katastrophale Entladung gehandelt hat. Ich glaube, wir haben möglicherweise gerade die Zerstörung eines Raumschiffs miterlebt ...«

»Keine Zerstörung«, berichtigte Saru. Er beugte sich vor und tippte eine Befehlsreihe auf der Konsole ein. Ein verschwommener Quadrant der Anzeige schimmerte, während er sich wieder scharf stellte. »Wäre das der Fall, würden wir ein breites Feld mit verstrahlten Wrackteilen erfassen.«

»Bestätigt!«, sagte Troke und starrte ins Leere, während sein Datenimplantat neue Messungen direkt in seinen zerebralen Kortex schickte. »Ich habe mit hoher Wahrscheinlichkeit zwei separate Objekte am Ursprungsort des Impulses entdeckt. Schiffe.«

Der Captain warf Ensign Fan an der Kommunikation einen Blick zu. »Mary, fangen Sie irgendwelche Signale von diesen Schiffen auf?«

Fan hielt einen drahtlosen Empfänger an ihr Ohr und schüttelte langsam den Kopf. »Nichts, Captain.« Ihr katzenhaftes Gesicht spannte sich vor Konzentration an. »Aber der örtliche Subraum ist so voll statischen Rauschens von dem Impuls, dass sie eine denobulanische Oper auf voller Lautstärke übertragen könnten und wir würden nichts hören.«

»Ähm, Captain?« Der junge Offizier am hinteren Ende der Brücke, wo sich die Maschinenkontrolle befand, meldete sich zu Wort. »Ich möchte hinzufügen, Nadionimpuls? Nicht gut.«

»Ganz Ihrer Meinung, Ensign Weeton«, sagte Georgiou. »Fahren Sie fort!«

»Lieutenant Saru hat recht, was die Warpmatrix-Konstruktionen angeht, die diese Technologie verwenden, aber die sind vollkommen unzuverlässig.« Weeton vollführte eine komplizierte Geste in der Luft vor sich, um eine Tatsache der Quantenphysik nur mit seinen Fingern zu beschreiben. »Eine Partikelfreisetzung von diesem Ausmaß reicht, um jedes vorbeifliegende Schiff aus dem Warp zu pusten. Und jeder,

der mittendrin ist, würde sich am Rande eines Kernbruchs wiederfinden.«

Burnham beobachtete, wie sich der Ausdruck auf dem Gesicht des Captains veränderte, und sie wusste, welche Richtung Georgious Gedanken einschlugen. Commander ch'Theloh wusste es ebenfalls. Die Antennen des Andorianers bogen sich leicht nach unten und er schüttelte düster den Kopf.

»Bevor Sie es aussprechen«, warnte der Erste Offizier, »werfen Sie einen Blick auf die taktische Karte. Detmer, zoomen Sie raus!« Die Frau an der Steuerkonsole tippte auf ein Bedienfeld und die taktische Grafik schrumpfte auf einen kleineren Maßstab. Sie zeigte einen breiten Streifen des Grenzraums. »Ich muss Ihnen nicht sagen, dass wir uns hier am Rande einer Gefahrenzone befinden.« Das Epizentrum des Impulses glühte in der Mitte von zwei sich überlappenden Farbflecken. »Das Phänomen befindet sich in einem Gebiet, das sowohl von den Tholianern als auch von einem bündnisfreien Volk, den Pelianern, zur Pufferzone erklärt wurde. Egal wie man es dreht und wendet, es befindet sich außerhalb unserer Zuständigkeit.«

»Aber es befindet sich nicht außerhalb unserer *Verantwortung*, Nummer Eins.« Georgiou lehnte sich in ihrem Sessel zurück und ihre und Burnhams Blicke trafen sich kurz. »Lieutenant, gibt es irgendwelche Anzeichen, dass der Impuls noch einmal auftreten und die *Shenzhou* dadurch Schaden nehmen könnte?«

»Unbekannt«, antwortete Burnham. Sie hasste es, keine weiteren Informationen geben zu können, aber die Scans waren vage und widersprüchlich.

»Wenn wir uns nähern, wissen wir nicht, was uns erwartet«, beharrte Saru und spürte, wie Burnham sich neben ihm anspannte. Sie dachte dasselbe.

»Zur Kenntnis genommen.« Georgiou drehte sich wieder zum Hauptbildschirm um. »Ensign Detmer, berechnen Sie einen Abfangkurs. Notieren Sie im Logbuch des Schiffs, dass wir unseren Posten und den Föderationsraum verlassen.«

»Captain!«, platzte es aus Saru heraus. Seine Hand bewegte sich ruckartig zu seinem Hinterkopf, als ein Satz dünner Fühler dort aus der Haut fuhr. Burnham hatte diese Reaktion schon früher bei dem Kelpianer gesehen. Das Ausfahren seiner »Bedrohungsganglien« war eine reflexartige Reaktion von Sarus Spezies, wenn sie eine unmittelbare Gefahr spürten. »Die Tholianer! Sie werden jeden Übergriff auf ihren Raum als Invasion werten!«

»Dessen bin ich mir sehr wohl bewusst«, sagte Georgiou, »aber wir haben in der ganzen Zeit, die wir hier verbracht haben, noch keine Spur von ihnen gesehen, Mister Saru, und genau genommen gehört die Pufferzone nicht ihnen. Ich werde mich nicht davon abhalten lassen, Wesen, die sich in großer Gefahr befinden, Hilfe zukommen zu lassen, nur weil das ihren Unmut erregen könnte. Wir fliegen hin.«

»Kurs liegt an«, meldete Detmer.

»Energie!«, befahl der Captain.

Draußen vor dem Aussichtsfenster sprang das statische Sternenmuster heran und bildete verzerrte Lichtstreifen, als sich die *Shenzhou* durch die Barrieren der relativistischen Bewegung stürzte.

Saru gab ein leises, widerwilliges Geräusch von sich, massierte sich den Hinterkopf und zog sich unwillkürlich einen Schritt von der Wissenschaftskonsole zurück. »Ich hoffe, wir werden das nicht bereuen«, murmelte er.

Commander ch'Theloh ging hinüber zur Wissenschaftskonsole und blickte theatralisch auf die Anzeige vor Burnham. »Sie müssen die Sensoren wie ein tarkaleanischer Falke beobachten, Lieutenant. Beim ersten Anzeichen, dass dieser Impuls sich wiederholen könnte, will ich das wissen.«

»Aye, Sir!« Sie nickte. Der Andorianer wandte sich an Saru und legte eine Hand auf dessen Schulter.

Der Erste Offizier der *Shenzhou* war der Einzige an Bord, der annähernd an die fast zwei Meter von Saru heranreichte. Er sah den Kelpianer scharf an. »Vorsicht ist nützlich«, stellte der Commander fest, »aber man kann sich auch zu viele Sorgen machen. Vergeuden Sie Ihre Energie nicht mit Problemen, die wir noch gar nicht haben.«

»Ich verstehe, Sir«, antwortete Saru und warf Burnham einen kurzen Blick zu, »aber einige Schiffe sind in diesem Sektor im Laufe der Jahre bereits spurlos verschwunden. Erst vor ein paar Wochen ist ein Transporter der J-Klasse von der Chartergesellschaft Evans verschwunden ...«

»Keine Sorge, Mister Saru«, sagte der Captain und sprach laut genug, damit die ganze Brücke sie hören konnte. »Ich habe nicht die Absicht, die *Shenzhou* – oder diese Schiffe da draußen – zu einem weiteren Fall in der Statistik werden zu lassen.«

Sarus Antwort war deprimiert. »Captain, leider hat meine Spezies eine genetische Veranlagung dafür, sich Sorgen zu machen.«

2

Der Warpsprung wurde von einem gleitenden Transit durch den einsteinschen Raum zu einem ruckeligen, rüttelnden Rennen gegen unsichtbare Linien räumlicher Spaltung.

Die *Shenzhou* war ein altes Schiff und gehörte zu den leichten Kreuzern der *Walker*-Klasse. Sie hatte bereits mehr beschwerliche Reisen als üblich überstanden, doch die Hülle ächzte alarmierend, als Vibrationen der strukturellen Integritätsfelder sich durch ihre vordere Untertassensektion und die Pylonen der untergebauten Warpgondeln ausbreiteten.

Die verdichteten Partikel des abschwellenden Nadionimpulses destabilisierten die Warpmatrix jedes herkömmlichen Raumschiffs so weit, dass die Blase, in der es sich mit Überlichtgeschwindigkeit bewegte, verpuffen würde, wenn es direkt durch eine hohe Konzentration von ihnen flog. Das unglückliche Schiff würde direkt in die Unterlichtgeschwindigkeit zurückfallen und ohne angemessenen Schutz würde die ungeheure Kraft der außerplanmäßigen Abbremsung es auf der Stelle vernichten. Aber die *Shenzhou* war ein altes

Schlachtross und sie war zäh. Es würde weit mehr als das brauchen, um sie zur Strecke zu bringen.

Der Raum um das Schiff herum verdichtete sich, während es sich dem Epizentrum des Effekts näherte. Die *Shenzhou* beschrieb eine Dauerspirale, um die Entfernung zu überwinden. Direkten Kurs darauf zu nehmen, wäre so gewesen, als ob man durch zähen Schlamm steuerte – so surfte sie auf dem zerfallenden Nadionfeld und behielt ihren Schwung bei.

Vor dem Schiff der Sternenflotte schwebten zwei fremde Schiffe im flackernden Schimmer eisblauer Tscherenkow-Strahlung. Das erste war knapp doppelt so groß wie ein Shuttle. Sein Rumpf wirkte wie ein ausgebeultes Projektil, an dem an den Seiten zwei »Flügel« mit Solarzellen und unten eine Antriebsgondel angebracht waren. Die Solarsegel hingen schlaff herab und waren versehentlich ausgefahren worden, als das kleinere Schiff aus dem Warp gefallen war. Es trieb in Bezug zum Annäherungswinkel der *Shenzhou* mit der Nase nach unten und zog einen Schweif austretenden Kühlmittels hinter sich her. Eiskristalle glitzerten in der Dunkelheit.

Das zweite Schiff war riesig und fast einen Kilometer lang. Das vordere Viertel der Hülle bestand aus einem schweren Metallblock, der mit einigen beleuchteten Bullaugen gesprenkelt war. Ein Kragen aus Pylonen am rückwärtigen Ende der vorderen Sektion trug vier große Warpgondeln. An den Zwischenkühlern entlang ihrer Flanken flackerten unkontrollierte Entladungen auf. Der Rest des riesigen Schiffs bestand aus einem fischgrätenähnlichen Grundgerüst, auf dem zahllose gigantische Modulbehälter angebracht waren, die alle untereinander verbunden waren. Das erinnerte entfernt an die Bauweise der alten Warpfrachter, die einst von den Weltraumnomaden der Föderation geflogen worden waren, doch damit endeten die Ähnlichkeiten auch. Beide

Schiffe hatten ziselierte dekorative Verkleidungen an ihren Aufbauten, eine ästhetische Hülle, die organische Formen knollenförmiger Pflanzen suggerierte.

Zufällig auftretende grüne Blitze krochen über die Hüllen der fremden Schiffe. Sie waren verräterische Zeichen dafür, dass die Energiekerne überschüssige Energie in dem verzweifelten Versuch abließen, eine kritische Überladung abzuwenden. Jemand mit Weltraumerfahrung musste nur einen Blick darauf werfen, um zu wissen, dass die Schiffe keine lange Lebenserwartung mehr hatten.

Sie verlangsamten auf Impulsgeschwindigkeit. Saru betrachtete die Szene durch die durchsichtigen Bereiche des Brückendecks, während Ensign Detmer die *Shenzhou* wendete. »Konstruktion und Konfiguration passen zu bekannten Bauweisen«, erklärte sie. »Die Schiffe gehören den Einwohnern von Peliar Zel.«

»Keine Kommunikation«, meldete sich Ensign Fan zu Wort und nahm die nächste Frage des Captains vorweg.

Georgiou hielt ihren Blick auf dasselbe Aussichtsfenster gerichtet und sprach den diensthabenden Ingenieur an. »Weeton. Diese Blitze auf den Hüllen, ist es das, wofür ich es halte?«

»Falls Sie denken, dass es sich um sublimiertes Warpplasma handelt, dann ja, Captain.« Der Ensign nickte ernst.

»Ich sehe identische Fluktuationen in den Warpkernen beider Schiffe«, sagte Saru, der seine Konsole studierte. »Sie stecken in großen Schwierigkeiten.« Sein erster Instinkt war es, zurückzuweichen, als würde er zu nah an einem Feuer stehen, doch er ignorierte diesen Drang.

»Sind Sie sicher?« Commander ch'Theloh beugte sich hinüber, um die Anzeigen selbst in Augenschein zu nehmen. »Die Sensoren sind einer Menge Störungen ausgesetzt.«

»Ja, Sir«, räumte Saru ein, »aber die Ausströmung aus dem Warpkern ist so stark, dass sie sich einfach durch die Störungen frisst. Das alleine ist schon ein schlechtes Zeichen.«

»Wie lange haben sie noch?«, wollte Georgiou wissen.

»Bestenfalls Minuten«, stellte Weeton fest.

»Senden Sie das hier über alle bekannten allgemeinen Kommunikationsprotokolle.« Der Captain holte tief Luft. »Achtung, pelianische Schiffe. Hier ist das Föderationsraumschiff *Shenzhou.* Wir sind bereit, Hilfe zu leisten. Antworten Sie, wenn Sie können.« Es war üblich, eine derartige Botschaft zu senden, aber niemand auf der Brücke erwartete eine Antwort.

»Sie werden nicht antworten«, sagte Burnham so leise, dass nur Saru sie hörte. »Sie können es nicht.«

Die Einwohner des Peliar-Zel-Systems waren Bürger eines unabhängigen, eigenständigen Territoriums, das seit vielen Jahrzehnten jeglichen Kontakt mit Außenweltlern vermieden hatte. Sie zogen es vor, ihre eigenen Planeten und eine Handvoll nah gelegener Kolonien zu unterhalten. Doch in letzter Zeit hatte ihre Regierung versucht, sich der Vereinigten Föderation der Planeten anzunähern, und prüfte die Möglichkeit einer Mitgliedschaft in der VFP. Als ausgebildete Xenoanthropologin würde Burnham mehr über die Kultur der Pelianer wissen als er, aber Saru schätzte, dass der wahrscheinlichste Grund für die Kontaktaufnahme der Fremden mit der Föderation die Angst vor einer weiteren Ausbreitung der Tholianer war. Mit diesem Gedanken im Kopf betrachtete er skeptisch die Langstreckensensoren und suchte nach irgendetwas an der Peripherie, das wie ein lauerndes Netzspinner-Schiff aussah.

Georgiou beugte sich auf ihrem Sessel vor, als würde sie an Gurten zerren, die sie auf ihrem Platz festhielten.

»Irgendein Hinweis auf den Ursprung des Nadionimpulses, der sie lahmgelegt hat?«

»Die Partikeldichte ist um das größere Schiff, also den Frachter, herum höher«, sagte Ensign Troke. »Meiner Einschätzung nach kam der Impuls von dem großen Schiff und hat beide aus dem Warp geworfen.«

»Dem würde ich zustimmen«, bestätigte Weeton. »Sie sind wahrscheinlich dicht nebeneinander geflogen. Das andere Schiff war vermutlich eine Eskorte.«

»Also eine Fehlfunktion des Antriebs?« Ch'Theloh dachte über diese Möglichkeit nach. »Keine Folge eines Angriffs.«

»Wir können uns über die Ursache Gedanken machen, nachdem wir uns um die Auswirkungen gekümmert haben«, sagte der Captain. »Also schön, wenn wir nicht mit ihnen kommunizieren können, was können wir dann tun? Ist es möglich, sie mit einem Traktorstrahl aus den dichteren Bereichen des Partikelfelds zu ziehen?«

»Traktorstrahl ist einsatzbereit.« Ensign Troy Januzzi an der Ops strich sich unwillkürlich mit der Hand über seinen kahlen Schädel und warf der Frau auf dem Sitz neben sich einen Blick zu. »Die Frage ist, ob Kayla glaubt, dass wir sie herausziehen können?!«

Detmer verzog das Gesicht. »Ich bin nicht sicher, ob das die beste Lösung ist. Das Masseverhältnis fällt nicht zu unseren Gunsten aus.«

»Sie haben recht«, stimmte Georgiou nachdenklich zu und überlegte weiter. »Das wird zu lange dauern. Und wir können die Transporter nicht nutzen, solange die Strahlung noch anhält.«

Saru warf einen Blick auf die Anzeige vor Burnham. Dort waren Live-Übertragungen der vorderen Sensorphalanx zu sehen, die darauf eingestellt waren, Lebenszeichen aufzuspüren. Der Wert schwankte wild – in einem Moment zeigte er eine Schiffsbesatzung von weniger als einem Dutzend an, im nächsten stand dort eine Zahl, die der Bevölkerung einer großen Ortschaft entsprach. »Ich kann die Messungen nicht stabilisieren!«, sagte Burnham gereizt. »Die Interferenzen sind zu stark.«

»Irgendetwas von dem kleineren Schiff?«, hakte er nach.

Sie runzelte die Stirn. »Eine durchweg negative Anzeige auf Lebenszeichen. Ich glaube, dass es sich um eine Art automatische Drohne handelt.«

»Captain!«, rief Troke alarmiert und unterbrach ihre Unterhaltung. »Das Begleitschiff! Die Messungen von seinem Warpkern schießen in die Höhe. Captain, ich glaube, es explodiert gleich!«

»Schilde auf Maximum!« Ch'Theloh donnerte den Befehl und alle Augen richteten sich auf den Bereich des Bildschirms, wo das Schiff mit den Solarsegeln trieb.

Georgiou hob gerade rechtzeitig ihre Hand, um ihre Augen zu schützen, als das kleinere pelianische Schiff in einer winzigen Sonne aufging. Die Brücke der *Shenzhou* wurde kurz in grelles Weiß und scharf umrandete Schatten getaucht, als eine tödliche Kollision aus Materie und Antimaterie das Begleitschiff verschlang. Ein rollendes, donnerndes Beben durchlief das Raumschiff, als die Druckwelle der Zerstörung auf die Schilde traf. Es schwankte unter dem Aufprall.

»Status?« Georgious Erster Offizier reagierte schnell und marschierte zur Schadenskontrolle.

»Geringe Schäden, kein Hüllenbruch«, meldete Weeton. »Aber die Eskorte der Pelianer ... wurde pulverisiert, Sir.«

Der Captain drehte sich zu Trokes Station um und sah, dass der gesunde himmelblaue Hautton des Tulianers sich in ein kränkliches Blassgrün verwandelt hatte. Sie wusste, was er als Nächstes sagen würde, noch bevor er die Worte hervorstieß. »Der Warpkern des größeren Schiffs zeigt identische Vorzeichen für einen Bruch. Denen wird dasselbe passieren, es sei denn, wir können es aufhalten.«

»Warum stoßen sie den Kern nicht ab und machen, dass sie hier rauskommen?«, sagte Detmer durch zusammengebissene Zähne, als könnte sie ihre Aufforderung durch die Leere zu dem anderen Schiff schicken.

»Das würde keine Rolle spielen«, erwiderte Weeton niedergeschlagen. »Sie würden nicht weit genug flüchten können, um der Explosionswirkung zu entkommen.«

Und selbst mit voller Kraft könnte die Shenzhou *sie nicht aus dem Weg ziehen.* Diese düstere Erkenntnis dämmerte Georgiou und einen Lidschlag später folgte darauf die Aussicht auf eine furchtbare Entscheidung. An Bord ihres Schiffs befanden sich Hunderte Leben und sie konnte alle sofort retten, indem sie den Befehl gab, in sichere Entfernung davonzuwarpen. Sie hatte das Kommando und trug an allererster Stelle die Verantwortung für ihre Mannschaft.

Doch wenn sie sich zurückzogen, würde die außer Kontrolle geratene Destabilisierung des Warpkerns im Schiff der Pelianer mit Sicherheit jedes einzelne Leben dort fordern. Mit diesem Wissen würde Philippa Georgiou leben müssen, wenn sie das zuließ.

Der Captain richtete sich auf und setzte zu einer Rede an – weniger für ihre Offiziere als fürs Protokoll. »Wir haben keinen Notruf erhalten. Wir sind nicht in der Lage, die Absichten der pelianischen Besatzung zu deuten. Dennoch lauten meine Befehle wie folgt: Wir werden diesen Leuten jede erdenkliche Hilfe zukommen lassen. Wenn wir auf eine Aufforderung warten, wird es zu spät sein.« Sie warf ihrem Ersten Offizier einen Blick zu. »Commander, bereiten Sie ein Shuttle zum sofortigen Abflug vor.«

»Aye, Captain!« Ch'Theloh machte sich an die Arbeit.

Georgiou tippte auf eine Taste auf der Armlehne ihres Sessels. »Maschinenraum. Commander Johar?«

»Ich höre, Captain.«

»Schnappen Sie sich einen Piloten, einen Arzt und ein paar ihrer besten Techniker und dann begeben Sie sich im Laufschritt zur Shuttlebucht. Sie werden sich auch ohne Aufforderung an Bord des anderen Schiffs begeben.«

»Verstehe. Ich packe eine Jolly-Roger-Flagge ein.« Johar zögerte. *»Darf ich Weeton mitnehmen? Er ist pfiffig und kommt gut mit einem Hyperschlüssel klar.«*

»Er ist unterwegs. Brücke Ende.« Georgiou nickte dem Ensign zu und der junge Offizier erhob sich. Dabei verbarg er ein kurzes Aufflackern von Angst.

»Captain, ich möchte mich freiwillig für den Rettungstrupp melden.« Burnham verließ ihre Konsole und nahm steif Haltung an. »Sie könnten da drüben einen Wissenschaftler gebrauchen.«

»Und das müssen ausgerechnet Sie sein?« Der bissige Kommentar war über Sarus Lippen gekommen, bevor der Kelpianer sich überhaupt bewusst war, dass er ihn ausgesprochen hatte.

Burnham sah ihn scharf an und Georgiou erkannte, dass derselbe Streit, den sie in der Messe unterbrochen hatte, wieder neu entfacht wurde. Die beiden leisteten ausgezeichnete Arbeit, aber die anhaltende Problematik, Saru und Burnham zur Zusammenarbeit zu bewegen, hatte die Tendenz, sich immer in unangebrachten Momenten zu Konflikten auszuwachsen. Und jetzt gerade hatte der Captain keine Zeit zu verschwenden.

Michael Burnham war immer diejenige, die sich einer Gefahr entgegenwarf, und Saru hatte immer einen Grund parat, weshalb man auf Nummer sicher gehen sollte. Trotz der schwerwiegenden Situation sah Georgiou plötzlich einen Weg, die Spannung zwischen den beiden Wissenschaftlern zu entschärfen und hoffentlich auch das größere anstehende Dilemma zu lösen. »Ein guter Vorschlag. Ich weiß Ihr Angebot zu schätzen, Lieutenant Burnham ... aber Sie bleiben auf Ihrem Posten.« Die andere Frau konnte ihre Enttäuschung nicht verbergen, doch diese wandelte sich zu Überraschung, als Georgiou dem Kelpianer einen Blick zuwarf. »Lieutenant Saru, Sie stoßen zum Team in der Shuttlebucht.«

»Ich?« Sarus blassblaue Augen blinzelten entsetzt.

»Sie«, sagte der Captain und nickte zum Turbolift. »Und jetzt zackig!«

Der Turbolift war auf Prioritätssteuerung eingestellt und raste ohne Zwischenstopp zur Shuttlebucht, die sich im hinteren Bereich des Primärrumpfs befand. Sarus Gedanken rasten, um mitzuhalten, als er hinter Ensign Weeton aus dem Lift trat.

Was ist da grade passiert? Er hatte ohne nachzudenken gesprochen und Burnhams Begierde, Eindruck zu machen, kritisiert. Dabei hatte er die Konsequenzen nicht bedacht und jetzt würde er dafür bezahlen. Captain Georgiou hatte ihn in Verlegenheit gebracht, und Saru hatte keine andere Wahl, als den Befehlen Folge zu leisten und den Einsatz zu akzeptieren.

»Ich schätze, das haben Sie nicht erwartet«, sagte Weeton, als die beiden sich dem Shuttle *Yang* näherten. Der Ensign gab ihm eine Ausrüstungsweste und einen Einsatzkoffer vom Regal und nahm sich dann auch eine. »Zeit, sich die Hände schmutzig zu machen, nicht wahr, Lieutenant?«

Saru war nicht sicher, ob er Sarkasmus im Tonfall des Ensigns hörte, also ignorierte er es. Er presste die Lippen aufeinander und behielt die Bedenken, die ihm durch den Kopf schwirrten, für sich, während er sich in die Weste zwängte. *Sieh das hier nicht als gefährliche Situation an*, sagte er zu sich, *betrachte es als Gelegenheit, der Mannschaft zu zeigen, was in dir steckt.*

»Ein bisschen schneller bitte«, rief der Chefingenieur, der aus der Luke hinten am länglichen Rumpf der *Yang* heraushing. »Weeton, machen Sie, dass Sie hier reinkommen und uns in die Luft kriegen, solange es noch jemanden gibt, den wir retten können!«

Die beiden eilten an Bord. Saru suchte sich einen Sitz Johar gegenüber im hinteren Kabinenbereich aus. Weeton schwang sich auf den Pilotensitz und startete die Impulstriebwerke. Die Luke schloss sich scheppernd. Saru warf einen kurzen Blick aus dem vorderen Sichtfenster. Die Shuttlebucht war bereits offen und ein glitzerndes Kraftfeld trennte die Atmosphäre drinnen vom Vakuum. Draußen vor der *Shenzhou* sah er die sich immer noch ausbreitende Wolke radioaktiver Trümmer, die einst die Eskortdrohne der Pelianer gewesen war.

Die *Yang* hob ab. Das Licht verschwamm, als sie das Innere ihres Mutterschiffs hinter sich ließ und ins All hinausschoss. Saru überprüfte zum wiederholten Male seine Ausrüstung. Johar setzte zu einer kurzen Einsatzbesprechung an.

»Also schön, allerseits. Uns sitzt die Zeit im Nacken, also müssen Sie alle schnell und mit Köpfchen arbeiten. Ein Nadionimpuls bedeutet höchstwahrscheinlich eine Überladung der sekundären Einspritzmodule des Warpkerns. Also gehen wir rein und stellen jede Hilfe bereit, um diesen wieder zu stabilisieren.« Er zeigte auf die gelblich-blasse Vok'sha, die neben Saru saß. Sie war ein Petty Officer mit den bronzefarbenen Streifen eines Technikers. »Yashae, Sie kennen dieses Zeug wie Ihre Westentasche, also will ich, dass Sie die Spitze übernehmen. Crewman Subin, Sie tun, was sie Ihnen sagt, verstanden?« Die schlanke Mazaritin auf der anderen Seite der Kabine nickte nachdrücklich.

»Was ist mit mir?« Sanitäter Zoxom trug die weiße Kleidung der medizinischen Abteilung unter seiner Ausrüstungsweste. Der kräftige Xanno schien es kaum erwarten zu können, loszulegen.

»Da drüben werden Verletzte sein, darauf können Sie sich verlassen«, sagte Johar zu ihm. »Sie werden alle Hände voll zu tun haben.«

Zoxom hielt einen schweren Medizinkoffer hoch. »Ich habe eine Menge Hyronalin zu verteilen. Wo wir grade dabei sind ... Zeit für eine Auffrischung.« Er lud eine Phiole mit dem Antistrahlungsmittel in ein Hypospray und machte sich auf den Weg durch das Shuttle, um jedem Einzelnen eine Injektion zu verabreichen.

»Lieutenant Saru«, kam Johar zum Ende. »Wir haben nur eine ungefähre Vorstellung davon, was uns da drüben erwarten wird, also müssen Sie auf Draht sein.«

Saru fragte sich, ob der Mensch wortwörtlich meinte, was er sagte. Dann beschloss er, einfach zu nicken und keine Fragen zu stellen. »Aye, Sir!«

»Wir nähern uns dem Zielschiff«, rief Weeton aus dem Cockpit. »Das ist wirklich ganz schön groß.«

Johar ging nach vorn und Saru folgte ihm. Dann spähte er dem Piloten über die Schulter. Vor dem Bug der *Yang* ragte eine Mauer aus braunem Metall auf und füllte die Fenster aus. Das Shuttle näherte sich dem rückwärtigen Bereich der vorderen Sektion dort, wo sich der Ring aus Warpgondeln befand. Wenn das riesige Transportschiff der üblichen Konstruktionslogik folgte, würde sich das Hauptmaschinendeck irgendwo in der Nähe befinden.

»Sieht irgendjemand eine Luke?«, fragte Weeton.

»Da.« Saru entdeckte eine sechseckige Öffnung in der Hülle und zeigte darauf.

Mit einigen Stößen aus den Manövrierdüsen des Shuttles brachte Weeton die *Yang* über der Luke in Position und ließ sie dann hinabsinken. »Aktiviere Magnetklammern.«

In der Mannschaftsbucht hatten Subin und Yashae bereits die Bodenplatten zurückgezogen, als das Shuttle alles versiegelte und den Blick auf die Luke unter ihnen freigab. Subin zog ihren Phaser und stellte ihn ein. »Ich kann uns durchschweißen ...«

»Warten Sie!« Saru sprang zurück in den hinteren Bereich der Kabine und ging dort in die Hocke. »In der Technologie der Pelianer ist vieles automatisiert. Ich glaube, ich kann von außen Zugriff auf die Luftschleuse bekommen.« Er zog den Trikorder von seinem Gürtel und programmierte schnell eine Übertragung mit einem engen Strahl, die die Kontrollsignale des Mechanismus nachahmen würde.

»Tick, tack«, merkte Johar an.

Saru übertrug das Signal und die Luke sprang so schnell auf, dass jeder im Shuttle zusammenzuckte. Sengend heiße Luft strömte ins Shuttle und brachte den stechenden Gestank von verbranntem Kunststoff und auf- und abschwellendes Geheul mit sich, das nur von Alarmsirenen stammen konnte.

»Los!«, sagte der Chefingenieur und nacheinander sprangen sie durch die offene Luke ...

... und in völliges Chaos.

Saru landete wie eine Katze auf einer geschwungenen Wartungsgalerie. Die Plattform erstreckte sich in beide Richtungen um den Äquator einer brummenden Säule, die wie eine Sanduhr gebaut war. Das fremdartige Design unterschied sich deutlich von dem an Bord der *Shenzhou*. Zwei gewaltige Reihen mit Einspritzvorrichtungen pulsierten hell, während Materie und Antimaterie in eine Zentralkammer im Verbindungsstück kanalisiert wurden. Doch anstelle des gleichmäßigen, rhythmischen Herzschlags, den sie an den Tag legen sollten, erfolgten die Impulse in gegensätzlichen Intervallen und nicht in der richtigen Abfolge. Der gesamte Rahmen des Warpkerns vibrierte gegen sein Stützgerüst und Funken sprühten in großen orangeroten Schauern aus den Verbindungspunkten. Plasmaventile auf den oberen Etagen spien gashaltige Dampfwolken aus, während das System auf eine kritische Überladung zusteuerte.

Johar neben ihm fluchte leise auf Arabisch, während er seinen Blick über die Situation schweifen ließ. »Das ist richtig übel.« Er atmete tief durch und hob dann die Stimme, damit man ihn über die Alarmsirenen hinweg hörte. »Kann mir jemand eine Befehlskonsole auftreiben? Sofort!«

Das Team kam seinem Befehl augenblicklich nach. Saru war nur einen Schritt hinter Zoxom, als der Sanitäter über ein Besatzungsmitglied der Pelianer stolperte. Es handelte sich um eine Frau der Spezies in einem metallisch-roten Overall, die eine einfache Kopfbedeckung trug. Die Pelianerin saß zusammengesunken neben der Steuerung eines Ventils, das offenbar zu den Deuteriumröhren des Schiffs gehörte. Saru scannte es mit seinem Trikorder, während Zoxom sich an die Arbeit machte.

»Sie ist nur bewusstlos«, sagte der Sanitäter und hielt den Injektor an ihren Hals. »Ich glaube, sie ist gestürzt und hat sich den Kopf gestoßen.«

Saru warf einen Blick hinunter auf die Pelianerin. Sie hatte keine Haare, die Farbe ihrer Haut war wie die trockener Erde und ihre hohe, gefurchte Stirn wurde durch einen langen Nasensteg geteilt. Wie alle Pelianer hatte sie zwei Paar Nasenlöcher, die zuckten, als sie wieder zu sich kam. Saru überprüfte seinen Universalübersetzer und hielt den Atem an.

»Was ... ist passiert?« Ihre Augenlider flatterten, sie schlug die Augen auf und versuchte, ihren Blick zu fokussieren.

»Es geht Ihnen gut. Bitte machen Sie keine plötzlichen Bewegungen«, begann Zoxom in beruhigendem Tonfall, so weit das über das Heulen der Sirenen hinweg möglich war.

Seine Bitte wurde ignoriert, als die Pelianerin geschockt auf den Anblick der Eindringlinge auf ihrem Schiff reagierte. Sie zuckte zurück, schnappte sich einen Laserschneider aus dem Werkzeuggürtel an ihrer Hüfte und fuchtelte damit wie mit einem Dolch herum. »Wer sind Sie? Bleiben Sie zurück!«

»Ich bin Lieutenant Saru vom Föderationsraumschiff *Shenzhou*, das hier ist Sanitäter Zoxom.« Saru hob seine Hände und versuchte, nicht bedrohlich auszusehen. »Wir sind gekommen, um Ihnen zu helfen.«

»Nathal sagte, die Sensoren hätten ein anderes Schiff erfasst ...« Sie blinzelte und das Misstrauen stand ihr ins Gesicht geschrieben. »Haben Sie uns das hier angetan?«

»Wir sind hier, um zu helfen«, betonte Saru erneut. »Als wir nicht mit Ihnen über Subraumfunk in Verbindung treten konnten, sind wir an Bord gekommen.« Er zeigte nach oben, wo die *Yang* angekoppelt war. »Wir wollen Ihnen nichts tun.«

»Gehen Sie weg von ihr!« Der Schrei kam aus der Nähe und Saru wirbelte herum. Weitere Mannschaftsmitglieder der Pelianer tauchten aus dem Rauch auf. Eine andere Frau, die eine ähnliche Uniform und Kopfbedeckung in Blassgrün trug, führte sie an. Sie zog eine dünne Pistole aus einem Waffenholster und zielte damit in Sarus Richtung. »Wenn Sie sie anfassen, werden Sie das bereuen!«

»Kommandantin Nathal ...« Die andere Pelianerin sprach und mühte sich, auf die Füße zu kommen. Saru ignorierte die Drohung und half ihr, das Gleichgewicht zurückzugewinnen. »Mir geht es gut.«

»Sie sind Eindringlinge auf meinem Schiff«, sagte Nathal, die die Worte ihrer Untergebenen nicht beachtete. »Ich habe jedes Recht, Sie auf der Stelle zu erschießen!«

»Ihr Schiff ist funktionsunfähig und das ist Ihr erster Gedanke?« Johar tauchte hinter Zoxom auf und hielt sein Ingenieurswerkzeug fest in einer Hand. »Erst schießen und dann Hilfe annehmen?«

»Was haben Sie zu mir gesagt?« Nathals Miene verfinsterte sich.

»Ich sage, dass Sie nicht die Chance verpassen sollten, Ihr Schiff zu retten!« Saru hatte Johar noch nie so wütend gesehen. »Wir haben keine Zeit für Nettigkeiten, also legen Sie die verdammte Pistole weg und helfen Sie uns, den Kernbruch abzuwenden, sonst sterben wir alle!«

Die Worte des Chefingenieurs waren schonungslos und schneidend. Saru nickte. »Bitte«, fing er an, »ich bin sicher, dass niemand von uns heute sterben möchte.«

»Wir können unsere Probleme selbst lösen«, schoss Nathal zurück und starrte die andere Pelianerin an. »Hekan, Sie sind plötzlich so still! Ich brauche Ihren Bericht!«

»Bei allem Respekt«, sagte Hekan, die sich von Saru löste, »jetzt ist nicht der richtige Zeitpunkt, um unsere Sturheit über unser Überleben zu stellen. Wir könnten ein paar helfende Hände gebrauchen.«

Saru zählte nur ein halbes Dutzend Pelianer auf der Plattform. »Wo ist der Rest Ihrer Ingenieure?«

»Das sind alle!«, knurrte Nathal, die schließlich ihre Waffe wieder ins Holster schob. »Der Rest ist verletzt.«

»Da kann ich helfen«, meldete sich Zoxom. »Bringen Sie mich zu Ihren Verletzten.«

Nathals viergeteilte Nasenlöcher blähten sich auf, aber dann gab sie nach und bellte einem anderen Besatzungsmitglied einen Befehl entgegen. »Dakas, bringen Sie den

Fremden zur Krankenstation!« Dann starrte sie Saru und den Chefingenieur wütend an. »Also schön. Sie können uns hier helfen. Aber wenn Sie irgendetwas versuchen …«

»Schon klar.« Johar wandte ihr bereits den Rücken zu und stach mit einem Finger nach einem blassen Pelianer in blauer Kleidung. »Sie da! Wo sind die Einspritzvorrichtungen?« Das fremde Besatzungsmitglied zeigte es dem Ingenieur und ging mit ihm fort.

»Sprechen alle Föderationsoffiziere so mit Höhergestellten?«, murmelte Hekan.

»Einige mehr als andere«, gab Saru zu. »Gibt es eine Überwachungsstation, zu der ich Zugang bekommen könnte?«

»Hier entlang.« Hekan führte ihn zu einer U-förmigen Konsole, auf der sich einige bewegliche Regler befanden. »Ich habe versucht, eine Photonenspitze abzuwenden, als das Deck kippte …« Sie berührte ihren Kopf, den Zoxom verbunden hatte. »Sie müssen meiner Kommandantin verzeihen, sie ist sehr auf den Schutz ihrer Besatzung bedacht.«

Saru scannte das System. »Verständlich.« Eine besorgniserregende Anzahl Warnlichter blinkte auf der Anzeige seines Trikorders. »Wenn Sie nur eine kleine Besatzung an Bord haben, sollten wir vielleicht eine vollständige Evakuierung auf unser Shuttle in Betracht …«

»Nein!«, schnitt Hekan ihm das Wort ab, bevor er den Satz beenden konnte. »Wir werden dieses Schiff nicht verlassen, es … es steht zu viel auf dem Spiel.« Ihre Stummelfinger zogen und schoben vergeblich an den Reglern. »Verflucht! Die Zerfallsrate im Kern wird nicht langsamer.«

»Lieutenant Commander!« Saru hörte Yashaes Ruf durch den Nebel. Ihre Stimme kam von irgendwo aus der Richtung des Lukendurchgangs. »Ich glaube, wir können diesen Kahn retten, aber es wird nicht leicht! Wir müssen den

Energiedruck ablassen und den Warpkern abschalten, aber die Sicherheitssperrsysteme lassen sich nicht lösen! Er ist in einer Schleife gefangen!«

Saru spähte auf seinen Trikorder und sah das Problem. »Die Sensoren, die die Sperrsysteme regeln, sind defekt.« Er sah der Länge nach an der bebenden Kernsäule entlang und machte einen kaputten Bereich des Rahmens aus. Das System, das der Mannschaft normalerweise dieses riskante Überbrückungsmanöver ermöglicht hätte, konnte sich nicht ausklinken. Der Computer arbeitete zweifellos immer noch mit falschen Messungen der beschädigten Sensoren, die ihm sagten, dass alles gut funktionierte.

»Ich kann die Sperrsysteme von hier aus nicht abschalten«, sagte Hekan und verzog verärgert das Gesicht. »Sie verweigern die Annahme der Befehle!«

»Sie müssen doch eine sekundäre Neustartsteuerung haben.« Saru sah sich um und suchte nach einem Schalter, der von Hand zu bedienen war.

»Haben wir.« Hekan zeigte nach oben auf einen engen, umschlossenen Laufgang, der an der gesamten Länge der Kammer entlangführte und dann hinunter zum zentralen Rahmen verlief, der das Rückgrat des Raumschiffs bildete. »Sie befindet sich in dem Wartungskriechgang. Zwei Hebel hinter einem blauen Paneel.«

»Ah.« Saru erkannte zu spät, dass er sich gerade freiwillig gemeldet hatte, dort hinaufzuklettern und die Schalter umzulegen. Er konnte nicht anders, als durch das Metallgitter unter seinen Füßen zu sehen und in den schwarzen Abgrund der Maschinen darunter zu starren.

»Sie brauchen einen Gravitationsgürtel, um dort hinaufzugelangen«, sagte Hekan gerade.

»Brauche ich nicht«, versicherte Saru ihr, schlang sich den Trikorder um den Arm und rollte mit den Schultern. *Das ist eine schlechte Idee, wenn du überleben willst,* sagte eine Stimme in seinem Hinterkopf. Sie klang besorgniserregend wie die eines Ältesten aus seiner Jugend, der ihn dafür getadelt hatte, sich nach der Sperrstunde hinauszuwagen. *Das könnte dich umbringen.*

»Ja«, sagte Saru zu sich selbst. »Im Zweifel immer annehmen, dass alles dich töten wird.« Der Kelpianer ging in die Hocke, spannte die Muskeln in seinen langen Beinen an … und dann sprang er ansatzlos nach oben und packte die Unterseite des Laufstegs, der drei Meter über ihren Köpfen baumelte.

Die nächsten Momente vergingen in einem angstgeladenen Wirbel für Saru. Er handelte instinktiv, zog sich auf den Laufsteg hoch und huschte diesen entlang zu dem geschlossenen Bereich. Er gestattete sich nicht, über den leeren Raum unter seinen Hufen nachzudenken, oder darüber, wie eine zufällige Erschütterung des Grundgerüsts in dem pelianischen Schiff ihn hinunterschleudern konnte, damit er unten von den Maschinen zerrissen wurde. Er dachte nur daran, einen Schritt nach dem anderen zu machen – und an zwei Hebel hinter einem blauen Paneel.

Die sengend heiße, thermische Entladung stieg von dem beschädigten Warpkern in schimmernden Wellen um ihn herum auf. Die Atemlöcher seiner entblößten Haut juckten, als sie die Hitze abwiesen. Saru duckte sich tief und quetschte sich in den geschlossenen Laufgang. Dabei stieß er sich den Kopf an der gekrümmten Decke.

»Sehen Sie es?«, rief Hekan zu ihm hinauf.

»Noch nicht«, antwortete er.

Ein unangenehmes elektrostatisches Summen pflanzte sich durch den Metallrahmen fort und schwang auf einer Frequenz, die für die Sinne des Kelpianers wie eine Nadel war, die sich in seinen Kopf bohrte. Das, gepaart mit der Hitze und dem rasenden Entsetzen, das er kaum unter Kontrolle halten konnte, machte es Saru schwer, sich zu konzentrieren. Er nahm seinen ganzen Mut zusammen und drang weiter vor. Die Zugangsröhre weitete sich zu einer kleinen Kammer, die mit Paneelen verschiedener Farben ausgekleidet war.

Saru suchte alles mit Blicken ab, fand das blaue Paneel und riss es mit einer schnellen Drehbewegung herunter. Dahinter befanden sich die beiden Hebel und er gönnte sich einen ganz kurzen Moment der Erleichterung. Er ergriff sie und wollte gerade daran ziehen, da hörte er unter sich ein Geräusch.

Der Kelpianer sah nach unten. Dort hockte unterhalb des Metallgitters unter seinen Stiefeln, eingeklemmt zwischen der Unterseite des Laufgangs und einem weiteren Kriechgang, ein Humanoide, der mit absoluter Sicherheit *kein* Einheimischer von Peliar Zel war. Er war kräftig und untersetzt und stammte wahrscheinlich von einer Welt mit hoher Schwerkraft. Das Wesen trug ungepflegte, zerlumpte Kleidung und hatte sechs Extremitäten – zwei dicke Beine und jeweils zwei Paar muskulöser Arme. Ihre Blicke trafen sich. Er entdeckte einen Hauch seiner eigenen Angst in dem ausgemergelten Gesicht des anderen Wesens, die Gewissheit, dass sein Tod unmittelbar bevorstand. Der Fremde sah ihn flehend an. Saru bemerkte, dass ein Arm des Wesens unter einem Leitblech feststeckte, das zu Beginn der Überladung heruntergelassen worden war.

Die Umstände des anderen Wesens waren bedeutungslos, wenn Saru seine Aufgabe hier nicht vollendete. Er stemmte sich gegen das Deck und zog kräftig an den Rückstellhebeln.

Der Warpkern gab ein Geräusch von sich wie ein gequältes Tier. Saladin Johar zuckte zusammen, weil er mit der Maschine litt.

Einige der jüngeren Offiziere an Bord der *Shenzhou* machten sich über ihn lustig, wenn sie glaubten, er würde es nicht hören, und behaupteten, er sei zum Teil Betazoid, nur dass Johars empathische Sinne lediglich bei mechanischen Objekten und nicht bei organischen Lebensformen funktionierten. Ein guter Maschinist konnte die Belastung seiner Hardware geradezu *spüren*, als wäre diese eine Erweiterung seines eigenen Körpers. Dies mochte nicht sein Schiff sein, aber trotzdem spürte er die Anspannung, die durch die gesamte Länge des pelianischen Schiffsrumpfs schwang.

»Saru?«, rief er. »Hat er es geschafft?«

»Neustart ist eingeleitet!«, rief Subin von einer Steuerungsplattform in der Nähe. »Notfallabschaltungszyklus des Kerns wird ausgeführt!«

»Alle auf Stromausfall vorbereiten!« Johar hielt sich an einem Sicherheitsgeländer fest, als das pulsierende Glühen im Warpkern allmählich zum Erliegen kam. Dann wurde es dunkel. Er spürte, wie sein Körper kurz leichter wurde, als die Gravitationsgeneratoren des Schiffs einen Energieabfall verzeichneten. Kurz darauf war es vorbei und der Kern leuchtete wieder auf.

»Zyklus abgeschlossen«, sagte Nathal widerstrebend. Ihr stechender Blick bohrte sich in eine holografische Anzeige. »Hoffentlich bringt der Neustart uns nicht alle um.«

Der pelianische Ingenieur mit dem blauen Overall strich mit seinen Händen über ein gestengesteuertes Interface. Johar benutzte seinen Trikorder, um die Startsequenz der Einspritzmodule zu bedienen. Er konnte erkennen, wo das Problem seinen Ursprung hatte – ein Ausrichtungsfehler hatte einen zerstörerischen Dominoeffekt innerhalb des Systems in Gang gesetzt, der sich immer weiter aufgebaut hatte, bis er ein Eigenleben entwickelte. Ein Teil seines analytischen Verstands arbeitete unterschwellig an dieser Enthüllung und versuchte, zu verstehen, wie das hatte passieren können. Doch im Moment war es wichtiger, den Warpkern in den Stand-by-Modus zu bringen. Ohne die Energie, die er bereitstellte, würden andere wichtige Systeme wie die Lebenserhaltung versagen und eine weitere Fülle Probleme in Gang setzen, mit denen sie sich herumschlagen müssten.

Das pulsierende Glühen kroch langsam vom unteren Bereich des Kerns nach oben. Ein Zwillingsband aus Licht senkte sich von der Oberseite herab und sie trafen sich in der Mitte. Eine Welle der Erleichterung machte sich in Johar breit, als die Impulse sich synchron bewegten und zusammentrafen. Die verräterische Vibration des Ausrichtungsfehlers war nicht vorhanden. »So, das hätten wir«, sagte er und unterdrückte einen Freudenausbruch bei dem Gedanken, nicht zu sterben. »Ein bisschen Teamarbeit und schon kann man einen grausamen Tod für alle abwenden.«

»Sie können dann wieder Ihrer Wege gehen«, sagte Nathal und sah ihn an. »Das Problem ist behoben.«

»Nichts zu danken«, schnaubte Subin.

Johar warf der Mazaritin einen warnenden Blick zu und sah dann wieder Nathal an. »Im Ernst? Sie glauben doch nicht wirklich, dass wir das hier *repariert* haben, oder?« Er schüttelte den Kopf. »Kommandantin, was da gerade passiert ist, war eine Not-OP, keine Lösung.«

»Der Mensch hat recht.« Der pelianische Ingenieur hatte diesen Kommentar beigesteuert, schrumpfte aber unter Nathals wütendem Blick zusammen und wandte sich wieder seiner Konsole zu.

»Ich will, dass Sie mein Schiff verlassen!«, beharrte der fremde Captain.

»Das haben Sie mehr als deutlich gemacht«, antwortete Johar. »Aber ich mache meinen Job vernünftig, Kommandantin. Und ich sage Ihnen hier und jetzt: Wenn ich dieses

Schiff mit meinen Leuten verlasse und Sie fahren diesen Warpkern wieder auf Betriebsleistung hoch, dann könnte ich auch gleich einen Phaser ziehen und Sie höchstpersönlich erschießen.« Er zeigte auf die Einspritzvorrichtungen. »Wir müssen die Ursache für diesen Nadionimpuls aufspüren und beseitigen, denn wenn wir das nicht tun, wird das noch einmal passieren.« Johar hielt Nathals Blick stand. »Und das nächste Mal, wenn Sie unvermittelt zum Stillstand kommen, ist vielleicht keine Hilfe in der Nähe.«

»Oder schlimmer …« Hekan, die andere Pelianerin, die allem Anschein nach die stellvertretende Kommandantin des Schiffs war, kam über die Plattform heran. »Was, wenn es die Tholianer wären, die herkommen, um die Sache zu untersuchen?«

Den Geist der streitsüchtigen kristallinen Wesen heraufzubeschwören genügte, um alle zögern zu lassen. Beide Mannschaften wussten, welche Bedrohung diese darstellten – und diese war ganz besonders für die Pelianer, die nahe der Grenze zur Versammlung lebten, allgegenwärtig.

Johar stieß einen Seufzer aus und hob seine Hand. »Die Sternenflotte respektiert die Unabhängigkeit von Peliar Zel und Ihre Autorität auf diesem Schiff, Kommandantin Nathal …«

»Sie haben eine ungewöhnliche Art, das zu zeigen«, sagte der Captain. Die Worte waren eisig.

»Aber ich kann nicht guten Gewissens dieses Schiff verlassen, bevor Ihre Mannschaft nicht sicher ist«, fuhr Johar fort. »Ich bin sicher, Sie haben nicht vor, das Leben Ihrer Besatzung aufs Spiel zu setzen.«

Nathal warf erst Hekan einen Blick zu, dann ihrem Ingenieur. Beide machten eine Geste mit der flachen Hand, von der Johar vermutete, dass sie einem Nicken gleichkam. Nach einer ganzen Weile sprach sie wieder. »Wenn das hier vorbei ist, werde ich einige Worte mit Ihrem kommandierenden Offizier wechseln.«

»Ich bin sicher, sie wird Ihnen gerne zuhören«, antwortete er. Dann sah er Petty Officer Yashae. Die Ingenieurin trat aus dem sich auflösenden Nebel.

»Alle Systeme liegen im unteren Energiebereich und sind stabil«, meldete sie. »Wir können stolz auf den Lieutenant sein.«

Johar kniff die Augen zusammen. »Wo ist Saru?« Er sah sich um. Der Kelpianer war nirgendwo zu sehen.

»Er ist in den zentralen Wartungskanal gegangen«, erklärte Hekan. »Ist er nicht wieder herausgekommen?« Sie verzog das Gesicht. »Ich habe nicht bedacht …«

Nathals Gesichtsausdruck wurde finster und sie bellte erneut einen Befehl für ihre Besatzung. »Findet ihn!«

Neugier tötet.

Es gab eine Geschichte, die Saru als Jugendlicher sehr oft gehört hatte, ein abschreckendes Beispiel, das ihn etwas lehren sollte. Es war eine traurige Erzählung über einen jungen Kelpianer, der die Regeln seiner Gesellschaft missachtete. Dieser erfundene Jugendliche – dessen Name sich änderte, je nachdem, wer an diesem Tag den größten Tadel verdient hatte – wagte sich törichterweise in die Dunkelheit hinaus und auf unbekanntes Territorium. Es ging nicht gut für ihn aus. Denn ganz gleich, welche Wunder er entdeckte, der Jugendliche erlitt schließlich ein entsetzliches Schicksal. Und alles nur, weil er zu wissbegierig für sein eigenes Wohl geworden war.

Neugier tötet, sagten die Ältesten immer und nickten weise.

Jetzt, während Saru sich vorsichtig einen Weg entlang des gekrümmten, umschlossenen Laufgangs suchte, fragte er sich, warum er die Lektion nie gelernt hatte, die diese Geschichte vermitteln sollte.

Als er die manuellen Neustarthebel umgelegt hatte, war auch das Leitblech wieder eingefahren worden und hatte das eingeklemmte Wesen unter den Bodenplatten befreit. Bevor Saru ihm noch etwas zurufen konnte, kroch der Fremde mit den sechs Gliedmaßen davon und verschwand in den schattigen Tiefen des langen Laufstegs. Das Klappern seiner Schritte verklang, während Saru in den hinteren Bereich des Schiffs hinabkletterte.

Saru hätte umkehren und wieder zur Wartungsgalerie und dem Rest des Schadenskontrollteams zurückkehren sollen. Doch Neugier, diese alte Faszination, zerrte an ihm. Er hielt seinen Trikorder ausgestreckt und machte erst einen Schritt, dann noch einen und folgte dem Nichtpelianer ins Innere des gewaltigen Transportschiffs.

In dem gedämpften Licht war die Entfernung, die er zurückgelegt hatte, schwer für ihn zu beurteilen. Es fühlte sich aber wie ein weiter Weg an. Mehr als einmal blieb er stehen und überlegte, wieder zurückzugehen. Jedes Mal trieb seine Neugier ihn voran und bei jedem Schritt kämpfte er gegen seinc Angst an.

Der Laufsteg reichte bis zu dem ersten von vielen geräumigen Frachtmodulen – riesige Kapseln, die groß genug waren, um einen ganzen Wohnblock aufzunehmen. Saru war nicht sicher, was er erwartet hatte, dort zu sehen – Stapel mit Fracht, Speichertanks und dergleichen vielleicht –, aber jedenfalls nicht *das.*

Unter ihm erstreckte sich das Innere des Moduls. Dort war ein Wirrwarr aus Seilen, die an jedem verfügbaren Trägermaterial festgebunden waren. Dazwischen befanden sich dicke Bahnen aus flexiblem Metall oder schwerem Segeltuch, wie man es bei windgetriebenen Wasserfahrzeugen erwartet hätte. Zelte und Behausungen hingen an jeder Ecke und biolumineszierende Lichter warfen einen sanften, schwachen Farbschein in die Dunkelheit. Die drückende Wärme und der erdige Geruch lebendiger Wesen, die sich in der Nähe aufhielten, wehte zu ihm hinauf. Als seine Augen sich an das schwache Licht gewöhnt hatten, erkannte Saru Gestalten, die sich auf den baumelnden Konstruktionen umher bewegten. Es waren viele, Dutzende – nein, *Hunderte oder mehr.*

Der Trikorder in seiner Hand piepste und er betrachtete die Anzeige des Geräts. Er sah dasselbe verwirrende Muster unzähliger Lebenszeichen, das Burnham bei ihrer Ankunft auf den Sensoren der *Shenzhou* bemerkt hatte. Was er für eine Fehlfunktion der Scanner gehalten hatte, war nichts dergleichen. Das Frachtmodul war voller Leute.

Neugier tötet. Die Worte hallten in seinen Gedanken erneut wider, doch Saru schüttelte den Kopf, um sie zu verscheuchen, und streckte seine Hand aus, um eins der Seile zu ergreifen. Das fremdartige Konstrukt unter ihm wirkte bedrohlich und düster, doch Saru war nun schon zu weit gekommen, um vor dem, was er entdeckt hatte, davonzulaufen.

Wer sind diese Wesen und was machen sie hier? Er konnte nicht zurückgehen, ohne eine Antwort darauf zu haben.

Langsam und vorsichtig stieg er hinab in die Schatten.

3

Die frei hängenden Kabel und flexiblen Böden bildeten ein provisorisches Lager inmitten des Frachtmoduls. Alles war aus Materialien zusammengeflickt, die nicht zueinanderpassten – weggeworfene Lagerkisten, Polymerverkleidungen und mehr. Die ganze planlose Struktur war aus einer gewissen anspruchslosen Erfindungsgabe entstanden. Saru arbeitete sich an dem Seil hinunter bis zum »Dach« der Siedlung. Er erkannte Bereiche, die wie Schlafsäle wirkten. In anderen standen Fässer mit einer schnell wachsenden, pilzartigen Masse. Er bewegte sich an der Oberfläche entlang und kam an auf dem Kopf stehenden, kegelförmigen Schächten vorbei, die als Taufänger dienten. Sie sammelten die Umgebungsfeuchte aus der Luft, von den Lebenserhaltungssystemen des Schiffs und von den Ausdünstungen der Menschen in dem Modul.

Der in den Schatten liegende, schwach beleuchtete Ort hatte sein eigenes Mikroklima, das so warm war wie Blut. In der Luft hing ein scharfes Aroma, das die Nasenlochgruben des Kelpianers zucken ließ. Er spürte auch noch etwas anderes ... ein Auf und Ab in der Umgebung, wie Wellen, die sich an einer weit entfernten Küste brachen. Das Gefühl erreichte ihn über die Riefen an seinem Schädel, als Sarus angeborene Elektrosensitivität den Eindruck überall um ihn herum auffing. Auf eine merkwürdige Weise, die er nicht beschreiben konnte, erinnerte ihn das an seine Heimat.

Er stellte seinen Trikorder auf Dauerscan ein und drang weiter vor. Saru verteilte sein Gewicht, sodass er sich bewegen konnte, ohne Aufmerksamkeit zu erregen. Er sah keine Spur von dem Wesen, das ihm auf dem Wartungssteg in die Augen gesehen hatte, aber es gab viele andere dieser Spezies hier. Einige hatten andere Geschlechter, andere waren offensichtlich jünger oder älter. Ihre Aktivitäten ließen darauf schließen, dass sie nicht zur Besatzung des Transportschiffs gehörten. Saru vermutete, dass sie eine Art Passagiere waren. Doch wenn das der Fall war, sagten die primitiven Lebensbedingungen, in denen sie hausten, nichts Gutes über die Großzügigkeit der Pelianer aus.

Er sah wieder hoch und erwog die Größe des Moduls. Die Scans der *Shenzhou* hatten acht Container dieser Größe gezeigt, die am Grundgerüst des großen Schiffs angebracht waren. Waren in den anderen ebenfalls diese Wesen versammelt und drängten sich wie hier Seite an Seite im Bauch eines fremden Schiffs?

Saru zog seinen Kommunikator vom Gürtel, doch das gedämpfte Zirpen, das dieser von sich gab, als er das Antennengitter aufklappte, sagte ihm, dass es unmöglich sein würde, Johar, Weeton oder die *Shenzhou* zu erreichen. Die örtliche Partikeldichte war immer noch sehr hoch und erstickte alle Frequenzen, auf die er zugreifen konnte.

Er zögerte und dachte über seinen nächsten Schritt nach. Sein Verlangen, mehr zu erfahren, stand im Konflikt mit seinem Überlebensinstinkt. Es wäre ihm vielleicht möglich, sich zurückzuziehen, die Stützseile wieder hinaufzuklettern und seinen Weg zum Maschinenraum zurückzuverfolgen. Doch das würde zu viele Fragen unbeantwortet lassen. Saru stellte sich Captain Georgious ruhigen Blick vor, der auf ihm ruhte und von ihm eine Erklärung verlangte, die er nicht hatte. Er stellte sich ch'Theloh, Burnham und den Rest der Mannschaft vor. *Sie würden von mir erwarten, mich zurückzuziehen*, sagte er zu sich. *Sie würden erwarten, dass ich fliehe.*

Saru verwarf diese Option. Er war ein Offizier der Sternenflotte. Dies war ein Erstkontakt. Er war dazu verpflichtet, sich zu erkennen zu geben und den Versuch einer bedeutsamen Interaktion mit diesen Wesen zu unternehmen … und außerdem hatte er einen von ihnen bereits »getroffen«.

Er ging weiter und suchte nach einer offenen Fläche, nach einem Ort, wo er sich zeigen konnte, ohne eine negative Reaktion bei den Humanoiden hervorzurufen. Vor ihm wurde der Wellenschlag des elektrostatischen Felds intensiver. Saru fühlte sich davon angezogen und fing die Geräusche verschiedener, sich überlappender Stimmen auf.

Er erreichte so etwas wie einen Innenhof – einige untereinander verbundene Metalldecks unter einem Netz aus Seilen, wo sich Dutzende der Fremdlinge versammelten. Ihre Sprache war schnell, voller Zischlaute und rauer Knacklaute, die rapide hin und her wogten. Sarus Universalübersetzer hatte Schwierigkeiten, die Sprache zu interpretieren, und musste ständig anhalten und das Programm neu starten, weil es keinen Schlüssel für die fremdartige Sprache fand. Es war selten, eine linguistische Rahmenbedingung zu finden, die das ausgereifte System des Universalübersetzers nicht schnell in die Standardsprache der Föderation umbauen konnte. Doch bisher hatte das Gerät nur Grundbegriffe aus der Unterhaltung unten herausfiltern können. *Furcht. Warten. Konflikt.* Der Übersetzer gab keine weiteren Einzelheiten wieder.

Der Schlüsselbegriff war *Angst* und Saru nickte kläglich. Damit konnte er etwas anfangen. Er atmete tief durch und sammelte sich. Hinten auf dem Innenhof war eine freie Stelle. Er würde sich abseilen, seine Hände als Geste der Freundschaft heben und …

Innerhalb eines Augenblicks ging eine Veränderung in der Menge vor. Jedes Einzelne der fremden Wesen wurde still. Saru entdeckte eine Bewegung auf der anderen Seite des offenen Bereichs. Eine Dreiergruppe der vierarmigen Wesen gingen in enger Formation durch die Menge. Saru bemerkte, dass alle rostrote Stoffbinden um jedes ihrer vier Handgelenke gebunden hatten. So, wie die anderen zurückwichen, um sie vorbeizulassen, war deutlich, dass sie bei den Fremden eine Autoritätsstellung innehatten. Als Saru genauer hinsah, bemerkte er, dass andere in der versammelten Menge ebenfalls Binden in verschiedenen Farben trugen. Einige hatten zwei oder drei an ihren Handgelenken, aber niemand vier.

Dann traten die Rotbinden zur Seite und Saru erkannte, dass sie eine vierte Gestalt abgeschirmt hatten. Er schätzte, dass es sich nicht um eine Erwachsene handelte, sondern um eine jüngere Frau der Spezies. Sie trug eine weiße Robe, die alt und abgetragen war. Ihre Haltung war unnormal. Als sie vorwärtsging, sah Saru auch, warum das so war. Eins ihrer Beine war schwer missgebildet und jeder Schritt bedeutete eine große Anstrengung für sie. Doch als sie an den anderen in der Menge vorbeiging, streckten diese ihre Hände aus, um sie zu berühren. Sie strich mit ihren Händen über ihre. Ganz gleich, wo die Frau mit der weißen Robe hinging, die Humanoiden an dieser Stelle schienen ruhiger und selbstsicherer zu werden.

Eine spirituelle Anführerin? Der Gedanke schoss Saru durch den Kopf. Obwohl sie zu jung wirkte, um als Älteste zu gelten, war die Wirkung, die diese junge Frau in der Robe auf die anderen ausübte, unmittelbar und unbestreitbar.

Sie war nicht mehr weit entfernt, als die humpelnde junge Frau plötzlich stehen blieb und geradewegs nach oben schaute – direkt zu Saru. Er blinzelte entsetzt, spannte sich an und erwartete einen Warnruf, doch stattdessen war ihr Blick voller Interesse und *Neugier.*

Das war bei ihren Begleitern nicht der Fall. Zwei der Rotbinden folgten dem Blick der Frau und sahen den Kelpianer, der sich über ihnen in den Schatten verborgen hielt. *Sie* reagierten so, wie er es erwartet hatte. Wütende Rufe wurden auf dem Innenhof laut und die versammelte Menge unter ihm rückte zusammen, um die Gestalt in der weißen Robe vor Saru und der Bedrohung, die von ihm ausging – wie auch immer diese aussehen mochte –, zu beschützen. Andere bauten sich auf eine Art und Weise auf, die ganz offensichtlich auf Gewalt hinauslaufen würde.

»Nein, nein ...« Saru hob seine Hände und legte seinen Kopf in den Nacken, um harmlos zu wirken. Leere Hände bewiesen, dass er keine Waffe trug, und seine Kehle zu entblößen war bei vielen Spezies ein Zeichen, dass man passive Absichten hegte. Doch das beruhigte die Stimmung keineswegs.

Furcht. Panik. Bedrängnis. Der Universalübersetzer teilte Saru tonlos die Stimmung der Fremden mit, doch ohne Einzelheiten nützte Saru das nur wenig.

Vorsichtig kletterte er hinab in den Innenhof und die Fremden wichen zurück, um ihm Platz zu machen. Der Größte unter ihnen reichte Saru gerade bis zum Brustbein und er spürte die Wellen puren Entsetzens, die allein sein Aussehen bei der Versammlung hervorrief. Es war eine seltsame Erfahrung für den Kelpianer, dass man sich vor *ihm* fürchtete. Sonst hatte er immer Angst.

Es gab keine Möglichkeit für ihn, zu entkommen. Die Humanoiden umzingelten ihn von allen Seiten. Einige von ihnen hatten schwere Keulen hervorgeholt oder stumpfe Schwerter. Saru wusste ohne jeden Zweifel, dass sie die kleinste falsche Bewegung als Angriff auslegen und entsprechend reagieren würden.

Wenn es dazu kam, konnte er sich dann den Weg freikämpfen? An seinem Gürtel hing ein Phaser Typ 2, der auf Betäubung eingestellt war, und er wusste, wie man ihn benutzte. Doch das Letzte, was Saru wollte, war, das Feuer auf ein Volk zu eröffnen, das ihn vollkommen zu Recht für einen Eindringling hielt.

Die Situation geriet außer Kontrolle und er wusste, dass er einen Ausweg finden musste. *Sie haben Angst. Du weißt, wie sich das anfühlt. Nutze es.* Saru holte tief Luft und brachte seine eigene Furcht zum Schweigen. Er spürte wieder den flüchtigen Druck auf seinen Sinnen lasten, das geisterhafte Knistern elektromagnetischer Energie in der Luft.

Das subtile Spiel von Sinneseindrücken war Teil der internen Kommunikation von Sarus Spezies und mit jeder verstreichenden Sekunde war er mehr davon überzeugt, dass diese Wesen eine ähnliche Eigenart besaßen, wenn auch auf einer anderen Ebene.

Er dämpfte seine Atmung und brachte sein eigenes elektrostatisches Muster zur Ruhe. Dann breitete Saru die Arme erneut aus und zeigte den Humanoiden, dass er wehrlos war. »Ich komme in Frieden«, intonierte er. »Ich bitte euch, mein Eindringen zu verzeihen. Ich wollte nicht respektlos sein.«

Zorn ebbte ab und verwandelte sich in *Misstrauen* und *Zweifel.* Das war nicht wesentlich besser als vorher, aber es war ein Schritt in die richtige Richtung. Die Waffen, die er gesehen hatte, wurden gesenkt, aber die Humanoiden hielten weiterhin Abstand.

Dann kam vom anderen Ende der Gruppe die Frau in der weißen Robe und schob sich ungelenk durch die Reihen ihrer

Begleiter mit den roten Binden, obwohl diese das offensichtlich missbilligten. Sie legte ihren Kopf schief und betrachtete Saru. Ihre großen, dunklen Augen musterten ihn. Er ahmte ihre Bewegung nach und tippte sich dann mit einem Finger an die Brust. »Ich bin Saru.« Das war die primitivste und elementarste Kommunikation im Universum. »Sah-ruu«, wiederholte er und dehnte die Silben. Der Kelpianer hoffte, dass sein Name in ihrer Sprache nicht irgendeine furchtbare Beleidigung war.

»Sah. Ruu.« Die Frau in Weiß wiederholte seine Worte. Ihre Stimme war sanft und melodisch.

»Ja.« Er zeigte auf sie. »Du? Wer bist du?«

Sie hob ihre Hand, um ihre Brust an derselben Stelle zu berühren wie zuvor Saru seine, als plötzlich eine neue Welle der Angst durch die Menge um sie herum lief. Bevor er reagieren konnte, waren die drei Männer mit den roten Binden nach vorn geschossen, hatten die Frau in Weiß eingekreist und sie davongezerrt. Sie verschwand mit einem Keuchen in der Menge und einen Herzschlag später war es so, als wäre sie nie dagewesen.

Saru dachte, dass die Humanoiden auf etwas reagierten, das er getan hatte – dass er unabsichtlich irgendein kulturelles Tabu verletzt hatte. Doch dann erkannte er, dass sie vor einem Bereich am hinteren Ende des Innenhofs zurückwichen und eine unregelmäßige Verteidigungslinie bildeten. Er drehte sich auf dem Absatz herum und sah vier Pelianer in stahlgrauen Overalls, die in die biolumineszente Beleuchtung traten. Alle trugen Partikelstrahlkarabiner und warfen misstrauische, unbehagliche Blicke auf die Menge, die sie umringte.

Einer von ihnen – ein Mann mit strengem Gesicht und Tätowierungen auf seiner Wange – zeigte auf Saru. »Na endlich! Da ist der Außenweltler!«

Ein anderer, der ein Sensormonokel trug, machte ein verärgertes Geräusch. »Was im Namen der Sonnen haben Sie hier unten zu suchen? Die hätten Sie töten können!«

»Wer sind diese Wesen?«, verlangte Saru zu wissen und richtete sich zu voller Größe auf. »Warum befinden sie sich an Bord dieses Schiffs?«

»Sie kommen auf der Stelle mit uns!«, sagte der tätowierte Mann. »Sie dürfen nicht hier sein. Die mögen keine Außenstehenden!«

»Wer?«, wollte Saru erneut wissen. »Sie sind nicht von Peliar Zel.«

»Das sind Gorlaner«, sagte einer der anderen Pelianer, als würde das alle Fragen beantworten. »Kommen Sie schon! Wir wollen sie nicht noch mehr provozieren, als Sie es ohnehin schon getan haben!«

Saru drehte sich um und ließ seinen Blick über die Gesichter in der Menge schweifen. Er suchte nach einer Spur der Frau in der weißen Robe. Doch sie war nicht zu sehen. »Ich habe mit ihnen kommuniziert ...«

»Nein, haben Sie nicht«, entgegnete der Pelianer mit dem Monokel. »Ihre Sprache ist unmöglich zu übersetzen.«

»Da kann man sich gleich mit Felsen unterhalten«, sagte ein anderer mit einem verächtlichen Schnauben.

Der Crewman mit den Tätowierungen legte Saru seine Hand fest auf die Schulter und zog ihn davon. »Sie kommen mit uns!«, beharrte er. »Keine Sorge. Die werden uns nicht folgen.« Widerwillig ließ der Kelpianer sich abführen.

»Sie sind aus freien Stücken hier«, sagte der andere Pelianer. »Alles ist in Ordnung, solange niemand etwas Dummes tut ...« Er sah Saru finster an. »So, wie eine ihrer Versammlungen zu stören!«

Sie gingen durch einen angrenzenden Tunnel und verließen das Frachtmodul. Der Tunnel führte in einen Flur, der zurück zum Bug des Schiffs führte. Eine Luke schloss sich hinter ihnen und versiegelte den Durchgang.

Der Pelianer mit den Tätowierungen betrachtete Saru kalt. »Ist das alles, was ihr Sternenflottenoffiziere tut? Dorthin gehen, wo ihr nicht erwünscht seid?« Er wartete nicht auf Sarus Antwort. »Es ist ein Wunder, dass Ihre Föderation noch existiert!«

»Ich gebe gerne zu, dass ich eine derartige Komplikation hier draußen nicht erwartet hätte«, sagte Captain Georgiou und lehnte sich an die Seite ihres Schreibtischs in ihrem Bereitschaftsraum. »Und jetzt sieht es so aus, als wären wir nicht nur über eine Gruppe von Wesen gestolpert, die Hilfe brauchen, sondern gleich zwei?«

»Das ist … unklar«, erwiderte Lieutenant Commander Johar.

Burnhams Blick glitt zu den holografischen Abbildungen, die bei ihnen im Raum waren – die körnigen, virtuellen Versionen des Chefingenieurs und Lieutenant Sarus, die aus dem Cockpitbereich des Shuttles *Yang* übertragen wurden. Statisches Rauschen und niedrige Auflösung erzeugten Streifen durch ihre Abbilder, aber sie konnte ihre Gesichtsausdrücke deutlich erkennen. Der Ingenieur hatte diesen verkniffenen Blick, den er immer aufsetzte, wenn etwas nicht so funktionierte, wie es sollte. Und Sarus Gesicht war die Definition von Schuldbewusstsein.

»Die Pelianer haben uns gesagt, dass die Gorlaner sich aus freien Stücken an Bord befinden, und bisher haben wir noch nichts gesehen, das …« Johars Worte wurden plötzlich zu einem undeutlichen Zischen und das Bild zerfiel in zufällige Pixel.

Neben Burnham runzelte Commander ch'Theloh die Stirn und tippte auf eine Interkom-Tafel. »Signalempfang verstärken.«

Eine Pause entstand und dann kehrte Johars Abbild zurück. »Shenzhou, *hören Sie uns? Sie waren für eine Sekunde verschwunden.«* Da die Nachwirkungen des Nadionimpulses immer noch die Subraumkommunikation störten, hatte Ensign Fan die Idee gehabt, einen Niedrigstromlaser mit direkter Sichtverbindung zu verwenden, um mit dem Rettungstrupp in Kontakt zu bleiben. Das einzige Problem lag darin, dass der Strahl verbunden sein musste. Deshalb musste er ständig auf eine Empfangstafel am Rumpf des Shuttles gerichtet sein, um zu funktionieren.

»Bitte wiederholen Sie das Letzte«, bat Georgiou.

»Ich sagte, dass wir nichts gesehen haben, das im Widerspruch zu den Versicherungen der Pelianer steht.«

»Lieutenant Saru ist nicht dieser Meinung«, bemerkte ch'Theloh, der den Gesichtsausdruck des Wissenschaftlers studierte.

»Ich ... formuliere immer noch eine Hypothese«, wagte der Kelpianer zu sagen und zog sich auf einen Satz zurück, den Burnham ihn mehr als einmal während der Analyse der beschädigten Überwachungsboje hatte murmeln hören.

»Burnham.« Abrupt richtete der andorianische Erste Offizier seinen stechenden Blick auf sie. »Die Pelianer und die Gorlaner. Was wissen wir über sie?«

»Soweit wir wissen, ist das Frachtschiff ein pelianisches Schiff«, begann sie und rief sich ihre jahrelangen Studien auf Vulkan ins Gedächtnis. »Sie sind eine kleine, aber hoch technisierte Zivilisation, die auf der Kardaschow-Skala als Typ II klassifiziert wird. Wenn es Ihnen lieber ist, kann ich auch die Richter-Klassifikation ...«

»Allgemeingültigkeit reicht mir vorläufig«, sagte Georgiou.

»Ich würde die Pelianer eher als Denker und nicht als Macher einschätzen«, fuhr sie fort und ging zu einem etwas gebräuchlicheren Vokabular über. »Es handelt sich um kohlenstoffbasierte, aufrecht gehende Humanoide, die mit den Standardnormen eines M-Klasse-Planeten vergleichbar sind. Sie verwenden Roboterdrohnen, um den größten Teil ihrer körperlichen Arbeit oder gefährliche Aufgaben zu verrichten.«

»Wie das autonome Schiff, das wir bei unserer Ankunft gesehen haben«, merkte ch'Theloh an.

Burnham nickte. »Die pelianische Kultur ist grob in zwei getrennte, aber kooperative Fraktionen unterteilt: die Alphaner und die Betaner, die auf den jeweiligen Monden ihrer Heimatwelt leben. Sie haben vor Kurzem Kontakt mit dem Föderationsrat aufgenommen, um die Möglichkeit einer Mitgliedschaft zu besprechen.«

»Und die Gorlaner?« Georgiou nahm eine Datentafel von ihrem Tisch und betrachtete die ethnologischen Diagramme der Humanoiden, die dort angezeigt waren. »Ich muss zugeben, ich kenne diese Spezies überhaupt nicht.«

»Man kann durchaus sagen, dass sie das absolute Gegenteil der Pelianer sind, Captain.« Burnham zeigte auf die Tafel. »Sie stammen aus einer Umgebung mit sehr hoher Schwerkraft, also haben sie größere Muskelmasse und Knochendichte. Sie haben den Ruf ...« Sie suchte nach den richtigen Adjektiven. »Ein grobschlächtiger und ärmlicher Wesensschlag zu sein. In der Vergangenheit hätte man sie wohl ›Grenzer‹ genannt.«

»Ich habe von ihnen gehört«, meldete sich Johar zu Wort. *»Nun ja, aus zweiter Hand. Mein kommandierender Offizier auf der* Stonewall *hat mir einmal erzählt, dass er einem ihrer Schiffe begegnet sei. Sie haben Fernweh, Captain. Sie sind nah und fern von ihrem Heimatsystem zu finden und suchen nach Planeten, auf denen sie eigenständige Kolonien errichten können.«*

»Korrekt!«, stimmte Burnham zu. »Die Kultur der Gorlaner basiert auf den Prinzipien der Selbsterhaltung und einem stark theologischen Glaubenssystem. Doch sie sind ein beschauliches Volk, das überwiegend unter sich bleibt ... Wir wissen wirklich vergleichsweise wenig über sie.«

»Lieutenant Saru, Sie haben in Ihrem Bericht von Problemen mit dem Universalübersetzer gesprochen«, sagte Georgiou. »Mehr Einzelheiten, bitte.«

Saru seufzte. *»Die gorlanischen Sprachmuster sind sehr gedehnt und auf eine Weise nuanciert, die schwer für die Software des Übersetzers zu verarbeiten ist. Es war unmöglich, mehr als die allereinfachsten Grundbegriffe herauszufiltern.«*

»Es wäre möglich, dass der Universalübersetzer größere Sprachmengen benötigt, um damit zu arbeiten«, sagte ch'Theloh. »Mit mehr Zeit und weiterem Kontakt mit ihrer Sprache sind wir möglicherweise in der Lage, eine bessere Lösung zu programmieren.«

»Bei allem Respekt, Sir«, unterbrach Burnham ihn, »es ist möglich, dass es nonverbale Elemente in der Kommunikation gibt, die unsere Systeme gar nicht erfassen können.« Die Aussicht, mehr über ein wenig bekanntes Volk intelligenter Wesen zu erfahren, war verlockend und sie wünschte sich zum wiederholten Male, dass der Captain sie anstelle des Kelpianers geschickt hätte.

Die Antennen auf dem Kopf des Andorianers krümmten sich leicht. »Was Sie nicht sagen«, tadelte er.

»Lieutenant Burnham hat recht«, sagte Saru. *»Ich habe einen bestehenden elektromagnetischen Feldeffekt wahrgenommen, als ich mich in der Nähe der Gorlaner befand. Ich bin davon überzeugt, dass dieser in direktem Zusammenhang mit dem emotionalen Zustand ihrer Gruppe stand.«*

Georgiou hob eine Augenbraue. »Können Sie das ... lesen?«

»Momentan? Nur sehr rudimentär. Wie der Commander bereits angeregt hat, müsste ich mehr Zeit für die Beobachtung der Gorlaner haben und länger mit ihnen interagieren, um ein besseres Verständnis zu bekommen.«

»Die Pelianer werden das nicht zulassen.« Ch'Theloh verschränkte die Arme vor der Brust. »Commander, wie ist der augenblickliche Status des Transportschiffs?«

»Es besteht keine unmittelbare Gefahr für das Schiff oder die Shenzhou*«*, antwortete der Ingenieur. *»Ich habe Ensign Weeton mit Yashae und dem Rest des Teams abgestellt, um die letzten Reparaturen am Warpkern vorzunehmen. Sir, ich muss Ihnen sagen, dass hier drüben ziemliche Spannungen herrschen.«* Er zögerte und runzelte unbehaglich die Stirn. *»Es war nicht nur Sarus Ausflug, der ihnen nicht passte. Ich habe auch meinen Anteil daran ... Kommandantin Nathal und ich hatten keinen besonders guten Start. Ich habe mit meinen Ansichten nicht gerade hinterm Berg gehalten, wie ich es vielleicht hätte tun sollen.«*

»Das ist vorsichtig ausgedrückt, Sir«, merkte Saru an.

Der Captain kicherte leise. »Saladin, wenn es hier darum ginge, nett zu den Leuten zu sein, hätte ich einen Diplomaten geschickt und Sie im Maschinenraum gelassen.« Dann war der Anflug von Humor vorbei und Georgiou konzentrierte sich auf Saru. »Mister Saru, als Sie da unten im Frachtraum bei den Gorlanern waren ... erzählen Sie mir, was Sie *gespürt* haben. Ich will Ihre emotionale Einschätzung haben.«

Saru wandte den Blick ab. Burnham spürte, dass der Kelpianer Schwierigkeiten hatte, die richtigen Worte zu finden. *»Da war eine sehr echte Angst unter ihnen, Captain. Aber ich kann nicht mit Sicherheit sagen, ob* ich *der Grund dafür war oder ob da noch mehr vor sich geht, von dem wir nichts wissen.«* Er sprach weiter und erzählte von der Versammlung, die er miterlebt hatte, und der offensichtlichen Präsenz einer

Art verehrten Persönlichkeit unter den Gorlanern. *»Ich bin davon überzeugt, dass wir dabei waren, einen Weg zu finden, um miteinander zu kommunizieren ... aber durch das Eingreifen der Pelianer haben wir möglicherweise unsere Chance verpasst.«*

»Ich will mehr als das!«, forderte Georgiou.

Johar sah zur Seite auf etwas, das sich außerhalb der visuellen Erfassung des Hologramms befand. *»Sie werden es vielleicht bekommen, Captain. Kommandantin Nathal und ihr XO sind hier.«*

Burnham bemerkte, wie Saru seinen Körper auf seine unverwechselbare Art anspannte, als die Pelianer eintrafen.

»Hier entlang, bitte.« Ensign Weeton zeigte hinauf durch die sechseckige Luke in das Innere des angekoppelten Shuttles. Nathals Gesichtsausdruck wurde mürrisch.

Neben ihr wartete der pelianische Offizier namens Hekan geduldig darauf, dass ihre Kommandantin hinauf in das Schiff der Sternenflotte kletterte. Saru beobachtete sie aufmerksam, während sie das Innere der *Yang* betrachteten. Hekans offensichtliches Interesse an der Technologie wurde nur durch ihre Rolle als Nathals Stellvertreterin gemäßigt. Er nahm an, dass die Pelianerin sich, wenn sie allein gewesen wäre, alles angesehen hätte. Nathal sah sich allerdings nur mit einem überheblichen und verächtlichen Blick um. Dann bemerkte sie die holografischen Abbilder der Offiziere, die sich im Bereitschaftsraum der *Shenzhou* befanden.

»Wer von Ihnen hat das Kommando?«, verlangte sie zu wissen und verschwendete keine Zeit mit Vorreden.

Georgiou beugte sich leicht vor. *»Ich bin Captain Philippa Georgiou vom Raumschiff* Shenzhou *und ...«*

»Ist es Ihre Angewohnheit, die Schiffe anderer Leute illegal zu entern, Captain?« Nathal wartete nicht auf ihre

Antwort. »Sie haben ohne Befugnis oder Erlaubnis gehandelt!«

»Ich bedaure, dass das notwendig war.« Der Captain neigte den Kopf und ließ den Kommentar an sich abprallen. *»Ich bin froh, zu hören, dass Ihr Schiff und Ihre Besatzung jetzt sicher sind.«* Sie musste nicht hinzufügen, dass dieser Umstand nur dem Eingreifen der *Shenzhou* zu verdanken war.

Nathal verschränkte ihre Hände und hielt sie umklammert. »Ich muss mich um eine Bergungsmission kümmern, Georgiou. Diese Unterhaltung geht von meiner Zeit ab, können wir das also beschleunigen?«

»Selbstverständlich.« Saru hörte, wie der Tonfall des Captains schärfer wurde. *»Es gibt nur einen Punkt, den ich gerne klären würde. Ich würde gerne verstehen, warum sich eine große Menge Gorlaner an Bord Ihres Schiffs befindet. Da unsere Sensoren fast wieder vollständig einsatzfähig sind, sehen wir eine beträchtliche Anzahl von ihnen.«*

»Und wieso ist das von Bedeutung?« Nathal sah Hekan Unterstützung heischend an, doch die andere Pelianerin schwieg.

»Die Zielsetzung der Sternenflotte schließt ein, für das Wohlergehen aller Lebensformen zu sorgen, denen wir begegnen«, fügte Commander ch'Theloh hinzu. *»Wir erkundigen uns lediglich nach ihrem Wohlbefinden.«*

»Die Gorlaner sind in keinerlei Bedrängnis«, sagte Hekan eilig. »Sie sind keine Gefangenen.« Sie schien von der Möglichkeit gekränkt.

»Sie sind Flüchtlinge«, korrigierte Nathal stirnrunzelnd.

»Von wo?« Saru konnte sich die Frage nicht verkneifen. »Die Koordinaten ihrer Heimatwelt liegen ganz klar auf der anderen Seite des Quadranten.«

»Von einem Kolonieplaneten selbstverständlich.« Die pelianische Kommandantin warf ihm einen Seitenblick zu.

»Sie waren Siedler oder so etwas. Ihr Außenposten wurde von einer tholianischen Patrouille angegriffen ... Ihnen war offensichtlich nicht bewusst, wie territorial die Versammlung ist.«

»Die verdrängten Gorlaner waren gezwungen, ins All zu fliehen«, sagte Hekan. »Aber ihre Schiffe haben es nur knapp bis zu den nächsten bewohnbaren Welten geschafft.«

»*Unseren* Welten!«, unterbrach Nathal knapp und anklagend. »Sie schleppten sich in die Umlaufbahn um Peliar Zel und flehten uns an, ihnen zu helfen. Und genau das tun wir jetzt, indem wir sie an einen sicheren Ort bringen.«

»Unsere Regierung hat den Gorlanern einen neuen Planeten gesucht, den sie kolonisieren können«, fügte die andere Frau hinzu.

»Ich verstehe.« Captain Georgiou schien darüber nachzudenken. *»Und wo ist dieser Planet?«*

»In ein paar Lichtjahren Entfernung«, erwiderte Hekan. »Die meisten sind bereits dort. Wir sind der letzte Transportflug.«

Saru merkte, dass Nathal ihn aufmerksam beobachtete. »Ich kann verstehen, weshalb Ihr Offizier zu falschen Annahmen bezüglich der Gorlaner gekommen sein könnte. Ihre ritualistischen Gepflogenheiten wirken auf Außenstehende seltsam. Es ist leicht, sie zu beobachten und falsche Rückschlüsse zu ziehen. Doch wie meine Stellvertreterin schon sagte, wir verwehren ihnen gar nichts.«

»Warum haben sie dann Angst?« Saru reagierte gereizt auf den wegwerfenden Ton der Kommandantin und platzte mit den Fragen heraus. »Wieso sind ihre Lebensbedingungen so primitiv?«

»Machen Sie ihren Mangel an Kultiviertheit nicht zu mehr, als er wirklich ist«, antwortete Nathal. »Die Wahl ihrer Lebensumstände liegt ganz allein bei den Gorlanern.«

»Und doch sehen Sie deswegen auf sie hinab.« Saru redete, ohne nachzudenken, und in dem Moment, als die Worte über seine Lippen gekommen waren, wusste er, dass es falsch gewesen war, sie auszusprechen – auch wenn es das war, was er glaubte.

»Jetzt ist es genug, Lieutenant!«, warnte ch'Theloh und brachte ihn mit einem Blick zum Schweigen.

Nathal fuhr fort, als hätte Saru nichts gesagt. »Sie müssen verstehen, dass die Satelliten von Peliar Zel eine solch große Anzahl vertriebener Fremder nicht aufnehmen konnten. Die Ökologie unserer Monde Alpha und Beta sind empfindlich und streng organisiert. Unsere Lösung ist das Beste für alle Beteiligten.«

»Ich werde das in meinem Bericht deutlich machen«, stellte Georgiou in neutralem Tonfall fest. Saru wartete darauf, dass sie die Worte der pelianischen Kommandantin hinterfragte, aber das geschah nicht. *»Und ich werde die Umstände der Fehlfunktion Ihres Warpkerns in allen Einzelheiten schildern.«*

»Wir möchten nur unsere Mission abschließen«, sagte Nathal. Dann zog sie ihren Overall glatt und nahm formell Haltung an. »Im Namen meiner Mannschaft und der Kohorte Peliar Zel möchte ich der Besatzung der *Shenzhou* für ihre Hilfsbereitschaft danken.« Ihre Worte klangen, als wären sie einstudiert. Saru fragte sich, ob Hekan ihre Kommandantin vorbereitet hatte. »Aber wir benötigen keine weitere Hilfe.« Nathal sah der Reihe nach Johar, Weeton und Saru an, als erwarte sie, dass diese umgehend das Schiff verlassen würden.

»Bei allem Respekt«, fügte Hekan hinzu, »die Lage an Bord dieses Schiffs ist eine interne Angelegenheit und Peliar Zel ist noch kein Mitglied der Vereinigten Föderation der Planeten.«

»Oder an ihre Regeln gebunden.« Nathal hatte das letzte Wort.

»Durchaus«, stimmte Georgiou zu. *»Ich entschuldige mich, falls Sie das Gefühl haben, dass ich …«*, sie warf Saru und Johar kurze Blicke zu, *»oder einer meiner Offiziere eine Grenze überschritten haben. Ich versichere Ihnen, wir hatten nur die besten Absichten.«* Der Captain holte tief Luft und Saru sah, wie der Ausdruck ihrer Augen stahlhart wurde. *»Aber ich darf Sie daran erinnern, dass – falls Peliar Zel einen Beitritt zur Föderation wünscht – eine Kooperation mit der Sternenflotte Ihrem Planeten nur zum Vorteil gereichen würde.«* Sie warf einen Blick über ihre Schulter.

Burnham nahm das als Zeichen, dass sie an der Reihe war, zu sprechen. *»Für eine vollkommene Klärung – für unseren Bericht an das Sternenflottenkommando – wäre es nützlich, mit einem Vertreter der gorlanischen Kolonisten zu sprechen. Um sicherzugehen, dass diese keine auf sie zugeschnittene Hilfe benötigen.«*

Erst jetzt erkannte Saru, dass Georgious Taktik während dieser Unterhaltung nur darauf ausgerichtet gewesen war, Nathal an diesen Punkt zu bringen. Jede Weigerung der pelianischen Kommandantin würde deutlich machen, dass sie etwas zu verbergen hatte. Wenn sie sie jetzt in den nächsten zehn Sekunden von ihrem Schiff warf, würde das ihre Beteuerung, alles sei in Ordnung, Lügen strafen.

Nathals Wangen liefen dunkel an und nach einer langen Pause antwortete sie verkniffen: »Sie haben einen Sprecher bestimmt, der mit anderen Spezies kommuniziert. Hekan wird das Treffen mit ihm arrangieren. Dann können Sie gehen.« Sie stand auf, schob sich an Saru vorbei und kletterte ohne ein weiteres Wort durch die Luke des Shuttles hinaus.

Burnham betrat das Labor und durchquerte den Raum mit schnellen Schritten. Sie ging zu dem Arbeitsbereich an der hinteren Wand, wo die Überwachungsboje in Einzelteile zerlegt lag. Sie war hier heruntergekommen, weil der Schiffscomputer sie mit einer automatischen Nachricht in ihrer Aufgabenliste darüber informiert hatte, dass die erste Phase der Analyse dieser Einheit abgeschlossen war. Bei all der Aufregung über die Rettungsaktion und die Entdeckungen an Bord des pelianischen Schiffs hatte sie die Arbeit an der Boje verdrängt.

»Was hast du mir zu erzählen?«, fragte sie vor sich hin und betrachtete das zerlegte Gerät. In funktionsfähigem Zustand hätte das Objekt einem abgeflachten, silbernen Zylinder geähnelt, um den sich Solarplatten bogen. An einem Ende befand sich ein Sensorkopf und am anderen Ende ein Bündel Kommunikationsantennen. Doch jetzt war es nur ein ordentlicher Satz auseinandermontierter Teile. Die äußeren Oberflächen waren an einigen Stellen von der Sonnenstrahlung ausgebleicht, an anderen von Mikrometeoriten durchlöchert.

Die Teilstücke waren von automatischen Roboterarmen zerlegt und gemäß den Richtlinien, die das Ingenieurkorps der Sternenflotte eingeführt hatte, in der Reihenfolge ausgelegt worden, in der sie untersucht werden sollten. Burnham ignorierte das und wurde direkt vom Mittelteil angezogen, wo die Speicherbänke der Boje saßen. Sie hoffte, Antworten zu finden, warum das Gerät in Schweigen verfallen war. Sie programmierte eine Makrosonde, zog das Gehäuse beiseite und betrachtete das Innere des Moduls.

Dutzende duotronischer Datenkerne waren darin in Reihen angeordnet. Jeder einzelne konnte Gigaquads gespeicherter Informationen aufnehmen. Die Speicherbank hätte die aufgezeichneten Sensorscans und Subraumtelemetrie von Monaten enthalten müssen, doch die Untersysteme der Boje hatten sich geweigert, diese an die *Shenzhou* zu übertragen. Burnham würde die Kerne einzeln per Hand herausnehmen und in ein Lesegerät einsetzen müssen, damit dieses die Daten auslas.

Sie hatte den ersten Kern gelöst, da öffnete sich die Labortür und Commander ch'Theloh marschierte herein. »Lieutenant.«

»Sir.« Burnham sah nicht hoch und hielt ihren Blick auf den empfindlichen duotronischen Kern gerichtet, der sich im Griff der Makrosonde befand. »Verzeihen Sie mir, wenn ich nicht aufstehe. Hier sind ruhige Hände gefragt.«

»Können Sie nicht einfach einen Mikrotraktorstrahl benutzen?«, fragte der Andorianer und kam näher.

Burnham hielt den Atem an, während sie den Kern langsam zu dem Lesegerät bewegte. »Diese Komponenten zeigen Anzeichen dafür, dass sie von Partikeln bombardiert wurden. Ich will sie keiner weiteren Energie aussetzen, wenn es nicht unbedingt sein muss.« Der Kern rastete mit einem leisen Klicken in dem Lesegerät ein. »Das war der erste, bleiben noch dreiundzwanzig.« Sie atmete aus und sah hoch. »Kann ich Ihnen helfen, Commander?«

»Ich wollte nur mal nach dem Rechten sehen«, erklärte er. »Das Hauptaugenmerk des Captains gilt der ganzen Sache mit dem pelianischen Schiff, aber wir können unsere Mission nicht vernachlässigen.« Er zeigte mit einem langen, blauen Finger auf das zerlegte Gerät. »Das Frühwarnnetz der Sternenflotte hat eine Lücke von einhundert Lichttagen. Die anderen Bojen können das in gewissem Maße kompensieren, aber der blinde Fleck ist spürbar. Wir müssen aufklären, warum das passiert ist.« Er runzelte die Stirn und seine Antennen krümmten sich nach vorn. »Das Letzte, was wir brauchen, ist, dass jemand ... etwas ... durch ein Loch im Zaun schlüpft.«

Burnham kniff die Augen zusammen. »Sir, haben Sie die Tholianer in Verdacht?«

»Ich habe *niemals* etwas in Verdacht, Lieutenant«, stellte er fest. »Ich mache Voraussagen und stelle fundierte taktische Erwägungen an. Haben Sie jemals eins ihrer Schiffe gesehen?«

Sie schüttelte den Kopf. »Nur Simulationen.«

Ch'Theloh sprach weiter und begann auf und ab zu laufen. »Sie sind schnell. Wendig. Äußerst gefährlich. Wir haben eine Menge Arbeit vor uns.« Dann schüttelte er den düsteren Gedanken ab und musterte sie erneut. »Je schneller das hier erledigt ist, desto besser. Und ich könnte mir vorstellen, dass Sie die Analyse auch gerne fertig hätten, bevor Lieutenant Saru von der Rettungsmission zurückkehrt.«

»Sir?« Burnham hatte ein ungutes Gefühl, worauf diese Unterhaltung abzielte. Der Erste Offizier und Saru waren in der ganzen Zeit, seit sie sich an Bord der *Shenzhou* befand, noch nie miteinander ausgekommen. Die steife Art des Kelpianers ließ sich nicht gut mit der kämpferischen Disziplin des Andorianers vereinbaren. Im Gegensatz dazu hatte Burnham ch'Thelohs kühle Zurückhaltung immer bewundernswert gefunden. Er war fast wie ein Vulkanier. Das war eine selten vorkommende Einschätzung, da die Völker von Andor und von Burnhams Adoptivheimat einst erbitterte Feinde an den entgegengesetzten Enden des emotionalen Spektrums gewesen waren.

»Ich weiß, dass Sie die Boje trotz der Einwände von Saru an Bord gebeamt haben«, fuhr er fort. »Deshalb obliegt es Ihnen, zu beweisen, dass das die richtige Entscheidung war. Fürs Protokoll, ich bin Ihrer Meinung, Lieutenant. Vielleicht wird das ein wenig dabei helfen, unseren kelpianischen Besatzungskollegen davon zu überzeugen, dass seine von Natur aus konservative Betrachtungsweise jeder Situation nicht immer die *praktikabelste* Methode ist.«

Burnham nickte, aber Saru tat ihr dennoch etwas leid. Sie hatte das Gefühl, dass er trotz all seiner Erfahrung an Bord des fremden Schiffs überfordert war, und diese Erkenntnis würde nicht leicht für ihn sein. Sarus Ego zeigte sich oft in dem Drang, sich zu sehr ins Zeug zu legen. Von den Pelianern *und* seinen vorgesetzten Offizieren abgestraft zu werden, würde ihn schmerzen.

»Sie fragen sich, wie Sie die Dinge da drüben gehandhabt hätten, wenn Captain Georgiou Sie anstelle von Saru geschickt hätte.« Ch'Thelohs durchdringender, eiskalter Blick traf ihren. Burnham gab nichts preis. Der Erste Offizier hatte ein unnachahmliches Talent, direkt in die Gedankengänge seiner Untergebenen Einblick zu nehmen.

Wäre ich anders damit umgegangen? Sie dachte über die Frage nach, während sie das Lesegerät untersuchte. »Ich hätte mich auch auf die Suche gemacht.« Saru war Allgemeinwissenschaftler, aber Burnhams Spezialgebiet war die Erforschung fremder Kulturen und die Chance, Einblicke in die tieferen Schichten einer wenig bekannten Gesellschaft wie die der Gorlaner zu gewinnen, war eine verlockende Aussicht, wie sie dem Commander erklärte.

»Wir können Verbindung mit ihnen aufnehmen. Diese Situation könnte uns tiefere Einblicke geben, was das Volk der Gorlaner angeht, und seien es nur einfache Grundlagen.« Der Erste Offizier machte eine Pause. »Ich habe gehört, dass sie großen Kampfgeist besitzen. Es wäre interessant, mehr zu wissen.« Sein Blick wanderte zu der Analysevorrichtung. »Aber eins nach dem anderen.« Dann zeigte ch'Theloh auf einen dunkelroten Streifen, der sich auf der Anzeige bildete. »Sagen Sie mir, wenn ich mich irre, Lieutenant, aber das scheint kein positives Ergebnis zu sein.«

»Oh, nein.« Burnham beugte sich über die Anzeige und verlor den Mut. Das Lesegerät zeigte den Inhalt des duotronischen Kerns als eine gewaltige Menge korrupter Daten, ein Wirrwarr aus vollkommen durcheinandergeratenen Datenfragmenten. »Das sollte unmöglich sein. Die Speicherbänke sind dreifach abgeschirmt und vor Solareruptionen und flüchtigen Subraumphänomenen geschützt.«

»Vielleicht ist es nur dieser eine Kern.«

»Ich glaube, so viel Glück habe ich nicht«, sagte Burnham seufzend. Sie zeigte auf die Anzeige. »Sehen Sie sich das Beschädigungsmuster an, Sir. Es ist asymmetrisch. Wie eine örtliche Auswirkung, auf einen Punkt fokussiert ... genau *hier.*« Sie schätzte den Wirkungsbereich des Musters ein und erkannte, dass der Schaden sich nicht nur auf diesen Kern erstreckte, sondern über die gesamte Speicherbank.

Der Commander verschränkte seine Arme vor der Brust. »Wollen Sie mir damit sagen, dass jemand das vorsätzlich getan hat?«

»Ich ...« Burnham atmetet stattdessen tief durch. Plötzlich wünschte sie, dass Saru hier bei ihr wäre. Allein die Tatsache, dass der Kelpianer ihr über die Schulter sah und ihre Arbeit noch einmal überprüfte, wäre hilfreich gewesen. Nach einer ganzen Weile nickte sie. »Ich werde eine Diagnostik von allen duotronischen Kernen vornehmen müssen, um sicherzugehen, aber das wäre meine erste Einschätzung, Sir.« Sie zeigte auf den Bildschirm. »Die Kollimation des Effekts ist einfach zu gleichmäßig, um das Resultat eines natürlichen Phänomens zu sein.«

»Stellen Sie eine Vermutung an!«, sagte ch'Theloh und ließ es wie einen Befehl klingen. »Wie könnte man das anstellen?«

Ihre Gedanken rasten, während sie kurz nacheinander eine Handvoll Möglichkeiten in Betracht zog und wieder verwarf. »Ein zusammenhängender Energiestrahl, der aus großer Entfernung ausgesandt wurde. Etwas, das auf die korrekte Frequenz eingestellt ist, könnte das verursachen. Aber es müsste die Deflektoren der Boje durchdringen. Wenn das ...« Sie verkniff sich, *die Tholianer* zu sagen. »Wenn das der Einfluss eines feindlichen Akteurs war, warum hat man dann nicht das Gerät zerstört? Dann wäre die Sache erledigt gewesen.«

»Das ist die Frage, die Sie für uns beantworten werden«, erklärte der Erste Offizier. »Wenn wir nicht herausfinden können, was hier geschehen ist, könnte das Nächste, was in Schweigen verfällt, die *Shenzhou* sein.«

4

»Luke gesichert«, meldete Weeton vom Pilotensitz. »Bereit zum Abkoppeln.«

»Verstanden.« Lieutenant Commander Johars Stimme schnitt durch die Kabine, doch Saru hörte nur mit halbem Ohr zu. Er war zu sehr mit dem Versuch beschäftigt, den gorlanischen Übersetzer *nicht* anzustarren, der ihm gegenübersaß. *»Sagen Sie dem Captain, dass wir hier bald fertig sind, Britch. Bis Sie zurückkommen, sollten wir so gut wie fertig sein.«*

»Bestätigt«, antwortete der Ensign. »Shuttle *Yang* legt ab ... jetzt.«

Ein dumpfer Schlag hallte durch den Rumpf und das kleine Hilfsschiff schwebte vom Rumpf des riesigen pelianischen Transporters weg. Lichtstrahlen, die durchs Fenster hereinschienen, bewegten sich, während sie auf die *Shenzhou* zuhielten, die in der Nähe schwebte.

Der Gorlaner richtete sich auf seinem Sitz auf, um eine bessere Sicht auf das Föderationsschiff zu bekommen, während sie die Entfernung überwanden. Er hatte sich als Vetch vorgestellt und sprach in einem stockenden, gebrochenen

Peliar-Zel-Dialekt, den Sarus Universalübersetzer verarbeiten konnte. Zunächst schien ihn der Gedanke zu verstören, das Transportschiff zu verlassen, um der *Shenzhou* einen Besuch abzustatten, aber jetzt, da er das Sternenflottenschiff erblickte, schien er sich mit dem Gedanken abzufinden. Saru konzentrierte sich auf den Gorlaner und versuchte, die Grenzen der elektrosensitiven Aura des Fremden auszuloten. Doch diese war schwach und absichtlich gedämpft.

Vetch hielt sich mit drei Händen aufrecht. Die vierte drückte er an das durchsichtige Aluminium des Aussichtsfensters. Er murmelte so leise etwas, das es über das Brummen der Impulstriebwerke des Shuttles hinweg nicht zu hören war.

Saru betrachtete ihn eingehend. Wie viele andere der Gorlaner, die er in dem Frachtmodul gesehen hatte, trug Vetch schäbige, handgewebte Kleidung in einem rostrot-orangen Farbton. Sein Haar war lang und von grauen Strähnen durchzogen. Sein dazu passender grauschwarzer Bart war zu groben Zöpfen gezwirbelt. Er trug zwei Binden aus schmutzigem, grünem Stoff um den Bizeps seines rechten Oberarms. Saru bemerkte, dass der Übersetzer – *der Sprecher*, wie man ihn vorgestellt hatte – leicht humpelte, und dachte an die Frau in der weißen Robe.

Sarus Gedanken drehten sich immer noch neugierig um sie, aber er hielt seine Fragen zurück. Jetzt war nicht der richtige Zeitpunkt dafür.

Neben Vetch saß schweigend die Pelianerin Hekan. Ihr Blick war nach innen gerichtet. Angesichts der Fähigkeiten und des Rangs, die sie besaß, vermutete Saru, dass Hekan eine Doppelrolle als Erster Offizier und Chefingenieur innehatte, und der Respekt, der ihr von den anderen pelianischen Besatzungsmitgliedern entgegengebracht wurde, schien das zu bestätigen.

Sie wurde von einem von ihnen begleitet – einem Mann in einem orangen Overall und einer Art silbernen Weste über der Brust. Da der andere Pelianer alles wie ein Falke im Blick behielt, glaubte Saru, dass er eine Art Sicherheitsoffizier war, obwohl er keine sichtbaren Waffen trug. Dennoch, die Anwesenheit des Mannes sagte einiges über das Vertrauen aus, das Kommandantin Nathal in alles setzte, was mit der *Shenzhou* zu tun hatte. Sie stand nicht länger zur Verfügung, um mit jemandem aus dem Sternenflottenteam zu sprechen, und es oblag Hekan, das zu bagatellisieren. Saru vermutete, dass Nathals mangelnde Bereitschaft, einen Dialog zu führen, eher an persönlichen Animositäten lag und nicht an ihren Pflichten, obwohl das Gegenteil behauptet wurde.

»Viele?« Vetch sah zu Hekan hinunter, um die Frage zu stellen, und nickte in die Richtung der *Shenzhou*, als das Schiff größer wurde.

Hekan warf Saru einen Blick zu. »Die Sternenflotte der Föderation ist ziemlich groß, nicht wahr?«

»Ja.« Saru nickte und sah Vetch an. »Viele, in der Tat. Die *Shenzhou* ist ein älteres Schiff, aber sie ist nur ein Schiff in einer Flotte, die über verschiedene Sektoren hinweg arbeitet.«

»Mehr kommen her?«

Saru war nicht sicher, wohin die Frage führte. »Wenn sie gebraucht werden.«

Vetch schürzte die Lippen und sagte nichts.

Weeton wendete und flog in einem sanften, geschmeidigen Bogen in die offene Hangarbucht des Raumschiffs. Der Ensign ließ die *Yang* geschickt wieder auf denselben Punkt hinabsinken, den sie vor einigen Stunden verlassen hatte.

Das Shuttle kam auf dem Deck zur Ruhe. Saru sah drei Gestalten, die auf dem Vorfeld warteten – Captain Georgiou, Lieutenant Burnham und der Yeoman des Captains, Ensign

Danby Connor. Innerlich zuckte er zusammen. Sarus Handlungen an Bord des pelianischen Schiffs hatten eine Anstandsgrenze überschritten, die ihm eine Rüge von seinem Kommandanten eintragen würde. Diese würde aber noch schlimmer, wenn er dazu gezwungen wäre, sie vor Burnham und Connor einzustecken.

Er schüttelte den Gedanken ab. Wenn der Captain ihm eine Standpauke halten wollte, dann nicht jetzt. *Nein*, dachte er, *das ist etwas, worauf ich mich noch freuen kann.*

Die Heckluke der *Yang* klappte auf und Saru ging voran, gefolgt von dem pelianischen Sicherheitsmann, Hekan, Vetch und schließlich Ensign Weeton. Georgiou fing Sarus Blick auf, als er sich aufrichtete und Haltung annahm, und er wusste, dass sein vorheriger Gedanke richtig gewesen war. *Immerhin ist der Erste Offizier nicht anwesend.* Saru bezweifelte, dass Commander ch'Theloh sich in Diskretion üben würde, wenn er seine Unzulänglichkeiten aufzählte.

Captain Georgiou begrüßte Vetch so formell, wie sein Status als Repräsentant von Gorlan das erforderte, aber er wirkte abgelenkt und spähte skeptisch in die entlegenen Ecken der weitläufigen Landebucht, als würde er etwas suchen.

»Ich habe darum gebeten, dass man Sie herbringt, weil ich einige Fragen habe«, fuhr Georgiou fort. »Ich wollte mit Ihnen von Angesicht zu Angesicht sprechen. Und bitte verstehen Sie, dass Sie hier unter keinerlei Druck stehen. Sie dürfen hier frei sprechen und jede Bitte äußern.«

Saru merkte, dass Hekan und der andere Pelianer nervös von einem Bein aufs andere traten, als der Captain die Eröffnungsrede beendete. Wenn es einen Moment gab, in dem sich alles noch weiter komplizieren konnte, dann jetzt. *Was, wenn er um Asyl bittet? Was, wenn es zu Gewalt kommt? Was, wenn jemand eine Waffe zieht?*

Es war für Saru eine Tatsache des Lebens, dass er sich jeden Tag rund um die Uhr immer die schlimmsten Szenarien ausmalte.

Er warf Burnham einen Blick zu und erinnerte sich an etwas, das sie vor ein paar Monaten zu ihm gesagt hatte. *Sie erwarten immer das Schlimmste, Saru.*

Ja, hatte er geantwortet, *aber ich hoffe immer auf das Beste.*

»Fragen Sie, was gefragt werden muss«, sagte Vetch und machte eine einladende Geste. »Werde antworten.«

Georgiou wechselte Blicke mit Burnham und Connor und wandte ihre Aufmerksamkeit dann wieder dem Sprecher zu. »Sind die Gorlaner an Bord des Transportschiffs in Bedrängnis?«

»Bedrängnis?« Vetch runzelte die Stirn.

»Ist jemand ... oder etwas ... dort, der Ihrem Volk Schaden zufügt?«, half Saru. Aus dem Augenwinkel sah er, dass Connor diskret einen Trikorderscan von der Gruppe machte.

»Gorlan-Art ist zäh. Mutig«, antwortete Vetch. »Wenig schadet uns. Wir halten durch.«

»Sie will wissen, ob *wir* euch etwas getan haben«, sagte Hekan und warf Georgiou einen kurzen Blick zu. »Das ist es doch, nicht wahr? Sie haben Angst, dass wir diese Leute versklavt oder etwas ähnlich Widerwärtiges mit ihnen gemacht haben. Sie wollen es nur nicht laut aussprechen.«

»Wir suchen nach Klarheit«, stellte Burnham richtig. »Das ist alles.«

»Sie verurteilen uns«, schoss Hekan zurück, »und die Gorlaner – in einer Angelegenheit, über die Sie so gut wie nichts wissen!« Sie machte eine knappe, negative Geste vor ihrer Kehle. »Hält die Föderation so wenig von den Leuten von Peliar Zel? Ich schwöre Ihnen auf die Gebiete von Beta, an so etwas wäre ich nicht beteiligt.«

Hekan sprach ehrlich und leidenschaftlich, sodass Saru gewillt war, ihr zu glauben. Doch sie war nur eine Person, rief er sich ins Gedächtnis, und der Kelpianer fragte sich, wie Nathal an ihrer Stelle reagiert hätte.

Vetch nickte eifrig. »Pelianer-Art hat ... Gorlan-Art nicht verletzt. Alles ist ruhig zwischen uns auf der Reise zum neuen Ort. Sorge um uns nicht nötig.«

»Äh, entschuldigen Sie ...« Connor räusperte sich. »Tut mir leid, aber ich kam nicht umhin, zu bemerken ...« Er hielt den Trikorder hoch. »Ich sehe unterdurchschnittliche biometrische Daten verglichen mit den Normwerten für Gorlaner, die wir in unseren Akten haben. Obwohl diese zugegebenermaßen ziemlich schwammig sind.«

»Ah.« Vetch strich sich mit der Hand über seinen Bart. »Ist nichts. Nur Müdigkeit von langer Reise. Betrifft uns alle, hat aber keine Folgen. Wir sprechen nicht von kleinen Dingen.« Er runzelte die Stirn. »Gorlan-Art lebt nicht gut unter Metallhimmel«, gab er zu und zeigte auf die Decke über ihnen. »Wir brauchen Land unter Füßen. Echte Luft in Atem.«

»Reden Sie von einem Vitaminmangel?«, erkundigte Burnham sich.

»Das kommt ungefähr hin«, stimmte Connor zu. »Auffällig, aber nicht lebensbedrohlich.«

»Da können wir helfen«, sagte der Captain und erkannte eine Gelegenheit. »Mein leitender medizinischer Offizier, Doktor Nambue, kann den Gorlanern ein Medikament anbieten, das ihre Müdigkeit lindern wird. Wenn Sie das möchten.«

»Das wäre nützlich«, sagte Vetch. Die Ausstrahlung von Unergründlichkeit, die er aufgesetzt hatte, fiel plötzlich von ihm ab und darunter kam aufrichtige Dankbarkeit zum Vorschein. Dennoch zuckten seine Augen unruhig umher und beobachteten jeden Winkel. Saru erkannte, dass er eine weitere Emotion bei dem Fremden sah. *Angst* – dieselbe Angst, die Saru schon am Versammlungsort gespürt hatte.

Er fuhr seine anderen Sinne herunter und konzentrierte sich erneut auf die Aura des Gorlaners. Vetch war verstört, aber er verbarg es gut.

»Wir helfen gerne«, erklärte Georgiou. »Deshalb sind wir hier draußen.«

Doch Hekan hatte noch mehr zu sagen. »Ich glaube, dass Sie gute Absichten hegen«, begann sie. »Dennoch muss ich Ihnen sagen, dass meine Kommandantin Ihre Anwesenheit in diesem Sektor eher als Einmischung ansieht und nicht als Hilfe. Wir sind hier außerhalb der Grenzen Ihrer Föderation. Sie können Ihre Werte hier nicht durchsetzen.«

Saru spürte sofort, dass Hekans Worte eigentlich von Nathal stammten. »Würden Sie es vorziehen, wenn wir Sie alle dem Tod überließen?«

»Was mein Lieutenant sagen will«, ging Georgiou dazwischen, »ist, dass die Sternenflotte die Pflicht hat, jedes Leben zu schützen. Das gilt auch über Linien auf einer Karte hinweg.«

»Und ich danke Ihnen.« Hekan verbeugte sich knapp. »Aber ich habe meine Befehle und ich muss eine Botschaft weiterleiten.« Sie versteifte sich und ihre Haltung wurde förmlich. »Kommandantin Nathal wird offiziell Beschwerde beim diplomatischen Korps der Sternenflotte über das Verhalten der *Shenzhou* einreichen. Jetzt, da Ihre Forderung, die Gorlaner zu treffen, erfüllt wurde, verlangt sie, dass Sie Ihre Besatzungsmitglieder von unserem Schiff abziehen und uns unserer Mission überlassen.«

Der Captain warf Saru und Weeton einen Blick zu. »Sind die Reparaturen abgeschlossen?«

»So gut wie, Captain«, antwortete der Ensign.

»Wir werden die Wünsche unserer pelianischen Nachbarn respektieren.« Georgiou nickte. »Mein Chefingenieur wird sicherstellen, dass Ihr Warpantrieb bedenkenlos eingesetzt werden kann.« Hekan öffnete ihren Mund, um zu protestieren, aber der Captain sprach weiter. »Das ist das Mindeste, was wir für künftige Mitglieder der Vereinigten Föderation der Planeten tun können.«

Nach geraumer Zeit machte die Pelianerin die bestätigende Geste vor ihrer Kehle und gab nach. »Selbstverständlich.«

»Yeoman.« Georgiou sah Connor an. »Begleiten Sie unsere Gäste zur Krankenstation und sorgen Sie dafür, dass Sprecher Vetch Medikamente aus unseren Vorräten erhält.«

»Aye, Captain!« Connor machte einen Schritt vorwärts, um sich der Gruppe anzuschließen, und zeigte auf den Turbolift auf der anderen Seite der Shuttlebucht. »Wenn Sie mir folgen wollen, Sir?«

Saru beobachtete, wie Vetch und die Pelianer davongingen. Ihm fiel auf, dass der Gorlaner sich langsam und vorsichtig bewegte, als wäre er an den Grad der Schwerkraft an Bord des Raumschiffs nicht gewöhnt. Als Saru sich umdrehte, spürte er den bohrenden Blick des Captains auf sich gerichtet.

»Ich weiß, ich habe den Ruf, meinen Leuten eine Menge Freiheiten zu lassen«, begann sie und hielt Sarus Blick stand. »Ist das ein Fehler von mir?«

Der Kelpianer wand sich etwas und sie ließ es zu. »Nein, Captain. Ich gebe zu, dass ich mich von meiner Neugier übermannen ließ.« Er seufzte und Georgiou wusste, dass er sich bereits Vorwürfe machte. »Ich konnte nicht ignorieren, was ich gesehen habe«, schloss Saru.

»Das hat alles jedenfalls deutlich komplizierter gemacht«, murmelte Weeton und stutzte dann. »Habe ich das laut gesagt?«

»Lieutenant Burnham hatte recht«, fuhr sie fort und ließ den Kommentar des Ensigns unkommentiert. »Hier ist Klarheit nötig. Trotz Ihrer Methoden, Saru, ist es wichtig, dass wir von der Anwesenheit der Gorlaner auf dem Schiff und von ihren Lebensumständen erfahren haben.«

»Wenn man sich ihre Einstellung uns gegenüber vor Augen hält, dann bezweifle ich doch sehr, dass Kommandantin Nathal uns diese Information freiwillig gegeben hätte«, bemerkte Saru.

»Verbirgt sie noch mehr?« Wie immer war Michael die Erste, die zum Kern der Sache kam. »Oder liegt das nur an ihrer ablehnenden Haltung uns als Außenstehenden gegenüber?« Burnham legte ihren Kopf auf ihre vulkanische Weise schief, während sie ihre eigenen Fragen analysierte.

»Ungewiss«, erwiderte Saru bedauernd. Dann trat er einen Schritt vor und senkte seine Stimme. »Ich habe allerdings das Gefühl, Captain, dass an dieser Sache mehr dran ist, als wir wissen. Der Sprecher, Vetch?« Er zeigte mit seinem Kinn in die Richtung des Turbolifts. »Wer hat ihn uns für unsere Unterhaltung zur Verfügung gestellt?«

»Die Pelianer«, sagte Weeton.

»Sie trauen ihm nicht?«, fragte Burnham. »Auf welcher Grundlage?«

»Instinkt.« Sobald er das Wort ausgesprochen hatte, sah Georgiou, wie die Schultern des Kelpianers herabsackten. »Ich weiß. Das ist wohl kaum eine solide Basis für wissenschaftliche Gründlichkeit.«

»Weeton.« Sie verlagerte ihre Aufmerksamkeit auf den jüngeren Offizier. »Sie waren auch dort drüben. Teilen Sie Lieutenant Sarus Meinung?«

Der Ensign runzelte die Stirn. »Nathal kann uns nicht leiden und will uns nicht in der Nähe haben, das sticht einem so deutlich ins Auge, wie die Nase ... ich meine, die *Nasen* in ihrem Gesicht. Aber, ich meine, wir würden im umgekehrten Fall doch genauso empfinden, oder nicht?«

»Kommandantin Nathal könnte unsere Einmischung als eine Bedrohung ihrer Autorität ansehen«, sagte Burnham und setzte genau wie Weeton ein Stirnrunzeln auf. »Zugegeben, das ist eine unlogische Reaktion.«

»Nicht jeder ist so rational wie Sie, Michael«, erinnerte sie Georgiou und ließ einen milden Tadel in ihren Tonfall einfließen.

»Werden wir sie einfach ... wegfliegen lassen?« Saru fixierte sie mit seinen stechenden Augen. »Das können wir nicht. Es gibt zu viele unbeantwortete Fragen.«

Der Captain bemerkte, dass Weeton und Burnham einen Blick wechselten. Die anderen Offiziere dachten dasselbe wie sie. Georgiou hatte selten erlebt, dass Saru so auf einem Standpunkt beharrte, wie er es im Moment tat. Es war untypisch für den Kelpianer, auf diese Weise zu reagieren. »Lieutenant, das ist das Einzige, was wir tun *können.* Wir haben nicht das Recht oder einen hinreichenden Grund, das Raumschiff von Peliar Zel von seinem Flug abzuhalten. Um ehrlich zu sein, habe ich meine Zuständigkeit schon überschritten, als ich das Rettungsteam blind hineingeschickt habe. Wir können keinen interstellaren Zwischenfall riskieren, indem wir uns in die Angelegenheiten von Welten einmischen, die nicht zur Föderation gehören.«

»Das hier ist kein Problem der Obersten Direktive, Captain«, beharrte Saru und wurde lauter.

»Ich kenne die Vorschriften«, sagte sie streng, um seine Proteste im Keim zu ersticken. »Und genau deshalb werden wir uns daran halten.«

»Es gibt noch eine andere Gefahr, die wir nicht außer Acht lassen dürfen«, stellte Burnham fest. »Die Tholianische Versammlung stellt für die Pelianer eine ständige Bedrohung dar. Kommandantin Nathal und ihre Besatzung müssen sich mit dieser Unwägbarkeit Tag für Tag auseinandersetzen. Eine verstärkte Sternenflottenpräsenz in diesem Gebiet – und sei es nur ein Schiff – vergrößert nur das Risiko, dass die Tholianer sich einschalten.«

»Sie wollen, dass wir verschwinden«, sagte Weeton.

»Und wir werden dem Folge leisten. Wir sollten nicht vergessen, dass wir unsere eigene Mission haben, der wir uns wieder zuwenden müssen.« Georgiou nickte in Richtung der *Yang*. »Halten Sie sich für einen sofortigen Abflug bereit, Ensign. Wir sollten nicht länger bleiben als unbedingt nötig.« Sie wandte sich ab und warf Burnham einen Blick zu. »Ich bin auf der Brücke. In der Zwischenzeit, Michael, bringen Sie Saru auf den neuesten Stand, was die Boje angeht.«

Der letzte Blick des Captains galt dem Kelpianer, aber Saru starrte durch das schimmernde Kraftfeld vor dem Tor der Shuttlebucht hinaus auf den riesigen Frachter der Fremden, der dort schwebte.

»Die Boje«, begann Burnham. »Ich habe die Daten von der vorläufigen Demontage in ihre Warteschlange hochgeladen.«

Saru nickte, aber er hatte Schwierigkeiten, sich auf die Analyse zu konzentrieren. Seine Gedanken schweiften immer wieder zu dem Gesicht der Gorlanerin in der weißen Robe. Sie hatte etwas Unwiderstehliches und bei der Aussicht, niemals zu erfahren, was sie ihm hätte sagen können, verspürte er zunehmend ein Gefühl der Unvollständigkeit.

»Die Speicherdatenbänke wurden von einer äußeren Energiequelle beeinträchtigt«, fuhr Burnham fort. »Ich bin mir über den Ursprung nicht sicher, aber wir müssen in Betracht ziehen, dass die Tholianer dahinterstecken.«

Saru nickte abwesend. »Sie haben schon früher Versuche, ihre Hoheitsgebiete zu scannen, gestört. Sie verwenden

Strahlungsableitungsbleche, um Bereiche ihrer Schiffe bei Sensorscans aus nächster Nähe zu verbergen.« Er beobachtete Weeton durch die offene Luke des Shuttles, während der Ensign eine Checkliste vor dem Abflug der *Yang* abarbeitete.

»Das ist eine passive Maßnahme. Wir reden hier von einer aktiven, absichtlichen Verhinderungsmaßnahme.« Burnham presste ihre Lippen zu einer dünnen Linie zusammen, trat vor ihn und versperrte ihm die Sicht. »Saru, habe ich Ihre volle Aufmerksamkeit?«

»Eigentlich nicht«, gestand er. »Vielleicht ein Drittel davon?«

»Was ist los?« Burnham musterte ihn von Kopf bis Fuß. »Heute Morgen waren Sie geradezu besessen von der Vorstellung, die Analyse vorschriftsmäßig von Anfang bis Ende durchzuführen, und jetzt hören Sie mir kaum zu ...« Ihr Tonfall wurde sanfter. »Was ist mit Ihnen da drüben geschehen? Was haben Sie gesehen?«

»Auf diese Frage habe ich keine gute Antwort«, gab er zu. Saru war zum größten Teil ein Prinzipienreiter, was Vorgänge und Vorschriften anging, und glaubte fest an wissenschaftliche Strenge. Doch er besaß auch eine rein kelpianische Seite – ein Rückfall in die reaktive, primitive Natur der Beutespezies, die seinesgleichen einst gewesen waren. Der Konflikt zwischen den sinnlichen und den rationalen Elementen belastete ihn. Beide versuchten, die Bedeutung der Emotionen zu verstehen, die sein Vorstoß in die Versammlung der Gorlaner aufgewühlt hatte. »Ich glaube ... diese Situation hat mich tiefer berührt, als mir bewusst war.«

»Wollen Sie zu Doktor Nambue gehen?«

Er wedelte gereizt mit der Hand. »Ich fühle mich nicht krank, Lieutenant. Ich bin ... *beunruhigt*.« Saru sah die Frage in ihrem Gesichtsausdruck. »Sie verstehen das nicht. Aber das würden Sie, wenn Sie dort gewesen wären.«

»Vielleicht«, räumte sie ein. »Dann wären *Sie* vielleicht derjenige, der *mich* fragen würde, ob es mir gut geht.«

»Ich glaube, es ist falsch vom Captain, sich aus dieser Situation zu lösen.« Normalerweise würde Saru es sich zweimal überlegen, einen derartigen Kommentar auszusprechen, aber er kam ihm über die Lippen und er versuchte nicht, ihn zurückzunehmen.

»Das haben Sie ziemlich deutlich gemacht«, sagte Burnham. »Aber es gibt Regeln, die man befolgen muss. Captain Georgiou weiß das und es scheint, dass Kommandantin Nathal dasselbe Regelwerk gelesen hat.«

Er musterte sie. »Sie sprechen davon, die Vorschriften zu befolgen, aber in der Messe haben Sie etwas anderes gesagt. Sie haben das Protokoll ignoriert, indem Sie die Boje an Bord beamen ließen.«

»Das war nicht das Gleiche«, antwortete sie.

»Inwiefern? Sie sprechen sich in einem Fall dafür aus, die Vorschriften zu befolgen, aber in einem anderen nicht? Das scheint mir sehr willkürlich zu sein.« Sie verfielen wieder in ihren üblichen, kampflustigen Rhythmus, aber Saru hatte nicht vor, sich zurückzuhalten. Manchmal hatte er das Gefühl, Michael Burnham dann am besten zu verstehen, wenn sie nicht einer Meinung waren.

»Wir sind darin ausgebildet, eine Situation aufgrund der sich entwickelnden Umstände zu interpretieren«, schoss Burnham zurück. »Wir sind hier an der Außengrenze, Saru. Die nächste Sternbasis ist selbst mit hoher Warpgeschwindigkeit Tage entfernt. Das Gleiche gilt für das nächste Schiff der Sternenflotte. Wir müssen bereit sein, die Vorschriften zu umgehen, wenn es erforderlich ist. Das unterscheidet einen guten Offizier von einem großartigen: zu wissen, wann man die Regeln beugen darf und wann man hart bleiben muss.« Sie legte ihren Kopf schief. »Wenn Sie eines Tages ein

Raumschiff kommandieren wollen, dann müssen Sie lernen, diese Entscheidungen zu treffen. Wann man Wagemut an den Tag legen muss und wann man Zurückhaltung üben sollte.«

Eine schnippische Antwort nahm in seinen Gedanken Gestalt an, doch Saru wurde von irgendetwas zurückgehalten. Der Mensch hatte irgendwo recht, auch wenn es ärgerlich war, das zuzugeben. *Vielleicht sollte ich versuchen, die Dinge durch ihre Augen zu betrachten*, dachte er. *Was würde Burnham tun, wenn unsere Rollen vertauscht wären?*

»Sie scheinen alles bei der Analyse des Überwachungsgeräts im Griff zu haben, Lieutenant.« Er zog seinen Trikorder von seinem Gürtel und wandte sich ab. »Ich lasse Ihnen gerne den Vortritt.«

»Wirklich?«

»Ja«, sagte er geistesabwesend und spulte durch die Speicherdateien des Trikorders, um die Daten zu finden, die sein Universalübersetzer aufgezeichnet hatte. »Machen Sie nur weiter. Ich möchte mir diese Scans noch einmal ansehen und sie in den Computer der *Shenzhou* hochladen ...«

Ein Plan formte sich allmählich in seinen Gedanken und jedes Element baute auf dem letzten auf.

»Das war's, Sir«, sagte Yashae und wischte sich mit der Hand über die Stirn. »Ich glaube, wir haben es geschafft.«

Johar sagte nichts und bedeutete ihr stattdessen, das Datentablet, das sie verwendet hatte, zu reichen. Der Chief Petty Officer gab es ihm. Er ging durch die Registertabs auf dem Bildschirm und hielt das Gerät hoch, damit er dieses und den Warpkern der Pelianer nebeneinander betrachten konnte.

Auf dem tragbaren Bildschirm flammten grüne Statusanzeigen in einer Reihe auf, um anzuzeigen, dass alle Systeme der fremdartigen Maschinerie jetzt einwandfrei arbeiteten. Die Reparaturen waren abgeschlossen und sie waren bereit,

Nathal oben auf dem Kommandodeck Bescheid zu sagen, sie möge die Kaltstartsequenz einleiten, die die Warpgondeln des großen Frachtschiffs wieder hochfahren würde.

Doch Johar zögerte. »Hat Subin Ihnen den Scan der Impulswelle übermittelt, den ich haben wollte?«

Yashae nickte und blinzelte durch ihre langen Wimpern. »Sie hat die Checks durchlaufen lassen, Sir. In keiner der Emitterspulen oder Einspritzmechanismen sind noch Nadionpartikel nachzuweisen. Was immer diesen Impulseffekt ausgelöst hat, dem sie ausgesetzt waren, jetzt ist keine Spur mehr davon zu sehen.«

»Ja«, stimmte er zu, »und das ärgert mich gewaltig.« Johar wedelte mit der Hand in Richtung des Warpkerns. »Ich meine, wir wissen, dass es kein flüchtiger Subraumeffekt war, der hier durchgezogen ist – das hätte eine andere Verfallssignatur hinterlassen. Wir wissen, dass es kein Ungleichgewicht im Warpfeld war. Auch das wäre zu offensichtlich.« Der Ingenieur begann, hin- und herzulaufen. »Also, was hat das ausgelöst? Ich will eine schlüssige Antwort. Ansonsten machen wir den Job nur halb und Sie wissen, was ich von schlampiger Arbeit halte.«

»Sir …«, fiel Yashae ihm ins Wort, aber Johar sprach weiter.

»Wenn sie auf Warpgeschwindigkeit beschleunigen und dieser Nadionimpuls auftritt, könnte das beim nächsten Mal eine superkritische Störung zur Folge haben. Es könnte die Cochrane-Blase umkehren oder Schlimmeres. Ich bekomme eine Gänsehaut, wenn ich nur daran denke. Wir müssen mit Sicherheit wissen, ob das eine zufällige Anomalie war, ein Fehler im System, absichtliche Sabotage oder …«

»Sir«, wiederholte Yashae, dieses Mal nachdrücklicher. Gleichzeitig neigte sie ihren Kopf in Richtung der Luke auf der anderen Seite der Kabine. »Wir bekommen Gesellschaft.«

Johar drehte sich um und sah, dass Nathal auf ihn zukam, als wollte sie auf ihn losgehen. Riden, der dienstälteste Ingenieur der Pelianer, musste sich beeilen, um mit ihr Schritt zu halten. »Kommandantin«, setzte Johar an und versteckte unwillkürlich das Datentablet hinter seinem Rücken. »Da sind Sie ja. Ich wollte Sie gerade kontaktieren.«

»Sie sind auf meinem Schiff nicht mehr willkommen, wenn Sie es überhaupt je gewesen sind, Mensch«, begann sie. Ihr Tonfall war eiskalt. »Ich habe Sie lange genug geduldet.«

»Ich habe mich vorhin danebenbenommen«, sagte Johar entschuldigend. »Das tut mir sehr leid. Im Eifer des Gefechts war ich wohl ein wenig forsch.« Er sah Riden an und hoffte, auf Verständnis zu stoßen. »Sie wissen ja, wie das manchmal ist! Ingenieure sind oftmals ein wenig *zu* direkt und ...«

»Anmaßend?«, warf Nathal ein. »Respektlos?«

»Das ist berechtigt.« Er schluckte schwer.

»In unserer Flotte würden Sie zum Deckhelfer degradiert, wenn Sie so mit einem vorgesetzten Offizier sprächen.« Nathal starrte zornig zum Warpkern hoch. »Riden sagte mir, dass der Antrieb komplett repariert ist. Es ist Zeit, dass Sie zu Ihrem eigenen Schiff zurückkehren.«

»Das ist mehr oder weniger richtig«, antwortete Johar. »Aber die Arbeit ist noch nicht beendet.« Erneut sah er den pelianischen Ingenieur Unterstützung heischend an. »Hat Mister Riden Ihnen auch gesagt, dass wir keinen bestimmten Grund für den Nadionimpuls gefunden haben, der Ihr Schiff lahmgelegt und die Begleitdrohne zerstört hat?«

»Die Fehlfunktion wurde korrigiert!«, sagte Riden bestimmt.

»Nein, der *Schaden* wurde repariert«, erwiderte Johar und spürte, dass seine respektvolle Haltung ihm wieder entglitt. »Das ist nicht dasselbe.« Er ging ein Risiko ein und übte weiteren Druck aus, bevor er die Kontrolle über die Situation verlor. »Wir lassen gerade ein letztes Diagnostikprotokoll über Ihre Warpuntersysteme laufen, das stimmt doch, oder, Chief Yashae?«

Er gab der Vok'sha das Tablet zurück und sah sie scharf an. »Ja, das tun wir«, stimmte Yashae aalglatt zu und ging zur Seite, bevor jemand sehen konnte, dass sie eine derartige Diagnostik gar nicht eingeleitet hatte. »Ich werde sie gleich mal überprüfen.«

Nathal stellte sich direkt vor Johar und senkte ihre Stimme zu einem tiefen Knurren. »Wenn ich zu der Überzeugung komme, dass Sie versuchen, mich hinters Licht zu führen ... dann ist es vollkommen egal, ob Sie ein Ingenieur oder von der Sternenflotte oder von der Föderation sind. Ich lasse Sie aus einer Luftschleuse werfen und Captain Georgiou kann Sie dann aus der Leere fischen. Ist diese Ansage direkt genug?«

»Absolut«, brachte Johar hervor, »Captain.«

Der pelianische Captain stelzte davon und ihr Ingenieur folgte ihr auf dem Fuße. Sobald sie außer Hörweite war, suchte Johar Yashae, die mit Subin an einem der Kontrollpodeste stand.

»Wo ist Zoxom?« Er sah sich um. Von dem xannonischen Sanitäter war nichts zu sehen.

»Er ist auf der Ebene über uns«, erklärte Subin. »Angeblich haben sich einige der pelianischen Techniker während des Vorfalls eine niedrige Dosis Deltastrahlen eingehandelt. Er gibt allen Betroffenen Injektionen.«

»Holen Sie ihn hier runter, wenn er fertig ist«, sagte Johar zu ihnen. »Ich will alle meine Leute im Blick haben.« Dann tippte er auf das Datentablet in Yashaes Hand. »Und schließen Sie die Diagnostik ab. *Schnell.*«

In einer Nische neben der Landebucht auf der *Shenzhou* gab es eine Arbeitsstation, die nicht besetzt war. Saru zog sich dorthin zurück, wo ihn niemand sehen und er an einer Konsole arbeiten konnte, ohne dabei das Shuttle auf seiner Dockingstation aus den Augen zu verlieren.

Er lud den Inhalt seines Universalübersetzers mithilfe seines Trikorders in den Schiffscomputer und rief ein Sprachprogramm auf, um den Dialog auszuwerten, den er während seines Aufenthalts bei den Gorlanern aufgezeichnet hatte. Saru war davon überzeugt, aus den Daten noch weitere Einzelheiten herausfiltern zu können, wenn er nur einen Weg fand, ein Grundgerüst zu erstellen. Schließlich waren sie komplexe Wesen mit eigener Raumfahrtkultur und keine primitiven, halb intelligenten Kreaturen, die keine Vorstellung vom großen Universum hatten – auch wenn einige der Pelianer das von ihnen zu denken schienen.

Er traute Vetch nicht. Etwas an dem Sprecher machte seine Bedrohungsganglien nervös. Saru war sicher, wenn er sich mit den Gorlanern auf Augenhöhe unterhalten könnte, würden all die Fragen und Unsicherheiten, die Captain Georgiou gezwungenermaßen übersehen musste, sich zu einem Bild zusammenfügen. Sie würden mit Sicherheit wissen, was sich an Bord des Transportschiffs abspielte.

Diese Frage offenzulassen, ließ Saru verzweifeln. Er stellte sich vor, dass die Gorlaner ein furchtbares Schicksal erlitten, und spürte einen Stich von Schuldbewusstsein. Er konnte nicht untätig dastehen und zulassen, dass diese Wesen einer unsicheren Zukunft entgegengingen – nicht, wenn es noch eine Chance gab, das zu verhindern. »Dies ist nicht die Zeit für Zurückhaltung«, sagte er laut und dachte an Burnhams Feststellung, während er sich durch die Daten arbeitete. »Jetzt ist die Zeit für Wagemut.«

Saru ging die Aufzeichnungen durch und beobachtete, wie die Lernsoftware des Übersetzers die Syntax und die Laute, die sie aufgenommen hatte, zerlegte und zu etwas, das wie sprachliche Kommunikation aussah, wieder zusammensetzte.

Furcht. Warten. Konflikt.

Grundbegriffe wie diese wurden schnell entschlüsselt, aber die tiefer gehenden Bedeutungen waren schwerer zu enthüllen.

Angst. Neugier. Zorn. Panik. Bedrängnis.

Er schloss die Augen und hatte Schwierigkeiten, sich daran zu erinnern, wie er sich gefühlt hatte. Er versuchte, wieder nachzuempfinden, wie die Luft um ihn herum sich angefühlt hatte, das kaum wahrnehmbare Knistern des elektrostatischen Felds, das von der Menge der versammelten Gorlaner erzeugt worden war.

Zorn. Misstrauen. Zweifel.

»Das reicht nicht«, stellte er fest und schüttelte den Kopf. Saru rief visuelle Darstellungen von Wortgruppen und Schnittmengen mit möglichen Bedeutungen auf. Dann wartete er, während der Schiffscomputer widersprüchliche Möglichkeiten anbot.

Diese Zusammenstellung von Geräuschen könnte »Freundschaft« oder »Gruppe« bedeuten, aber sie könnte auch »Temperatur« oder »Nahrung« heißen. Der Kelpianer betrachtete die Anzeigen finster. *Das hier läuft entweder auf die Größe einer lebendigen Kreatur hinaus oder das Alter eines leblosen Objekts.* Ihm wurde klar, dass jede dieser Übersetzungen korrekt sein konnte und ihr Zusammenhang möglicherweise durch Ort, Tonfall oder das unsichtbare Muster des neuroelektrischen Felds abgewandelt wurde.

Am Ende der aufgezeichneten Daten bemerkte er, dass eine bestimmte Abfolge einige Male von vielen verschiedenen Gorlanerstimmen wiederholt wurde. Saru richtete sein Augenmerk darauf und markierte die Wortgruppe. »Computer, auf diese bestimmte Gruppierung konzentrieren. Aufgrund aller zur Verfügung stehenden Daten eine Vermutung über die wahrscheinlichste Bedeutung aufstellen.«

»Anfrage wird bearbeitet«, sagte die künstliche Stimme. Auf der Anzeige erschien ein Dutzend unterschiedlicher möglicher Antworten, was nicht hilfreich war. *»In absteigender Reihenfolge: Schreibgerät. Tür. Träger. Mutter. Flüssigkeit. Gruppierung. Zentral. Herz. Nexus ...«*

»Stopp.« Saru wedelte mit der Hand und brachte den Computer zum Schweigen. »Nichts davon ist korrekt. Es gibt noch mehr. Etwas fehlt noch ...« Er legte die Stirn in Falten und kramte in seiner Erinnerung, was er gespürt hatte, als diese Worte gesprochen wurden. Wie hatte er sich dabei *gefühlt*? »Das ist nah dran, aber es ist nicht ... nicht *zentral*, kein *Nexus* ... ein ...«

Er spürte, dass der Sinn für ihn beinahe greifbar wurde, aber er konnte ihn sich nicht vor Augen führen. Und dann plötzlich verstand er.

»*Knotenpunkt*. Das ist der Begriff. Ein bildlicher Mittelpunkt, mit dem sich alle anderen verbinden. Die Gorlaner haben von einem *Knotenpunkt* gesprochen.« Saru verspürte eine Welle purer Aufregung, als ein Teil des Bildes der Fremden sich zusammenfügte.

Doch war dies wortwörtlich zu nehmen oder eher symbolisch? Erneut dachte er an die Frau in der schäbigen weißen Robe und die unverhohlene Neugier in ihren Augen, als sie ihn gesehen hatte. Sah er in ihr, was er sehen wollte, und projizierte seine eigenen Gefühle auf ein fremdartiges Wesen? Oder war sie das, wofür er sie hielt – jemand, der bereit war, außerhalb der Grenzen pelianischer Beaufsichtigung zu kommunizieren?

Kontakt mit anderen Lebensformen und Kulturen war immer mit dem Risiko kritischer Missverständnisse behaftet, oder dass man seine tief sitzenden Vorurteile auf Außenstehende übertrug. Der einzige Weg zum Verständnis war der Versuch, diese Kluft zu überbrücken. Wenn die *Shenzhou* jetzt wegflog, würde Saru von der Ungewissheit dessen, was nicht ausgesprochen worden war, gequält werden.

Er sah zum Shuttle hinüber und sah Ensign Connor, der mit Hekan, Vetch und dem anderen pelianischen Besatzungsmitglied, das medizinische Behälter trug, zurückkehrte. Saru richtete sich auf, ging zielstrebig durch die Landebucht und fing Connor geschmeidig ab, als der Yeoman des Captains die Fremden formell verabschiedete.

»Im Namen von Captain Philippa Georgiou und der Besatzung der *Shenzhou*«, sagte Connor gerade, »es war uns ein Vergnügen, Sie auf unserem Schiff begrüßen zu dürfen, und wir hoffen, dass die Föderation auch weiterhin freundschaftliche Beziehungen mit den Völkern von Gorlan und Peliar Zel unterhalten kann.«

»In der Tat«, schaltete Saru sich in die Unterhaltung ein. »Ich übernehme jetzt, Mister Connor.«

»Sir?« Der Yeoman wollte protestieren, also schnitt Saru ihm eilig das Wort ab.

»Sie dürfen gehen.« Er bedeutete der Gästegruppe, vorauszugehen, und führte sie wieder an Bord der *Yang*. »Erlauben Sie mir, Ihnen zu helfen.« Saru nahm die medizinischen Behälter und trug sie den Rest des Wegs ins Shuttle. Dann ging er als Letzter an Bord und verschloss die Luke hinter sich.

Oben im Cockpit sprach Ensign Weeton mit dem diensthabenden Offizier des Hangars. »*Shenzhou*, hier ist das Shuttle *Yang*. Passagiere sind angeschnallt, wir sind bereit zum Abflug.«

»Verstanden, Yang. *Sie haben Freigabe zum Abflug.«*

»Danke ...« Weeton brach ab, als Saru neben ihm auf den Sitz des Co-Piloten kletterte und mit der Hand über die Kontrollen strich. »Lieutenant? Sie ... fliegen wieder mit uns zurück?«

»So ist es.« Saru sagte es so bestimmt, als wäre die Antwort auf diese Frage offensichtlich. »Ich werde Lieutenant Commander Johar bei den letzten Überprüfungen der Reparaturen behilflich sein, bevor wir mit dem Rettungsteam zurückkehren.« Weeton zögerte und Saru drängte ihn, indem er seinen Rang ausspielte. »Wenn Sie dann so weit sind, Ensign.« Er nickte in Richtung der offenen Landebucht vor ihnen.

»Aye, Sir!«, antwortete Weeton skeptisch. Dann hob das Shuttle mit einem leichten Ruck ab.

»Ist das wirklich nötig, Sir?«, erkundigte sich Zoxom und runzelte die Stirn. »Ich bin sicher, dass keinem von uns körperliche Gefahr droht.«

»Sie haben den Ausdruck in ihren Augen nicht gesehen«, murmelte Johar und warf einen Blick auf die Luke, wo die *Yang* wieder am Rumpf des pelianischen Schiffs ankoppelte. »Ich glaube, Sie sehen immer nur das Gute in den Leuten, aber mir wäre wohler, wenn Sie im Shuttle warten.«

»Wie Sie wünschen, Sir.« Zoxom seufzte. »Aber Sie sollten wissen, dass nicht die ganze Besatzung so ... kratzbürstig ... ist wie Kommandantin Nathal. Einige von ihnen sind tatsächlich sogar recht umgänglich.«

»Ich werde es im Hinterkopf behalten«, sagte Johar. Im Maschinenraum hatte er zwei von Nathals Besatzungsmitgliedern gesehen. Beide trugen die silbernen Westen, die wahrscheinlich Sicherheitsleute kennzeichneten. Die Pelianer hatten beide nicht mit ihm gesprochen, aber es war mehr als deutlich, dass sie den Warpkern bewachen sollten.

Über ihnen glitt die Luke zur Seite und eine Leiter wurde herabgelassen. Hekan kam als Erste durch die Luke. Sie bedachte Johar mit einem vielsagenden Blick, der zur Hälfte Mitgefühl und zur Hälfte Gereiztheit ausdrückte. »Wir haben mit Ihrem Captain gesprochen«, sagte sie zu ihm. »Vetch hat ihr gewisse Dinge erklärt.«

Johar beobachtete den zwergenhaften, vierarmigen Gorlaner, der leichtfüßig die Leiter hinunterkletterte und aufs Deck glitt. »Hat er das? Und was genau?«

»Wir werden alle unserer Wege gehen«, antwortete Hekan neutral, während ihr Besatzungsmitglied aus dem Shuttle auftauchte und sich etwas abseits hinstellte.

»Meine Techniker, Subin und Yashae, sind fast fertig.« Johar beschloss, seiner Intuition zu folgen und einen letzten Versuch zu unternehmen, sich Gehör zu verschaffen. »Aber hören Sie, ich muss das sagen, von einem Ingenieur zum anderen. Der Ursprung dieses Impulseffekts ist immer noch unklar. Mit etwas mehr Zeit, wenn wir zusammenarbeiten könnten ...«

»Ich habe meine Befehle und Sie auch«, schnitt Hekan ihm mitten im Satz das Wort ab. »Zwingen Sie mich nicht dazu, es noch einmal zu sagen.« Sie wirkte nicht glücklich darüber, aber sie ging davon, bevor er noch weiter darauf herumreiten konnte.

»Achtung, da unten, Fracht unterwegs«, sagte eine andere Stimme. Johar drehte sich um und sah Sarus schlaksige Gestalt, die zwei medizinische Behälter umständlich auf seinen Armen balancierte und die Leiter hinunterkletterte. Als seine Stiefel das Deck berührten, streckte Vetch die Arme aus und nahm ihm einen der schweren Behälter ab.

»Was machen Sie denn wieder hier?« Johar ging einen Schritt auf den Kelpianer zu. »Ich habe Sie nicht angefordert.«

»Ich bin hier, um zu ... assistieren«, sagte Saru. »Der Captain hat den Gorlanern einige Vorräte überlassen, um die sie gebeten haben.«

Etwas an der Antwort des Wissenschaftsoffiziers klang für den Chefingenieur unecht, aber er hielt sich zurück und warf einen Blick nach hinten auf den xannonischen Sanitäter. »Zoxom, gehen Sie ins Shuttle und sagen Sie Weeton, er soll sich zum Abdocken bereit machen.«

Derweil ging Saru hinter Vetch den Flur entlang und trug den zweiten Medizinbehälter.

»Lieutenant!« Johar holte ihn ein. »Sie setzen das Zeug bei den Gorlanern ab und kommen im Laufschritt wieder hierher zurück, ist das klar? Bleiben Sie nicht stehen, um an den Rosen zu schnuppern.«

»Die Gorlaner züchten Pilze, Sir, keine Blumen. Aber ich werde keine Zeit verlieren«, antwortete er und betrat eine Aufzugplattform, die sie in das Hauptfrachtmodul hinuntertragen würde.

Der Aufzug entschwand nach unten und Johar hörte, wie Zoxom aus der Luke heraus nach ihm rief. »Sir! Ist Saru da?«

»Er ist unterwegs nach unten.« Der Ingenieur ging zurück zur Luke. »Wieso?«

Zoxom machte ein kehliges Geräusch, von dem Johar wusste, dass es ein Schimpfwort der Xanno war. Dann warf er den beiden Sicherheitsleuten der Pelianer einen skeptischen Blick zu. »Es ist besser, wenn wir uns im Shuttle unterhalten, Sir.«

»Was ist nun wieder?« Johar verzog das Gesicht und hievte sich die Leiter hinauf in die Mannschaftskabine der *Yang*.

Weeton wartete auf ihn und zeigte mit dem Daumen auf die Steuerungskonsole des Shuttles. »Sobald wir angedockt hatten, habe ich die Kommunikation per

Sichtverbindungslaser mit der *Shenzhou* hergestellt. Der XO will mit Ihnen reden.«

Johar ließ sich auf den Pilotensitz fallen und sah Commander ch'Thelohs Gesicht auf einer kleinen Hologrammanzeige, die über die Steuerung projiziert wurde. Das normalerweise himmelblaue Gesicht des Andorianers hatte eine dunklere, azurblaue Färbung angenommen und das bedeutete nichts Gutes. Johar hatte eine böse Vorahnung, als er den Kanal öffnete. »Commander?«

»Weeton sagt, Saru wäre im Shuttle gewesen«, fauchte ch'Theloh. *»Er hatte keinen Befehl, zum Pelianerschiff zurückzukehren. Ich muss mit ihm sprechen – auf der Stelle!«*

»Ah.« Johar warf einen kurzen Blick über seine Schulter. »Sir, er ist gerade nach unten gegangen. Hinunter zu den Decks, wo die Gorlaner leben.«

»Und das haben Sie zugelassen?«

»Ich sah keinen …«

»Vergessen Sie's«, schnitt der Erste Offizier ihm das Wort ab. *»Die Handlungen des Lieutenants sind untypisch und unbefugt.«* Der Andorianer beugte sich zu dem Eingabegerät und sein Gesicht füllte den kleinen Bildschirm aus. *»Finden Sie ihn und fangen Sie ihn ein, bevor dieser fehlgeleitete Impuls, dem er folgt, eine diplomatische Krise auslöst!«*

5

Die Aufzugplattform ratterte hinunter ins Herz des riesigen Frachters. Saru verlor schnell den Überblick, an wie vielen Etagen sie vorbeigerast waren.

Neben ihm stellte Vetch die Kiste ab, die er getragen hatte, setzte sich darauf und sah hoch zu dem groß gewachsenen Kelpianer. »Warum Sie hier, Fremdling?« Er fixierte Saru aus seinen tief liegenden Augen mit einem misstrauischen Starren. »Was hoffen Sie zu gewinnen?«

»Ich hoffe, Sie besser zu verstehen«, antwortete er wahrheitsgemäß.

»Sollten heimgehen«, antwortete Vetch. Die Worte kamen träge, beinahe gleichgültig. Doch Saru entging die Warnung nicht, die sich dahinter verbarg. »Sie bekommen Ärger.«

»Na ja, also ...« Saru runzelte die Stirn und zupfte geistesabwesend an seiner Uniform. »Ich fürchte, dass ich davon schon genug erregt habe.«

Der Aufzug ruckelte und wurde langsamer. Vetch machte ein spuckendes Geräusch und erhob sich von der Kiste. »Nicht sagen, Vetch hat Sie gewarnt.«

Der Aufzugschacht öffnete sich für die letzten Meter. Saru erhaschte einen Blick auf einen anderen Bereich im Inneren des Frachtmoduls, als sie anhielten. Wie die anderen Räume, die er zuvor gesehen hatte, war er voller provisorischer Behausungen, die mit allem, was greifbar gewesen war, errichtet worden waren. Alle waren aus überflüssigen Verkleidungen, hängenden Seilen und flexiblen Materialen gebaut. Es war ein weiterer Distrikt in der geschlossenen, aber sich weit ausbreitenden Biwak-Siedlung.

Eine Gruppe Gorlaner wartete auf sie in einem kleinen Hof nahe der Laderampe vor dem Aufzug. Die meisten trugen Kleidung, die der von Vetch ähnelte. *Sind sie Teil einer Untergruppe, vielleicht eines Stamms im Gesamtgefüge?* Erneut wünschte Saru, er hätte Burnhams Blick für das Verständnis fremder Kulturen.

Mit einer schnellen Abfolge von Grunzlauten – zu schnell für Sarus Universalübersetzer, um sie zu verstehen – wies Vetch einen seiner Kameraden an, die andere Kiste mit medizinischen Vorräten zu nehmen. Er übergab seine Kiste einem zweiten Mann, der eine gelbe Binde um zwei seiner Oberarme trug.

»Was hat das zu bedeuten?«, wagte Saru zu fragen und zeigte auf die farbige Binde. »Zeigt es einen Status oder eine Position in Ihrer Gesellschaft an?«

Der gorlanische Sprecher warf ihm einen merkwürdigen Blick zu. Saru vermutete, dass sein Übersetzer die Frage nicht richtig weitergegeben hatte. Vetch ging davon und wirkte überrascht, als der Kelpianer einen Schritt hinter ihm hermachte. »Wohin gehen Sie?« Er hob alle vier Arme mit ausgestreckten Handflächen.

»Ich möchte mit Ihrem Volk sprechen«, sagte Saru. Er hatte seinen Trikorder wieder auf dauerhaftes Scannen eingestellt und zeichnete alles auf, was um ihn herum vorging, nicht nur seine Interaktionen mit Vetch, sondern auch die gedämpften Unterhaltungen und verstohlenen Blicke der anderen Gorlaner, die in der Nähe herumlungerten. Sie liefen durcheinander, sahen zu ihm hoch und tauschten leise Kommentare aus. Saru war höchstwahrscheinlich das größte Wesen, das sie je gesehen hatten. Er überragte sogar die Pelianer mit ihren aufwändigen Kopfbedeckungen.

»Sie nicht sprechen wie Sie.« Vetch machte eine wegwerfende Geste.

Saru sah eine Gelegenheit und nutzte sie. »Wir können es lernen. Mit diesem Gerät.« Er zeigte ihm den Universalübersetzer. »Ich brauche nur Zeit, um ... um das Wissen zu erwerben.«

Vetch machte eine zappelnde Bewegung wie ein Schulterzucken. »Nichts für Sie hier. Besser wieder auf *Schen-juu.*«

»Mit Verlaub, ich würde es vorziehen, eine Weile zu bleiben.«

Der Gorlaner wiederholte das zappelnde Schulterzucken. »Ihre Wahl.« Er ging davon. Saru beobachtete, wie er die weitläufige Halle zu einer Art Jurte durchquerte und mit den Kisten darin verschwand.

Die Zeltklappe wurde aufgeschlagen und er glaubte, darin Gestalten mit roten Binden um die Arme zu sehen. Dann erkannte Saru, dass er allein unter diesen Wesen war und wieder von dieser Aura ihrer Ängste und ihres Misstrauens umgeben war.

Hinter ihm begann die Aufzugsplattform, die sie heruntergebracht hatte, ihren Aufstieg in die oberen Etagen. *Damit ist das entschieden*, dachte er. *Ich bin hier. Ich habe es bis hierher geschafft. Ich werde es tun.*

Er regulierte seine Atmung und öffnete seine Hände, um so neutral und harmlos wie möglich zu wirken. Der Kelpianer wurde allmählich von Gorlanern umringt. Alle schnatterten und musterten ihn. Sie starrten ihn gleichermaßen misstrauisch und interessiert an.

»Sah. Ruu«, sagte einer von ihnen. Er drehte sich zu dem Sprecher um. Es handelte sich um einen jungen Gorlaner. Seine Arme waren mit Haaren bedeckt, die zu Linien rasiert und grauweiß gefärbt waren. Er wippte auf seinen Fersen, wurde mutiger und sprach den Namen noch einmal aus. »Sah-Ruu.«

»Waren Sie vorhin am Versammlungsort?« Saru machte vorsichtig einen Schritt auf den jungen Mann zu. »Ja. Das ist mein Name. Ich bin Saru.« Er tippte sich vor die Brust und zeigte dann auf den Gorlaner. »Wer sind Sie?«

»Nahah.« Der Gorlaner beäugte ihn und Saru spürte das sanfte Prickeln einer leichten elektrostatischen Aura, die von dem Jugendlichen ausging. »Bin Nahah.«

Fortschritt! Saru sah kurz auf seinen Trikorder. Mit jeder Sekunde, die verstrich, saugte das Gerät weitere Daten wie ein Schwamm auf und verbesserte schrittweise die Fähigkeit des Übersetzers, die gorlanische Sprache zu entschlüsseln und sie ihm zu vermitteln. *Ein paar Tage auf diese Art*, dachte er, *und wir hätten ein komplettes Lexikon …*

»Ich grüße Sie in Frieden, Nahah.« Saru verbeugte sich leicht. »Ich möchte lernen.«

Seine Worte sandten eine Welle der Bestürzung durch die Gruppe und die Aura wurde stechend und unregelmäßig. Saru atmete tief durch und konzentrierte sich darauf, seine eigene elektrostatische Energie zu dämpfen – und das war angesichts seines rasenden Herzschlags nicht einfach. Er durchlief eine seltsame Mischung aus Aufregung und Beklommenheit. *Ein Fehler und ich werde jede Chance ruinieren, mit diesen Wesen eine Beziehung aufzubauen.*

Er nahm sich Zeit und rief sich die Vorlesungen der Akademie über Erstkontaktprotokolle ins Gedächtnis. Saru stellte Nahah Suggestivfragen, die auf einfachen Konzepten basierten. Allmählich entspannte der Gorlaner sich und gab ihm bruchstückhafte, einsilbige Antworten. Das Problem war, dass die Software des Übersetzers immer noch Mühe hatte, mitzukommen, deshalb führte die Bitte an den Jugendlichen, seinen Heimatplaneten zu beschreiben, zu einer Antwort, die *Land Himmel offen geschlossen zählen entlegen Gebiet* lautete.

Saru spürte, wie Nahahs Aura flackerte und bei jedem Wort weiter verblasste. Frustriert knirschte er mit den Zähnen. Ohne einen Weg, die von den Gorlanern natürlich erzeugten elektrostatischen Magnetfelder in die Methodik der Kommunikation einzuarbeiten, war es unmöglich, ihre Sprache vollständig mit einem Gerät zu übersetzen.

Aber ich muss auch kein Sonett dichten, rief Saru sich ins Bewusstsein. *Ich muss nur in der Lage sein, ihnen eine Frage zu stellen: Befinden Sie sich in Gefahr?*

»Sind Sie mit den Pelianern befreundet?« Er wartete auf den seiner Meinung nach richtigen Augenblick und warf die Frage in den Raum.

Das Prickeln der elektromagnetischen Aura wurde zu einem Brennen, das Saru dazu veranlasste, sich kurz die empfindlichen Atemlöcher an seinen Schläfen zu kratzen, doch das Gefühl verschwand genauso schnell wieder.

Nahah spielte mit einem Fleck ausgeblichenem, fellartigem Haar auf seinem entblößten Unterarm und rollte mit den Schultern. »Sie fragen«, sagte der Gorlaner. »Sie wissen?«

»Ich verstehe nicht«, erwiderte Saru und spürte, wie ihm die Unterhaltung entglitt.

Was warum gesehen verletzend schlafen zusammenrollen außer. Der Übersetzer verlor für einen Moment den roten Faden des Austauschs und spie eine Reihe scheinbar zufälliger Wörter aus. Alles schien im Begriff, zu zerfallen.

Saru beschloss, die gemeinsame Erfahrung als Mittel zu nutzen, um die schwache Verbindung, die er mit dem gorlanischen Jugendlichen aufgebaut hatte, aufrechtzuerhalten. »Vorhin waren wir an dem Versammlungsort. Dort war eine Frau Ihrer Spezies, die eine weiße Robe trug.« Er zeigte auf seine eigene Kleidung und zupfte mit seinen langen Fingern daran. »Ich möchte mehr erfahren über ...« Saru hatte Mühe, das richtige Wirt zu finden. »Die Zeremonie?«

Schlagartig löste sich die fließende, veränderliche Schwingung der unsichtbaren Aura in nichts auf. Es erinnerte Saru an eine Wolke, die vor die Sonne zog – angenehme Wärme wurde plötzlich von Kälte und Schatten ersetzt.

Das war ein Fehler, sagte er zu sich und beobachtete, wie die Körpersprache von Nahah und den anderen Gorlanern steif und abweisend wurde. *Hat diese Frage irgendeine kulturelle Grenze übertreten?*

»Es tut mir leid«, setzte er an und ging instinktiv in die Hocke, um sich kleiner zu machen. »Ich wollte nicht respektlos sein ...«

Nahah wippte auf seinen Fußballen und der Kelpianer dachte, der Jugendliche würde reagieren. Die Aufzugplattform kam wieder herunter und Saru wurde nervös, als er sah, dass eine vertraute Gestalt darauf stand ... eine Gestalt in dunkelblauer Uniform mit bronzefarbenen Streifen an den Seiten.

Die Plattform kam mit einem Scheppern zum Stillstand und Lieutenant Commander Johar verließ sie mit weit aufgerissenen Augen. Saru kam nicht umhin, zu bemerken, dass die Hand des Ingenieurs sehr nah am Griff des Phasers an seinem Gürtel lag. »Lieutenant!«, schnauzte er. »Sie haben einiges zu erklären.«

»Sir.« Sarus Finger krümmten sich in der Luft. »Ich habe einen sehr guten Grund ...«

»Nicht für mich«, versetzte Johar und winkte ihn heran. »Kommen Sie, wir sollten beide nicht hier sein. Lassen Sie uns die Sache nicht noch komplizierter machen, als Sie es schon getan haben.«

Verärgerung flackerte in den Augen des Kelpianers. Genau wie zuvor lief er Gefahr, weggezerrt zu werden, bevor er einen Durchbruch erzielen konnte. »Sir«, sagte er etwas nachdrücklicher, »ich versuche, unsere Mission zu erfüllen.«

Johar senkte seine Stimme, damit nur Saru ihn hören konnte, und behielt die schweigenden Gorlaner im Auge, die sie umringten. »Hören Sie, ich weiß, dass diese Situation kompliziert ist. Und ich stimme mit Ihren Absichten ja durchaus überein. Ihr Vorgehen ist unüberlegt, aber ich verstehe, was Sie hier versuchen.« Saru öffnete den Mund, um etwas zu sagen, aber Johar sprach weiter. »Nichts davon hat Einfluss auf unsere Befehle. Wir müssen *weg.*«

»Hier geht mehr vor sich, als uns bewusst ist«, beharrte Saru.

»Das bezweifle ich nicht«, entgegnete Johar. »Aber wir haben unsere Nasen tief genug hineingesteckt.« Er machte eine ruckartige Bewegung mit seinem Kopf in Richtung des Aufzugs und legte die Hand an seine Waffe. »Muss ich einen Befehl daraus machen … oder muss ich Sie betäuben und bewusstlos zurückschleifen? Mir wäre Ersteres lieber, denn es würde ganz schön schlauchen, Sie zurück ins Shuttle hieven zu müssen.«

»Das würden Sie tun?« Saru vermutete, dass Johars letzte Aussage nur halb scherzhaft gemeint war. Nach einer ganzen Weile nickte er widerwillig. Er fühlte sich, als würde ein Gewicht ihn niederdrücken. *Ich habe versagt.* Dann wurde er auf sich selbst wütend. *Was habe ich mir nur dabei gedacht? Ich bin nicht Burnham. Das ist nicht meine Art.*

»Was ist da los?« Johars Frage riss Saru aus seinen Gedanken. Der Chefingenieur sah über die Schulter des Kelpianers hinweg zu dem umschlossenen Bereich, in dem Vetch verschwunden war. Der Sprecher war wieder herausgekommen, begleitet von einer Gruppe aus fünf Gorlanern, die im Gleichschritt hinter ihm hergingen. Alle trugen die roten Binden, die Saru zuvor schon gesehen hatte.

Vetch ignorierte ihn und ging hinüber zu Johar, wobei er in dessen persönliche Distanzzone eindrang. Der Gorlaner versuchte gar nicht erst, sein Interesse an dem Phaser am Gürtel des Offiziers zu verbergen. Er starrte ihn an und leckte sich über die Lippen.

»Entschuldigen Sie uns. Wir gehen jetzt«, sagte Johar und wich zum Aufzug zurück. Er warf Saru einen Blick zu. Der Mensch musste keine Auren spüren können, um die plötzliche Bedrohung wahrzunehmen, die in der Luft lag.

»Einverstanden.« Saru warf einen letzten Blick über seine Schulter und sah, wie eine der Rotbinden ein Wort mit Nahah wechselte. Der ältere Gorlaner hatte eine ähnliche Haut- und Haarfarbe wie der Jugendliche und Saru fragte sich, ob sie miteinander verwandt waren. Nahah reagierte heftig auf das, was ihm gesagt wurde, und ging davon. Er wich Sarus fragendem Blick aus und verschmolz mit der Menge.

Saru spürte eine plötzliche Spannung an seinem Hinterkopf und seine Bedrohungsganglien fuhren aus, als die Gefahr greifbar wurde.

Etwas stimmt nicht. Die unsichtbare elektrostatische Aura kratzte an der Haut der bloßen Hände des Kelpianers. Dann sah er die Waffe im Griff des anderen Gorlaners. Eine Art Energiepistole, die dieselben Rillen aufwies wie Disruptorpistolen.

Der Universalübersetzer spie ein verzerrtes, nicht erkennbares Geräusch aus, als der bewaffnete Gorlaner ein Wort rief. Der Ton war hart und scharf und trug das unmissverständliche Klangbild eines Befehls. Die anderen Rotbinden zogen ebenfalls ihre Waffen. Einige sahen wie der Disruptor aus, andere wie primitive Klingen, die nicht weniger tödlich waren.

Vetch bewegte sich blitzartig, schnappte sich Johars Phaser von dessen Gürtel und tänzelte aus seiner Reichweite. Saru wirbelte herum und sah einen gemein aussehenden Dolch, den ein muskulöser Mann mit roter Binde ihm an die Kehle hielt. Der Mann reichte dem hoch aufgeschossenen Kelpianer bis zur Brust. Der andere Gorlaner, der mit Nahah gesprochen und den Befehl erteilt hatte, kam herüber und nahm Saru seine Waffe und seinen Kommunikator ab.

Erst als er seine Hand nach dem stabähnlichen Universalübersetzer und Sarus Trikorder ausstreckte, versuchte der Kelpianer, ihn aufzuhalten. »Bitte nehmen Sie mir die nicht weg. Sie sind sehr empfindlich.« Saru machte eine Geste in Richtung seines Mundes. »Wir brauchen sie, um uns zu unterhalten, verstehen Sie?«

Vetch machte keine Anstalten, einzugreifen, und der Mann mit der roten Binde nahm die Gegenstände trotz allem an sich. »Sie bekommen Ärger«, sagte der Sprecher und ging auf Saru zu. »Ich habe Ihnen gesagt.« Vetch nahm den stabähnlichen Übersetzer, drehte ihn in seinen Stummelfingern und untersuchte die Funktionskontrollen. »Ich behalte das.«

»Geben Sie uns unsere Ausrüstung zurück und treten Sie beiseite.« Johar sprach langsam und deutlich. »Wir wollen nur weggehen.«

»Wird nicht geschehen«, antwortete Vetch und zeigte auf eine der Rotbinden mit einer Disruptorpistole. Der Gorlaner trat vor und richtete die Waffe auf die Brust des Ingenieurs. »Sie helfen Pelianern. Jetzt Sie helfen Gorlanern.«

Saru schüttelte den Kopf. »Das haben wir getan und es gab keinen Grund, uns zu bedrohen. Mein Captain hat Ihnen Medikamente gegeben!«

»Davon spricht er nicht, Lieutenant«, sagte Johar tonlos.

»Gehen.« Vetch zeigte auf den rückwärtigen Teil der Aufzugplattform. »Oder es gibt Schmerz für Sie.«

Die Gorlaner zwangen ihre beiden Geiseln, sich vor sie zu stellen, während die Plattform wieder nach oben fuhr, schnell die Frachtmodule hinter sich ließ und durch den Rumpf hinauffuhr.

Zweimal versuchte Johar, den Kopf zur Seite zu drehen, um einen Seitenblick auf Vetch und die Rotbinde zu erhaschen, aber beide Male bemerkten sie, dass er sie beobachtete, und stachen ihn mit Sarus Phaser in den Rücken. Er sah nur kurz, wie einer von ihnen eine Abdeckplatte seitlich am Steuerpodest des Aufzugs entfernte und die glänzenden Drähte darunter bloßlegte. Er verstand den Grund dafür, als der Aufzug an der Etage vorbeiratterte, in der er ursprünglich eingestiegen war, und mit hoher Geschwindigkeit weiter nach oben fuhr. Er umging die Technikbereiche des Schiffs und stieg weiter in Richtung Bug auf.

Johars Gedanken rasten. Aus den bruchstückhaften Scans, die die *Shenzhou* von dem pelianischen Frachtschiff vorgenommen hatte, wusste er, dass die Kommando- und Kontrolldecks des riesigen Schiffs sich in den vorderen Abschnitten befanden. Die Aussicht auf einen bewaffneten Angriff, bei dem er und Saru als lebendige Schilde benutzt wurden, ließ nur einen Schluss zu. Vetch und seine Gefährten mit den roten Binden waren unterwegs, um das Schiff unter ihre Kontrolle zu bringen.

Die schnellen und zielstrebigen Handlungen der Gorlaner sagten ihm, dass sie das hier von langer Hand vorbereitet hatten. Vielleicht war es von Anfang an ihre Absicht gewesen, das Team der Sternenflotte darin zu verwickeln. Vielleicht war die Rettungsmannschaft auch nur unabsichtlich in ihre Verschwörung gestolpert und hatte sie dazu gezwungen, vorzeitig zu handeln ... Das spielte jetzt keine Rolle mehr. Der Chefingenieur und der Wissenschaftsoffizier waren in den Entwicklungen gefangen und ihre Chancen, unversehrt daraus hervorzugehen, wurden mit jeder Sekunde geringer.

Johar hielt seinen Blick auf die Wände gerichtet, die vor den Gittertüren der Aufzugsplattform geradezu vorbeiflogen, doch aus dem Augenwinkel sah er, wie Saru nervös von einem Fuß auf den anderen trat. Seine Stiefel kratzten über die Deckplatten.

»Beruhigen Sie sich«, flüsterte Johar aus dem Mundwinkel.

»Glauben Sie, die werden uns töten?«, zischte Saru zurück und streckte vorsichtig seine Hand nach oben, um seine Ganglien wieder behutsam in seinen Hinterkopf zu massieren.

»Wenn die uns tot sehen wollten, hätten sie das unten in der Frachtabteilung erledigen können.« Johar schüttelte den Kopf. »Außerdem sind unsere Phaser auf Betäubung eingestellt.«

»Wissen sie das?« Saru musterte ihn. »Disruptoren und Dolche haben diese Funktion nicht, Sir.« Der Kelpianer stieß einen leisen Seufzer aus. »Das ist mein Fehler. Ich hätte niemals hierher zurückkommen dürfen.«

Johar beschloss, dass Schuldzuweisungen in diesem Moment zu nichts führten, und ignorierte den Kommentar. »Bisher ist nichts geschehen, das man nicht rückgängig machen könnte.« Er sprach laut genug, damit Vetch ihn hörte. »Es ist immer noch Zeit, über das hier wie vernünftige Wesen zu sprechen.«

Die Worte waren kaum über seine Lippen gekommen, da stieß Vetch ihn mit der flachen Mündung seiner gestohlenen Waffe in den Rücken. »Mensch sagt Vernunft? Vernunft schon lange weg.«

Saru starrte den Gorlaner wütend an. »Als Sie auf unser Schiff kamen, haben Sie Captain Georgiou gesagt, alles sei friedlich zwischen Ihnen und den Pelianern. War das eine Lüge?«

»Worte für die, nicht für Sie«, sagte Vetch wegwerfend. »Jetzt nutze ich.« Der Aufzug wurde langsamer. »Einmischung und es gibt Schmerz«, fügte er hinzu.

Saru sah Johar an. »Sir?«

»Folgen Sie meinem Beispiel«, sagte er zu ihm, als die Plattform endlich mitten in der Kommandoetage auftauchte.

Der Ingenieur erhaschte nur einen kurzen Blick auf alles und schaffte es mit Müh und Not, sein Gleichgewicht zu finden, bevor das Drahtgitter zur Seite glitt und die Gorlaner die beiden Sternenflottenoffiziere vor sich hinausstießen. Die Brücke des pelianischen Raumfrachters war ein fensterloser, ovaler Raum mit einer gewölbten Decke. An einem Ende befand sich eine Plattform, auf der Nathal stand. Ihr Gesicht war entsetzt angesichts der unerwarteten Neuankömmlinge. Hekan und die restlichen leitenden Offiziere standen vor ihren Podesten und bedienten mit haptischen Nutzeroberflächen die Primärsysteme des großen Schiffs. Viele der Konsolen waren unbemannt und ließen darauf schließen, dass man beim Bau der Schiffe eine wesentlich größere Besatzung im Sinn gehabt hatte.

»Nicht bewegen!« Vetch rief die Worte so laut er konnte und fuchtelte mit dem Phaser in der Luft herum. »Zurück. Zurückgehen! Widerstand, Schmerz kommt!«

Die Gorlaner strömten aus dem Aufzugsschacht. Jeder bedrohte ein anderes Mannschaftsmitglied. Die meisten

Pelianer taten wie ihnen geheißen, nur Kommandantin Nathal ließ sich von der Zurschaustellung von Gewalt nicht einschüchtern. Sie marschierte in den unteren Bereich, ignorierte den Mann mit der roten Binde, der sie bedrohte, und starrte Vetch giftig an.

»Sie wagen es, das zu tun? Nach allem, was wir für Sie getan haben?« Sie ging auf den Sprecher der Gorlaner los. »Undankbare Kreaturen ...«

»Zurück!« Vetch brüllte sie an und der Mann mit der roten Binde, der Sarus Phaser an sich genommen hatte, feuerte einen Schuss auf das Deck vor Nathals Füßen ab. Sie taumelte zurück, als hätte sie nie erwartet, dass sie so weit gehen würden.

»Sie sollten lieber tun, was sie sagen«, riet Johar ihr, der auf Zeit spielte.

Nathal richtete ihren Zorn auf die beiden Sternenflottenoffiziere. »Sie sind der Grund dafür! Haben wir Ihnen nicht gesagt, Sie sollen sich von ihnen fernhalten? Verstehen Sie es jetzt? Ihre Einmischung hat sie zu Gewalt veranlasst!«

»Das geschieht nicht unseretwegen«, platzte es aus Saru heraus. »Wir sind gekommen, um Ihnen zu helfen – Ihnen allen!«

»Und wo hat uns das hingebracht?«, spie Nathal zurück. »Dann helfen Sie uns jetzt. Befreien Sie unser Schiff von diesen Kriminellen.«

»Kein Gorlaner-Verbrechen«, bellte Vetch und fletschte die Zähne. »Ihr Pelianer. Euer Verbrechen!«

»Ich wollte diese Mission nicht«, sagte Nathal. »Aber ich habe sie angenommen, weil ich meine Pflicht erfülle. Ich habe über meine Abneigung diesen Außenweltlern gegenüber hinweggesehen.« Sie schnitt mit ihrer Handkante durch die Luft. »Es war falsch, meine Instinkte zu ignorieren.«

»Sie hassen immer.« Vetch erwiderte ihr Starren. »Gorlaner sehen. Gorlaner wissen.«

Johar trat einen Schritt vor und versuchte, sich zwischen die beiden Wesen zu stellen. »Hören Sie mir zu. Ganz gleich, welchen Groll Sie füreinander hegen, das muss nicht vor einer Gewehrmündung diskutiert werden!«

Nathal schnaubte verächtlich. »Sie verschwenden Ihre Zeit mit diesen Primitiven. Sehen Sie sie doch an! Gewalt ist alles, was sie kennen!«

»Sie haben uns gemacht!« Vetch umklammerte mit einem Händepaar den gestohlenen Phaser, das andere ballte sich zu Fäusten. »Zu dem hier gemacht!«

»Tiere!« Der Schrei kam von einem von Nathals Männern, einem Mannschaftsmitglied namens Dakas. Johar sah, wie er etwas aus einem Stauraum im Sockel eines Podiums zog. Dakas' Hand kam mit einem Nadellaser mit Handgriff wieder hervor und er feuerte. Ein winziger, hellroter Lichtstrahl schnitt durch die Luft und durch den oberen Bizeps eines Mannes mit roter Binde. Der Gorlaner stieß einen durchdringenden Schrei aus – und dann brach die Hölle los, als die Möchtegernentführer zurückschlugen.

Smaragdgrüne Strahlen schossen knisternd aus verschiedenen Disruptorwaffen. Zwei pelianische Mannschaftsmitglieder wurden von der ersten Salve niedergestreckt. Johar tauchte nach vorn weg und versuchte verzweifelt, hinter einer Konsole Deckung zu finden. Er war sich der Tatsache bewusst, dass Saru in seiner Nähe war. Der hochgewachsene Kelpianer war mehr als zwei Meter groß und wurde dadurch zu einem großen und offensichtlichen Ziel.

Der Ingenieur sah, wie der Verletzte mit der roten Binde sich umdrehte. Die schwere Form seiner Waffe hielt er mit drei seiner Hände fest und wollte sie auf den Rücken des Wissenschaftlers richten.

»Saru!« Johar reagierte, ohne nachzudenken, warf sich auf seinen Mannschaftskollegen und stieß ihn aus dem Weg, als der Gorlaner den Abzug drückte. Grünes Feuer füllte sein Blickfeld und plötzlich war Johars ganzer Körper ein Inferno, weil die nervenzerfetzende Entladung des Disruptors über ihn hinweggewogt war. Der entsetzliche Schmerz hüllte den Ingenieur ein und ließ sein Herz aussetzen. Er versank in diesem Schmerz und wurde von der Dunkelheit verschlungen.

Saru war der Tod nicht fremd. Sein Volk wurde mit einem angeborenen Gespür dafür geboren und sie besaßen eine beinahe übernatürliche Fähigkeit, wahrzunehmen, wenn das Ende eines Lebens unmittelbar bevorstand.

Tod ist der Schatten, der jedem Kelpianer auf den Fersen ist. Das war eine alte Redensart, die er von Kindesbeinen an gelernt hatte, während er den Ältesten lauschte, die von abschreckenden Beispielen erzählten und von denjenigen, die durch Dummheit, Unaufmerksamkeit oder Neugier zu Tode gekommen waren. Saru hatte diese Worte nie vergessen, obwohl die Zeit ihn weit weg von seiner Heimat geführt hatte, Lichtjahre entfernt von den Raubtieren, die auf ihr hausten.

Einige seiner Mannschaftskollegen auf der *Shenzhou* fanden ihn makaber, geradezu fatalistisch wegen der Art, wie bei ihm ein Schatten hinter jedem wachen Moment, jedem Gedanken und jeder Handlung lauerte. Sie verstanden nicht, dass das genaue Gegenteil der Wahrheit entsprach. Sarus Gewissheit, dass Gefahr und Tod ihn erwarteten, überschattete sein Leben nicht in düsteren Farben. Es machte ihn nur noch entschlossener, es zu *leben* und zwar in jeder einzelnen Sekunde.

Der groteske Gestank versengter Haut bahnte sich einen Weg in seine Geruchsschlitze und er verzog das Gesicht, als er sich Lieutenant Commander Johars Körper zuwandte. Eine hässliche Wunde zog sich über den Oberkörper des

Ingenieurs. Fleisch und Stoff waren miteinander verschmolzen. Der Schockeffekt des Streifschusses aus der Waffe hatte ein Spinnennetz aus verletzten Blutgefäßen auf der dunklen Haut des Mannes hinterlassen. Hätte der Strahl ihn direkt getroffen, wäre er auf der Stelle tot gewesen. Johar lebte, aber der Schatten des Todes legte sich bereits über ihn. Er würde ohne medizinische Hilfe nicht lange durchhalten.

Er hat mir das Leben gerettet. Diese Erkenntnis war brutal, wie ein blendendes Licht in Sarus Gedanken. *Ich dachte, er mag mich nicht.*

»Bewegung! Bewegung, jetzt!«

Die gebrüllte Anweisung riss ihn aus seinen Gedanken und Saru sah hoch. Dort stand der Mann mit der roten Binde und dem strähnigen weißen Haar und zielte mit der Waffe auf ihn. Neben ihm riss Vetch seine Fäuste in die Luft und bejubelte krächzend ihren Sieg.

Der kurze Schusswechsel war so schnell beendet, wie er begonnen hatte. Johar und ein weiterer von Nathals Offizieren waren die einzigen Verwundeten, aber Saru sah jetzt, dass es auch Tote gegeben hatte – zwei pelianische Besatzungsmitglieder mit den silbernen Westen der Sicherheitsleute.

Vetch schnupperte und untersuchte Johars blutleeres Gesicht flüchtig. »Pech. Der ist beendet.«

»Noch nicht!« Saru richtete sich schlagartig in einem Ausbruch von Empörung und Zorn zu voller Größe auf, während er Johar vom Deck aufhob. »Wo sind die anderen von unserem Shuttle? Was haben Sie mit ihnen gemacht?«

Um ihn herum trieben die Gorlaner den verbliebenen pelianischen Kommandostab zusammen und drängten Nathal und die anderen an die gegenüberliegende Wand. Vetch beobachtete sie bei ihrer Arbeit und nickte dann lässig. »Unten. Unverletzt. Sie haben Wert.«

»Aber dieser Mann nicht?« Saru starrte den Gorlaner wütend an und hielt Johar hoch. »Oder ich?«

»Pech«, wiederholte Vetch und warf dem Verletzten mit der roten Binde, der den Ingenieur fast getötet hatte, einen Blick zu.

»Ich muss den Commander zu unserem Sanitäter bringen«, fuhr Saru fort. »Sonst *wird* er sterben und dann sind Sie dafür verantwortlich!«

Der weißhaarige Gorlaner umkreiste die beiden und knurrte schnell und nachdrücklich. Vetch antwortete ihm schnatternd und Saru vermutete, dass er für seinen Kameraden übersetzte. Ein weiterer Gorlaner ging zu einem Kontrollpodest und aktivierte die Anzeige für einen Außenscan.

»Beschlossen!«, sagte Vetch. »Bringen Sah-ruus Mann nach unten ... nachdem Sie helfen.«

Saru gefror das Blut in den Adern, als der andere Gorlaner herüberkam und ihm Johar wegnahm. »Ich werde Ihnen nicht dabei helfen, noch mehr Mannschaftsmitglieder dieses Schiffs in Gefahr zu bringen!«

»Nicht dieses Schiff.« Vetch winkte dem Gorlaner an der Konsole zu und der holografische Bildschirm über ihnen wurde hell. Darauf war ein Bild der *Shenzhou* zu sehen. Das Schiff hielt seine Position und schwebte ein paar Tausend Meter vor dem Bug des pelianischen Frachters.

Anzeigen, die nur als Zielvorrichtungen für die Waffenphalanx des Frachters gedeutet werden konnten, tanzen auf ganzer Länge an der *Shenzhou* entlang, bewegten sich vor und zurück und waren bereit, das Ziel zu erfassen und zu feuern.

»Nein!«, sagte Saru und merkte, wie ihm die Farbe aus dem Gesicht wich.

»Wir jetzt wegfliegen. Aber keine Jagd, kein Folgen.« Vetch zeigte auf die *Shenzhou.* »Sie helfen, Verfolgen zu verhindern.« Dort, wo sein Finger das Hologramm berührte, wählten die Waffen ihr Ziel. Die Zielvorrichtungen flackerten über die Mannschaftsdecks, die untergebaute Brücke, den Hauptdeflektor. »Sie gute Wahl treffen. Sonst wir wählen *alles.*« Vetch öffnete seine Hand und die gesamte Länge der *Shenzhou* leuchtete mit möglichen Treffergebieten auf.

Saru wurde übel, als sich eine schreckliche Wahl vor ihm auftat. Ein unerwarteter Treffer in jedem dieser Bereiche hätte gewaltige Verluste zur Folge. Doch ein sorgfältig gezielter Schuss konnte auf eine Stelle gerichtet werden, die das Schiff lahmlegte, aber niemanden verletzte.

»Sie helfen«, grunzte der weißhaarige Gorlaner, der die Worte von Vetch nachäffte.

Mit zitternder Hand streckte Saru seinen Arm aus, um die Anzeige zu berühren.

»Was zur ...?« Die halb gestellte Frage kam von Kamran Gant und seine Stirn legte sich in Falten, als der Punkt auf dem taktischen Bildschirm auftauchte und gleich wieder verschwand.

»Gibt es ein Problem, Lieutenant?« Der Erste Offizier der *Shenzhou* hatte die gemurmelten Worte quer über die Brücke gehört. Mit zwei Schritten war der Andorianer bei Gants Station.

Wie macht er das?, fragte Gant sich. *Das müssen seine Antennen sein. Oder vielleicht hat Connor recht und er hat hinten Augen im Kopf.* »Ich bin nicht sicher, Sir.« Er ließ ein Scanmakro laufen, um die taktischen Systeme des Raumschiffs auf anomale Messungen zu überprüfen. »Einen Moment lang schien es, als wäre da draußen ein Sensorstrahl mit niedriger Energie.«

Ch'Theloh warf durch das Hauptfenster einen Blick auf den pelianischen Transporter. »Von denen?«

»Es ist ...« Gant wollte gerade zu einer Erklärung ansetzen, als der Punkt plötzlich wieder da war und kurz aufblinkte. »Da ist es wieder!«

»Ich habe es gesehen.« Der Commander beugte sich über die Konsole. »Ist es möglich, dass die Sensoren ein Strahlungsartefakt auffangen, etwas, das vom Nadionimpuls übrig geblieben ist?«

»Möglich.« Gant sah auf und quer über die Brücke zu Ensign Troke an der Wissenschaftsstation. »Sehen Sie das auch?«

»Meine Herren ...?« Captain Georgiou stellte ihre Tasse mit dem Tee, den sie getrunken hatte, hin, und sah ihre Besatzung argwöhnisch an.

»Mögliche Sensoranomalie, Captain«, sagte ch'Theloh.

»Ah, nein, ist es nicht«, korrigierte Troke und tippte auf das neurale Implantat an seinem Hals. »Es stammt von dem pelianischen Schiff. Ist aber nicht stark genug für eine ausgewachsene Scannerabstrahlung.«

Der Andorianer nickte dem Tulianer knapp zu. »Danke für die Klarstellung, Mister Troke.«

»Könnte das ein Kommunikationssignal sein?«, erkundigte der Captain sich. »So wie der Sichtlinienlaser, den wir mit der *Yang* benutzt haben?«

»Aber wieso sollte es am ganzen Rumpf entlanghüpfen?«, wollte ch'Theloh wissen.

»Sie können nicht gut zielen?« Gant sprach die Worte ohne nachzudenken aus und ihm stockte der Atem, als sein Hirn zu seinem Mund aufholte und des Rätsels Lösung plötzlich vor seinen Augen stand. »Das sind keine Sensoren! Das ist eine Zielerfassung!«

Noch während er sprach, flackerten Warnsymbole entlang der Zwillingswarpgondeln der *Shenzhou* auf und konzentrierten sich auf die Zwischenkühler und die Steuerung für den magnetomischen Fluss, die für den Überlichtantrieb des Schiffs unerlässlich waren.

»Bestätigt, das Schiff der Fremden erfasst uns!«, rief Ensign Detmer warnend von der Steuerkonsole her.

»Sie laden ihre Waffen ...«, klangen Gant die Worte seines eigenen Berichts in den Ohren.

»Alarmstufe Rot!«, befahl Georgiou. »Taktische Station, Schilde hoch...«

Blutrotes Licht hüllte den Raum ein und Gants Hand lag bereits auf der Aktivierungskontrolle für die Deflektorschilde der *Shenzhou*, als der Angriff erfolgte, doch es war zu spät. Ein greller Sturm von Stößen aus Phasenkanonen durchstieß den untersten Bereich im Primärrumpf des Schiffs. Die Mannschaft reagierte und wandte sich von dem Feuersturm ab. Kurz darauf traf die exakt gezielte Salve die Maschinen des Raumschiffs und durchstieß die Gondeln. Die Treffer sandten Schockwellen durch die Warpspulen, in denen austretendes Plasma einen Gewittersturm erzeugte.

Gant wurde gegen seine Station geschleudert. Das Dröhnen von gequältem Metall vibrierte durch die Pylonen und den Untertassenrumpf der *Shenzhou*. Auf seiner Alarmanzeige blühte eine Reihe oranger und gelber Symbole als Trefferanzeigen auf. Energie, Licht und Schwerkraft fielen kurz ab. Das Schiff schwankte unter dem Aufprall wie ein Straßenkämpfer, der einen unerwarteten Schlag abschüttelte.

Er unternahm den verzweifelten Versuch, die Reserveenergie anzuzapfen, um Energie auf die Schilde umzuleiten. Wenn der Überraschungsangriff der Eröffnungsschlag für einen Dauerangriff war, dann mussten sie sich auf einen weiteren Treffer vorbereiten. Der Schwindel von der kurzen Schwerelosigkeit verging und die roten Lichter glühten wieder auf.

»Warpantrieb ist ausgefallen.« Lieutenant Oliveira hatte die Frühschicht übernommen, um die Maschinenkontrolle auf der Brücke zu besetzen, und Gant musste sich fragen, ob die junge Brasilianerin das jetzt bereute. »Captain, der Angriff wurde mit chirurgischer Präzision ausgeführt. Sie wussten genau, wo sie uns treffen mussten.«

»Fan, können Sie unsere Leute auf dem Shuttle erreichen?« Georgiou warf dem Kommunikationsoffizier einen Blick zu, aber die junge Frau konnte nur den Kopf schütteln.

»Schilde? Waffen?« Der Erste Offizier ging mit finsterem Gesicht zurück zu Gants Konsole. »Können wir das Feuer erwidern?«

Gant unterdrückte ein Fluchen. »Die Energie setzt immer wieder aus ... Ich habe dreißig Prozent auf der vorderen Deflektorphalanx. Aber entweder die oder die Phaser, Sir, ich kann Ihnen nicht beides anbieten.«

»Steuerung, bringen Sie uns mit einem Viertel Impulsgeschwindigkeit hier weg«, sagte der Captain.

Detmer machte ein finsteres Gesicht. »Impulsantrieb reagiert nicht, Captain. Wir haben nur die Schubdüsen, Captain.«

»Tun Sie Ihr Bestes, Kayla.«

»Ja, Captain.« Der Ensign gehorchte und verwendete die Manövertriebwerke, um die *Shenzhou* auf Distanz zu dem größeren Schiff zu bringen.

»Warum haben die auf uns geschossen?« Ensign Januzzi stand neben Detmer. Sein dunkles Gesicht zeigte völlige Verwirrung. »Wir waren keine Bedrohung für sie ...«

»Sie haben uns angegriffen, als wir weggesehen haben«, sagte ch'Theloh grimmig. »Denn das war die einzige Möglichkeit, wie sie uns etwas anhaben konnten. *Feiglinge.*«

Gant nickte vor sich hin. Der Andorianer hatte recht. Die Waffensysteme des Pelianerschiffs waren primitiv, selbst im

Vergleich mit denen eines älteren Kreuzers wie der *Shenzhou.* Wären sie kampfbereit gewesen, hätten sie die Schüsse, mit denen die Gondeln lahmgelegt worden waren, zurückwerfen können. Doch jetzt hatte das alles keine Bedeutung mehr. Außer den Phasenkanonentürmen hatte das Pelianerschiff noch eine Batterie alter Merkulitraketen an Bord, die kurzen Prozess mit der Rumpfpanzerung der *Shenzhou* machen würden, wenn sie beschlossen, ihnen den Gnadenstoß zu versetzen.

»Lieutenant, zielen die immer noch auf uns?« Gant sah hoch, als der Captain sprach.

»Negativ«, antwortete er. »Wenigstens nicht, soweit ich das sagen kann.« Er warf einen Blick aus dem Hauptfenster. Staub und Wracktrümmer der beschädigten Antriebe wirbelten vor den gebogenen Scheiben der Brücke herum, während sie sich weiter zurückzogen. »Ich kann Ihnen einen Fächer Photonentorpedos anbieten.«

»Sie schießen auf uns, wir schießen zurück ...« Georgiou schüttelte den Kopf. »Ich habe uns nicht für ein Feuergefecht über die Grenze geschickt.« Sie brach ab, als der Turbolift im hinteren Bereich der Brücke sich zischend öffnete und Lieutenant Burnham herauseilte.

»Captain!« Burnham schoss zur Station des zweiten Offiziers. »Ich dachte, ich könnte vielleicht helfen.«

Georgiou nickte und sah ch'Theloh kurz an. Sie verarbeitete immer noch Oliveiras Kommentar. »Die Pelianer haben keinen Zugriff auf unsere Systeme gehabt, als sie an Bord waren?«, fragte sie und der Andorianer schüttelte den Kopf.

»Das hätten wir gemerkt. Das waren keine reinen Glückstreffer.«

»Was ist mit Saru und Johar, dem Rettungsteam ...?« Burnham brachte es nicht fertig, die Frage auszusprechen, die Gant und allen anderen auf der Brücke im Kopf herumschwirrte.

Leben sie noch? Der Lieutenant betrachtete stirnrunzelnd den taktischen Scan, der vom Sensornetz der *Shenzhou* hereinkam. »Ich sehe die Masse des Shuttles, die an die äußere Hülle des Pelianerschiffs angekoppelt ist. Was immer da drüben vor sich geht, die *Yang* ist nach wie vor unversehrt.«

»Captain.« Ch'Theloh richtete sich zu voller Größe auf. »Wie sollen wir vorgehen?«

»Sie lassen uns nicht viele Alternativen«, sagte Georgiou. »Lieutenant Gant, können wir den Gefallen erwidern und ihren Warpantrieb ausschalten? Die Chancengleichheit wiederherstellen?«

»Nicht mit Photonen«, antwortete er. »Die Zerstörungskraft unserer Torpedos ist zu groß. Wir würden ihr Grundgerüst durchlöchern, wenn wir die Gondeln treffen. Gebündelte Phasertreffer könnten Erfolg haben, aber dafür müsste ich Energie von den Schilden abziehen.«

»In dem Moment, wenn wir das tun, bieten wir ihnen Angriffsfläche, um wieder auf uns zu feuern«, sagte der Erste Offizier. »Wenn Sie mich fragen – sie treffen uns, wir treffen sie härter.«

»Da sind Zivilisten auf dem Schiff«, sagte Burnham.

»Und unsere Leute«, stellte der Andorianer fest. »Das ist mir nicht entgangen.«

»Vorläufiger Schadensbericht kommt herein!«, rief Oliveira. »Bestätige ... wir sind flugunfähig.« Sie konnte ein Seufzen nicht unterdrücken.

Burnham warf ihr einen besorgten Blick zu. »Verluste?«

»Doktor Nambue sagt, dass es keine Toten und nur Leichtverletzte gibt.«

»Wenigstens etwas, für das man dankbar sein kann«, bemerkte der Captain.

»Ein schwacher Trost«, konterte ch'Theloh. »Dafür habe ich nicht viel übrig.«

Ein neues Licht flackerte auf Gants Konsole und entsetzt hob er ruckartig den Kopf. Er sah, dass Troke auf der anderen Seite des Raums auf dieselbe Sensormessung reagierte.

»Energiefluss entdeckt!«, meldete der Tulianer knapp. »Auf dem pelianischen Frachter ist ein Energieanstieg zu verzeichnen!«

»Die Phasenkanonen? Die Raketen?« Ch'Theloh starrte Gant finster an und verlangte nach einer Antwort. »Wollen sie feuern?«

»Sie laden nicht ihre Waffen«, meldete er und betrachtete die ruckelnden Anzeigen der immer noch vernebelten Sensoren. Der Energiefluss war zu gleichmäßig, um zu einem dezentralen Angriffssystem geleitet zu werden. Gant dachte, das Pelianerschiff würde seine Schilde hochfahren, aber dann erkannte er, was die Mannschaft wirklich tat. »Sie fahren ihre Maschinen hoch.«

Weit draußen vor dem Bug der *Shenzhou*, jenseits des Trümmerrings der Schäden, die sie erlitten hatte, bewegte der gewaltige Rumpf des klobigen Transportschiffs sich, wurde schneller und wendete. Gant und der Rest der Brückenbesatzung konnten nur zusehen, wie der Raumfrachter ihnen das Hinterteil zuwandte und dann mit hoher Geschwindigkeit davonflog. Die Gondeln, die vorne an dem riesigen Schiffsrumpf saßen, glühten lila und grün auf, als sie volle Energie erreichten. Dann warf das Pelianerschiff sich mit einem Beben aus verzerrtem Licht und Raum in den Warp und ließ die *Shenzhou* treibend zurück.

Eine ganze Weile sprach niemand. Dann stand Captain Georgiou auf und durchbrach das Schweigen mit ihren Befehlen. »Bleiben Sie dem Schiff auf der Spur. Schicken Sie alle verfügbaren Kräfte, um sofort bei den Reparaturen zu helfen!« Sie drehte sich um und musterte die Gesichter ihrer Besatzung. Kurz stellte sie Blickkontakt mit Gant her. Er sah den Stahl unter ihrer Sanftheit.

»Das lassen wir nicht auf uns sitzen. Niemand nimmt uns unsere Leute weg.«

6

Die Gorlaner hatten die Überreste der langen, schmalen Messe des Frachters in ein provisorisches Gefängnis verwandelt, in das sie ihre Geiseln gesperrt hatten. Nahrungsbereiter, Module zur Wasseraufbereitung und Behälter mit Rohstoffen aus den Vorratsschränken, die entlang der Längsachse des Raums verliefen, waren entfernt worden. Man hatte sie auf die unteren Decks zu den Flüchtlingen in ihren Zeltgemeinden geschleppt. Bis auf eine Luke waren alle anderen zugeschweißt worden, um die Gefangenen im Raum festzuhalten. Draußen standen zwei mit Disruptoren bewaffnete Männer mit roten Armbinden Wache.

Kommandantin Nathal und die Besatzung von Peliar Zel hatten sich zusammengedrängt und unterhielten sich leise. Das Sternenflottenteam der *Shenzhou* ignorierten sie. Sie waren nicht viele – nur eine Notbesatzung, die das große Schiff geführt hatte und jetzt in diesen Raum gepfercht war.

Saru hatte Vetch dazu überreden können, sich Ausrüstung aus dem Shuttle holen zu dürfen – einige Überlebenspäckchen, ein Medikit und einen weiteren

Universalübersetzer – doch alles, was wie eine Waffe aussah, war beschlagnahmt worden. Er hoffte, dass das keine Rolle spielen würde. Das Letzte, worum Saru sich jetzt Gedanken machen wollte, war ein bewaffneter Konflikt. Er saß auf einer Stahlbank der Messe und starrte über einen Tisch hinweg Zoxom an, der sich bemühte, Saladin Johar nicht sterben zu lassen. Die Gorlaner hatten ihnen die Benutzung der armseligen Krankenstation des Frachtschiffs verweigert, sodass die Aufgabe hier, unter diesen primitiven Umständen, erledigt werden musste. Subin arbeitete mit Zoxom zusammen, reichte ihm aufgeladene Hyposprays, anabolische Protoplaser und andere Gegenstände, die dieser benötigte.

Das faltige Gesicht des xannonischen Sanitäters war von einem Schweißfilm überzogen. Er bemühte sich jetzt schon seit Stunden und weigerte sich, von Johar abzulassen, bevor dieser nicht stabilisiert war. Der Chefingenieur lag auf einer Rettungsdecke auf dem Metalltisch. Seine Atmung war flach und seine Brust hob und senkte sich stotternd.

Saru spürte jemanden neben sich und sah hoch. Chief Petty Officer Yashae stand dort und bot ihm ein Notfallrationspäckchen an. Der Kelpianer winkte ab. »Später«, stieß er hervor.

»Wir müssen alle bei Kräften bleiben, Sir«, sagte Yashae und ließ das Päckchen auf Sarus Schoß fallen. Dann umwölkte sich ihr Gesicht. »Was ist da hinten passiert?«

»Das habe ich bereits erklärt«, antwortete Saru leise. »Sie haben das Schiff übernommen. Auf die *Shenzhou* gefeuert. Den Rest kennen Sie.«

»Wie zur Hölle konnten die ein Schiff der Sternenflotte ausschalten?« Die Frage erklang hinter ihnen. Ensign Weeton sah so ausgelaugt aus wie alle anderen, aber er kanalisierte diese Erschöpfung in Wut. Und diese Wut brauchte ein

Ziel. Er starrte Nathal und die anderen Pelianer an. »Wer ist für diesen Mist verantwortlich?«

Ich. Saru erstarrte und für einen furchtbaren Moment dachte er, er hätte das Wort laut ausgesprochen. *Ich habe ihnen geholfen, unser Schiff lahmzulegen.* Die innere Stimme sprach weiter und weigerte sich, zu verstummen. *Ich habe uns in die Hände der Verzweifelten und Gewaltbereiten ausgeliefert.*

Er konnte den Blick nicht von Johar abwenden, konnte sich nicht bewegen. Die Schuld lastete schwer auf ihm und nagelte ihn fest.

Endlich trat Zoxom vom Tisch zurück und zog die Rettungsdecke über Johars Körper. Der Sanitäter verabreichte ihm ein weiteres Hypospray und der Verletzte wurde ruhig.

»Wie geht es ihm?«, fragte Yashae.

Zoxom ließ sich auf die Bank gegenüber von Saru fallen und senkte den Kopf, während er sich die Hände säuberte. »Stabil. Ich habe getan, was ich konnte, um die inneren Blutungen zu stoppen, aber der Halo-Effekt des Disruptors hat den Organen auf einer Seite seines Körpers eine Menge Schaden zugefügt. Nierenfunktion, einer seiner Lungenflügel ... ist alles schwer in Mitleidenschaft gezogen. Nichts, das wir auf der Krankenstation der *Shenzhou* nicht behandeln könnten, aber ...«

»Wir sind nicht auf der *Shenzhou!*«, fauchte Weeton.

Der Sanitäter nickte, bevor er Saru ansah. »Sir, der Commander ist bewusstlos und ich gedenke, ihn auch in diesem Zustand zu lassen. Sein Körper muss sich ausruhen.«

»Dann sind Sie der ranghöchste Offizier, Sir«, stellte Yashae leise fest.

»Ich weiß.« Sarus düstere Stimmung drohte, ihn zu übermannen, und er versuchte, sie zu verdrängen. Er hatte eine schwerwiegende Entscheidung getroffen, um seinen

Mannschaftskameraden das Leben zu retten. Wenn man diese unter rein logischen Gesichtspunkten betrachtete, war seine Entscheidung richtig gewesen. Dennoch bezweifelte er, dass Weeton, Yashae und die anderen das auch so sehen würden.

»Lieutenant!«, sagte Subin mit warnendem Tonfall.

Saru drehte sich um und sah Nathal, die mit ihrer Stellvertreterin Hekan und einigen anderen Pelianern auf sie zukam. Nathals übliche Miene war auf ihrem Gesicht wie festgemeißelt. »Er lebt?« Sie zeigte mit dem Kopf auf Johar.

»So ist es«, antwortete Saru, ohne aufzustehen.

»Zwei *meiner* Besatzung hatten nicht so viel Glück.« Sie machte eine Geste in Richtung der beiden Offiziere auf der anderen Seite des Raums. »Ihr Tod geht auf Ihr Konto, Föderation.«

»Ich war nicht derjenige, der eine Waffe gezogen hat.« Seine Antwort kam tonlos. Saru hatte keine Kraft, um sich zu streiten. »Das war Ihr Besatzungsmitglied. Sie hätten Ihren Männern befehlen sollen, sich friedlich zu ergeben. Dann wäre *niemand* verletzt worden.«

»Schwächling!« Nathal spie das Schimpfwort geradezu aus. »Die Kinder von Peliar Zel sind stolz. Wir kämpfen, um das zu verteidigen, was uns gehört.« Sie starrte ihm in die Augen. »Sie sind für all das hier verantwortlich! Wieso konnten Sie nicht einfach Ihrer Wege ziehen? Stattdessen musste die Sternenflotte sich in die Angelegenheiten anderer einmischen und jetzt bezahlen wir dafür!«

Saru sah zu ihr hoch. »Sie können mich anschreien, so viel Sie wollen, wenn Sie sich dann besser fühlen. Aber Sie sollten wissen, dass das nichts dazu beiträgt, unser beider Umstände zu verbessern.« Er wartete darauf, dass Nathal ihn noch weiter beschimpfte. Hatte der Captain der Pelianer gesehen, dass er den Gorlanern dabei geholfen hatte, auf die

Shenzhou zu schießen? Wenn ja, konnte er nichts tun, um zu verhindern, dass sie es allen offenbarte.

»Einige Dinge an diesem ganzen Durcheinander fangen allmählich an, für mich einen Sinn zu ergeben«, sagte Yashae und durchbrach die Spannung.

»Was meinen Sie?« Hekan blähte ihre Nasenflügel auf.

Yashae zeigte mit dem Daumen über ihre Schulter ungefähr dorthin, wo sich der Warpkern des Transportschiffs befinden musste. »Lieutenant Commander Johar und ich wussten beide, dass diese ganze Sache mit dem Nadionimpuls stinkt. So etwas passiert nicht zufällig. Hundert Sachen müssten schiefgehen, bevor so etwas *einfach so* passiert.«

»Präzisieren Sie das!«, forderte Saru. Er hatte ein ungutes Gefühl, worauf die Erklärung der Vok'sha hinauslief, aber er wollte es aus ihrem Mund hören.

»Wir sind auf Warpgeschwindigkeit. Wir sind seit Stunden auf Warpgeschwindigkeit, aber es gibt keinerlei Anzeichen dafür, dass sich dieser Impuls wiederholen könnte. Ich gebe zu, wir kennen uns nicht besonders gut mit pelianischer Technologie aus, aber ein Warpantrieb ist ein Warpantrieb. Die grundlegenden Mechanismen sind immer identisch. Bis jetzt war ich mir nicht sicher, aber nachdem all diese Waffen aufgetaucht sind?« Yashae presste die Lippen aufeinander. »Jetzt bin ich es.«

»Wollen Sie damit sagen, der Nadionimpuls wurde absichtlich ausgelöst?« Subin wurde blass. »Jemand müsste vollkommen rücksichtslos oder äußerst verzweifelt sein, um so etwas zu tun.«

»So verzweifelt wie die Gorlaner?«, entgegnete Yashae und sah den anderen Techniker an.

Saru behielt Nathal im Blick. »Das war wahrscheinlich ihr erster Versuch, dieses Schiff zu überfallen, aber sie waren sich der Auswirkungen ihrer Sabotage nicht bewusst.«

Nathals Gesicht verfinsterte sich vor Zorn. »Vetch. Er hat uns betrogen. Er hätte uns alle töten können!«

»Und als Ihr Raumschiff eintraf, sahen sie eine weitere Gelegenheit, gegen uns vorzugehen.« Hekan warf Saru einen Blick zu. »Und dabei haben sie die Föderation gleich mit hineingezogen.«

»Wir hätten diese Wilden nie an Bord bringen dürfen.« Nathal ging ein paar Schritte und ballte die Fäuste. »Wie konnten wir nur jemals glauben, dass sie unsere Hilfe annehmen würden? Es ist wahr, was man über sie sagt – die Gorlaner respektieren nur Gewalt.«

»Ist das so?« Saru musterte Hekan. Von den Pelianern, denen er bisher begegnet war, schien sie die Vernünftigste zu sein.

»Viele meiner Art halten die Gorlaner für eine Bedrohung unserer Sicherheit und unserer Ressourcen auf den Monden Alpha und Beta.« Hekan wich dem Blick aus. »Als die Zeit kam, eine Entscheidung über ihre Zukunft zu treffen, standen diese Überlegungen im Mittelpunkt. Also beschlossen wir, ihnen eine neue Heimat zu suchen ... weit weg von unserer.«

»Es gibt Beweise dafür, dass wir recht hatten«, fauchte Nathal und stach mit einem Finger in Johars Richtung. »Unsere schlimmsten Befürchtungen über diese unterentwickelten Barbaren sind wahr geworden! Sie lügen, töten und stehlen, sogar wenn man ihnen Hilfe anbietet! Das ist alles, was sie können!« Sie bedeutete Hekan mit einer gebieterischen Geste, an ihre Seite zurückzukehren. »Ich werde das nicht zulassen. Wir werden unser Schiff mit Gewalt zurückholen.« Nathal richtete einen scharfen Blick auf die Sternenflottengruppe. »Kommen Sie uns nicht in die Quere, wenn das geschieht.«

Saru spürte wieder, wie ihm die Unterhaltung entglitt. Es war dasselbe leere Gefühl, das an ihm gezerrt hatte, als er sich unter den Gorlanern befunden hatte. »Nein ... nein.« Er stand auf und rang die Hände. »Seien Sie vorsichtig, Kommandantin. Voreilige Handlungen haben uns in diese Lage gebracht und so weiterzumachen bringt uns auf einen gefährlichen Weg.«

Nathal schnaubte verächtlich durch ihre vier Nasenlöcher und marschierte davon. Hekan folgte ihr auf dem Fuße.

Er stieß einen langen, erschöpften Atemzug aus. »So hatte ich mir mein erstes Kommando nicht vorgestellt«, sagte Saru leise.

»Ich werde einfach mal ganz klar aussprechen, was wir alle denken«, fing Weeton an. »Sie hat recht.«

»*Ich* habe das nicht gedacht«, murmelte Zoxom.

Weeton sprach weiter. »Diese Gorlaner sind gefährlich und sie nehmen offensichtlich nur wenig Rücksicht auf das Leben anderer. Sie haben alle auf diesem Frachter in ernsthafte Gefahr gebracht – und zwar mindestens zwei Mal. Und in jeder Minute, in der wir nichts unternehmen, vergrößert sich die Entfernung zwischen uns und der *Shenzhou*. Wir wissen nicht, in welchem Zustand unser Schiff ist, wir wissen nicht, wer dort lebt oder tot ist.«

»Die *Shenzhou* wurde flugunfähig gemacht, nicht zerstört«, beharrte Saru.

»Stimmt, Lieutenant, Sie haben ja gesehen, was passiert ist, also sollten Sie noch mehr als jeder andere die Richtigkeit meiner Worte erkennen.« Weeton holte nicht einmal Luft. »Wir haben keine Ahnung, wo die Gorlaner uns hinbringen. Was, wenn sie uns hinrichten, sobald das hier vorbei ist, oder noch Schlimmeres? Sie könnten uns an die Orioner verkaufen oder sogar an die Klingonen ...«

Saru hob seine Hand, um ihm Einhalt zu gebieten. »Wir müssen uns zurückhalten und die Situation prüfen, bevor wir etwas unternehmen.« Er bemühte sich, ein wenig der Härte in sich zu finden, die er immer bei Captain Georgiou sah. »Voreilige, schlecht durchdachte Handlungen werden nur zu Irrtümern führen.« Saru atmete tief durch. »Den Fehler habe ich bereits gemacht«, gab er zu.

Aber Weeton war nun in Fahrt und beachtete den Versuch des Kelpianers kaum, seinen Gedankengang zu bremsen. »Aber wir können uns den Luxus nicht leisten, abzuwarten, habe ich nicht recht? Je länger wir warten, desto mehr festigen die Gorlaner ihre Position. Ich will damit sagen, dass wir die Initiative ergreifen müssen! Wir müssen etwas tun, jemand hier muss eine Entscheidung treffen ...« Er sah hinüber zu dem Tisch, auf dem der Chefingenieur lag. »Was, glauben Sie, würde Lieutenant Commander Johar sagen? Ich glaube, er würde mir zustimmen. Können wir ihn fragen? Wir können ihn fragen, nicht wahr?« Weeton wandte sich an Zoxom. »Sie könnten ihn aufwecken.«

»Ja«, antwortete der Sanitäter, »aber ihn aufzuwecken ist keine gute Idee.«

»Ich glaube, er würde an dieser Unterhaltung teilnehmen wollen, meinen Sie nicht?« Weeton musterte die Gesichter der anderen. Saru sah er als Letzten an. »Meinen Sie nicht?«

»Ich werde nicht dafür verantwortlich sein, noch jemanden in unnötige Gefahr zu bringen«, platzte es aus Saru heraus, der versuchte, den Austausch unter Kontrolle zu halten.

»Also stimmen Sie zu«, sagte Weeton, der Sarus Antwort missverstand. »Der Chefingenieur ist ein befehlshabender Offizier und hat den Rang, derartige Entscheidungen zu fällen.«

»Lieutenant Saru ist der ranghöchste Offizier«, begann Yashae.

»Ja, aber er ist ...« Weeton stockte und Saru hatte das unmittelbare Gefühl, dass der Ensign beinahe etwas Abwertendes gesagt hätte. »Ich meine, nichts für ungut, aber der

Lieutenant ist kein …« Er brach abrupt ab. »Sie wissen, was ich meine.«

Ich bin was nicht? Die Frage hallte durch Sarus Gedanken. *Nicht stark genug? Nicht respektiert genug?*

Und was, wenn er recht hat?

Saru richtete sich auf und sah auf den Ensign hinunter. Er nahm all die Strenge, die er in sich finden konnte, zusammen und verbarg, wie leer er sich dabei fühlte. »Ich versichere Ihnen, Ensign Weeton, ich bin sehr wohl in der Lage, jede ›Kommandoentscheidung‹ zu treffen, die notwendig ist. Habe ich mich klar ausgedrückt, Mister?«

»Okay, vielleicht hätte ich das besser ausdrücken sollen«, lenkte der Ensign ein. »Ich will nur sagen, dass ich an das Team denke, Sir. Ich meine, nach dem, was Sie gerade auf der Brücke durchgemacht haben, mit der Entführung und alldem, dachte ich, Sie würden vielleicht …«

»Dass ich mich meiner Verantwortung entledigen möchte? Da irren Sie sich.« Alle beobachteten ihn jetzt und Saru wusste, dass die Art, wie er die nächsten Sekunden bewältigte, den Ton für den weiteren Verlauf angeben würde.

Weeton trug sein Herz auf der Zunge, sagte, was er meinte, und meinte, was er sagte. Doch die anderen – Yashae, der schweigsame Mazarit Subin und Zoxom – waren schwerer einzuschätzen. Wenn Saru ihnen nicht beweisen konnte, dass er ein würdiger Anführer war, könnten sie womöglich zögern, wenn es an der Zeit war, einen Befehl zu befolgen, und das konnte die Lage verschlimmern.

Doch wie konnte Saru ihnen diesen Respekt einflößen, wenn er doch selbst die größten Zweifel an sich hatte? Der Geist seiner Entscheidung auf der Brücke des Frachters umwölkte seine Gedanken. Mit Mühe zwang er sich, diesen zu verdrängen.

»Ich bin der ranghöchste Offizier«, sagte er zu ihnen. »Die Entscheidung obliegt mir und zwar ganz allein mir.« Saru hielt Weetons Blick stand und suchte nach den wahren Gedanken des Ensigns. Er fand allerdings nichts, dessen er sich sicher sein konnte.

»Aye, Sir!«, sagte der Mensch.

Ohne Vorwarnung öffnete sich ruckelnd die Luke auf der gegenüberliegenden Seite des Raums. Drei Gorlaner mit roten Binden drängten sich in den Durchgang. Saru erkannte einen von ihnen als den Mann mit den weißen Haarsträhnen auf Armen und Kopf. Ihre Blicke trafen sich kurz, bevor er seinen Blick über die Geiseln schweifen ließ.

Der Kelpianer erkannte einen Jäger, wenn er einen sah. Die Gorlaner betraten den Raum und gingen zu der Gruppe Pelianer. Sie bedeuteten ihnen, aufzustehen. Der Krieger mit dem weißen Haar musterte ein aufgebrachtes Gesicht nach dem anderen, bevor er sich schließlich auf den zweiten Offizier Hekan konzentrierte. Er bellte einen Befehl in seiner Muttersprache und Saru spürte quer durch den Raum das unsichtbare Aufflackern seiner elektrostatischen Aura – ein stummes Aufblitzen von etwas, das Zorn gleichkam.

Hekan wurde zur Bestürzung ihrer Kameraden von der Gruppe getrennt und dazu gezwungen, sich abseits hinzustellen. Dann durchquerten die Gorlaner den Raum zum Team der Sternenflotte, dem dieselbe Behandlung zuteilwurde. Der weißhaarige Krieger entschied sich aus Gründen, die Saru nicht ganz nachvollziehen konnte, für Yashae. Er bedeutete ihr gebieterisch, zu ihm zu kommen, wobei seine Aura geräuschlos vibrierte.

»Nein!« Saru hob eine Hand und hielt Yashae zurück. »Sie gehen nirgendwohin.« Er wandte sich den Gorlanern zu und trat anstelle der Ingenieurin vor. »Sie wollen, dass jemand mit

Ihnen geht?«, fragte er, obwohl er wusste, dass sie ihn kaum verstehen würden. »Nehmen Sie mich, nicht sie.«

Yashae schüttelte ihren Kopf. »Lieutenant, es ist schon in Ordnung ...«

»Nein!«, wiederholte Saru. »Ich werde nicht zulassen, dass jemand anderes in Gefahr gerät. Ich werde gehen.«

Die Gorlaner schienen zu begreifen, was vor sich ging, und akzeptierten den Ersatz ohne Weiteres.

Saru machte einen Schritt auf die Luke zu und sah dann zurück zu seinen Mannschaftskollegen. »Ensign Weeton, Sie haben das Kommando, bis ich zurückkehre. Passen Sie gut auf unsere Leute auf.«

Weeton akzeptierte den Befehl kommentarlos. »Das werde ich, Sir.«

Hekan warf ihm einen besorgten Blick zu, als die beiden durch die Luke und den Flur entlang abgeführt wurden. »Sie haben sich vielleicht gerade freiwillig für den Tod gemeldet«, sagte sie zu ihm.

»Ich weigere mich, das zu glauben«, sagte er. Ganz wie von selbst fuhr Sarus Hand zu seinem Hinterkopf und berührte die Stellen, wo seine Bedrohungsganglien unter der Haut lagen. Im Moment blieben sie ruhig.

Ganz gleich unter welchen Umständen – bevor sie das Büro des Captains betrat, wallte in Michael Burnham immer derselbe emotionale Widerhall auf. Eine bruchstückhafte Erinnerung an ihre Kindheit, an jedes einzelne Mal, wenn sie für eine »Besprechung« in das Arbeitszimmer ihres Vaters gerufen worden war – ganz gleich, ob es sich um ihren akademischen Fortschritt oder ihre fortgesetzte Einbindung in die vulkanische Kultur handelte.

Jedes Mal – so sehr sie sich auch bemühte, sich unter Kontrolle zu halten – war da dieser Funke Emotion, den das jahrelange Erlernen von Logik und Kontrolle niemals vollkommen hatte überdecken können. Sarek war ein geduldiger Lehrer gewesen, aber er hatte ihr nie einen schwachen Moment gestattet. Sogar jetzt noch hatte Burnham das Gefühl, ihrer Mentorin gegenüber stoische Ruhe an den Tag legen zu müssen, um möglichen Zweifeln die Möglichkeit zu nehmen, sie aufzufressen.

Natürlich war Philippa Georgiou nicht Sarek von Vulkan – die beiden konnten gegensätzlicher nicht sein –, aber die Anerkennung des Captains der *Shenzhou* war Michael Burnham jetzt genauso wichtig, wie Sareks Anerkennung es vor vielen Jahren für ihr jüngeres Ich gewesen war.

Ihr kommandierender Offizier erhob sich hinter dem Schreibtisch und bedachte Burnham mit einem kurzen, aber gezwungenen Lächeln. Fast ein Tag war seit dem Überraschungsangriff des pelianischen Transportschiffs, der die *Shenzhou* außer Gefecht gesetzt hatte, vergangen. Wenn der Captain sich während dieser Zeit ausgeruht hatte, war das Burnham entgangen.

Commander ch'Theloh stand stocksteif wie immer an einem Aussichtsfenster und spähte hinaus in die Dunkelheit. Seine Antennen zuckten bei ihrer Ankunft und er hob eine Datentafel auf, die auf dem Schreibtisch lag, bevor Burnham erkennen konnte, was darauf zu sehen war. Trotzdem erhaschte sie einen Blick auf ein Bild. *War das das Gesicht eines Kelpianers? Saru?* Sie war nicht sicher.

»Melde mich wie befohlen!«, begann sie.

»Gibt es neue Daten von den Langstreckensensoren?« Der Andorianer kam direkt zum Thema.

Burnham schüttelte den Kopf. Nach dem Vorfall hatte sie sich mit Jira Narwani zusammengetan, um gemeinsam mit dem Ensign die Sensoren zu reparieren und zu verstärken. Da das Schiff trieb und angreifbar war, musste die

Mannschaft zwingend über mögliche Bedrohungen Bescheid wissen, solange diese noch weit genug entfernt waren. Jiras Kopf war von ihrem Helm umschlossen, der ihr die virtuelle Umgebung zeigte. Sie erweiterte ihre Sinne, um nach fremden Schiffen Ausschau zu halten. Burnham hatte daran gearbeitet, die Ionenspuren zu deuten, die das flüchtige Pelianerschiff hinterlassen hatte. »Die Tholianer haben bisher kein Interesse an uns gezeigt, Sir.«

»Oh doch, das haben sie«, korrigierte Georgiou sanft. »Sie wollen uns nur glauben machen, dass sie es nicht getan haben.« Sie warf ch'Theloh einen Blick zu und fuhr fort: »Ich habe Sie aber nicht hergebeten, um Bericht zu erstatten. Wir brauchen Ihre Meinung zu etwas.«

Der Erste Offizier nahm den Gesprächsfaden auf. »Sie arbeiten eng mit Lieutenant Saru zusammen. Und zwar schon seit einiger Zeit, nicht wahr?«

»Ja, Sir.« Burnham runzelte die Stirn. Jira hatte ihr gesagt, dass Saru kurz vor dem Angriff auf das Pelianerschiff zurückgekehrt war, aber niemand schien zu wissen, weshalb. »Ist er …?«

»Wir wissen nichts über den Status der Mitglieder des Rettungsteams«, sagte ch'Theloh geradeheraus. »Aber es sind gewisse Tatsachen ans Licht gekommen und da Sie eine enge Verbindung zu Lieutenant Saru haben, dachte der Captain, dass Sie etwas Wertvolles dazu beitragen könnten.«

»Ich kann Ihnen nicht folgen.« Sie zog die Augenbrauen zusammen. »Ich würde nicht sagen, dass Lieutenant Saru und ich uns nahestehen. Ich meine, er ist …« Burnham ahmte unwillkürlich die Handbewegungen des Kelpianers nach. »Sie wissen ja, wie er ist.«

»Nein«, sagte der Erste Offizier. »Das weiß ich beim besten Willen nicht. Ich glaube, der menschliche Begriff lautet, dass er mir ein Buch mit sieben Siegeln ist.«

»Saru ist ein sehr zurückgezogenes Wesen«, erklärte der Captain. »Und ich habe das immer respektiert. Aber der Commander hat recht.« Georgiou tippte auf eine Tastatur auf ihrem Schreibtisch. »Sie waren die letzte Person, die mit ihm gesprochen hat, bevor er das Schiff verließ.« Ein Holo-Bildschirm erwachte flackernd zum Leben und zeigte die Innenansicht der Shuttlebucht auf der *Shenzhou.* In einer Ecke des Rahmens sah Burnham eine winzige Ausgabe von sich selbst, die sich mit Saru unterhielt. »Können Sie sich daran erinnern, was er gesagt hat?«

»Wirkte er aufgebracht?«, fügte ch'Theloh hinzu. »War sein Verhalten auf irgendeine Weise untypisch?«

Ich glaube, diese Situation hat mich tiefer berührt, als mir bewusst war. Sarus Worte kamen ihr schnell wieder in den Sinn. »Er war ... abgelenkt.« Burnham zögerte und dachte darüber nach. »Nein, das Wort, das er tatsächlich benutzte war *beunruhigt.* Wir haben über die Situation gesprochen und waren uns in einigen Dingen uneinig.«

»Werden Sie genauer!«, forderte der Andorianer.

»Es ging um den Unterschied zwischen dem strikten Befolgen von Vorschriften und dem Verständnis, wann man sie umgehen sollte.« Noch während die Worte über ihre Lippen kamen, erstarrte sie.

»Ich glaube, Lieutenant Saru hat Ihren Standpunkt etwas zu wörtlich genommen«, sagte der Captain. »Er hatte keine Befugnis, zum Schiff der Pelianer zurückzukehren. Er flog absichtlich zurück und ich glaube, er wollte erneut mit den Gorlanern Kontakt aufnehmen.«

»Sie glauben, Sarus Handlungen hatten etwas mit dem Angriff auf uns zu tun?« Burnham blinzelte und versuchte, das zu verarbeiten. Sie wusste besser als die meisten, dass es ausgesprochen schwierig war, sich durch die komplizierten Interaktionen mit einer fremdartigen Kultur zu navigieren, aber sie konnte nicht akzeptieren, dass jemand wie Saru eine gewalttätige Reaktion hervorrufen konnte – egal ob versehentlich oder sonst irgendwie.

Ch'Theloh wedelte mit der Datentafel in seiner Hand herum. »Wir sind die Sensorscans des Schiffs kurz vor dem Angriff noch einmal durchgegangen. Zahlreiche Lebenszeichen von Gorlanern wurden auf den oberen Decks des Schiffs entdeckt sowie Energiesignaturen, die als Waffenentladungen gedeutet werden könnten. Es ist möglich, dass aus irgendeinem Grund Lieutenant Sarus Versuche, mit den Gorlanern zu kommunizieren, gewalttätige Reaktionen bei diesen hervorgerufen haben.«

»Bei allem Respekt, Sir, das ist ziemlich weit hergeholt. Haben wir überhaupt einen Beweis dafür, dass die Gorlaner hinter dem Angriff stecken? Es hätten auch die Pelianer gewesen sein können.« Burnham hielt dem Blick des Ersten Offiziers stand und weder der Captain noch der Commander widersprachen ihrer Feststellung.

Ch'Theloh hatte Sarus spröder, zurückhaltender Art immer ablehnend gegenübergestanden und jetzt erkannte sie die Saat echten Misstrauens in dem Andorianer. Sie erkannte, dass er sie hinzugezogen hatte, um diesen Standpunkt zu untermauern. Wenn überhaupt, machte das Michael nur noch entschlossener, für ihren abwesenden Mannschaftskameraden einzutreten. Sie hatte auch ihre Schwierigkeiten mit Saru, das stimmte – aber es schien ihr nicht fair, ihm das alles anzulasten.

»Saru ist nicht leichtfertig«, fuhr sie fort. »Er ist das absolute Gegenteil von leichtfertig. Das liegt nicht in seiner Natur.«

»Wohl wahr«, räumte der Erste Offizier ein und ging zurück zum Fenster. Er legte eine Hand auf das alte Teleskop, das davor auf seinem Dreibein stand. »Wir versuchen, uns ein Bild von dem zu machen, was auf dem Pelianerschiff passiert ist. Und wir müssen akzeptieren, dass Mister Saru eine unerwartete Variable in dieser Gleichung ist.«

»Es sieht ihm nicht ähnlich, einen Befehl zu missachten«, sagte Georgiou. Ihr Blick ging kurz ins Leere.

»Hat er das?« Burnham sah den Captain an. »Sie haben ihm nicht ausdrücklich befohlen, nicht zurückzufliegen. Ich glaube nicht, dass Saru ohne guten Grund zu dem Frachter zurückgekehrt wäre.«

»Das mag sein. Aber da sind noch mehr beunruhigende Daten, die in Betracht gezogen werden müssen.« Ch'Theloh drehte sich um und musterte Burnham eingehend. »Kurz bevor man auf uns gefeuert hat, bemerkte Lieutenant Gant etwas, das wie mehrfache, unregelmäßige Zielerfassungen von Waffen des Pelianerschiffs wirkte. Sie haben kurz verschiedene Bereiche der *Shenzhou* wie die Brücke, die Mannschaftsquartiere, Krankenstation und Messe ins Visier genommen.« Er ließ das sacken. Da ihre Schilde heruntergefahren gewesen waren, hätte ein Treffer in jedem dieser Bereiche gravierende Verluste zur Folge gehabt. »Dann, in letzter Sekunde, ist die Zielerfassung auf unsere Warpgondeln umgeschwenkt. Auf ganz bestimmte Bestandteile des Antriebs.«

Burnham merkte, wie sie eine Gänsehaut bekam. »Was wollen Sie damit sagen, Sir?«

»Wenn die Gorlaner oder die Pelianer nicht exakte technische Angaben über einen Kreuzer der *Walker*-Klasse in ihren Datenbanken hatten, konnten sie unmöglich wissen, wo sie hinzielen mussten, um uns so wirksam lahmzulegen.« Captain Georgiou legte grimmig die Realität dar. »Ein Sternenflottenoffizier verfügt über dieses Wissen.«

»Saru ist nicht der Einzige im Rettungsteam mit derartigen Kenntnissen«, beharrte Burnham. »Jeder Ingenieur besitzt diese ebenfalls.«

»Stimmt«, gab der Captain zu, »aber keiner von ihnen ist weggelaufen, um sich auf eine unbefugte Mission zu begeben. Keiner von ihnen hat einen eklatanten Mangel an Urteilsvermögen an den Tag gelegt. Wenn wir die Nettigkeiten beiseitelassen, muss man sagen, dass Saru wusste, was von ihm erwartet wurde, und trotzdem beschloss er, weiterzumachen.« Sie schüttelte den Kopf. »Mir gefällt diese Argumentation ebenso wenig wie Ihnen, Michael. Saru dient schon sehr lange unter mir und er ist ein wertvolles Mitglied dieser Besatzung …«

»Aber ob es uns gefällt oder nicht, wir müssen alle Möglichkeiten in Betracht ziehen«, schloss der Erste Offizier. »Vielleicht ist er in Bedrängnis. Vielleicht wurde er irgendwie kompromittiert. Captain, ich glaube, die Sicherheitsleute sollten Lieutenant Sarus Quartier durchsuchen und Ausschau nach allem Ungewöhnlichen halten und feststellen, ob etwas fehlt.«

»Das werde ich machen«, unterbrach Burnham. »Sie haben recht, Commander. Wenn jemand Saru auf diesem Schiff kennt, dann ich.« Das mochte vielleicht nicht der Wahrheit entsprechen, aber sie fühlte sich trotzdem wieder dazu verpflichtet, den abwesenden Kelpianer zu verteidigen. »Ich brauche keine Sicherheitsleute, die mit mir kommen. Ich kann das alleine machen.« Sie sah den Captain an. »Ich werde … diskret vorgehen.«

Nach einer ganzen Weile nickte Georgiou. »Also schön, Michael. Tun Sie das.«

»Haben Sie Familie?« Hekan starrte im Aufzug auf den Boden, als sie die Frage stellte. Dann sah die pelianische Ingenieurin hoch und Saru in die Augen. »Ist das etwas, das Ihre Spezies hat?«

»Ja«, antwortete er und machte einen Klicklaut mit seiner Zunge. Dieser war einzigartig für Kelpianer. Sie überbrückten damit unangenehme Pausen, statt eine direkte Antwort zu geben. »Ich war schon sehr lange nicht mehr auf meiner Heimatwelt.«

Hekan blinzelte. »Ich will nur meine Töchter wiedersehen. Glauben Sie, dass es schnell gehen wird, wenn sie es tun?«

Plötzlich erkannte er, dass die Ingenieurin dachte, sie würden zu ihrer Hinrichtung geführt. »Nein! Ich meine ... Hekan, die werden uns nicht töten.«

»Woher wissen Sie das?« Sie warf einen besorgten Blick auf die Rotbinden und deren Waffen. »Was ich über die alles gehört habe ... Ich habe es immer für Gerüchte gehalten, die von engstirnigen Leuten erfunden worden waren, aber jetzt muss ich mich fragen, ob die Geschichten wahr sind.«

»Welche Geschichten?«

»Dass die gorlanische Stammesgesellschaft von Grund auf aggressiv ist. Tatsächlich glaubt ihre Kultur an vergängliche Gottheiten und einige Leute sagen, dass dieser Glaube sie zu gewalttätigem Verhalten gegen alle Außenstehenden und alle Fremden antreibt.« Hekan sprach, als teile sie ein Geheimnis mit ihm.

»Wer sagt das?«, fragte Saru. »Leute von Ihrem Planeten?«

»Nein.« Hekan schien von dem Gedanken überrascht. »Betaner versuchen, nicht vorzuverurteilen. So werden wir erzogen. Ich meinte Leute vom Alpha-Mond. Die sind in ihren Ansichten eher unverblümt.«

»Wie Kommandantin Nathal?«

Hekan nickte. »Der größte Teil des Befehlskaders stammt aus dem Adel von Alpha. Nathal blickt auf eine lange Ahnenreihe von Raumschiffoffizieren zurück.«

»Waren die Alphaner dafür verantwortlich, dass die Gorlaner ...?« Saru rang nach dem richtigen Wort. »Umgesiedelt wurden?«

Das kurze Aufflackern von Schuldbewusstsein auf Hekans Gesicht sagte ihm, dass sie es nicht waren. »Peliar Zel wollte ihnen nur helfen!«

»Haben Sie daran gedacht, die Gorlaner zu fragen, was sie wollten?«, erkundigte Saru sich, ohne eine Wertung in seine Frage zu legen.

»Wir haben unser Bestes gegeben. Doch sie machen es so schwer, mit ihnen zu kommunizieren. Manchmal glaube ich, sie können uns verstehen, wollen es aber nicht. Ich habe es selbst versucht, aber es scheint unmöglich, die Kluft zu überwinden, und wir haben keine fortschrittlichen Universalübersetzer wie Sie in der Sternenflotte. Außerdem ...« Sie hielt inne und brach ab. »Verzeihen Sie. Ich habe Angst. Dann werde ich immer geschwätzig.«

»Ich habe fast immer Angst«, stimmte Saru mit einem Seufzen zu. »Aber ich habe gelernt, damit umzugehen. Und ich lerne immer noch, zu verstehen, wann eine Bedrohung wirklich gegenwärtig ist und wann nicht.«

Sie musterte ihn. »Sie sind ein ungewöhnliches Wesen, Saru.«

»Das höre ich öfter«, bemerkte er, während der Aufzug langsamer wurde und anhielt.

Wieder einmal wurde Saru auf das Kommandodeck des Pelianerfrachters geführt und ihm fiel auf, wie karg dieses war. Nur eine Handvoll der im ganzen Raum verstreuten Operationskonsolen und Podeste waren erleuchtet und in Betrieb. Der Rest war in einer Art Ruhezustand. Er sah sich um und beobachtete die wenigen Gorlaner, die dort aufpassten. Ein Teil seines Verstands überlegte, welche Funktion die einzelnen Podestkontrollen erfüllten. Der praktischer veranlagte Teil suchte nach möglichen Fluchtwegen.

Lieutenant Saru betritt nie einen Raum, ohne mindestens drei Wege zu kennen, die hinausführen, hatte Commander ch'Theloh einmal spöttisch über ihn gesagt. Doch er hatte recht und Saru fand darin nichts Unkluges.

Der Sprecher, Vetch, löste sich aus einer gedämpften Unterhaltung mit dem weißhaarigen Gorlaner und kam näher. Er zog den Universalübersetzer hervor, den man Saru – wie es schien vor einer halben Ewigkeit – abgenommen hatte. Der Kelpianer sah sofort, dass das Gerät halb auseinandergenommen und dann wieder zusammengesetzt worden war. Dabei hatte man ein hässliches Durcheinander neuer Komponenten angebracht.

Er verlor den Mut. »Was haben Sie getan?« Ohne einen voll funktionsfähigen Universalübersetzer würde die Kommunikation mit den Gorlanern hundertmal schwieriger werden.

Vetch ließ das stabähnliche Gerät auf seine Handfläche klatschen. »Wir haben es verbessert. Die Funktionen des Geräts sind jetzt viel effizienter.«

Saru blinzelte. Vetchs bisher gebrochenes, gestelztes Sprachmuster war jetzt um ein Vielfaches präziser. Er hielt den Übersetzer hoch und sah, dass sich unter den neuen Bestandteilen, die man angebracht hatte, eine komplizierte Sensorantenne und ein Signalprozessor befanden. Während Vetch sprach, spürte Saru das ständig vorhandene gorlanische Aurenfeld. Scheinbar verfügte der modifizierte Übersetzer jetzt über die Fähigkeit, diese Energie aufzufangen und sie mit den Stimmmustern, Lauten und Tonfällen zu verbinden.

»Unsere Spezies mag simpel wirken«, fuhr Vetch fort und entblößte seine Zähne in einem selbstgefälligen Grinsen, »aber wie Sie sehen, haben wir gewisse Technologien durchaus ebenfalls gemeistert. Doch es ist uns lieber, nicht jeden Aspekt unseres Lebens davon dominieren zu lassen, im Gegensatz zu gewissen anderen Kulturen.« Der Sprecher betrachtete Hekan.

Saru studierte den Übersetzer eingehend. »Wenn Sie hierzu in der Lage waren, wieso haben Sie bis jetzt gewartet? Sie hatten die Chance, direkt mit uns zu sprechen, als Sie an Bord der *Shenzhou* waren.«

»Manchmal ist es besser, von den Leuten um sich herum unterschätzt zu werden«, sagte Vetch. »Das bringt gewisse Wahrheiten viel früher ans Licht.«

»Und wir haben gelernt, denjenigen nicht zu trauen, die den Mund mit Versprechen voll nehmen«, ergänzte der weißhaarige Gorlaner und kam näher. »So finden wir einen Weg durch Widrigkeiten, ohne uns auf die Almosen anderer zu verlassen. Und allzu oft haben Geschenke ihren Preis.« Er starrte die pelianische Ingenieurin an. »Sie weiß das.«

»Madoh, wenn du so gut wärest?«, sprach Vetch den anderen Gorlaner an. »Lass mich das hier machen. Ich bin schließlich der Sprecher. Das ist meine Rolle.«

»Ich werde dir helfen, es ihnen verständlich zu machen«, antwortete Madoh und machte keine Anstalten, wegzugehen.

»Das ist genau das, was wir wollen«, sagte Saru, der eine Gelegenheit witterte. »Verstehen.« Er wog den Übersetzerstab in seiner Hand. »Ich danke Ihnen dafür. Jetzt, da wir deutlicher miteinander sprechen können, hoffe ich, dass es keine weiteren Konflikte mehr zwischen uns geben muss.«

»Sind Sie nicht verärgert, weil Ihr Gefährte verletzt wurde?«, fragte Madoh. »Wollen Sie keine Vergeltung?«

»Jetzt … ist nicht die Zeit dafür«, sagte Saru vorsichtig.

Madoh gab einen gutturalen Laut von sich, der von kurzen, heftigen Zuckungen der unsichtbaren Aurastatik begleitet wurde. Der Übersetzer stellte das als verächtliche Belustigung dar.

Unbeirrt fuhr Saru fort: »Bisher konnten wir nur stimmliche Komponenten benutzen, um uns zu unterhalten. Dadurch blieb vieles unklar. Doch ich weiß, dass es ein viel flüchtigeres Element in Ihren Unterhaltungen gibt.« Er deutete auf die Luft. »Eine elektromagnetische Aura. Meine Spezies hat eine ähnliche Wahrnehmung.«

»Die Pelianer und die Menschen sind demgegenüber unempfänglich«, antwortete Vetch abfällig. »Wir kennen es als …« Der Übersetzer hatte Schwierigkeiten mit dem Begriff und war kurzzeitig nicht in der Lage, diesen so umzusetzen, dass Saru es verstehen konnte. Schließlich gab das Gerät ihn als *der Kreis* wieder.

Das ergibt Sinn, dachte Saru. *Das gemeinsame Aurenfeld einer gorlanischen Gemeinschaft ist ein Kreis, eine Einheit, die alle umschließt.* Es war nicht so, als besäßen sie ein Gruppenbewusstsein oder einen Schwarmgeist, wie es bei manchen von der Föderation dokumentierten Spezies der Fall war. Die Gorlaner schienen etwas weniger Kompliziertes zu besitzen als das. Eine Verbindung, die über Worte hinausging – einen geteilten, beinahe greifbaren Sinn für *Harmonie.*

»Ich verstehe nicht«, wagte Hekan zu sagen.

»Natürlich nicht«, entgegnete Vetch ein wenig traurig. »Wie könnten Sie auch?«

Saru wandte sich an die Pelianerin: »Sie müssen doch auf Ihrer Welt Flugtiere gesehen haben, die in einem Schwarm fliegen. Haben Sie sich je gefragt, wie diese sich so als Einheit bewegen können? Der gorlanische ›Kreis‹ ist so etwas wie diese Gruppenverbindung. Ich glaube, es ist die Grundlage für ihre übergeordnete Kommunikation und ein Kernbestandteil ihrer sozialen Struktur.«

»Sie sprechen nicht wie ein Techniker«, sagte Madoh und musterte den Kelpianer von Kopf bis Fuß. Eine Hand des Gorlaners bewegte sich zu der Disruptorpistole, die mit einer Klammer an seiner Weste befestigt war.

Der Kelpianer zögerte. »Sie haben recht. Ich bin Lieutenant Saru und ich bin Wissenschaftler.«

»Ich habe euch doch gesagt, ihr sollt uns Techniker bringen!« Vetch warf den Gorlanern, die Hekan und Saru zum Kommandodeck begleitet hatten, einen scharfen Blick zu.

»Ich habe darauf bestanden, dass sie mich stattdessen mitnehmen«, fuhr Saru fort. »Ich bin der ranghöchste Offizier. Ich werde meine Leute nicht in eine Gefahr schicken, der ich mich selbst nicht stellen würde.« Die Worte stammten sinngemäß aus dem *Handbuch für Offiziere* und er kam nicht umhin, zu bemerken, dass sie etwas hohl klangen, als er sie wiedergab.

»Sie wollten Mut zeigen, ist es das?« Madoh kam ihm unbehaglich nahe. »Ich glaube, Sie haben nur wenig Erfahrung mit solchen Dingen.«

»Und trotzdem bin ich hier.« Saru gab nicht nach. »Was wollen Sie von uns? Sie haben bereits die Kontrolle über dieses Schiff.«

»Nein, haben sie nicht«, sagte Hekan leise.

Vetch gab ein spuckendes Geräusch von sich. »Die Frau hat recht. Die Pelianer sind durchtrieben.«

Saru wollte gerade fragen, was der Sprecher damit meinte, doch Madoh ging dazwischen und starrte den Kelpianer weiter an. »Sie glauben zu wissen, was hier vor sich geht. Sie irren sich.« Madohs verschlagener Blick erinnerte Saru nur allzu sehr an ein hungriges Raubtier, das seine nächste Mahlzeit plante. »Wissen Sie, warum mein Volk auf diesem Schiff ist?«

»Die Regierung von Peliar Zel siedelt Sie auf einen anderen Planeten um«, sagte Saru. »Obwohl ich glaube, dass diesem Vorgang mehr zugrunde liegt, als mir bewusst ist.«

»Gute Antwort, Außenweltler.« Madoh zeigte seine Zähne. »Die Wirklichkeit wurde vor Ihnen und Ihrer *Shenzhou* verborgen.«

»Sie wurde zweifellos vor allen außerhalb von Peliar Zel verborgen«, fügte Vetch hinzu.

»Wir sind hier, weil die Pelianer uns auf diese Schiffe *gezwungen* haben!« Madohs Stimmung wurde finsterer. »Sie haben uns Nahrung und Obdach vorenthalten und uns gesagt, dies sei der einzige Weg, wie wir überleben würden! Wir sind auf ihrem Mond Alpha gelandet, doch sie erlaubten uns nicht, dortzubleiben.«

»Er verschweigt die Tatsache, dass sie ohne Erlaubnis auf Alpha gelandet sind«, konterte Hekan.

»Wir hatten keine andere Wahl«, sagte Vetch zu ihr. »Unsere Schiffe waren überladen. Beschädigt und funktionsunfähig. Wir mussten sie verlassen.«

»Einige ihres Volks beschuldigten uns, die Vorhut einer Invasionsmacht zu sein«, erzählte Madoh Saru und zeigte auf die Ingenieurin. »Als ob wir so etwas hätten tun können. Einige Hunderttausend von uns, die verzweifelt waren und sich an ihr Leben klammerten.«

»Wir haben ihnen geholfen!« Hekan sah Saru an. »Ich weiß mit absoluter Sicherheit, dass der Mond Beta eine ungeheure Menge Vorräte als Soforthilfe gespendet hat!«

»Wir wollen Ihr Mitleid und Ihre Wohltätigkeit nicht«, sagte Madoh kalt. »Ein gewisses Maß an Vertrauen hätte uns gereicht.«

Saru schwieg eisern. Wo lag die Wahrheit in alldem? Er fühlte sich überfordert. Es war eine Sache, zu versuchen, besser mit einem fremden Volk kommunizieren zu können, aber eine ganz andere, in eine Entführung und eine bewaffnete Revolte hineingezogen zu werden. Schließlich kam er zu der Frage, die beantwortet werden musste. »Sie haben mich und Hekan aus einem ganz bestimmten Grund hier hinaufbringen lassen. Aus welchem?«

»Zeig es ihm!«, knurrte Madoh.

Vetch führte Saru zu dem, was wie die Hauptsteuerung des Frachters aussah. Obwohl die pelianische Symbolschrift

Saru fremd war, erfasste er doch bald, wie das Bedienfeld angeordnet war. Er fand die Entsprechung zu einer Astrogatoranzeige und die Steuerung des Schiffs für Kurskorrekturen.

Abgesehen von dem Navigationsbildschirm, auf dem ein Punkt den Frachter darstellte, der sich langsam auf einer gekrümmten Linie fortbewegte, waren alle anderen Kontrollen vollkommen bewegungslos. Vetch tippte theatralisch auf einige Bedienelemente. Jedes Mal wurde er mit einem quäkenden Ton von der Konsole belohnt. »Dieses Schiff ist auf einen festen Kurs zu seinem Ziel programmiert«, sagte der Gorlaner. »Das scheint eine Sicherheitsmaßnahme zu sein, die automatisch ausgelöst wird, falls die Mannschaft ausgeschaltet wird.«

»Sie wollen, dass wir die Steuerung für Sie freischalten«, vermutete Hekan.

»Wir wollen volle Kontrolle über dieses Schiff!«, beharrte Madoh. »Die Freiheit, zu gehen, wohin wir wollen.«

Saru betrachtete den Befehlsbildschirm eingehend. »Dieses System zu deaktivieren ist eine komplizierte Aufgabe. Dazu müsste man die komplette Kontrollmatrix der Steuerung dekompilieren. Das dauert schon unter günstigsten Umständen ausgesprochen lange.« Er machte eine Pause und betrachtete den Astrogator. »Das Ziel ist ein M-Klasse-Planet in einem Sonnensystem, das zwei Tage von unserem jetzigen Standpunkt entfernt ist.«

»Die *Zuflucht*«, sagte Vetch und schnaubte. »Die Welt, auf der die Pelianer uns aussetzen wollen.«

»Wir ziehen es vor, unser Schicksal selbst in die Hand zu nehmen.« Eine von Madohs Händen fiel wieder auf seine Pistole. »Sie werden die Steuerung freischalten, Lieutenant Saru. Wenn Sie sich weigern, sehe ich mich gezwungen, Sie dazu zu nötigen.«

»Für Wesen, die nur wenig von Wohltätigkeit halten, verlangen Sie eine Menge Hilfe«, bemerkte Saru. Sein Kommentar trug ihm ein wütendes Starren aus zusammengekniffenen Augen ein. »Sogar nach einer oberflächlichen Untersuchung kann ich erkennen, dass dieses System mit einem multimodalen rekursiven Verschlüsselungsalgorithmus geschützt ist. Den Code mit brutaler Gewalt zu knacken, würde bis zum Hitzetod des Universums dauern.«

»Sie lügen«, fauchte Vetch. »Wir tun gut daran, Ihnen zu misstrauen. Ich vermute, dass Sie mit den Pelianern gemeinsame Sachen machen.«

»Ich sage Ihnen die Wahrheit«, erwiderte Saru trotzig.

Madoh zog die Waffe aus ihrem Holster und zielte damit auf Hekans Brust. »Sind Sie da sicher?«

Das Geräusch der Disruptorentladung, die Johar getroffen hatte, hallte immer noch in Sarus Gedanken wider und er spannte sich an. Er dachte an die furchtbare Wunde, die sogar ein Streifschuss hinterlassen hatte. Ein direkter Treffer würde den sofortigen Tod der pelianischen Ingenieurin bedeuten.

Was soll ich tun? Die erklärte Politik des Sternenflottenkommandos war es, nicht mit Terroristen zu verhandeln, aber Saru hatte diesen Standpunkt bereits einmal verletzt, um Todesfälle an Bord der *Shenzhou* abzuwenden. Jetzt wurde er wieder in dieselbe Enge gedrängt. *Wenn ich mich weigere, werden sie dann Hekan töten und jemand anderen hier heraufholen? Dieselbe Drohung wiederholen, bis ich gehorche? Oder bin ich der Nächste, der stirbt?*

Er sah Madoh in die Augen. Dessen Blick war unnachgiebig und nicht zu deuten.

Nach einer ganzen Weile wandte Saru sich der Steuerkonsole zu. »Ich kann Ihnen nichts versprechen. Aber ich werde es versuchen.«

7

Ein tiefes Brummen ließ das Deck der *Shenzhou* erbeben. Burnham spürte die Vibration durch die Sohlen ihrer Stiefel. Sie blieb an einem Aussichtsfenster stehen, sah hinaus und beobachtete, wie das Sternenfeld an dem Schiff vorbeiglitt, während dieses Geschwindigkeit aufnahm. Das Ingenieurteam hatte den vergangenen Tag durchgearbeitet, um die Schäden am Schiff zu reparieren, und obwohl noch viel zu tun blieb, war der Impulsantrieb des Schiffs endlich wieder einsatzbereit. Immerhin waren sie wieder in Bewegung und wenn sie in Bewegung waren, dann taten sie etwas, um ihre vermissten Mannschaftskameraden zu retten.

Einige Unteroffiziere weiter vorne im Flur stießen Jubelschreie aus, doch dann bemerkten sie Burnham und erstarrten. Sie winkte ab und lächelte sie müde an. Wenn ch'Theloh das gesehen hätte, hätten sie wahrscheinlich einen Vortrag über Anstandsregeln zu hören bekommen, aber Michael konnte es ihnen nicht verdenken.

Die letzten Stunden hatten an den Nerven aller gezerrt. Das hilflose Gefühl, nach dem hinterhältigen Angriff bewegungsunfähig und zum Sterben zurückgelassen worden zu sein, hatte die gesamte Besatzung niedergedrückt. Kaum etwas ist schlimmer als das Gefühl, zur Untätigkeit verdammt zu sein, dachte sie und ging auf ihrem Weg zu den Quartieren der leitenden Offiziere an den beiden Technikern vorbei.

Jetzt, da sie sich wieder in Bewegung gesetzt hatten, würde die Mannschaft wieder mit voller Konzentration ans Werk gehen.

Burnham nahm an, dass Lieutenant Commander Johar stolz gewesen wäre, wenn er gesehen hätte, wie hart seine Ingenieure gearbeitet hatten, um die *Shenzhou* wieder flugfähig zu machen. Viele von ihnen hatten Doppel- oder sogar Dreifachschichten gearbeitet. Dennoch waren sie noch weit davon entfernt, warpfähig zu sein, und bei den interstellaren Entfernungen würde es ewig dauern, bis sie den vermissten Pelianerfrachter einholten. Doch hier ging es nicht um nackte Tatsachen, es ging um Glauben.

Der Gedanke an den Chefingenieur ließ sie über das Schicksal des restlichen Rettungsteams nachgrübeln. *Sind sie noch am Leben? Johar, Saru, Weeton und die anderen?* Burnham hatte schon früher Freunde und Mannschaftskollegen in Ausübung ihrer Pflicht verloren, aber sie empfand jedes Mal wieder denselben Schmerz. Trotz ihrer Verinnerlichung des vulkanischen Gleichmuts trug sie immer noch ein Fünkchen menschlicher Empathie in sich, das nicht zu leugnen war und niemals erlosch. *Vielleicht gab es einmal eine Zeit, in der ich es zum Schweigen bringen wollte. Aber jetzt nicht mehr.*

Burnham blieb vor der Tür zu Lieutenant Sarus Kabine stehen. Sie überprüfte die Einstellungen ihres Trikorders, der an einem Riemen über ihrer Schulter hing. Sie stellte das Gerät auf Scanmodus, zog eine Datenkarte aus ihrer Tasche und schob diese in einen versteckten Schlitz neben dem Schließmechanismus der Tür. Ein Überbrückungscode, den Commander ch'Theloh zur Verfügung gestellt hatte, erledigte den Rest und verschaffte ihr Zutritt zum Quartier des Kelpianers.

Sie zögerte auf der Schwelle und blickte nach links und rechts den Flur hinunter, ob irgendjemand sie beobachtete. Burnham wollte sich einreden, dass dies in Sarus bestem Interesse war, weil sie beweisen würde, dass er unter keinem bösen Einfluss stand. Doch wie man es auch drehte und wendete, sein Quartier ohne Erlaubnis zu betreten war ein Übergriff. Dass sie allein hier war, mochte ein Versuch sein, seine Privatsphäre zu schützen, aber wenn sie ehrlich zu sich selbst war, hatte die Gelegenheit, mehr über den verschlossenen Mannschaftskameraden zu erfahren, Burnhams Neugier als Xenoanthropologin geweckt.

Die Tür schloss sich zischend hinter ihr, nachdem sie eingetreten war. Burnham atmete tief durch und konzentrierte sich auf ihre Aufgabe. »Okay«, sagte sie laut. »Was haben Sie mir zu erzählen, Saru?« Sie machte ihren Kopf frei und versuchte, alles in sich aufzunehmen und ein Gefühl dafür zu bekommen, wer hier wohnte.

Grundsätzlich unterschied sich Sarus Quartier nur wenig von Burnhams: eine Einzelkabine für einen Nachwuchsoffizier der Brücke mit einem Bett auf der einen Seite und einem offenen Wohnbereich. Doch die Beleuchtung war wesentlich schwächer als die Helligkeit, die sie bevorzugte, die Luft etwas kühler. In Burnhams Kabine herrschten Temperaturen, die beinahe den vulkanischen Standard erreichten, den sie gewohnt war – Saru hingegen schien Dämmerlicht und Schatten zu mögen. Sie wartete, bis ihre Augen sich angepasst hatten.

Es überraschte sie nicht, dass das Quartier des peniblen Kelpianers aufgeräumt und sauber war. Ersatzuniformen hingen in der Nähe der Nische neben dem Kleiderreplikator und die langen Hosenbeine waren sorgfältig über die Bügel gelegt, damit sie nicht auf dem Boden schleiften. Die automatische Erfrischungseinheit war blitzsauber und hätte nicht ein einsamer leerer Becher auf dem Entsorgungsfeld des Nahrungsverteilers gestanden, hätte man Burnham die Vermutung nicht verdenken können, das Gerät sei nie benutzt worden. Eine Schachtel mit Kräutertees stand auf einem Regalbrett neben einem Behälter. Sie vermutete zunächst, dass sich darin Zucker befand, aber der Inhalt entpuppte sich als Tafelsalz.

Burnham ging einmal langsam im Kreis durch das Zimmer und hielt den Trikorder vor sich. Sie scannte nach allem, das ungewöhnlich sein könnte. Dabei entdeckte sie zusätzlichen Schallschutz an den Wänden, der seinen Zweck vollkommen normal zu erfüllen schien. Doch ganz unten im Sensorfrequenzbereich war eine Spitze zu erkennen.

Sie stellte den Trikorder neu ein, um sich auf diese Entdeckung zu konzentrieren. Da war etwas an den Wänden, Flecken einer anorganischen Verbindung, die in einem scheinbar zufälligen Muster verstreut waren. Als sie das Gerät anwies, diese zu analysieren, kam es zu einem unglaublichen Ergebnis.

»Tinte?« Burnham hob eine Augenbraue und sagte: »Computer, bestätigen.«

»Ruhezustand aufgehoben«, erklang eine künstliche Stimme aus einer Konsole an der gegenüberliegenden Wand. *»Möchten Sie einen Neustart?«*

Sie war nicht sicher, was das zu bedeuten hatte, und versuchte, die Frage zu überspielen. »Ja, ich denke schon. Ich möchte Zugriff auf die Umgebungskontrollen für diese Kabine. Insbesondere soll die hiesige Lichtfrequenz an ...«, Burnham betrachtete die Analyse, »... diese Einstellung angepasst werden.« Sie schickte die Daten an den Schiffscomputer und wartete.

»Anfrage wird bearbeitet.« Wenn Burnham recht hatte, würde die Veränderung des Lichts ihr erlauben, das Innere der Kabine durch die Augen des Kelpianers zu sehen – durch Sarus Augen.

Für einen kurzen Augenblick färbte sich alles blau und plötzlich veränderte sich die Umgebung des Raums. Der Effekt wirkte wie Tag und Nacht – in einem Moment hatte Burnham leere, polymerverkleidete Wände angestarrt und im nächsten sah sie eine Matrix aus Glyphen, die auf den Boden, die Wände und die Decke geschrieben worden waren. Sie ging in die Hocke, um sie sich genauer anzusehen.

Ist dies ... die Sprache der Kelpianer? Hat Saru all das geschrieben? Burnham war sich bewusst, dass einige Spezies der Sternenflotte ihre Quartiere leicht veränderten, um ihren persönlichen oder kulturellen Bedürfnissen zu entsprechen, aber so etwas hatte sie noch nie gesehen. Winzige, dicht gedrängte Schriftzüge in Sarus sorgfältiger Handschrift verliefen in Reihen von der Tür nach oben, wendeten und liefen wieder zurück. »Was steht da?«

Sie scannte einen kleinen Ausschnitt und ließ ihn durch das Übersetzungsprogramm laufen. Dieser Teil schien ein Gedicht zu sein. Vielleicht zeichneten die Angehörigen seines Volks so ihre Geschichte auf und ehrten ihre Kultur, indem sie mit einer Tinte, die nur bei extremen ultravioletten Frequenzen sichtbar war, auf jede verfügbare Oberfläche schrieben.

Das Leuchten des Texts erhellte noch etwas anderes – ein rechteckiges Kästchen, das neben Sarus Schreibtischkonsole stand. Auf den ersten Blick hatte Burnham es für unwichtig gehalten, aber in der veränderten Beleuchtung leuchteten darauf feine Rillen und aufwändige Schnitzmuster.

Das Kästchen war so lang wie ihr Unterarm und aus einem dunklen Hartholz geschnitzt. Die glatten Kanten deuteten darauf hin, dass es alt und abgegriffen war. Sie konnte nicht umhin, mit ihren Fingern über die Oberfläche des Deckels zu streichen. Sie spürte ein regelmäßiges Gitter aus Vertiefungen und Symbolen, die dort eingeprägt waren.

Burnham zögerte bei dem Gedanken, es zu öffnen. Abgesehen von den Glyphen enthielt die Kabine nichts anderes, das sie als persönlichen Gegenstand einstufen würde. Alles andere gehörte zur Standardausrüstung der Sternenflotte. In das Kästchen hineinzuspähen schien ihr einen Schritt zu weit zu gehen. Stattdessen scannte sie es mit ihrem Trikorder. Das Gerät zeigte an, dass sich kleine Gegenstände darin befanden – aus Metall, Glas und Knochen – aber nichts, das ihr ungewöhnlich erschien.

Dann bemerkte sie die Bewegung eines Schattens aus ihrem Augenwinkel. Eine tiefschwarze Form mit scharfen Winkeln, die Oberfläche glasig wie Obsidian. Die Gestalt rückte langsam vor und Burnham erkannte, dass sie die Veränderungen der Lichtintensität genutzt hatte, um sich geräuschlos um sie herumzubewegen.

Die Fragen, was dieser Eindringling war oder wie er in Lieutenant Sarus Kabine kam, schob sie beiseite. Die Gestalt bewegt sich, als stelle sie eine Bedrohung dar, und Burnham reagierte genau wie der Kelpianer, indem sie sich anspannte, während die Gefahr sich näherte.

Doch wo Sarus Instinkt auf Rückzug und Flucht basierte, war Michael Burnhams Instinkt in einem anderen Impuls verwurzelt. Am Ende des Schreibtischs stand eine Lampe. Burnham streckte die Hand langsam in ihre Richtung und dann umschlossen ihre Finger den schweren Fuß. Sie würde als provisorische Waffe dienen.

Der Schatten schien ihre Absicht zu ahnen und überwand die restliche Entfernung in einem Wuseln geräuschloser Bewegungen. Burnham besann sich auf ihre Ausbildung in der Verteidigungskunst *Suus Mahna*, die sie in ihrer Jugend erlernt hatte, drehte sich weg und erhaschte ihren ersten richtigen Blick auf den Eindringling.

Ein Tholianer!

Es konnte nichts anderes sein. Die unverwechselbare Kristallgestalt, die in dieser Form die sechs spindeldürren Beine zu einer dreifüßigen Konfiguration zusammengelegt hatte. Die säbelartigen Arme, die durch die Luft in ihre Richtung schnitten. Die beiden glühenden Augenpunkte, die Burnham aus der Dunkelheit heraus anstarrten.

Es war unmöglich, dass der Fremde sich hier befand, und doch war es so. Die Oberfläche seiner Facettenhaut war nachtschwarz, im Gegensatz zu dem grellen Orange, das Burnham aus den visuellen Aufzeichnungen der Sternenflotte kannte. Das ließ darauf schließen, dass der Eindringling der Tarngruppe angehörte, die es Gerüchten zufolge geben sollte – sozusagen das Äquivalent zu einer verdeckt agierenden Klasse von Tarnsoldaten.

Die säbelgleichen Arme stachen in ihre Richtung und sie sprang rückwärts aus dem Weg. Etwas stimmte nicht – *das war doch alles unlogisch!* –, doch Burnham hatte keine Zeit, innezuhalten und in Ruhe nachzudenken.

Sie hätte zur Tür laufen sollen, hätte nach den Sicherheitsleuten rufen sollen, so laut sie nur konnte. Doch in diesem Moment war Michael Burnham in ihrer rein emotionalen Reaktion gefangen.

Sie schwang die Lampe in einem Halbkreis herum und das schwere Ende traf die »Stirn« des Tholianers ...

... und ging geradewegs hindurch, ohne auf etwas zu treffen.

Sie war so entsetzt über die Reaktion, dass sie dem Gegenangriff nicht auswich, der auf sie zukam. Der tintenschwarze Eindringling stach mit seinem rechten glasartigen Arm durch ihre Brust und durchbohrte ihr Brustbein mit seiner gesamten Länge.

Doch da war kein Schmerz, sie spürte nichts. Überhaupt nichts. Der Tholianer stand dort und war in der Zeit eingefroren.

»Fehlschlag«, stellte der Computer fest. *»Ihre Reaktionszeit war ungenügend, um einen tödlichen Verlauf zu vermeiden. Simulation abgeschlossen. Möchten Sie einen Neustart?«*

»Nein!«, schnauzte Burnham und der Phantomeindringling löste sich in glitzernde holografische Pixel auf. Sie atmete zitternd durch und murmelte ein uraltes, vulgäres Wort auf Vulkanisch. Dabei rieb sie sich verlegen den Bereich an ihrer Brust, wo das Kristallwesen sie erstochen hätte. *»Tvi-okh!«* Vulkanier kannten nicht viele Flüche, aber Burnham erinnerte sich an diesen und sprach ihn mit Nachdruck aus.

»Bitte wiederholen Sie den Befehl«, sagte die künstliche Stimme.

»Was war das?«, wollte sie wissen. »Dieser … Tholianer? Warum hat er mich angegriffen?«

»Persönliches holografisches Programm Saru sechs. Automatische Angreifersimulation, auf zufällige Intervalle eingestellt.«

»Zweck?«

»Kontrollierte Stimulierung und Dämpfung des kelpianischen Kampf-oder-Flucht-Reflexes, um anhaltende emotionale Stabilität zu gewährleisten.«

»Oh.« Plötzlich ergab alles einen Sinn für sie. Burnhams erster Gedanke war gewesen, dass das Hologramm eine Art Alarmsystem war, eine Falle für unerwünschte Besucher in Sarus Quartier, wie sie einer war. Doch es war nichts dergleichen. Es war ein Test.

So, wie Burnham regelmäßig im Fitnessraum der *Shenzhou* trainierte oder Sparringkämpfe mit einem automatisierten Gegner austrug, hatte Saru seine eigene Version von Sport in Form dieses Programms. »Er kann nicht ohne eine gewisse greifbare Gefahr existieren«, sagte sie laut und stellte die Lampe sorgfältig wieder zurück. »Selbst wenn es nur eine simulierte ist.«

Saru hatte es anderen nie leicht gemacht, an seiner Seite zu dienen. Seine pingelige, oft kratzbürstige Art sorgte bei den einfachsten Dingen für Reibungspunkte. Doch sie respektierte seine Fähigkeiten, auch wenn sie ihm das nur selten sagte. Der Kelpianer hatte einen analytischen Verstand und eine starke Intuition, die ihm noch mehr nützen könnte, wenn er nicht immer so nach innen gerichtet wäre. Trotz all seiner Distanz und seiner Reserviertheit war Saru ein ambitioniertes Wesen und das Holo-Programm zeigte das. *Er bringt sich immer an seine Grenzen*, dachte Burnham, *auch wenn der Rest von uns das nicht sieht.* Dass Saru mit ihr konkurrierte, hatte nie außer Zweifel gestanden, doch jetzt fragte sie sich, wie viel es ihn kostete, das zu tun.

Sie spürte einen Anflug von Mitgefühl für ihn. Burnham verstand nur allzu gut, was es hieß, ambitioniert zu sein, ständig auf dem Prüfstand zu stehen und insgeheim Angst vor dem Versagen zu haben oder davor, alle um sie herum zu enttäuschen. *Wenn etwas mit Saru nicht stimmt, dann das. Er ist zurück zu dem Pelianerschiff geflogen, weil er etwas vorantreiben wollte … und das ist ihm über den Kopf gewachsen.*

»Sie haben nicht erkannt, worauf Sie sich eingelassen haben, oder?«, fragte sie den leeren Raum. »Sie haben hingesehen, aber Sie konnten es nicht erkennen …« Burnham brach ab, als ihre eigenen Worte in dem leeren Raum widerhallten. »Konnten es nicht erkennen«, wiederholte sie und schlagartig ging ihr ein Licht auf. Sie erkannte, dass sie etwas übersehen hatte. »Weil ich es mit den falschen Augen betrachtet habe …«

Sie machte auf dem Absatz kehrt und schoss angetrieben von ihrer neuen Erkenntnis vorwärts. *Ich muss zum Labor. Die Überwachungsboje … Ich weiß, was zu tun ist!*

Burnham zögerte an der Tür und erinnerte sich an ch'Thelohs Befehl, Sarus Quartier zu durchsuchen. Sie tippte auf die Interkom-Konsole an der Wand. »Lieutenant Burnham an XO.«

»Ich höre, Lieutenant«, antwortete der Andorianer umgehend.

»Ich habe meine Durchsuchung wie gewünscht durchgeführt«, sagte sie forsch. »Ich habe nichts Ungewöhnliches gefunden. Saru ist immer noch Saru. Das ist sowohl das Problem als auch die Lösung. Burnham Ende.« Sie unterbrach die Verbindung, bevor der Erste Offizier antworten konnte, und machte sich im Laufschritt auf den Weg zu den Labordecks. Wenn ch'Theloh einen Weg finden wollte, dem Kelpianer die Schuld in die Schuhe zu schieben, dann würde er das ohne ihre Hilfe tun müssen.

Die Gorlaner ließen Saru am Steuerungskontrollpodium arbeiten. Als deutlich wurde, dass die Ingenieurin der Pelianer ihm nicht helfen konnte, ließ Vetch sie von zwei Rotbinden nach unten bringen.

Saru beobachtete den Sprecher genau und versuchte, dessen Absichten einzuschätzen. Würden Vetch und seine Leute so grausam sein, Hekan wegzubringen, um sie zu töten? Welchen Zweck hätte das? Es war schwer, sich auf das Problem zu konzentrieren, wenn seine Gedanken ständig zu seinen Sorgen über das Schicksal des Rettungsteams und der Pelianer abschweiften.

Eine Gorlanerin namens Kijoh war Saru zugeteilt worden, um ihm alles anzureichen, was er für seine Aufgabe brauchte. Doch er vermutete, dass sie eher eine Aufpasserin war. Kijoh hatte ordentlich geschnittenes strohblondes Haar, das ihr über den Rücken fiel, und ihr rundes Gesicht wies eine frische Narbe unter einem Auge auf. Sie erzählte ihm, dass sie Pilotin an Bord eines der Schiffe gewesen war, die die Gorlaner ins Peliar-Zel-System gebracht hatten, und dass sie das Steuerungssystem des Sternenfrachters verstand. Saru nahm das als unterschwellige Warnung von Kijoh, dass sie erkennen würde, falls er versuchen sollte, die Steuerung zu manipulieren oder die Arbeit auf irgendeine Weise zu verzögern.

Saru brachte das Kontrollpodium dazu, einen Selbstdiagnostikmodus zu starten. Er beobachtete, wie ein schier endloser Strom von Computercodes auf einer Anzeige an dem beleuchteten Bedienfeld auftauchte. Sein Trikorder scannte diesen gehorsam Zeile für Zeile ein und versuchte, ein Schlupfloch in der Sperrsoftware zu finden, doch die Aufgabe ging nur langsam und mühsam voran. Nicht nur mussten die Daten aus der pelianischen Sprache in Föderationsstandard übersetzt werden, sondern das fremde Betriebssystem musste auch noch so umgewandelt werden, dass die Sternenflottentechnologie damit etwas anfangen konnte.

Saru seufzte und warf Kijoh einen Seitenblick zu. Er hatte das Bedürfnis, das argwöhnische Schweigen zwischen ihnen aufzulockern. »Wenn Sie mir die Frage gestatten ... Die Kolonie, die Ihr Volk verlassen hat – waren Sie dort, als die Tholianer angriffen?«

Die strengen grünen Augen starrten ihn zornig an. »Wollen Sie damit sagen, dass wir darüber gelogen haben?«

»Nein.« Er hielt die Hand hoch. »Wie kommen Sie darauf?«

»Was glauben Sie, woher ich diese Narbe habe?«, konterte Kijoh und stieß dann ihren Atem aus. »Ich bin Hunderte Male von den Pelianern befragt worden, vom ersten Tag an, als wir in den Orbit um den Mond Alpha einschwenkten. *Haben die Tholianer Sie angegriffen? Haben Sie die Situation provoziert? Wie viele Schiffe waren es? Was haben Sie getan, um sie zu provozieren? Haben Sie als Erste gefeuert?*« Ihre Kiefer mahlten, als würde sie auf etwas Zähem und Ungenießbarem kauen. »Ich war auf der Oberfläche, als sie in ihren Spinner-Schiffen kamen. Das hat mir das Leben gerettet. Sie haben ihre Energienetze um unsere Station in der Umlaufbahn geworfen und sie weggeschleppt ... Das leichte Frachtschiff, zu dessen Besatzung ich gehörte, hatte keine Chance.«

»Die haben Ihren Planeten ohne Grund angegriffen?« Saru musterte die Gorlanerin eindringlich und beobachtete, wie sie ihre vier Hände rang.

»Oh, sie hatten einen Grund«, berichtigte Kijoh. »Es war ihnen egal, dass dieser für uns keinen Sinn ergab. Die Tholianer sagten, dass unsere Kolonie sich innerhalb der Grenzen ihrer Versammlung befände und ihnen gehöre. Sie haben uns eine Rotation gegeben, um fortzugehen. *Eine!*« Sie spie das Wort geradezu aus. »Wir waren dort seit zweiundzwanzig Solarzyklen, verstehen Sie? Mehr als vierhunderttausend von uns. Wir hatten Leben, Städte, Kapellen aufgebaut. Hatten eine Bindung aufgebaut. Es war ein Zuhause. Und dann, über Nacht, kamen diese Fremden und befahlen uns, alles hinter uns zu lassen!«

»Aber Sie wussten doch von der Existenz der Tholianer«, bohrte Saru weiter. »Dieser Bereich des Weltraums grenzt an ihr Gebiet. Das konnte Ihnen doch nicht entgangen sein.«

»Wir wussten, was sie waren«, versetzte sie. »Wir haben ihre Grenzen immer respektiert. Sind auf Distanz geblieben. Wir waren keine Bedrohung für sie!«

Saru nickte ernst. »Unter bestimmten Umständen genügt das nicht. Die Tholianische Versammlung geht bei der Aufrechterhaltung ihrer Grenzen äußerst aggressiv vor.« Er zögerte und deutete den verkniffenen Gesichtsausdruck der Gorlanerin. »Ihr Volk weigerte sich, zu gehen.«

»Wir haben uns zusammengetan, um die ... um uns zu schützen.« Kijoh knurrte tief in der Kehle. »Sie wollten uns nicht zuhören. Als ihr Ultimatum verstrich, begannen sie, die Kolonie vom All aus zu bombardieren. Da hatten wir keine andere Wahl. Wir mussten fliehen ... oder sterben.« Sie erzählte ihm, die panische Flucht der Gorlaner hätte beinahe so viele Leben gefordert wie die Schüsse der Tholianer. Ein Schatten huschte über das Gesicht der Pilotin, als sie an ihre verzweifelte Flucht aus dem Sonnensystem dachte, voller Angst, dass die pfeilförmigen Spinner sie verfolgen würden. »Unsere Schiffe waren überladen und unterversorgt. Einige sind da draußen in der Leere erfroren. Wir beteten zum Schöpfer für eine sichere Zuflucht und als wir über Peliar Zel stolperten, dachten wir, wir hätten sie gefunden.«

Saru wählte seine nächsten Worte sehr sorgfältig. »Sie müssen doch gewusst haben, dass sie misstrauisch sein würden. Die Pelianer müssen vor Ihnen genauso viel Angst gehabt haben wie Sie vor den Tholianern.«

»Natürlich. Deshalb lieferten wir uns ihrer Gnade aus. Von einem intelligenten Volk zum anderen. Und zuerst schienen die Pelianer uns willkommen zu heißen. Doch das änderte sich, als sie erkannten, dass unsere Schiffe ihre Grenzen nur mit letzter Kraft erreicht hatten. Als sie begriffen, dass wir nicht so bald wieder fortgehen würden.« Sie knurrte erneut. »Wir wollten nicht dort sein. Wir wollten auf unserer Kolonie sein und das Leben leben, das wir uns aufgebaut hatten. Dann sagten die Pelianer uns, dass es auf ihren Monden keinen Platz für uns gäbe, genau wie die Tholianer uns gesagt hatten, es gäbe keinen Platz auf dem Planeten, auf dem wir unsere Heimat gefunden hatten.« Kijoh musterte ihn. »Was hätten Sie getan, Saru? Wenn man Ihnen Ihr Leben entrissen hätte?«

Die Frage traf den Kelpianer mit unerwarteter Wucht. Saru fühlte sich plötzlich sehr weit von der Welt entfernt, die er einst *sein* Zuhause genannt hatte.

Er atmete tief durch und ließ den Gedanken verstummen. »Ich wäre weggerannt«, antwortete er ehrlich.

»Das ist genau das, was wir tun«, sagte eine andere Stimme. Saru drehte sich um und sah Madoh, den Größeren der Rotbinden, der mit wiegendem Gang auf sie zukam. Wie immer lag eine Hand an seiner Pistole. »Das ist es, wozu man uns gezwungen hat.« Er starrte auf die Konsole. »Es sind einige Stunden vergangen und Sie scheinen keine Fortschritte zu machen.«

Saru wusste sehr genau, was als Nächstes kommen würde: Drohungen. Er hielt bewusst seine Position, halb in der Hocke, aber weit genug aufgerichtet, um mit dem kleineren Gorlaner auf Augenhöhe zu sein. Er wollte ihn nicht auf eine Weise überragen, die ungewollt eine aggressive Reaktion hervorrufen konnte. »Nach dem, was ich herausgefunden habe, ist die einzige Möglichkeit, die Vorwärtsbewegung dieses Schiffs aufzuhalten, direkten Einfluss auf die Kraftübertragung aus dem Warpkern zu nehmen.«

Madoh schürzte die Lippen. »Das können wir. Wir haben es schon einmal gemacht.« Er nickte Kijoh zu. »Bist du mit diesem Fremden einer Meinung?«

»Ich stimme zu, dass wir dieses Schiff nicht von seinem vorbestimmten Kurs abbringen können, ohne etwas Lebenswichtiges zu zerstören«, antwortete die Pilotin.

Das war nicht die Antwort, die Saru oder Madoh erwartet hatten. Der Gorlaner mit der roten Binde ballte immer wieder gereizt die Fäuste und zeigte dann mit zwei Armen auf den Kelpianer. »Er sagte, dass es möglich ist.«

»Möglich und ausgesprochen gefährlich«, mischte Saru sich ein. »Ich denke, wenn Sie versuchen, dieses Schiff wieder aus dem Warp zu holen, wird der Dominoeffekt, der es letztes Mal schon zu zerstören drohte, erneut auftreten. Dieses Mal wird der Nadionimpuls weitaus gravierender sein.«

»Sie haben ihn schon einmal verhindert. Sie können das wieder tun.« Madoh wischte seine Vorbehalte mit einem Schnauben beiseite.

»Nein, kann ich nicht!« Sarus Erschöpfung durchbrach endlich alle Dämme und er schrie beinahe. »Bitte sagen Sie es ihm«, flehte er Kijoh an.

»Der Fremde hat recht«, sagte die Pilotin tonlos. »Macht euch am Antrieb zu schaffen und wir werden alle sterben.«

Madohs höhnisches Grinsen wurde breiter. »Hat die Furchtsamkeit der Föderation dich angesteckt, Kijoh? Wo ist die Kühnheit, die du an den Tag gelegt hast, als wir die Blockade der Tholianer durchbrachen?« Er musterte betont ihre Narbe.

»Du verwechselst Tapferkeit mit Verzweiflung«, antwortete Kijoh. »Wir werden diese Reise bis zum Ende fortsetzen, ob es euch passt oder nicht.«

Zu spät erkannte Saru, dass die gorlanische Pilotin seine Arbeit an den Steuerungskontrollen schärfer beobachtet hatte, als er gedacht hatte.

»Das ist inakzeptabel!«, spie Madoh. »Wenn wir diese Kraftübertragung nicht unterbrechen können, dann finden wir einen anderen Weg, das Schiff aufzuhalten.« Er hob seine Stimme, damit alle anderen Gorlaner auf dem Kommandodeck ihn hören konnten. Saru beobachtete, wie sie innehielten und ihrem Anführer zuhörten. »Ich möchte keinesfalls kaltblütig töten«, fuhr er fort. »Das ist nicht unsere Art. Aber unsere Gebete verhallen ungehört – und um des Schöpfers willen, wir können nicht untätig herumstehen, während die Pelianer uns weiterhin kontrollieren!« Madoh marschierte zur Steuerkonsole. »Sie sind unsere Gefangenen und dennoch haben sie immer noch das Kommando über dieses Schiff. Wie viel länger müssen wir den Befehlen von Außenweltlern gehorchen?« Seine zornigen Worte veranlassten viele der Gorlaner dazu, zu nicken.

Saru ahnte, was kommen würde. »Gewalt wird die Tatsachen nicht ändern. Sie können die Realität nicht mit einem zerstörerischen Akt dazu bringen, sich Ihren Bedürfnissen anzupassen.«

»Also würde es keinen Unterschied machen, Ihr Leben zu beenden?« Madohs Stimme klang tief und bedrohlich.

»Das würde es nicht«, brachte er heraus und spannte seine Muskeln an. Sarus Bedrohungsganglien regten sich an seinem Hinterkopf und er musste sich körperlich anstrengen, um ihr Austreten zu verhindern. Er gönnte den Gorlanern die Befriedigung nicht, zu wissen, wie viel Angst er hatte.

»Wir können uns nicht hier durchschießen, Madoh«, sagte Kijho. »Ist dir das immer noch nicht klar?«

»Und was sollen wir *dann* tun?« Madohs Hand fiel von seiner Waffe ab und er starrte die Gorlanerin finster an. »Du und dieser Fremde, ihr habt mehr Verstand als ich, also bitte ... klärt mich auf.«

»Sie sind frustriert«, begann Saru. »Und das drückt sich in Zorn aus. Ich weiß, wie sich das anfühlt.«

»Das wissen Sie?« Madoh legte den Kopf schief. Sein Tonfall war halb belustigt, halb beleidigend.

Saru sprach weiter. »Aber es führt zu nichts.«

»Da bin ich anderer Meinung.« Madohs Worte wurden eiskalt. »Gewalt hat mir mein Zuhause gestohlen. Drohungen haben mich auf diesen rostigen, vom Schöpfer verlassenen Koloss gebracht. Diese Dinge haben großartig gegen mich gearbeitet, ich wüsste nicht, warum ich sie nicht gegen andere richten sollte.«

»Sie sind so verzweifelt, dass Sie ein anderes intelligentes und fühlendes Wesen töten würden.« Saru machte das zu einer Feststellung, nicht zu einer Frage, doch Madoh verstand es als solche.

»Ja!«, schoss er zurück. »Wenn es das ist, was nötig ist, dann werde ich nicht davor zurückschrecken, ganz gleich welche Worte Sie verwenden, um mir den Weg zu versperren. Ich werde tun, was getan werden muss, um das Überleben unserer Kolonie und unseres ...« Madohs Zorn hätte beinahe dazu geführt, dass er den Satz vollendete, doch er ertappte sich noch rechtzeitig und klappte den Mund zu.

Das war das zweite Mal, dass Saru mitbekommen hatte, wie einer der Gorlaner etwas zu verbergen suchte. Er kniff die Augen zusammen, während er versuchte, herauszufinden, was diese unausgesprochenen Worte bedeuten mochten. Er erinnerte sich daran, was die Übersetzungsmatrix aus den Stimmen bei seiner ersten Begegnung mit den Gorlanern herausgefiltert hatte. *Wovon hatten sie gesprochen? Wie war der Name?*

»Der Knotenpunkt.« Saru erinnerte sich an die Worte und sprach sie leise, doch die Gorlaner reagierten, als hätte ein elektrischer Schock sie getroffen. Madoh zuckte tatsächlich zurück und reagierte, als hätte er einen Schlag bekommen.

Kijoh an seiner Seite sah Saru lange und abschätzend an. »Der Fremde muss es wissen. Wenn wir wollen, dass einer von ihnen begreift, wie wichtig es ist ... weiß, warum wir so verzweifelt versuchen, zu handeln ... müssen wir es ihm zeigen.«

Madohs kampfeslustige Art hatte sich innerhalb eines Moments verändert und war ehrfürchtiger geworden.

»Außenweltlern ist es nicht gestattet, sich dem Knotenpunkt zu nähern.«

»Dies sind extreme Zeiten«, sagte Kijoh und spreizte die Finger an allen vier Händen. »Die alten Einschränkungen sind bedeutungslos.«

Saru war sich bewusst, dass jeder Gorlaner auf dem Kommandodeck ihn anstarrte, und er fühlte sich noch mehr bedroht als zu dem Zeitpunkt, als er das Pelianerschiff das erste Mal betreten hatte.

Allmählich kehrte Madohs schwelender Zorn zurück. »Also schön.« Er bedeutete dem Kelpianer, zu ihm zu kommen. »Sie wollen es sehen? Wollen uns *verstehen?* Dann folgen Sie mir.«

Saru ging zaghaft hinter der Rotbinde her. Kijoh folgte mit einem Schritt Abstand. Eine bange Vorahnung ließ seine Haut prickeln. Er wusste, dass er durch das Aussprechen dieser Worte eine Grenze überschritten hatte und es kein Zurück mehr gab.

Es war Schwerstarbeit gewesen, alleine den isophotonischen Emitter von den Ingenieurdecks der *Shenzhou* ins Analyselabor zu verfrachten – insbesondere mit nur einer halb funktionsfähigen Antigrav-Einheit. Aber alle Techniker des Raumschiffs waren mit Reparaturen beschäftigt und es gab keine andere Möglichkeit, das Gerät zu transportieren. Es gelang ihr aber und sie ging dabei Johars Leuten aus dem Weg, die ihr Bestes gaben, um den Warpantrieb des Raumschiffs wieder zusammenzuflicken.

Es war ein mühseliger Kampf. Der Überraschungsangriff mit der Partikelwaffe des Pelianerschiffs hatte einen wesentlichen Bestandteil der Warpspule zerstört. Das Teil hieß »Achskontrolle« und Burnham erinnerte sich dank ihres Wahlfachs in Warptheorie dunkel daran. Ohne diese würde die Warpblase der *Shenzhou* instabil, wenn das Schiff versuchte, über Lichtgeschwindigkeit zu gehen – und das hätte katastrophale Folgen. Die Ingenieure waren dabei, ein Ersatzteil zu fertigen, aber das war äußerst kompliziert und es würde Tage dauern, es herzustellen.

Tage, in denen wir mit Impulskraft fliegen. In der unendlichen Leere des Weltalls war sogar diese unglaubliche Geschwindigkeit nur Schneckentempo. Es würde Jahrzehnte dauern, um den Ausgangspunkt der Ionenspur des Frachters zu erreichen, und das pelianische Schiff entfernte sich weiter von ihnen.

Burnham nahm sich des Gedankens mit klinischer Logik an und schob ihn dann wieder beiseite. Es hatte keinen Sinn, über ein Problem nachzugrübeln, das sie nicht beheben konnte. Stattdessen würde sie sich auf eine Angelegenheit konzentrieren, die sie lösen *konnte.*

Sie baute die isophotonische Ausrüstung um das offene Grundgerüst der vor einigen Tagen geborgenen Überwachungsboje auf. Dann zielte sie mit dem Kopf des Emitters auf die fest installierte Speicherbank im Inneren. Der Datenspeicher des Geräts war durch den Rückstrom des Energiestoßes, von dem er getroffen worden war, beschädigt worden. Für die meisten Beobachter wäre das Beweis genug gewesen, dass die Daten gelöscht worden waren.

Doch digitale Informationen verschwanden nie so ganz und in komplexen Speichersystemen wie den duotronischen Komponenten der Boje war irgendwo immer noch eine Phantomspiegelung dieser Daten ... in zusammengewürfelten Teilstücken, aber vielleicht noch lesbar. Burnham stellte sich das vor wie ihre oft durchgeblätterte Ausgabe von *Alice im Wunderland*, nur dass die Seiten des Buchs zerschnitten, zerfetzt und auf einen Haufen geworfen worden waren. Die Daten in der beschädigten Speicherbank waren die Schnipsel, die sie vielleicht wieder zusammensetzen konnte, wenn sie genug Zeit hatte.

»Der Schlüssel«, sagte sie laut vor sich hin, »ist, die Dinge mit anderen Augen zu betrachten.« Der Emitter warf einen Strahl in die metallisch-kristalline Struktur des Speichermoduls und Burnham rief eine Echtzeitdarstellung auf einem Bildschirm in der Nähe auf. Der Strahl suchte nach winzigen Fragmenten intakten Codes und wurde von diesen zurückgeworfen. Das ließ sie auf dem Bildschirm auftauchen. Wenn genug von ihnen intakt waren, konnte sie möglicherweise die letzten Sekunden der Boje rekonstruieren, als diese noch funktionstüchtig gewesen war.

Stunden vergingen wie im Flug und Burnham wurde vollkommen von dem langsamen Fortschritt des Scanners vereinnahmt. Sie beobachtete, wie er verschwommene Formen und halb fertige Bilder zusammensetzte, indem er sich durch die digitale Asche des beschädigten Speichers wühlte.

Sie war so sehr auf den Bildschirm konzentriert, dass sie eine Weile brauchte, um zu bemerken, dass die Tür sich zischend hinter ihr geöffnet hatte.

Captain Georgiou betrat den Raum mit energischen Schritten, doch sie wurde langsamer, als sie des improvisierten Ingenieurwerkzeugs ansichtig wurde, das Burnham im Labor aufgebaut hatte. »Michael, was in aller Welt machen Sie da?«

»Mir ist ein Licht aufgegangen, Captain«, sagte sie und machte eine unbestimmte Geste über ihrem Kopf. »Ich war in Sarus Kabine und es kam wie aus dem Nichts.« Sie zeigte auf den Bildschirm. »Wir betrachten das aus dem falschen Blickwinkel, als würden wir durch ein winziges Loch in der Wand in ein Zimmer spähen. Doch wenn wir das Wahrnehmungsspektrum erweitern, dann ist da plötzlich keine Wand mehr im Weg. Und alle Teile liegen vor uns ausgebreitet. Vorher konnten wir nicht einmal die Teile sehen.«

»Ja, wo wir gerade bei Saru sind«, sagte Georgiou und lenkte die Unterhaltung wieder auf ihr eigentliches Anliegen, bevor Burnham völlig abschweifen konnte. »Ihr Bericht an Commander ch'Theloh über das, was Sie in seinem Quartier erfahren haben, war, sagen wir … ziemlich kurz angebunden.«

Burnham geriet ins Stocken. »Ja, Captain. Ich schätze, das war er. Tut mir leid. Ich war abgelenkt.« Sie machte eine Pause und dachte nach. »Und um ehrlich zu sein, dachte ich, dass *knapp* und *zackig* ihm liegen.«

»Sonny mag es, wenn *er* knapp und zackig ist«, räumte Georgiou ein und benutzte die Kurzform für den Vornamen des XOs, mit der nur sie davonkommen konnte. »Wenn rangniedere Offiziere es sind? Eher nicht. Er brachte seine Bedenken zum Ausdruck, dass Sie nicht vollkommen objektiv sind, was Lieutenant Sarus geistigen Zustand angeht.« Burnham hielt inne und hob eine Augenbraue. »Captain, wenn der Erste Offizier damit andeuten will, dass meine Beziehung zu Saru über das Berufliche hinausgeht …«

Georgiou kicherte. »Darum geht es ganz und gar nicht. Sie beide zanken sich wie lästige Geschwister.« Ihr Lächeln verblasste. »Und manchmal decken Geschwister sich gegenseitig.«

Burnham formulierte ihre Antwort sorgfältig. »Sie kennen mich besser, Captain.«

»Das tue ich«, gab sie zu. »Sonny ist ein guter XO, aber manchmal sieht er Probleme, wo keine sind. Er ist Ihrem kelpianischen Lieutenant in dieser Hinsicht ähnlicher, als er zugeben würde.« Der Captain machte eine Pause. »Ich wollte eigentlich nur von Ihnen hören, was Saru Ihrer Meinung nach wirklich auf dem Schiff gemacht hat.«

»Saru ist nicht aus dem Gleichgewicht geraten. Er steht unter keinem bösen Einfluss. Ich glaube nicht, dass es sich um Stress oder etwas Ähnliches handelt.« Burnham atmete tief durch. »Ich glaube, er will einfach das tun, was er immer versucht zu tun: *das Richtige.* Er strebt danach, ein besserer Offizier der Sternenflotte zu sein und dieselben Eide und Ideale aufrechtzuerhalten wie wir alle. Doch das könnte sein Tod sein.«

»Das ist Berufsrisiko«, sagte Georgiou und streckte die Hand aus, um den Umriss des Delta-Abzeichens vorne an ihrer Uniform nachzuzeichnen. »Doch wir sollten es teilen und nicht alleine auf uns nehmen.«

War das auf mich oder auf Saru gemünzt? Burnham erwog immer noch diese Frage, als ein Alarm vom Computer ertönte und die Aufmerksamkeit beider Frauen erregte. Ihr Puls raste. Wenn sie recht hatte, wenn es wirklich funktioniert hatte ...

Der Captain kam näher und spähte auf das flackernde Bild auf dem Monitor. »Was sehen wir da?«

Die Anzeige war ein einziges Durcheinander und voller Störungsartefakte, doch man konnte eine visuelle Übertragung von einem der Sensormasten der Überwachungsboje erkennen. Das brauchbare Material war nur etwa eine halbe Sekunde lang, doch Burnhams unorthodoxer Wiederherstellungsprozess hatte auf jeden Fall etwas zutage gefördert.

»Lassen Sie mich versuchen, die optischen Verzerrungen zu kompensieren.« Sie ließ das Bildmaterial durch einen Softwarefilter laufen, um es schärfer zu stellen, doch das brachte nur wenig. Die Aufzeichnung schien ein normales Objekt mit glatten Rändern zu zeigen, das am Rande des fest eingestellten Sichtfelds der Boje entlangglitt. Dann schien das Objekt seine Form zu verändern, seine Längsachse zu verdichten und sich im Durchmesser zu verlängern. Strahlungseffekte wurden im Laufe der Wiedergabe stärker, bis eine Weißblende alles überlagerte und die Wiedergabe von vorne begann.

Georgiou schüttelte den Kopf und betrachtete die anderen Datenströme aus der Speicherbank. »Das hilft uns nicht. Messungen vom Massenspektrometer, Schwerkraftsensor, Partikelzähler oder sonst irgendetwas würden uns möglicherweise dabei helfen, das, was wir da sehen, zu interpretieren.«

»Das ist kein Trümmerstück, kein Komet und kein Asteroid«, sagte Burnham. »Sehen Sie. Es verändert ganz deutlich Winkel und Kurs.« Sie verlangsamte die Wiedergabe.

»Deshalb scheint es seine Gestalt zu ändern«, dachte der Captain laut nach. »Es ist eine künstliche Konstruktion. Ein Schiff. Und es wendet.« Georgiou machte mit ihrer Handfläche eine Geste, als ob ein Schiff sich durchs All bewegte. »Wendet und steuert direkt auf die Boje zu.«

»Das ist eine Angriffsposition.«

»Ja, das ist es.« Georgious Gesichtsausdruck wurde grimmig.

»Computer?« Burnham beugte sich dicht zu dem Touchscreen und markierte mit ihrem Finger das Objekt auf ihrer Anzeige.

»Bereit«, kam die Antwort.

»Diese Kontur analysieren und auf Basis der verfügbaren Daten vollständige Form extrapolieren. Dann dreidimensionales, holografisches Modell des Ergebnisses projizieren.«

»Bitte warten.«

»Wenn die Boje absichtlich zerstört wurde, dann wirft das eine Menge Probleme für uns auf«, sagte der Captain. »Nicht zuletzt, ob die *Shenzhou* sich ebenfalls in Gefahr befindet.«

Burnham nickte. Sie hatte eine Vermutung, wie die Antwort lauten würde, wollte diese aber noch nicht laut aussprechen und die Bestätigung abwarten.

»Berechnung abgeschlossen.«

Ein Schatten tauchte in der Luft über der Computerkonsole auf, eine lange, sich verjüngende Form, die wie polierter schwarzer Stein aussah. Burnham streckte die Hand danach aus. Haptische Sensoren reagierten und ließen sie das Objekt zwischen ihren Händen drehen. Die Gestalt hatte einen Querschnitt wie ein verlängerter Diamant – dick an einem Ende und am anderen spitz zulaufend. Sie erinnerte an die Form eines Schwerts, *einer Waffe*. Burnham dachte an das tiefschwarze Hologramm, dem sie in Sarus Quartier begegnet war, und unterdrückte ein Schaudern.

»Ist es das, wofür ich es halte?«, fragte Georgiou.

»Computer«, fuhr Burnham fort. »Ein holografisches Modell eines tholianischen Spinner-Schiffs erstellen. Größe an unbekanntes Objekt anpassen und darstellen.«

»Bitte warten.« Ein zweites Bild – dieses Mal eine metallisch-kristalline Form, die nur aus scharfen Kanten bestand und bedrohlich wirkte – materialisierte neben dem Schatten. Die Ähnlichkeit in Masse und Form war offensichtlich.

»Computer, wie hoch ist die Wahrscheinlichkeit, dass das unbekannte Objekt mit dem Schiff übereinstimmt?«, erkundigte Georgiou sich.

»Geschätzte Wahrscheinlichkeit vierundachtzig Komma drei Prozent.«

»Die Tholianische Versammlung hat die Überwachungsboje aus dem Verkehr gezogen und sie wollten nicht, dass wir merken, dass sie es waren.« Burnham sprach die Tatsachen aus. »Saru hatte die ganze Zeit recht.«

»Wir müssen uns mit dem Sternenflottenkommando in Verbindung setzen. Wenn die Tholianer wieder auf dem Kriegspfad sind, wenn sie unsere Entschlossenheit auf die Probe stellen, könnte das hier der Vorreiter einer Erweiterung ihrer Grenzen sein. Wir müssen vorsichtig sein und ...« Georgiou wurde das Wort abgeschnitten, als ein Warnsignal über das Interkom-System der *Shenzhou* erklang. »Was ist denn nun schon wieder?«

»An alle, Alarmstufe gelb«, tönte die Stimme des Ersten Offiziers. *»Captain auf der Brücke melden.«*

Burnham und Georgiou wechselten einen ernsten Blick und der Captain ging hinüber zur Interkom-Konsole. »Bericht, Nummer Eins!«

»Langstreckensensoren haben ein großes Schiff auf Abfangkurs erfasst«, sagte der Andorianer. *»Es wird in neun Minuten in Schussreichweite sein.«*

Georgiou sah zur Seite. »Ist es tholianisch?«

»Unbekannt. Aber was immer es ist, es ist schnell.«

8

Als sie die Frachtmodule wieder betraten, spürte Saru sofort, dass sich etwas verändert hatte.

Vorher war das Prickeln der gorlanischen sensorischen Felder über ihn hinweggespült wie eine Stromschnelle im Fluss und hatte sich um den Kelpianer herumbewegt, als wäre er ein Stein, um den sie herum fließen mussten. Jetzt war es anders. Die Auren waren feiner nuanciert und detaillierter. Der emotionale Inhalt, den er vorher gespürt hatte, war nicht mehr so gewaltig. An seine Stelle war ein merkwürdig erwartungsvolles Gefühl getreten. *Als ob die Welt um mich herum den Atem anhält*, dachte er.

Saru runzelte die Stirn und lief langsam, um mit Vetch und den anderen Schritt zu halten. Dabei dachte er zurück an das, was er vorher zu Captain Georgiou über das gorlanische Aurenfeld gesagt hatte. Es war schwer in Worte zu kleiden, vor allem für ein Wesen, das so etwas noch nie erlebt hatte. *Wie soll man jemandem Farben erklären, dessen Augen nur schwarz und weiß wahrnehmen können?* Saru konnte es als Musik ansehen oder als einen Windstoß, der durch Bäume fährt. Ein Effekt, der unter allem lag und auf dem Dialog und Eintracht steigen oder fallen konnten.

Die Gorlaner, die neben ihm gingen, schienen sich dessen auch in gewisser Weise bewusst zu sein. Als sie sich ihrem Ziel näherten, war Saru sicher, dass sie ein wenig aufrechter gingen und unwillkürlich die emotionale Klangfarbe der Atmosphäre widerspiegelten. *Dies ist der Kreis*, dachte er. *Kein Wunder, dass die Bindungen ihrer Gemeinschaft so stark sind.*

Ein Teil des Kelpianers war ebenso ängstlich wie fasziniert. Wenn dies die Art der Gorlaner war, wenn ihr gebündelter Wille einen gemeinsamen Fokus hatte, was würde dann geschehen, wenn er eine dunklere Wendung nahm? Die pelianische Ingenieurin Hekan hatte erzählt, dass einige die Gorlaner gewalttätig und primitiv nannten. Trugen diese Gerüchte ein Fünkchen Wahrheit in sich?

Ein Gedanke formte sich, als Saru diese Möglichkeit in Betracht zog. Es gab noch eine andere Möglichkeit und je mehr er darüber nachdachte, desto mehr schien sie zu den aktuellen Tatsachen zu passen. Saru konnte aktiv die Aurenfelder der Gorlaner spüren und der Kelpianer konnte sich vorstellen, dass er möglicherweise mit genug Zeit und Zusammenarbeit lernen konnte, mit den Fremden ohne die Nutzung eines Universalübersetzers zu kommunizieren. Eine Spezies wie die Menschen würde diese Lücke niemals ohne technische Hilfe überbrücken können, da sie durch ihre eingeschränkte Wahrnehmung der flüchtigen, zusätzlichen Komponente der gorlanischen Sprache gegenüber unempfänglich war und blieb. Saru konnte die Aura spüren und war sich ihrer vollkommen bewusst.

Doch was wäre, wenn die Pelianer sie auch spüren? Ihre Physiologie ist mit Sicherheit vergleichbar, dachte er. Saru hätte einen vollständigen Trikorderscan machen müssen, um sich sicher zu sein. Dennoch, auch bei einer flüchtigen, visuellen Untersuchung erkannte man, dass sich an den auffälligen Strukturen an den Köpfen der Pelianer Gruppen von Epithelzellen befanden, aus denen man schließen konnte, dass sie Wesen mit einer zumindest primitiven, instinktiven Elektrosensibilität waren.

Sarus Theorie sprang in den Fokus. *Was wäre, wenn die Pelianer unterbewusst die Auren der Gorlaner spüren, sich dessen aber gar nicht bewusst sind?* Er erinnerte sich an das Unbehagen, das Hekan den Gorlanern gegenüber an den Tag gelegt hatte, und an Nathals Verärgerung. *Könnten diese emotionalen Reaktionen durch Nähe hervorgerufen werden? All ihre Vorurteile und Ängste, lautlos vergrößert ...* Er versuchte, sich in die engstirnigen, abwehrenden Pelianer zu versetzen. Wenn er mit seiner Theorie recht hatte, würde das viel zum Verständnis beitragen, weshalb sie instinktiv das Bedürfnis hatten, die Gorlaner abzulehnen.

Endlich erreichte die Gruppe den Versammlungsort, wo Saru seinen ersten, ungeplanten Kontakt gehabt hatte, und blieb stehen. Der kleine offene Platz leerte sich, als sie näher kamen. Die wenigen Gorlaner, die dort umherliefen, zerstreuten sich sofort in alle Richtungen, als Saru sich näherte. Niemand sprach, niemand gab einen Laut von sich oder den anderen ein Zeichen, wegzugehen – sie entfernten sich einfach aus freien Stücken, verschmolzen mit den Schatten, verschwanden durch Zeltklappen oder hinter provisorischen Wänden. Es war befremdlich.

»Warten Sie hier«, sagte Kijoh zu ihm und brach das Schweigen. »Wenn sie zu Ihnen kommen möchte, dann wird sie zu Ihnen kommen. Wenn nicht ... dann ist das hier das Ende.« Die Pilotin senkte ihren Kopf und ging davon. Nach wenigen Schritten blieb sie plötzlich stehen und sah zurück. »Haben Sie ein Zeichen mitgebracht?«

»Ein was?« Er blinzelte bei dieser Frage.

Kijoh seufzte. »Egal. Sie kennen unsere Gepflogenheiten nicht. Vielleicht wird es von Ihnen nicht erwartet.« Sie drehte sich um und ging.

Saru beobachtete, wie die anderen Gorlaner sich entfernten, und war nicht sicher, was als Nächstes passieren würde. Madoh war der Letzte, der ihn verließ. Bevor er das tat, zeigte er mit einer Hand auf Saru und mit einer anderen nach oben in die düsteren Höhen über ihnen. »Sehen Sie dort. Sehen Sie?«

Der Kelpianer kniff die Augen zusammen und sie passten sich schnell den Lichtverhältnissen an. Er konnte einen Umriss erkennen, eine kleine Gestalt, die in der Dunkelheit kauerte, wo viele Kabel sich zu einem schweren Geflecht verbanden.

»Sie weiß es nicht«, fuhr Madoh fort und seine Stimme wurde zu einem Flüstern. »Nicht alles. Nichts von all den Schritten, die wir unternommen haben, um sie zu schützen. Es ist besser so.«

Saru sah, dass die Gestalt dort oben etwas in der Hand hielt. Licht glitzerte auf der scharfen Kante einer Pfeilspitze. Der Pfeil war angelegt und bereit, losgelassen zu werden. Die Spitze bewegte sich und folgte ihm.

»Verstehen Sie?«, sagte Madoh. »Wenn Sie versuchen, ihr etwas anzutun. Sie zu bedrohen. Wenn Sie irgendwelche plötzlichen Bewegungen machen, die Sie zur Gefahr machen ...« Der Gorlaner streckte die Hand aus und legte einen dicken Finger auf das Fleisch von Sarus Kehle.

»Das ist nicht meine Absicht«, sagte Saru steif.

»Gut.« Der Gorlaner atmete tief durch und sah sich um. Die barsche, kampflustige Art, die er auf dem Kommandodeck an den Tag gelegt hatte, war verschwunden. Er wirkte ruhiger, beinahe traurig. »Was man Ihnen gewährt, ist eine Ehre. Erweisen Sie sich ihrer würdig, Außenweltler.« Dann, nach einer ganzen Weile, drehte Madoh sich um, ging davon und verschwand im Halbdunkel wie all die anderen.

Saru wartete geduldig und trat von einem Huf auf den anderen. Er war nicht sicher, ob er an Ort und Stelle warten sollte. Zeit verging – eine Stunde vielleicht? – und endlich wagte er es, ein paar Schritte zu machen. Dabei spähte er in die Finsternis. Kein schneller Pfeil schwirrte aus der Schwärze heran, um sich in seinen Hals zu bohren, also beschloss er, das als Zeichen zu nehmen, dass er sich frei bewegen durfte.

Ein schwacher Duft wie von Blumen erreichte seine Nasenlöcher und Saru folgte ihm vorsichtig zu seinem Ursprung. Im Zentrum des offenen Bereichs befand sich ein umfunktionierter Heizkörper, der leichte Wärme abstrahlte.

Saru hatte ihn vorher nicht bemerkt. Darauf stand ein Metallkännchen, dem durch ein Loch im Deckel ein hauchdünnes Dampffähnchen entstieg. Saru ging näher heran. In dem Kännchen schien ein erhitzter Kräutertee zu ziehen und unwillkürlich lief ihm das Wasser im Mund zusammen.

Seltsam, dachte er. Der Geruch war ihm vollkommen neu und dennoch war sein erster Impuls, etwas von dem Tee zu trinken.

»Ich habe Tassen mitgebracht«, sagte eine melodische Stimme. Er hörte ihre Schritte, das Schlurfen des verunstalteten Beins, während sie es halb hinter sich herzog.

Saru wandte sich um und sah die Gorlanerin in der weißen Robe an. Sie wirkte im Vergleich zu ihm sehr klein, kaum größer als ein nicht ausgewachsenes menschliches Kind. Ihr Gesicht und ihre Augen allerdings ... besaßen ein Alter und eine Würde, die den Kelpianer an Philippa Georgiou erinnerten.

Sofort spürte er, wie ein Gefühl des Vertrauens ihn durchströmte. »Machen Sie das?«, fragte er und wedelte mit der

Hand durch die Luft, als wollte er versuchen, eine Handvoll der spürbaren Aura einzufangen. »Versuchen Sie, dafür zu sorgen, dass ich mich wohlfühle?«

Die Frage schien sie zu verwirren. »Sie können mich genauso gut fragen, ob ich atme oder ob ich lebe.« Der Moment verging und sie lächelte. »Saru. Willkommen zurück.« Sie nickte in Richtung des umgebauten Übersetzers, der vorne an seiner Uniform befestigt war. »Es ist gut, dass wir endlich einen Weg gefunden haben, miteinander zu sprechen, ohne dass die Barrieren unserer unterschiedlichen Natur zwischen uns stehen.«

Sie schürzte die weiße Robe, ging über den provisorischen Bodenbelag zu dem Heizkörper und fand einen Platz, um sich hinzusetzen. Sie wirkte so zerbrechlich, ihre Arme und Beine dünn, ihr Körper steif. Saru beobachtete sie und ließ ihr Zeit. »Sie sind das, was die anderen als den Knotenpunkt bezeichnen«, wagte er schließlich festzustellen.

Sie seufzte. »Der Mittelpunkt des Kreises. Es klingt so ungeheuer ernst, meinen Sie nicht?« Sie zeigte auf das Kännchen. »Könnten Sie das holen? Seien Sie vorsichtig, es ist heiß.«

Saru tat wie ihm geheißen und brachte den dampfenden Behälter zu ihr hinunter. Er stellte ihn in ihrer Reichweite ab und zog sich zurück. »Wie darf ich Sie nennen?«

»Ejah war der Name, mit dem ich geboren wurde«, sagte sie und schenkte großzügig die zwei verbeulten Metallbecher ein, die sie in der Hand hielt. »Sie dürfen ihn gerne verwenden. Ich benutze ihn nicht oft. Nachdem ich angehoben wurde, war er nicht länger wichtig.«

»Angehoben?« Der Begriff wirkte unpassend.

Sie nickte. »Ja. Diejenigen, die so sind wie ich, haben eine Rolle zu spielen.« Sie tätschelte ihr verdrehtes Bein mit einer Hand und tippte mit einer anderen gegen ihre Stirn. »Der Schöpfer lässt uns auf eine Art verkümmern – und stärkt uns auf eine andere. Wie bei allen Dingen muss ein Gleichgewicht herrschen.«

»Ich glaube, ich verstehe.« Saru wollte wieder unbedingt mit seinem Trikorder einen biomedizinischen Scan bei Ejah durchführen. *Ich wette, dass ich eine Verminderung körperlicher Mobilität in Verbindung mit einer gezielten Vergrößerung der elektrorezeptiven Organe ihres Gehirns finden würde.*

Sie lehnte sich zurück und musterte die beiden Becher, machte aber nicht den Versuch, ihm einen davon anzubieten. »Also. Haben Sie mir ein Zeichen mitgebracht?«

»Äh ...« Er schluckte schwer. »Ist das Ihr Brauch? Es tut mir leid, ich habe kein ...« Saru brach ab. Er wollte die Gorlaner nicht vor den Kopf stoßen. Und dann dämmerte ihm eine Idee. »Moment, nein. Doch, ich habe eins.« Er streckte die Hand aus und nahm sein Sternenflottenabzeichen ab. »Das hier?«

Sie streckte eine Hand aus und er ließ den Anstecker auf ihre Handfläche fallen. Ejah schien von der Gabe entzückt und strich mit ihren Fingern über die Rundungen des silbernen Delta-Abzeichens. »Das gefällt mir. Was haben diese Dinge zu bedeuten?« Sie berührte die hervorstechenden Punkte, die Sarus Rang anzeigten, und dann die Gravuren auf der Rückseite mit seinem Namen und seiner Dienstnummer.

Er erläuterte die Bedeutung und sie wirkte zufrieden. Das Abzeichen verschwand in den Falten ihrer schäbigen weißen Robe. Im Gegenzug schob sie ihm einen Becher mit Kräutertee zu. Saru wartete, dass Ejah zuerst trank, und folgte dann ihrem Beispiel. Der Geschmack war bittersüß. Nicht unangenehm, aber es fehlte etwas.

»Sie mögen den Geschmack nicht?«, erkundigte sie sich.

»Da fehlt Salz«, sagte er.

»Ah. Ich werde nächstes Mal daran denken.« Ejah ahmte sein vorsichtiges Nippen nach und warf ihm dann einen ernsten Blick zu. »Und nun, durch das Teilen meiner lebenswichtigen Flüssigkeiten, sind du und ich nun einander versprochen, Saru von der Sternenflotte.«

»Wie bitte?« Jegliche Farbe wich aus dem Gesicht des Kelpianers, dem das Blut in den Adern gefror. Er hob fragend die Hand. »Ich verstehe nicht …«

»Ich bin äußerst fruchtbar, also werde ich eine große Brut nach unserer Kopulation hervorbringen«, fuhr sie fort. »Danach werden unsere Kinder und ich dein Fleisch konsumieren, wie es unser Brauch ist.«

»Wie bitte?«, wiederholte er, stocksteif vor Entsetzen. Sarus Bedrohungsganglien an seinem Hinterkopf regten sich und wanden sich so sehr, dass es beinahe schien, als wollten sie sich losreißen und fliehen.

In der nächsten Sekunde machte Ejah dasselbe gutturale Geräusch, das Saru vorher von Madoh gehört hatte – sie *lachte* –, aber dieses Mal war der Ton warm und ansteckend, statt schroff und spöttisch.

Sie hielt den Becher hoch und grinste ihn breit an. »Verzeihen Sie mir. Ich ziehe Sie nur auf. Es ist nur ein Getränk, nichts weiter.« Ejah beugte sich vor, um ihm etwas Vertrauliches zu sagen. »Ich hörte, dass Wesen in der Sternenflotte dienen, die keinen Humor haben. Gar keinen!« Zwei ihrer Hände fuhren hoch und bildeten Spitzen über ihren Ohren. »Stimmt das?«

»Das stimmt«, bejahte er und er schämte sich nicht der Erleichterung, die ihn durchströmte. »Sie werden Vulkanier genannt.«

»Vul-kaan-jer.« Ejah probierte das Wort aus. »Ich würde gerne einen kennenlernen. Sind Sie einem begegnet?«

Saru rief sich Michael Burnhams Gesicht ins Gedächtnis und das verräterische Hochziehen ihrer Augenbraue, wenn sie ihn herausforderte. »Gewissermaßen.«

»Das ist für mich schwer nachzuvollziehen«, gab Ejah zu. »Mein Leben wäre ohne Gelächter trostlos. Doch ich vermute, diese Vulkanier sind wie wir, Saru, ja? Wir sind die Summe unserer Naturen. Wir bewegen uns alle auf dem Weg, den unser Geburtsrecht uns vorgibt.«

»Ich bin nicht sicher, dass ich dem zustimme«, antwortete er und nippte wieder an seinem Kräutertee. »Ich habe einen anderen Weg gewählt als den, zu dem ich geboren war.«

»Haben Sie das?« Ejah lächelte erneut. »Oder haben Sie einfach nur den Weg gefunden, der von Anfang an der Richtige für Sie war?« Sie machte eine Pause. »Ich bin Gorlanerin. Welche Form sind Sie, Saru?«

»Meine Spezies ist als Kelpianer bekannt. Die anderen, die mit mir auf dieses Schiff gekommen sind, sind Menschen, Mazarit, Vok'sha und Xanno.«

»So viele.« Ejah riss ihre Augen weit auf. »Ist es schwer für Sie, auf Ihrem Schiff und in Ihrer Föderation vereint zu sein?«

»Wir sind nicht bei allem einer Meinung«, gab er zu und sah, dass sie ihm eine Tür öffnete. »Aber das, in dem wir uns einig sind, überwiegt bei Weitem diese Vorbehalte. Ich hoffe, wir können dasselbe bei Ihrem Volk erreichen.«

»Und bei den Pelianern?«

»Uns allen.«

Ejah seufzte. »Das wollte ich auch. Aber sie haben es nicht leicht gemacht.« Sie schüttelte den Kopf. »Sie sehen nicht, was auf uns zukommt.«

Sarus Stirn legte sich in Falten, während er über ihre Worte nachdachte. *Sprach sie von der Entführung des Frachters oder etwas anderem?* »Föderation und Sternenflotte – unsere Pflicht ist es, Leben zu bewahren.«

»Ich habe eine Pflicht meinem Volk gegenüber«, antwortete sie. »Verstehen Sie, was ich für sie bin?« Ejah nickte in die Richtung der stillen Behausungen überall um den offenen Innenhof herum. »Mein Volk glaubt, dass meine Gaben die Verkörperung des Willens unseres Schöpfers sind. Ich bin ein lebendiger Katalysator für diesen Glauben.«

Erkennen Sie es?

Die Worte erklangen in Ejahs Stimme, doch sie hatte sie nicht laut ausgesprochen. Ihre Gestalt war plötzlich in Sarus Gedanken sichtbar, erschienen aus dem Nichts.

Er konnte nicht anders. Er zuckte entsetzt zurück und stieß den Metallbecher um. Der Rest des Kräutertees ergoss sich auf den Metallboden. Reflexartig warf Saru den Kopf zurück und suchte nach der Bogenschützin über sich. Er hatte Angst vor dem, was als Nächstes kam.

Ejah hob eine Hand in Richtung der Schatten über ihnen.

Nein.

»Oh, Sie haben ihn verschüttet. Lassen Sie mich noch etwas nachschenken.« Sie lächelte spröde und stellte den Becher wieder hin, bevor sie ihn vorsichtig nachfüllte. »Es tut mir leid, Saru. Ich wollte Sie nicht erschrecken.«

»Sie sind Telepathin.«

»Ist das Ihr Wort für meine Gabe?« Sie machte eine Bewegung, die wie ein Schulterzucken aussah, und gab ihm seinen Becher zurück. »Ich konnte es nie genau definieren. Ich dachte immer, ich wäre mir einfach der Dinge bewusster als andere um mich herum.«

Saru bemühte sich, seine Reaktion unter Kontrolle zu halten, und umklammerte fest den Becher. *Ist da irgendetwas drin?*, fragte er sich. *Etwas, das mein Bewusstsein beeinflusst?*

Er war sich der Existenz psionischer Fähigkeiten bei einigen Spezies durchaus bewusst, doch er war ihnen noch nie unmittelbar begegnet. Die Kommunikation, die Ejah ihm geschickt hatte, war so stark, so deutlich, dass er sich fragen musste, wozu sie sonst noch fähig war.

Sie wurde traurig. »Oh, ich bin zu weit gegangen. Jetzt vertrauen Sie mir nicht mehr.«

»Das ist es nicht …« Er atmete tief ein. »Es war unerwartet.« Saru sah sich um. »Ist das der Grund, weshalb Madoh so anders wirkte, als wir hier herunterkamen? Haben Sie Einfluss auf ihn?«

»Ja«, gab sie zu, »aber nicht so, wie Sie denken. Ich kann nur projizieren, ich kann andere nicht lesen. Und was ich mache, ist keine Nötigung, ich kann anderen nichts aufzwingen.«

»Sie haben mit mir gesprochen.«

»Das ist nur möglich, wenn ich einer Person sehr nahe bin und wenn diese dafür empfänglich ist. Wenn Sie mich nicht hören wollen, dann werden Sie das auch nicht.« Ejah stieß einen tiefen Seufzer aus. »Es ist sehr anstrengend, so zu kommunizieren. Doch mein Verstand ist unbeschränkt, Saru, auch wenn mein Körper verkümmert ist. Dies ist der Wille des Schöpfers, damit ich bescheiden bleibe. Ich stelle es nicht infrage.«

Sarus Gedanken rasten. »Man nennt Sie ›den Knotenpunkt‹, weil bei Ihnen alles zusammenläuft, habe ich recht?«

»Ich wurde nach meiner Geburt angehoben. In jeder Gemeinschaft kommt so jemand wie ich einmal pro Generation vor und wir werden geboren, um unsere Brüder und Schwestern zu leiten.« Sie tippte mit einem Finger an die Stirn. »Ich … bringe ihnen Klarheit. Ich helfe ihnen, als Einheit zu funktionieren.«

»Hat jede Kolonie der Gorlaner einen Knotenpunkt?«

»Ja. Es gibt alte Geschichten von einer Vorzeit, als der Schöpfer sein Gesicht von uns abgewandt hatte und die Gorlaner nur wenig Harmonie untereinander besaßen. Es gab damals keinen Kreis, nur Zwietracht.«

Saru dachte darüber nach. »Sie befehligen sie, ist es das?«

»Nein. Wenn das möglich wäre, hätte ich Madoh niemals gestattet, die Waffen gegen die Pelianer zu erheben.« Ejah starrte in ihren Becher. »Ich biete Fokus. Und Einsicht.« Sie sah hoch und eine ihrer Hände umklammerte Sarus. »Deshalb ist es wichtig, dass wir miteinander sprechen. Ich muss Sie vor dem, was auf uns zukommt, warnen. Die Pelianer hören mich nicht, aber ich glaube, Sie werden es.«

Ich habe Dinge gesehen.

Die lautlose Stimme drängte sich wieder in seine Gedanken und Saru widersetzte sich instinktiv. Er zwang sich dazu, sich zu entspannen und ihr zu gestatten, fortzufahren.

Wenn ich träume, sehe ich Wege. Zukünfte.

»Wie …?«

»Jeder um mich herum bewegt sich auf verschiedene Weisen, bahnt sich Wege, sorgt für sich ausdehnende Wellen …« Ejah schwenkte den Kräutertee in ihrem Becher. »Wenn man im Zentrum all dessen existiert, beginnt man, Muster zu erkennen. Sie unterscheiden sich, doch während die Zeit vergeht, fallen sie alle zu einer Singularität zusammen. Ich habe Dinge geträumt, Saru.«

Eine Welt aus Asche. Feuerfäden, die Zerstörung von oben bringen.

Die Art der Worte und ihre Symbolik trieben sie mit beinahe physischer Kraft in Sarus Bewusstsein. Er war erschüttert und hatte Mühe, das zu verarbeiten.

Er keuchte und riss die Hände hoch. Sie zitterten. »Bitte, hören Sie auf. Es ist erdrückend!«

»Es tut mir leid«, wiederholte Ejah und hob eine Hand, um sich Tränen aus den Augen zu wischen. »Aber ich muss sichergehen, dass Sie verstehen. Deshalb schützen sie mich mit so verzweifelter Hingabe, Saru. Und dies ist mein Versuch, *sie* zu schützen.«

Der Kelpianer versuchte immer noch, zu verstehen, was ihm gerade widerfahren war, da bemerkte er Gestalten, die sich aus den Schatten heraus näherten. Madoh, Kijoh und die anderen Gorlaner näherten sich bis auf eine respektvolle Entfernung und warteten dort.

»Sie müssen gehen«, sagte Ejah und erhob sich unsicher. Unwillkürlich streckte Saru die Arme aus und half ihr, aufzustehen. »Wir sind da«, fügte sie hinzu.

»Wo ...?« Er wollte die Frage stellen, schwieg aber, als ein Grollen durch den Rumpf des gewaltigen Raumschiffs dröhnte. Das ständige Gemurmel der Schiffsantriebe verklang. Sie verließen den Warp.

»Die Zufluchtswelt, die uns von den Pelianern zugewiesen wurde.« Sie wandte ihm den Rücken zu. Andere Gorlaner kamen herbei, umringten Ejah und führten sie weg.

Sie werden sehen.

Saru drehte sich um, als Madoh sich ihm näherte. Dessen Blick verfolgte den Knotenpunkt, als sie hinter der Eingangsklappe der abgedunkelten Jurte verschwand. »Offenbar hat sie Sie für würdig befunden«, murmelte er.

»Nur wenige sind es«, fügte Kijoh hinzu. Sie trug eine glasartige Datentafel in einer Hand und hielt sie hoch. »Dies ist eine Übertragung von den Sensoren oben auf der Kommandoetage. Wir haben auf Impulsantrieb verlangsamt und die automatische Navigation bringt uns zu einem Planeten in der Nähe.« Sie hielt sie ihm hin und er nahm sie entgegen.

»Sie haben mit ihr gesprochen«, krächzte Madoh. »Also wissen Sie, was auf dem Spiel steht. Sie ist wertvoll für uns.« Er boxte mit einer Faust in Richtung des Kelpianers. »Sie müssen jetzt tun, was Sie versprochen haben!«

Doch Saru antwortete nicht. Er starrte auf das Bild auf der Datentafel. Es zeigte das Endziel des Frachters, das aus der Entfernung aufgenommen worden war. Eine dunkle, ungastliche Kugel, umgeben von grauweißen Wolken, unterbrochen von kleinen, farblosen Meeren, die karge, öde Landmassen umgaben.

Eine Welt aus Asche, dachte er.

Burnham eilte zur Brücke der *Shenzhou* und in ein sorgfältig kontrolliertes Gewirr von Aktivität. An jeder Station waren die Führungsoffiziere des Raumschiffs mit Vorbereitungen für das Aufeinandertreffen mit dem nicht identifizierten fremden Schiff beschäftigt. Aus dem Augenwinkel sah sie Kamran Gant, der die zur Verfügung stehenden Angriffs- und Verteidigungssysteme überprüfte. Ihre Blicke trafen sich kurz.

Gant musste nichts sagen. Da die Schäden, die die *Shenzhou* erlitten hatte, immer noch repariert wurden, waren sie nicht in der Verfassung für einen Kampf.

Hoffen wir, dass es nicht so weit kommt, sagte Burnham sich. Captain Georgiou nahm auf dem Kommandosessel Platz.

»Lieutenant, übernehmen Sie Wissenschaftsstation zwei«, sagte die Kommandantin und zeigte mit einem Kopfnicken auf die Konsole. Burnham gehorchte. Georgiou warf einen Blick auf ihren Ersten Offizier, der in der Nähe stand. »Eine Zusammenfassung bitte, Nummer Eins.«

»Das fragliche Schiff wird in weniger als zwei Minuten bei uns sein«, sagte der Andorianer. »Es macht keine Anstalten, langsamer zu werden, Captain. Es wirkt wie eine aggressive Annäherung.«

»Wollen sie uns Angst einjagen?« Georgiou richtete sich in ihrem Sessel auf. »Ensign Fan, irgendein Kontakt über Subraum?«

»Negativ«, meldete der Kommunikationsoffizier. »Captain, wir haben sie auf allen Kanälen gerufen, seit sie in

Reichweite sind. Sie reagieren nicht. Es ist unmöglich, dass sie uns nicht hören.«

»Wie unhöflich«, bemerkte Georgiou. Sie warf einen Blick zu Burnham. »Scannen Sie das Schiff und sagen Sie mir, womit wir es zu tun haben.«

Burnham hatte den Befehl des Captains vorweggenommen und bereits eine Vergleichsanalyse des herannahenden Schiffs mit bekannten Schiffstypen in der Datenbank der Föderation gestartet. Ihre erste Antwort bezog sich auf die Frage, die sich ihrer Meinung nach vermutlich jeder auf der Brücke stellte. »Es ist keine tholianische Bauweise. Energiekurven, Warpmatrixemissionen – nichts passt zu den Basiswerten.«

»Wir müssen wissen, *was* es ist, nicht, was es *nicht* ist!«, schnauzte ch'Theloh. »Einzelheiten, Lieutenant.«

»Ja, Sir.« Ihre Hände tanzten über die Kontrollen und innerhalb von Sekunden schrumpften die möglichen Ursprünge des Schiffs mit hoher Wahrscheinlichkeit zu einer Möglichkeit zusammen.

»Ich will sehen, womit wir es zu tun haben«, sagte Georgiou. »Januzzi, machen Sie es sichtbar und vergrößern Sie es.«

Der Ops-Offizier tippte einen Befehl ein. Ein Bereich des Brückenfensters flackerte und wurde zu einem Bildschirm. Das andere Schiff schien näher heran zu springen, als die Ansicht sich stabilisierte. Ein halbmondförmiger Umriss, der sich ihnen auf einer vertikal orientierten Ebene näherte, ragte wie die Klinge eines riesigen, gebogenen Schwerts auf, das bereit schien, mit einem schnellen Schlag des Scharfrichters herabzusausen. Vier Warpgondeln – zwei an jedem Ende des Gebildes – glühten lila und weiß, als es seine Annäherungsgeschwindigkeit verringerte.

»Es muss mindestens die doppelte, wenn nicht die dreifache Masse von uns haben«, sagte Ensign Detmer.

»Diese Bauweise befindet sich nicht in unserer Datenbank«, meldete Burnham und verdrängte die Vorstellung des Schiffs als Waffe aus ihren Gedanken. »Allerdings fangen die Sensoren Emissionsvektoren von Schiffssystemen auf, die zu denen des Pelianerfrachters passen.«

»Ein Kriegsschiff«, vermutete ch'Theloh, »das hergekommen ist, um nach seinen verlorenen Kameraden zu suchen?«

»Es hält immer noch auf uns zu!«, rief Gant. »Sie werden langsamer, aber mit sehr aggressiver Haltung ...«

»Captain, wir sollten auf Alarmstufe rot gehen«, sagte der Erste Offizier. »Wir können es uns nicht leisten, noch einmal getroffen zu werden.«

»Niemand weiß das besser als ich!«, entgegnete Georgiou barsch. »Wir warten.« Dann warf sie einen Blick zur taktischen Station. »Aber halten Sie sich bereit, Mister Gant.«

»Verlassen Sie sich drauf, Captain«, sagte der Lieutenant. Burnham vermutete, dass Kamran nach dem Überraschungsangriff, den sie vorher erlitten hatten, nicht zulassen würde, dass die *Shenzhou* ein zweites Mal unvorbereitet erwischt wurde.

Ihr Bedienfeld gab einen Warnton von sich und Burnham richtete ihre Aufmerksamkeit wieder darauf. »Sensoren melden eine Veränderung der Seitenverhältnisse des Ziels ... es verändert seine Fluglage ...« Sie stockte. Das war allerdings nicht alles. Auf der gesamten Länge des Schiffs schienen unterhalb der äußeren Hülle neue Energiekonzentrationen aufzublühen.

Auf dem Bildschirm vollführte das immer noch langsamer werdende Schiff eine Neunzig-Grad-Rolle in eine horizontale Position. Dann öffneten sich überall an der Oberfläche nacheinander die Iriden vieler Luken.

»Was machen die da?«, hörte Burnham Ensign Troke von der anderen Wissenschaftsstation her fragen.

»Sie wollen etwas aussenden«, sagte sie. »Da werden Schubdüsen aktiviert.«

Ein Dutzend gewehrkugelförmiger Objekte platzte gleichzeitig aus den offenen Silos der Schiffshülle hervor und schwärmte in eine geometrische Formation. Ensign Januzzi verfolgte eins dieser Objekte mit einer Kamera, sodass es deutlich zu erkennen war.

Burnham erkannte es sofort. Derselbe projektilartige Rumpf, Antriebsgondel unten und die Anordnung zweier Solarsegel ... wie bei der pelianischen Begleitdrohne.

»Der, äh, Träger hat angehalten«, meldete Gant. »Die Drohnen sind auf Abfangkurs.«

»Detmer, bringen Sie uns ein Stück weg von denen«, sagte der Captain.

»Ich versuche es«, antwortete die Frau an der Steuerung, »aber sie holen auf!«

»Wenn wir Warpantrieb hätten, könnten wir sie unsere Ionenspur schlucken lassen ...« Der Erste Offizier machte sich nicht die Mühe, den Gedanken zu beenden.

Burnham sah auf ihrem Bedienfeld dasselbe wie der Andorianer. Die Drohnen brachen aus ihrer Formation aus und fächerten auseinander. »Captain, ich glaube, die wollen uns umzingeln.«

»Also schön, wir waren höflich genug«, sagte Georgiou. »Alarmstufe rot! Kampfstationen!«

»Kampfstationen, aye!«, wiederholte Gant. Die Beleuchtungstafeln überall auf der Brücke schalteten auf einen dunkelroten Ton um.

»Kommunikation«, fuhr der Captain fort, »warnen Sie sie – wenn sie sich nicht zurückziehen, werden wir das als offene Angriffshandlung werten und uns verteidigen.« Sie sah wieder hinüber zur Steuerung. »Detmer, Ausweichmanöver.«

»Ausweichen, aye!«, sagte der Ensign und die Sternenlandschaft draußen veränderte sich, als sie mit Impulsgeschwindigkeit eine scharfe Wende beschrieben.

»Wir können ihnen nicht entkommen.« Der Gedanke kam über Burnhams Lippen, während sie die Drohnen beobachtete, die sich in kleinere Gruppen aufteilten und versuchten, sich um die *Shenzhou* herum zu verteilen. Ein oder zwei der kleinen Roboterschiffe, die mit einer einzelnen Phasenkanone bewaffnet waren, wären bei einer direkten Konfrontation leicht für den Kreuzer zu bewältigen gewesen. Doch so viele, die gemeinsam handelten, bildeten eine ernsthafte Gefahr. *Ein Schwarm Dünenhornissen kann einen* Le-Matya *in die Knie zwingen*, dachte sie.

»Optionen«, sagte der Captain. »Und zwar schnell, wir haben hier bald keinen Platz mehr.«

»Breit gefächerte Phasersalve!«, ordnete ch'Theloh an. »Wenn wir ein paar der Drohnen ausschalten, werden die anderen es sich womöglich zweimal überlegen. Das, oder Photonentorpedos, die bei Annäherung hochgehen. Das könnte reichen, um ein Loch in den Schwarm zu reißen ...« Er brach ab und umklammerte die Lehne des Kommandosessels, um nicht das Gleichgewicht zu verlieren, als die *Shenzhou* scharf herumschwang und die Schwerkraftkontrolle nicht schnell genug ausgleichen konnte.

Burnham hielt sich an den Seiten ihrer Konsole fest. Ihr Blick war auf den Bildschirm vor ihr fixiert. »Sie ziehen die Schlinge enger.«

»Ich danke Ihnen für diese aufmunternde Analogie, Lieutenant«, sagte Georgiou. »Detmer?«

»Sie hat nicht unrecht, Captain«, sagte die Frau an der Steuerung durch zusammengebissene Zähne. »Es sind so viele. Es ist nur eine Frage der Zeit, bis sie uns überrennen.«

»Dann machen wir das eben anders. *Alle Maschinen Stopp!*« Der Captain stand auf. »Lieutenant Oliveira, leiten Sie die gesamte verfügbare Energie in die Schilde, wenn ich bitten darf.«

»Aye, Captain!«, kam die Antwort.

»Sehen wir ihnen direkt ins Auge.« Burnham beobachtete, wie ihre Kommandantin zur Mitte der Brücke ging und durch das Hauptfenster an der Drohnenformation vorbei dorthin starrte, wo das Trägerschiff in der Dunkelheit schwebte. »Jetzt ist Schluss mit der Rolle des Gejagten.«

»Alle Maschinen gestoppt«, verkündete Detmer. »Keine Vorwärtsbewegung mehr.«

»Machen wir jetzt einen Starrwettbewerb?« Ch'Theloh warf Burnham einen Blick zu und suchte nach einer Antwort.

»Gewissermaßen, Sir. Ich glaube nicht, dass wir lange warten müssen.« Burnham hatte kaum zu Ende gesprochen, da ertönte ein Pfeifen von Mary Fans Konsole.

»Hereinkommender Ruf vom Schiff der Pelianer«, meldete sie.

»Und plötzlich wollen sie sich unterhalten«, sagte Georgiou leichthin. »Jetzt, da sie glauben, sie hätten uns genau da, wo sie uns haben wollen.« Sie richtete sich auf und zog ihre Uniform glatt. »Also schön, Ensign. Lassen Sie mal hören.«

Eine holografische Gestalt erschien schimmernd vor dem Hauptfenster. Ein älterer Pelianer mit einem dunkelroten Schiffsoverall, einer silbernen Tunika und einer dezent gemusterten Kopfbedeckung trat vor und ließ einen kalten, vernichtenden Blick über die Besatzung der *Shenzhou* schweifen.

»Föderationsschiff«, donnerte er, *»senken Sie Ihre Schilde und bereiten Sie sich darauf vor, dass wir an Bord kommen werden. Ihr Schiff und Ihre Besatzung verletzen das Raumgesetz der Kohorte Peliar Zel. Wenn Sie sich weigern, werden wir Gewalt anwenden.«*

»Ich werde gar nichts tun, bevor Sie sich nicht identifiziert haben«, sagte der Captain sanft. Sie weigerte sich, sich seinem Tonfall anzupassen. »Ich zeige Ihnen mal, wie man das macht. Ich bin Captain Philippa Georgiou, Kommandantin des Föderationsraumschiffs *Shenzhou.* Uns sind keine Rechtsübertretungen bekannt.«

»Ich bin Admiral Tauh von der Hauptverteidigung der Alphaner. Und ich werde darüber entscheiden, was Sie tun werden oder nicht, Captain Georgiou.« Tauh gab jemandem, der sich außer Reichweite seines Holo-Emitters befand, ein Zeichen.

Burnham sah, wie die Sensoren reagierten. »Captain, die Drohnen visieren uns an.«

Georgiou bestätigte das mit einem Nicken. »Admiral, Sie scheinen einem Missverständnis zum Opfer gefallen zu sein. Wir haben nichts getan, das die Gesetze von Peliar bricht.«

»Wir haben das Wrack der Eskorte gefunden«, schäumte Tauh. *»Ein automatischer Notruf hat uns in die Nähe der Koordinaten gebracht, bevor er abgeschnitten wurde. Haben Sie sie zum Schweigen gebracht?«*

»Sie sprechen von dem Raumfrachter«, sagte der Captain.

»Unsere Eskorte wurde vernichtet, unser Schiff ist verschwunden. Und was muss ich sonst noch entdecken? Eine Ionenspur, die uns zu einem abtrünnigen Sternenflottenschiff führt, das unsere Grenzen verletzt. Ich werde die Wahrheit aus Ihnen herausholen.« Die Haltung des pelianischen Admirals drückte kalten, versteinerten Zorn aus – so sehr, dass Burnham ihn wie frostige Nachtluft spürte.

»Ich werde Sie Ihnen nur zu gerne erzählen«, antwortete der Captain. »Aber nicht mit vorgehaltener Waffe.«

»Sie sind hier fremd. Sie sind nicht in der Position, Forderungen zu stellen.« Er beugte sich vor, bis sein finsteres, umwölktes Gesicht fast die Brücke ausfüllte. *»Meine Tochter befand sich an Bord des Transporters. Sie sollten nicht daran*

zweifeln, dass ich alles tun werde, um ihre Sicherheit zu gewährleisten.«

»Ich habe ebenfalls Leute an Bord Ihres vermissten Schiffs, Admiral«, sagte Georgiou. Es war riskant, das zu offenbaren, dachte Burnham, aber es mochte auch die einzige Chance sein, ein Verhältnis zu dem pelianischen Kommandanten mit der steinernen Miene aufzubauen. »Warum nehmen wir nicht die Hände von unseren Waffen und reden darüber, wie wir sie wieder zurückholen können?«

Tauhs Schweigen schien ewig zu dauern, doch dann gab der Admiral seinen Untergebenen wieder ein Zeichen mit einer ruckartigen Handbewegung. Auf ihrem Bildschirm sah Burnham, wie die Zielerfassungen der Drohnen verschwanden.

»Ich warne Sie, Captain Georgiou«, knurrte Tauh. *»Wenn ich Ihre Antworten unbefriedigend finde, wird das nicht gut für Sie ausgehen. Und keine Vereinbarung zwischen den Politikern unserer Welten wird mich dazu bringen, meine Reaktion zu mäßigen.«*

Das Hologramm verschwand. Niemand sagte etwas. Schließlich brach Troy Januzzi das Schweigen. »Kann ich aufhören, die Luft anzuhalten?«

Georgiou wandte sich ab und fing einen Blick von Burnham auf. »Ich fürchte, Ensign, das war erst der Anfang.«

Schweigend versammelten sie sich oben auf dem Kommandodeck des Pelianerfrachters um die Station des Captains. Sie beobachteten die Bilder, die über die gebogenen, von der Decke hängenden Bildschirme flimmerten.

Saru stand hinter der Gorlanergruppe und war sich seiner Anwesenheit unter ihnen nur zu deutlich bewusst. Er fühlte sich wie ein Eindringling bei einer Trauerfeier, der sofort die Emotionen verstehen konnte, die um ihn herum kursierten, obwohl er zu denen, die sie betrafen, keinerlei Verbindung hatte. Doch Madoh und seine Rotbinden, Kijoh und alle anderen starrten hinunter auf den dunklen Endpunkt der Lügen, die man ihnen über ihre sogenannte Zufluchtswelt erzählt hatte.

Der Autopilot des Frachters begann, in einen stabilen geostationären Orbit einzuschwenken, und die Beschaffenheit des Planeten unter ihnen wurde vollends enthüllt. Saru benutzte den Trikorder, den die Gorlaner ihm gelassen hatten, um die Daten der Schiffssensoren auszuwerten und in Föderationsstandard zu übersetzen. Was er dort sah, ließ ihn die Luft anhalten.

Der Planet war nur mit Mühe und Not als bewohnbar zu bezeichnen, wenn man die Definition einer M-Klasse-Welt zugrunde legte. Die Atmosphäre war dünn, aber man konnte dort atmen. Die Schwerkraft war hoch, aber erträglich. Doch nur wenige konnten ihn betrachten, ohne einen rauen, trostlosen Ort zu sehen, dem jegliche Behaglichkeit fehlte. Ein großer Teil der Oberfläche bestand aus schwarzem, metallischem Sand, der von hohen Bergregionen und schmalen Meeren unterbrochen wurde. Einheimische Flora und Fauna waren kaum vorhanden und kräftige Sturmgebiete zogen mit alarmierender Regelmäßigkeit von Pol zu Pol.

Vielleicht hätte man im Laufe der Zeit und mithilfe fortschrittlicher Terraforming-Technologie den Planeten erblühen lassen können. Doch so, wie die Dinge jetzt lagen, sah Saru nur eine trostlose Wildnis, in der das Überleben auf lange Sicht eine ständige Herausforderung sein würde – sogar für eine Spezies, die so zäh war wie die Gorlaner.

»Hier wollten sie uns also aussetzen«, sagte einer der Rotbinden. Entsetzen klang in seinen Worten mit.

»Gibt es noch andere Schiffe im System?« Madoh warf Kijoh einen fragenden Blick zu, die ihrerseits Saru ansah.

Der Kelpianer runzelte die Stirn und zapfte erneut die Sensoren an. »Die Scanreichweite ist eingeschränkt. Soweit ich sehen kann, ist dies das einzige Schiff, das sich im Raum um den Orbit befindet.« Eine Gruppe Punkte flackerte auf, als der Sensorscan über die Oberfläche der Zufluchtswelt strich. Er betrachtete sie näher. »Merkwürdig. Es werden Metalle auf dem Planeten nachgewiesen, die zu einem Raumschiff gehören könnten. Tritanium und andere Legierungen.«

Kijoh ging zu einer der freien Konsolen und rief die Daten auf. »Saru hat recht. Verschiedene Anhäufungen auf dem südlichen Kontinent. Hier und hier.« Sie zeigte auf eine Gruppe Signale in einem Flachlandgebiet am Fuße eines Bergzugs.

»Ein Absturz?«, fragte Madoh.

»Nein. Das sind Frachtmodule.« Saru machte einen schnellen Abgleich mit den Containerkapseln, die am Rückgrat des Raumfrachters angebracht waren. »Sie stammen von Peliar. Sieht so aus, als hätten sie eine weiche Landung gehabt.«

»Lebenszeichen«, sagte Kijoh und schaltete die Sensoransicht auf einen anderen Scanfilter um. Eine Vielzahl Datenpunkte füllte die Zonen um die abgesetzten Kapseln. Jeder davon war ein lebendiges Wesen unten auf der Oberfläche. Je genauer er hinsah, desto mehr Einzelheiten konnte Saru erkennen. Es schien sich um eine Barackenstadt zu handeln, die um die gelandeten Frachtmodule herum errichtet worden war. »Alles Gorlaner«, fügte Kijoh hinzu. »Keine Pelianer entdeckt.«

»Wie viele?« Madoh stieß die Worte hervor.

»Ungefähr zweihunderttausend.« Kijoh wurde blass. »Dem Schöpfer sei Dank, wir haben unsere Leute gefunden!«

»Was von ihnen übrig ist«, sagte Madoh. Er starrte Saru wütend an. »Sehen Sie, Kelpianer? Da ist die Wahrheit! Die

Schiffe, die die Pelianer vor diesem hier losgeschickt haben, kamen zu diesem öden Stück toter Asche, um uns wegzuwerfen. So sieht die Wirklichkeit hinter ihren falschen Versprechungen aus.«

»Wie sollen wir in so einer Trostlosigkeit leben?« Kijoh sprach vor sich hin. »Die Schwächsten unter uns würden niemals dort unten überleben.«

Saru dachte an den Knotenpunkt, Ejah, und ihre zerbrechliche Gestalt. *Dieser Ort wäre das Ende für sie*, erkannte er. Und dann stieg noch ein Gedanke auf, der noch besorgniserregender war und den anderen in den Schatten stellte. Wenn das hier die »Welt aus Asche« war, die sie vorhergesehen hatte, was war dann mit ihrer anderen Warnung? Sollten Ejahs übernatürliche Fähigkeiten so etwas Unglaubliches wie Vorhersehung ebenfalls einschließen? Als ein Wesen rationaler und wissenschaftlicher Denkweisen fand Saru diese Vorstellung schwer zu verarbeiten, aber dennoch gefror dem Kelpianer das Blut in den Adern, wenn er über die finsteren Möglichkeiten nachdachte, die ihre Worte darstellten. *Zerstörung durch Feuerfäden.*

Auf der gegenüberliegenden Seite des Kommandodecks öffnete sich klappernd der Aufzug und Sprecher Vetch verließ die Plattform. Begleitet wurde er von einer Gruppe bewaffneter Gorlaner und einer Handvoll der pelianischen Besatzung. Saru entdeckte Kommandantin Nathal unter ihnen und neben ihr den zweiten Offizier Hekan sowie den Ingenieur Riden.

»Was wollen Sie denn jetzt schon wieder von uns?«, verlangte Nathal zu wissen. »Ich schwöre, wir werden lieber sterben, als Ihnen zu helfen!«

»Ich will, dass Sie für Ihren Betrug zur Verantwortung gezogen werden!«, sagte Madoh, stieß Saru zur Seite und ging zu dem pelianischen Captain. Er wedelte mit zwei Armen und zeigte auf den grauschwarzen Ascheplaneten auf dem Bildschirm. »Peliar Zel hat uns eine Zuflucht versprochen! Sie haben uns keine andere Wahl gelassen, als fortzugehen, und wir haben zugestimmt!«

»Wir haben zugestimmt, weil die Alphaner und Betaner uns sagten, dass die Zuflucht unser Volk ernähren würde.« Kijohs Stimme klang erstickt vor Emotionen und Saru spürte eine starke Welle größter Verzweiflung, die von ihr ausging. »Sehen Sie sich das an.«

»Sehen Sie es sich an!«, donnerte Madoh. Dann packte er Nathal und stieß sie brutal in Richtung des Scannerbildschirms.

Nathal schüttelte ihn ab und starrte den Monitor an. »Was ist das? Das ist nicht die Zuflucht, ihr Dummköpfe!«

»Die Kommandantin lügt nicht«, rief Hekan. »Ich habe die Kolonialberichte für die Zufluchtswelt gesehen. Sie ist ein blühender Ort, auf dem alles in Hülle und Fülle vorhanden ist!«

»Sie haben irgendetwas mit meinem Schiff gemacht und dabei einen Fehler gemacht!«, knurrte Nathal und richtete ihren Zorn auf Saru. »Haben Sie ihnen geholfen, Sternenflotte? Wir haben an der falschen Stelle den Warp verlassen!«

»Ich versichere Ihnen, ich habe gar nichts gemacht«, sagte Saru steif. »Und es wurden keine Änderungen am Kurs Ihres Schiffs vorgenommen.« Er zeigte auf die Kontrollkonsole. »Sogar jetzt noch wird das Schiff von der automatischen Steuerung kontrolliert, die Ihre Mannschaft aktiviert hat.« Saru nickte Riden zu, der schweigend von der anderen Seite des Raums alles beobachtete.

»Das ist unmöglich …« Nathal schob sich an dem Kelpianer vorbei, um es sich mit eigenen Augen anzusehen. Sie stach mit den Fingern auf die Konsole ein und rief das Navigationsuntersystem auf.

Die Reiseroute des Frachters erschien wieder auf der Sternenkarte, damit Nathal sie begutachten konnte. Saru beobachtete, wie es der pelianischen Kommandantin allmählich dämmerte und ihr Kampfgeist verschwand.

»Das ist falsch«, wiederholte sie, doch ihre Worte klangen hohl und distanziert. »Man sagte uns, dass Sie dort, wo wir Sie hinbringen würden, eine faire Chance hätten.«

»Lügen, Lügen und noch mehr Lügen!«, zischte Madoh. »Ist das alles, was Ihresgleichen zu bieten haben, Pelianer?«

Ohne Vorwarnung erwachte ein hellblaues Alarmsignal überall auf den visuellen Anzeigen des Kommandodecks zum Leben. Saru hörte einen schrillen, hallenden Glockenton, der sich deutlich von der Warnsirene unterschied, die ihn bei seinem ersten Betreten des Transportschiffs in Empfang genommen hatte. »Was ist das?«

Ein lang anhaltendes Kreischen von Metall auf Metall pflanzte sich durch die Hülle des riesigen Schiffs fort und auf den Bildschirmen war zu sehen, wie im Voraus programmierte Schubkontrollen hochfuhren, um die Fluglage des Schiffs im Orbit zu verändern. Es begann mit einer trägen Rolle und drehte sich so, dass die Unterseite des Rumpfs dem Planeten zugewandt war.

»Die Frachtmodule«, erklärte Hekan tonlos. »Das ist der Abwurfzyklus. Wenn er beendet ist, werden sie vom Schiff abgeworfen.«

»Hinunter auf den Planeten«, sagte Saru und sah wieder zu dem überfüllten Oberflächenscan.

9

Die summende Kaskade der Rematerialisierung lief in Wellen über Burnhams Haut und löste sich auf. Sie spürte die vertraute plötzliche Ortsveränderung des Beamens. Die achteckigen Plattformen des Pelianertransporters leuchteten hell unter ihren Füßen auf und es dauerte ein paar Sekunden, bis ihre Augen sich umgestellt hatten.

Die Standardschwerkraft der Sternenflotte und die Umgebung der *Shenzhou* wurden durch die Atmosphäre im Inneren des Pelianerträgers ersetzt. Sie verlagerte ihr Gewicht und gewöhnte sich schnell daran. Die Luft im Schiff der Fremden hatte ein leicht scharfes Aroma und sie fragte sich, ob das einzigartig für dieses Schiff war oder etwas, das die Mannschaft an ihre Heimatwelten erinnerte.

Burnham schob den Gedanken beiseite. Jedes Mal, wenn sie einer Spezies begegnete, die sie zuvor noch nicht getroffen hatte, drängte sich ihre Neugier, mehr über sie zu erfahren, in den Vordergrund. Doch jetzt war nicht der richtige Zeitpunkt, etwas zu untersuchen, egal wie offensichtlich es war. Sie und ihr Captain befanden sich durchaus in Gefahr.

»Danke, dass Sie uns erlauben, an Bord Ihres Schiffs zu kommen, Admiral Tauh.« Captain Georgiou verbeugte sich neben Burnham leicht zur Begrüßung. »Ich hoffe, wir können diese Angelegenheit friedlich beilegen.« Sie wollte die Transporterplattform verlassen, doch Tauh hob seine Hand.

»Bleiben Sie, wo Sie sind. Diese Unterhaltung wird nur von kurzer Dauer sein.« Tauh hatte auf sie in dem großen, offenen Raum gewartet, den die Pelianer für das Treffen vorbereitet hatten. Burnham vermutete, dass es sich um eine Art Lagerraum handelte. Über ihren Köpfen befand sich ein ringförmiger Laufsteg. Einige Besatzungsmitglieder – höchstwahrscheinlich Offiziere, wie man anhand der Kopfbedeckungen vermuten konnte – standen schweigend neben Tauh. Oben auf dem Laufsteg entdeckte sie bewaffnete Sicherheitsleute mit klobigen Disruptorwaffen. Der Admiral ging kein Risiko ein.

»Wer ist das?«, fragte Tauh und zeigte auf Burnham.

»Lieutenant Michael Burnham, einer meiner Nachwuchsoffiziere«, erklärte Georgiou. »Mein Stellvertreter bestand darauf, dass ich nicht alleine herkomme.«

Der Captain untertrieb wieder einmal. Commander ch'Theloh war so dunkelblau wie das Meer angelaufen, als Georgiou ihm sagte, sie würde herüberbeamen, um sich mit dem Admiral zu treffen. Am Ende hatte sie dem XO befehlen müssen, zu bleiben, wo er war. Burnham stellte sich vor, wie er auf der Brücke der *Shenzhou* auf und ab lief und auf das kleinste Zeichen wartete, dass die Pelianer ein doppeltes Spiel spielten.

»Sie erlauben es Ihren Untergebenen, Sie so zu beeinflussen?«, schnaubte der Pelianer und warf seinem eigenen XO einen Blick zu. »Mein Adjutant Craea hier schlug vor, dass ich Sie in aller Form mit der Wärme eines diplomatischen Empfangs willkommen heiße. Er kommt allerdings vom

Mond Beta und unsere betanischen Cousins haben manchmal ein etwas zu weiches Herz. Ich habe auf eine derartige Zurschaustellung von Speichelleckerei verzichtet.«

Der Captain warf dem Lieutenant einen kurzen Blick zu. Auf dem Schiff hatte Burnham sie gefragt, warum Georgiou sie mitnahm und nicht jemanden wie Zuzub oder einen der etwas imposanteren Sicherheitsoffiziere. *In dieser Situation braucht es niemanden, der schnell mit einem Phaser zur Hand ist,* hatte sie geantwortet, *sondern jemanden mit Beobachtungsgabe.*

Burnham atmete die scharfe Luft tief ein und beschloss, alles zu sehen und nichts zu ignorieren.

»Ich schulde Ihnen eine Erklärung«, fuhr Georgiou fort. »Mein Schiff befindet sich außerhalb der Patrouillenzone, das stimmt. Wir befinden uns in einem Raumsektor, der von verschiedenen stellaren Mächten beansprucht wird. Doch ich habe einen guten Grund dafür.«

»Ihre verschwundene Mannschaft«, stellte Tauh fest und verzog das Gesicht. »Wenn wir Ihnen das glauben.« Er legte den Kopf schief und musterte die Kommandantin der *Shenzhou.* »Eins sage ich Ihnen von vornherein, im Interesse der Klarheit. Ich habe Grund zu der Annahme, dass Sie in unseren Raum eingedrungen sind, weil Sie auf einer Provokationsmission sind.«

»Unser Zweck hier ist vollkommen uneigennützig«, konterte Georgiou. »Aber ich will einräumen, dass er uns in eine Lage gebracht hat, die wir nicht vorhergesehen haben.«

»Wo ist das Schiff meiner Tochter?« Tauhs Geduldsfaden wurde immer dünner, doch sowohl der Captain als auch der Lieutenant verstanden die Enthüllung.

Meinte er Nathal? Burnham erwog diese Möglichkeit. Jetzt, wo sie darüber nachdachte, gab es gewisse Ähnlichkeiten zwischen dem Admiral und der sarkastischen Kommandantin des Frachters.

»Wir wissen es nicht mit Sicherheit«, begann Georgiou. »Wir ahnten, dass etwas nicht stimmte, als mein Schiff mit den Langstreckensensoren einen Subraumimpuls entdeckte ...« Der Captain fasste die Ereignisse, die sich in den letzten Tagen abgespielt hatten, schnell und gründlich zusammen: der Nadionimpuls, die Rettungsoperation, die vermutliche Entführung des Transporters, der Überraschungsangriff auf die *Shenzhou* und der daraus resultierende Schaden an ihrem Warpantrieb. Sie erwähnte weder Sarus Verhalten noch ihre eigene kurze Unterhaltung mit Nathal.

Wie der Vater, so die Tochter, dachte Burnham, die sich das Verhalten der Kommandantin ins Gedächtnis rief. Sie konnte erkennen, woher Nathal ihre brüsken, kompromisslosen Methoden hatte.

Ein- oder zweimal im Verlauf ihrer Erklärung hatte Tauhs Untergebener, Craea, auf Georgious Aussagen reagiert und versucht, sie zu unterbrechen. Doch der Admiral hatte ihn jedes Mal mit einer Handbewegung zum Schweigen gebracht. Trotzdem hatte sich Tauhs Gesichtsausdruck verfinstert, als der Captain fertig war.

»Das wäre nicht passiert, wenn Sie sich nicht eingemischt hätten«, sagte er. Hinter seinen Worten war kalte Wut zu spüren. »Was gibt Ihnen das Recht dazu?«

»Es waren Leben in Gefahr«, entgegnete Burnham, ohne nachzudenken. Dann war es zu spät, das zurückzunehmen. »Wir mussten handeln.«

Tauh wandte zum ersten Mal seine volle Aufmerksamkeit dem Lieutenant zu. »Ihr Offizier spricht ungefragt«, sagte er.

»Das tut sie«, gab Georgiou zu. »Ich unterstütze das.«

»Und jetzt gerät diese ganze Situation außer Kontrolle«, fuhr er fort. »Ihre unüberlegten guten Absichten haben dafür gesorgt, dass ein Problem sich zuspitzt, das unseres war. Verstehen Sie das, Captain?«

Georgious Tonfall wurde unterkühlter. »Ihre Tochter, ihre Besatzung und die gorlanischen Flüchtlinge an Bord dieses Schiffs leben nur noch wegen der Absichten der Sternenflotte, Sir. Dafür werde ich mich nicht entschuldigen.«

Tauh ging einen Schritt auf sie zu und starrte Georgiou an. »Natürlich nicht. Die Arroganz der Föderation ist legendär. Sie glauben, Sie können nichts falsch machen, und es ärgert mich, dass ein paar törichte Betaner glauben, wir wären unter Ihrer Flagge besser dran als unter unserer eigenen.« Er machte ein abwertendes Geräusch in seiner Kehle und warf seinem Offizier einen kurzen, vernichtenden Blick zu. »Sie sind hierhergekommen, in unseren Raum, ohne irgendein Verständnis für das empfindliche Gleichgewicht der Dinge. Und Sie mischen sich ein.«

Die Stimme des Admirals bekam plötzlich einen spröden Unterton, der Burnham nicht entging. Sie hatte das Gefühl, dass mehr dahintersteckte als nur der verletzte Stolz des Pelianers und die Sorge eines Vaters um sein Kind. *Mach einen Schritt zurück*, sagte sie zu sich. *Betrachte das Ganze. Denk daran, was du über diese Leute weißt, und frage dich ... wovor hat er wirklich Angst?*

»Sie leben nicht an diesem Ort«, sagte Tauh. »Sie und die anderen Außenweltler sind nur auf der Durchreise. Und Peliar Zel muss sich mit den Folgen auseinandersetzen.«

Dann hatte sie es, das Element, das ihr gefehlt hatte. Burnham warf ihrem Captain einen Seitenblick zu und Georgiou neigte leicht den Kopf, um ihr die Erlaubnis zu erteilen.

»Admiral, wenn Sie die Frage gestatten ... Wann hat die Kohorte Peliar Zel das letzte Mal ein tholianisches Schiff in diesem Gebiet gesehen?«

Es war, als sei die Temperatur im Raum plötzlich um zehn Grad gefallen. Burnham sah, wie Tauh bei der Erwähnung der fremden Bedrohung stocksteif wurde und seine kampflustige Maske kurzzeitig bröckelte. Darunter kam jemand zum Vorschein, der nervös war und Angst vor den unbekannten Gefahren hatte, die von der Tholianischen Versammlung drohten.

»Wir gehen ihnen aus dem Weg«, sagte er nach einer ganzen Weile. »Nur ein Dummkopf würde ihre Aufmerksamkeit auf sich ziehen.«

»Und Sie haben Angst, dass die Anwesenheit eines Sternenflottenschiffs dazu führen wird.« Das war eine Feststellung, keine Frage.

»Man hat mir nicht das Kommando über ein Schiff übertragen, weil ich in Kämpfe stolpere, die man nicht gewinnen kann«, entgegnete Tauh, der seinen Ausrutscher überspielte. »Ich bin mir der Fakten der Situation durchaus bewusst. Im Gegensatz zu *Ihnen.*«

»Wenn das so ist«, sagte Georgiou, »dann wissen Sie, dass die Tholianer die ganze Zeit zugesehen haben. Und ganz gleich, was sie vorhaben, weder Peliar Zel noch die Föderation werden dabei ein Wörtchen mitzureden haben.«

»Meine Dauerbefehle lauten, dafür zu sorgen, dass wir ihnen keinen Vorwand liefern, Captain, und die Sicherheit meines Volks gewährleisten.« Er zeigte mit einem dicken, behandschuhten Finger auf sie. »Ihre Anwesenheit gefährdet beides.« Tauh atmete tief durch. »Sie sagten, Sie würden den Frachter verfolgen. Wohin war er unterwegs?«

»Ihr Kurs führte sie zu einem unbekannten Gebiet in der Nähe von Dimorus.« Georgiou verschränkte die Arme vor der Brust. »Wir haben die Ionenspur des Schiffs verfolgt, aber ohne Warpantrieb konnten wir sie nicht einholen.«

Tauh wechselte einen Blick mit Craea. »Ganz egal auf welche Weise wir versuchen, es zu lösen, das Problem mit den Gorlanern hält uns nur auf. Dieses Mal sind sie zu weit gegangen.« Er wandte sich ab. »Kehren Sie auf Ihr Schiff zurück, Captain, und zu Ihrer Föderation.«

»Wir befinden uns im bündnisfreien Raum, Sir«, antwortete die Kommandantin der *Shenzhou.* »Peliar Zel hat nicht das alleinige Recht, hier zu bestimmen.«

Er ignorierte sie und sprach seine Leute direkt an. »Adjutant! Rufen Sie die Drohnen zurück und machen Sie das Schiff bereit. Es kann nur einen Ort geben, wo sie hinfliegen … Setzen Sie einen Kurs zur Zuflucht.«

»Wie Sie befehlen, Admiral«, sagte Craea und drückte einen Knopf auf einem Gerät, das er am Handgelenk trug.

»Lassen Sie uns mitkommen!«, platzte es aus Burnham heraus. Tauh sah sie an.

»Was wollen Sie jetzt wieder von mir?«

»Nehmen Sie uns mit«, wiederholte sie. »Auf Ihrem vermissten Schiff befinden sich Offiziere der Sternenflotte. Es ist in unserem Interesse, Ihnen dabei zu helfen, es zu finden und die Krise zu bewältigen.«

»Ich werde sie definitiv bewältigen«, sagte Tauh nachdrücklich.

»Dann helfen Sie uns wenigstens dabei, die Reparaturen an unserem Warpantrieb abzuschließen«, bat Georgiou, die eine Gelegenheit witterte. »Die *Shenzhou* wird sich Ihnen anschließen. Unsere beiden Schiffe gemeinsam können diese Angelegenheit zu einem friedlichen Ende bringen.«

»Und wieder sind Sie arrogant genug, anzunehmen, dass wir einer Auffassung sind. Ich will keine friedliche Lösung.« Er zögerte und ließ das sacken, dann gab er seinen Untergebenen noch einen Befehl. »Lassen Sie zwei Drohnen zurück. Sie werden die *Shenzhou* zur Föderationsgrenze begleiten. Mit Gewalt, falls nötig.«

»Was ist mit unseren Offizieren auf dem Frachter?«, verlangte Burnham zu wissen.

»Wir werden das, was wir bergen können, zurückführen«, antwortete Tauh abgelenkt. Er zeigte mit dem Kinn auf den pelianischen Techniker, der an den Transporterkontrollen stand. »Schicken Sie sie zurück.«

»Nein!« Während das Wort sich noch formte, spürte Burnham das Summen in ihren Ohren und smaragdgrünes Licht hüllte sie ein.

Die Wände aus Drahtgeflecht, die die Aufzugplattform umschlossen, wurden aufgezogen und Britch Weeton wurde unsanft hinaus auf das Kommandodeck des pelianischen Raumfrachters gestoßen.

Er versuchte, in alle Richtungen gleichzeitig zu schauen. Dies war sein erstes Mal als Geisel und er war sich nicht sicher, wie die Dinge ablaufen sollten. Die breit gefächerten Richtlinien der Sternenflotte für derartige Dinge besagten, dass Verhandlungen der erste und beste Weg waren, um eine gefährliche Situation zu entscheiden. Alles, was den Verlust von Leben verhindern konnte, sollte in Betracht gezogen werden und eine gewalttätige Reaktion war nur unter äußerst ernsten Bedingungen gerechtfertigt.

Es war allerdings eine Sache, wenn einer von Weetons Lehrern an der Akademie im Lehrfach Vergleichende Ethik ruhig und vernünftig über derartige Dinge sprach – und eine ganz andere, wenn man mit wütenden, vierarmigen Fremden, die einem Waffen unter die Nase hielten und in einer Sprache knurrten, die der Universalübersetzer kaum verarbeiten konnte, mitten in so einer Situation steckte.

Als sie ihn aus der Messe gezerrt hatten, war sein erster Gedanke gewesen, dass sie an ihm ein Exempel statuieren würden. Lieutenant Saru war seit Stunden verschwunden und kurz bevor die Gorlaner Weeton holen kamen, hatten sie eine Gruppe Pelianer weggebracht.

Werfen sie jetzt einen nach dem anderen aus der Luftschleuse? Er hatte Gerüchte gehört, dass nausikaanische Piraten so etwas taten, und es lief ihm eiskalt den Rücken hinunter, als er über diese furchtbare Möglichkeit nachdachte. Doch sie passierten den Andockring und fuhren weiter zum Kommandodeck.

Weeton und die anderen hatten die Veränderung bemerkt, als das Schiff aus dem Warp gekommen war. Eine Weile hatten sie gewagt, zu hoffen, dass diese Tortur vielleicht ein Ende haben würde. Trotz all der harten Arbeit, die Sanitäter Zoxom geleistet hatte, war Lieutenant Commander Johar immer noch bewusstlos und Weeton befürchtete, dass der Chefingenieur niemals aufwachen würde, wenn sie ihn nicht in eine richtige medizinische Einrichtung brachten. Weeton sah, wie Johars Gesicht aschfahl wurde und sein Atem nur noch stoßweise kam, und ballte die Fäuste. Er hasste es, nichts tun zu können, um zu helfen.

Jetzt war er hier und überall waren Lichter und kreischende Sirenen. Er hatte keine Ahnung, was zur Hölle vor sich ging.

»Ensign!« Er wirbelte herum zu der Stimme. Da stand Saru und gestikulierte wild mit seinen langen Kelpianerarmen. Er bedeutete ihm, zu einer der Konsolen zu kommen. »Kommen Sie hier rüber!«

»Sir?« Als er sich näherte, sah er eine Gorlanerin, die eine andere Konsole bearbeitete, und den pelianischen Ingenieur Riden an einer Kontrollvorrichtung. Riden wollte das, was immer er da auch tat, offensichtlich nicht tun.

»Auf diesem Schiff läuft der Countdown zu einer Abwurfsequenz, die alle Frachtmodule abtrennen wird«, erklärte Saru und wedelte mit der Hand in Richtung eines Bildschirms, der eine Grafik des Transportschiffs und der

Containermodule zeigte, die an dessen Rahmen angebracht waren. »Wir müssen ihn sofort stoppen!«

»Die Abwurfsequenz wird am Heck beginnen.« Hekan stand in der Nähe und betrachtete denselben Bildschirm. »Das ist alles automatisiert. Wenn es erst eingeleitet ist, kann es nicht mehr angehalten werden.«

»Beim Schöpfer, beten Sie, dass Sie sich irren!«, knurrte die Gorlanerin und sah zu Saru hoch. »Wir bringen alle nach vorn, aber es wird vielleicht nicht reichen ...«

»Ich kann verstehen, was die Gorlaner sagen«, warf Weeton ein. Seine Gedanken rasten, während er versuchte, alles zu verarbeiten. »Ich meine, besser als vorher. Wie kommt das?«

»Unwichtig!«, sagte Saru scharf. »Sie sind hier, weil ich denen gesagt habe, sie sollen Sie herbringen. Gehen Sie an die Konsole und blockieren Sie die Aktivierungssequenz der Entriegelungsmechanismen.«

»Okay ...« Weeton ging zu der Konsole und sah sofort das Problem. Die automatischen Kontrollen verfügten über verschiedene Redundanzen, die es unmöglich machten, dass nur ein einzelner Anwender sie außer Kraft setzen konnte. Um die Abwurfsequenz für die Module auf null zu setzen, waren mindestens vier Paar Hände nötig. *Zum Glück haben wir einen Gorlaner hier*, dachte er.

Weeton rief die Hauptkontrolle auf und versuchte, das Betriebssystem in eine Feedbackschleife zu zwingen, doch es teilte die Befehlsreihe auf die anderen Konsolen auf und umging sie. »Oh, das ist ja knifflig ...«

»Versuchen Sie, die Entriegelung in einen Wartungsmodus zu schalten«, schlug die Gorlanerin vor. »Es wird die Abwurfsequenz nicht stoppen, sie aber verzögern ...«

»Warum geschieht das ...?« Weeton stellte die Frage laut, schob sie dann aber beiseite. *Diese Module sind voller*

Lebewesen. Wir müssen sie am Leben halten. Das war das Einzige, was jetzt wichtig war. Der junge Ingenieur verdrängte alle Gedanken an bewaffnete, wütende Gorlaner, die sich um ihn drängen. Er beschäftigte sich nicht damit, wessen Leben er da retten wollte. Er machte sich an die Arbeit, so, wie man es ihm beigebracht hatte.

»Ich kann es nicht aufhalten!«, rief die Gorlanerin. »Oh Schöpfer, sei uns gnädig …«

Weeton sah hoch, als die Anzeige für das hinterste Frachtmodul umschaltete und blauweiß blinkte. Auf einer eingeschobenen Anzeige sah er riesige Luken, die sich schlossen, um den Container vom Rest des Schiffs abzuriegeln. Winzige Gestalten versuchten, hindurchzuklettern, um die andere Seite zu erreichen, bevor die Lücke sich schloss. Dutzende völlig verängstigter Gorlaner kratzten am Deck, während sie verzweifelt versuchten, zu entkommen.

Dann änderte sich die Klangfarbe der Alarmsirene und der Bildschirm wurde dunkel. Weeton hörte in der Ferne, wie magnetische Bolzen dumpf zurückschnappten, und konnte nicht anders, als einen Blick aus dem Hauptfenster zu werfen. Ein dunkler Umriss mit abgeschrägten Kanten schwebte vom Heck des Raumfrachters weg und zog Kristalle gefrorener Atmosphäre hinter sich her. »Sind … sind alle rechtzeitig herausgekommen?«

»Unsicher«, sagte Saru düster.

Auf Weetons Konsole wiederholte sich derselbe Prozess bei dem nächsten Modul und die Mechanismen bereiteten sich auf die Entkopplung vor. Er fällte eine Entscheidung und schaltete die Übertragung, in der zu sehen war, wie sich Chaos und Panik an den Luken entwickelten, ab. *Ich kann nicht hinsehen. Darf mich nicht darin verlieren. Was würde Johar sagen? Erledige die Arbeit, Britch,* sagte er zu sich selbst und wiederholte es wie ein Mantra. *Erledige die Arbeit.*

Er sah sich noch einmal die Programmschleife an, die versagt hatte, und runzelte die Stirn. »Okay, Moment, ich glaube, ich weiß, was ich falsch gemacht habe.« Weeton sah Saru an. »Können wir beide das gemeinsam versuchen? Zwei Eingaben gleichzeitig könnten den Funktionszyklus verlangsamen ...« Er warf Riden und der Gorlanerin einen Blick zu. »Wenn Sie das zur selben Zeit mit dem Wartungsmodus probieren?«

»Das könnte funktionieren.« Saru verstand Weetons Gedankengang. »Kijoh, können Sie das machen?«

»Ich werde es versuchen«, sagte die Gorlanerin und sah Riden vielsagend an.

Der pelianische Ingenieur sah Hekan an und wollte ihre Erlaubnis. Sie erteilte sie und er machte eine bestätigende Geste.

»Tun Sie's, jetzt!«, befahl Saru und Weeton setzte das Programm noch einmal in Gang. Es war umständlich, an der ungewohnten pelianischen Konsole zu arbeiten. Das Tastenfeld war merkwürdig ausgelegt und die Anzeigen waren gekrümmt, aber er gewöhnte sich daran.

»Fertig!«, rief er und das Herz hämmerte in seiner Brust.

»Fertig«, wiederholte Saru.

Riden und Kijoh leisteten ihren Teil und einen Moment lang bewegte sich oder sprach niemand. Dann begann ein neuer, noch schrillerer Alarm zu heulen – so laut, dass Weeton erschrocken zusammenzuckte.

»Was? Nein! Haben wir es vermasselt?« Er sah wieder zum Aussichtsfenster und hatte Angst, dass er noch mehr Module davonschweben sehen würde, noch mehr Trümmer, die das All um das große Schiff herum erfüllten.

Doch dann klopfte Kijoh ihm zweimal fest auf den Rücken und er wäre beinahe umgekippt. »Der Alarm ist die Warnmeldung, dass das System heruntergefahren wird. Wir haben es gestoppt!«

»Vorläufig«, murmelte Riden und trat von seiner Konsole zurück. Er starrte Hekan giftig an und ließ sich wieder zu seiner Kommandantin zurückführen, die von der anderen Seite des Raums zusah.

»Mir entgeht doch etwas«, sagte Weeton. »Helfen Sie mir auf die Sprünge, Lieutenant?«

»Wir haben gerade Tausende Leben gerettet«, erklärte Saru ihm. Der Kelpianer wirkte ausgelaugt und erschöpft. »Das ist alles, was zählt.«

Das stand außer Frage, aber hier ging doch noch mehr vor sich, und der Ensign hatte nicht vor, sich abwimmeln zu lassen. »Also arbeiten wir jetzt mit denen zusammen?« Er nickte in Richtung der gorlanischen Entführer.

»Es ist ... kompliziert«, seufzte der Lieutenant.

»Was Sie nicht sagen«, antwortete Weeton.

»Sie haben wieder versagt!«, rief eine harte, wütende Stimme. Der Gorlaner mit den weißen Haaren trat vor und baute sich drohend vor den gefangenen Pelianern auf. »Sie haben uns unterschätzt und uns von Anfang an erniedrigt ... aber wir haben durchgehalten!«

»Der sieht *richtig* sauer aus«, sagte der Ensign leise.

»Sie haben ja keine Ahnung«, merkte Saru an.

»Keine Lügen mehr!«, zischte der Anführer der Gorlaner. »Peliar Zel wird zur Rechenschaft gezogen werden!« Die Rotbinde streckte die Hand nach dem Disruptor aus, der an seinem Quergurt hing. Saru sah es ebenfalls.

»Madoh! Halt ...!« Der Kelpianer stand auf und wedelte mit den Händen. Für Weeton sah er wie eine Vogelscheuche aus, die ein Gewitter aufhalten wollte. »Was bringt es, Ihre Frustration an ihnen auszulassen?«

»Vielleicht sind Sie das bessere Ziel?« Der Fremde namens Madoh warf einen drohenden Blick in Sarus und Weetons Richtung.

»Diese Frachtmodule unten auf der Planetenoberfläche.« Saru zeigte auf die trostlose Aschekugel, in deren Orbit sie sich befanden. Allmählich begann Weeton, die Puzzleteile zusammenzusetzen. Plötzlich ergab die automatische Abwurfsequenz einen Sinn. Das war nicht zum ersten Mal passiert. »Ihr Volk lebt, überlebt«, sagte der Lieutenant gerade. »Wir können einen Weg finden, mit ihnen zu kommunizieren. Diese Module sind immer noch intakt und in einem Stück. Vielleicht ist es sogar möglich, dass wir sie wieder hinauf in die Umlaufbahn holen …«

»Sie evakuieren?« Kijoh kam näher und strich sich mit einer Hand über ihre schweißbedeckte Stirn. »Ja. Das könnte funktionieren … falls ich die Schubdüsen der Module fernprogrammieren kann und Zugriff auf die Traktorstrahlphalanx des Transporters bekomme …«

»Sehen Sie?« Diese Möglichkeit gab Saru neuen Aufwind. »Aggression bringt Ihnen gar nichts.« Der Lieutenant sah sich nach dem Ensign um und hoffte auf Unterstützung, doch Weeton konnte nur hölzern nicken.

»Werden Sie *alles* tun, um Blutvergießen zu vermeiden?«, fragte Madoh kalt. Saru schien den drohenden Unterton seiner Worte nicht zu bemerken.

»Die *Shenzhou* wird nach ihren Leuten suchen. Nach uns«, fuhr Saru fort. »Und wenn sie das tun, werde ich mich für Sie einsetzen. Ich werde Ihren Fall meinem Captain und der Föderation vortragen, es wird einen Einspruch geben …«

Raues, barsches Gelächter machte sich auf dem Kommandodeck breit und der Lieutenant verfiel in Schweigen. Weeton war schon früher mit dreisten, hasserfüllten Leuten wie diesen in einem Raum gewesen – während der dunkleren Zeiten seines Lebens – und trotz der Tatsache, dass er sich auf der Brücke eines fremden Schiffs Lichtjahre von zu Hause entfernt befand, kam ihm das schrecklich bekannt vor.

»Ich glaube nicht, dass er daran interessiert ist, Sir!«, warnte er.

»Ich habe genug von Versprechungen«, sagte Madoh langsam und wog jedes Wort sorgfältig ab. »Ich habe zu viele gehört. Sie sind alle nur Schall und Rauch.« Er durchquerte den Raum zu den Sternenflottenoffizieren. »Unsere Geduld ist am Ende.« Der Gorlaner beugte sich vor und fixierte Saru mit seinem gnadenlosen Blick. »Ja, Ihr Schiff wird nach Ihnen suchen.«

Was er als Nächstes sagte, ließ Weeton das Blut in den Adern gefrieren.

»Ich *zähle* darauf.«

»Der Träger hat vor drei Minuten die Reichweite unserer Sensoren verlassen«, sagte ch'Theloh, als er Captain Georgious Bereitschaftsraum betrat. »Die Drohnen, die sie zurückgelassen haben, bedrängen uns.« Er machte eine wegwerfende Geste in Richtung des Fensters an der hinteren Wand.

Burnham beugte sich vor und sah hinaus. Sie konnte eins der automatischen Begleitschiffe sehen, das gefährlich dicht hinter dem Heck der *Shenzhou* flog. Ein Geschützturm ragte aus dem Bug des Schiffs und die Mündungen der Hochenergiephasenkanonen, die dort befestigt waren, folgten ihnen.

»Admiral Tauh hat uns ein Ultimatum gestellt«, fügte der Erste Offizier hinzu. »Wenn wir nicht innerhalb einer Stunde unterwegs zurück zur Grenze sind, werden die Eskorten das Feuer auf uns eröffnen. Wenn wir versuchen, die Schilde hochzufahren, werden sie feuern. Wenn wir unsere Waffen hochfahren ...«

»Ich bin im Bilde. Können wir sie ausschalten?« Georgiou saß auf der Kante ihres Schreibtischs und legte die taktische Weste, die sie über ihrer Dienstuniform getragen hatte, ab.

Der Andorianer verzog das Gesicht. »Ja, aber nicht, ohne selbst ein paar Treffer zu kassieren. Die Phaser sind immer noch nicht im Optimalzustand.« Er machte eine Pause. »Unser Ingenieurteam ist gut, aber nicht ...«

»Nicht Saladin Johar oder Britch Weeton, nein«, stimmte sie zu. »Erinnern Sie mich nächstes Mal daran, Nummer Eins, nicht zwei unserer besten Ingenieure gleichzeitig mit einem Landetrupp loszuschicken.« Sie zögerte und dachte nach. »Was ist mit unserem Warpantrieb? Wurde der Ersatz für die Achskontrolle fertiggestellt?«

Ch'Thelohs finsteres Gesicht versteinerte. »Es gab ein Problem mit dem Replikator. Das erste Teil entsprach nicht den Vorgaben ... Es ist wirklich ein äußerst empfindliches Ausrüstungsteil. Es muss makellos sein.«

»Wir haben Warpantriebe mit Achskontrolleinheiten in unseren Shuttles«, sagte Burnham und gab ihr Schweigen auf. »Können wir die Komponente nicht aus der *Fei* oder der *Liu* ausbauen und sie irgendwie modifizieren?«

»Das haben wir als Erstes versucht«, erklärte er ihr. »Sie sind sofort durchgebrannt. Irgendetwas mit vergleichbarer Masse kontra Größe der Warphülle. Wir bräuchten eine Einheit von einem Schiff mit mehr Tragfähigkeit, wenn wir eine Chance haben wollen, dass es funktioniert.«

Burnhams Augenbrauen hoben sich. »Wie *viel* größer, Sir?«

»Den Blick kenne ich.«, stellte Georgiou fest.

»Wenn Sie einen Vorschlag haben, Lieutenant, lassen Sie hören.« Ch'Theloh verschränkte die Arme. »Zu diesem Zeitpunkt nehmen wir alles, was wir kriegen können.«

Sie hob ihre Hand und zeigte aus dem Fenster auf die Eskortdrohne.

Da die Lage auf dem Kommandodeck sich wieder beruhigt hatte, umringten die Rotbinden Saru und Weeton und auf

Madohs Befehl hin wurden sie wieder durch die unteren Decks geführt, dieses Mal allerdings in einen Bereich des Schiffs, den sie noch nicht aufgesucht hatten.

Hier war die künstliche Schwerkraft des Transporters deaktiviert. Die Luke öffnete sich und gab den Zugang zu einer sphärischen Kammer frei, in der sich Metallbalken mit Handgriffen kreuzten. Die Gorlaner mit ihren zusätzlichen Extremitäten bewegten sich schnell und mit Leichtigkeit. Sie stießen sich von den Wänden ab und hangelten sich von Griff zu Griff. Der Kelpianer und der Mensch waren gezwungen, die Dinge langsamer anzugehen, und schwebten auf das Konstrukt mitten im Raum zu.

»Der Computerkern?«, schlug Weeton vor, der die dicken Stränge von Datenkabeln gesehen hatte, die aus den Wänden kamen und sich mit der tetraedrischen Einheit verbanden.

Saru nickte und beobachtete, wie weißes Licht entlang der Linien hin und her wogte. Diese Abteilung hatte dieselbe schäbige, hart arbeitende Ausstrahlung wie der Rest des Schiffs, aber es war ein zweckmäßiger Raum. »Wieso haben Sie uns hergebracht?«, fragte er und suchte mit seinem Blick Madoh.

»Dieses Schiff kämpft immer noch gegen uns«, sagte der Gorlaner. »Die Kontrollsoftware in seinen Systemen muss komplett ausgelöscht werden. Dann, und nur dann, werden wir sicher sein können, dass die Pelianer keinen Einfluss mehr darauf nehmen können.«

»Und dann werden Sie sie freilassen? Und uns?«, drängte Saru.

»Wenn das hier erledigt ist«, fuhr Madoh fort, »werden wir tun, was Sie gesagt haben. Unsere Leute von dort unten hochholen, wo sie ausgesetzt wurden. Kijoh sagt, die zusätzlichen Frachtmodule können außen am Schiff angedockt werden.« Er machte eine zusammenführende Handbewegung und sah sie dann wieder an. »Können Sie die Programme löschen, die gegen uns arbeiten, oder nicht?«

»Möglicherweise«, gab Saru zu. »Aber die Pelianer wären besser dafür geeignet, das zu tun.«

»Die werden uns nicht mehr helfen.« Madoh wischte den Vorschlag vom Tisch. »Aber Sie, Saru. Sie werden mir wieder helfen. Nicht wahr?«

»Wieder?« Weeton warf ihm einen fragenden Blick zu. »Lieutenant, wovon redet er da?«

Sarus Bedrohungsganglien wanden sich. Das Gesicht des Kelpianers spannte sich an und verzog sich zu einer Grimasse, während er gegen die Reaktion ankämpfte. »Ich werde Ihnen helfen, diese Leute von der Oberfläche zu bergen, wenn das nötig ist, um Leben zu retten.«

»Das wird es«, sagte Madoh. »Angefangen bei Ihren Leuten und den Pelianern.«

Das Gewicht der endlosen, sich im Kreis drehenden Argumentation drückte Saru erneut nieder. »Sie müssen mir nicht drohen«, erklärte er.

»Das ist falsch«, schoss Madoh zurück. »Wir müssen unsere Entschlossenheit unter Beweis stellen. Die Tholianer und Pelianer haben uns eine Lektion erteilt. Wenn man immer nur davonrennt, ist man nicht mehr als Beute.« Er entblößte seine Zahnreihen. »Ich sehe etwas in Ihnen, Saru. Ich glaube, Sie wissen besser als jeder andere auf diesem Schiff, was es heißt, das zu sein. Auf irgendeiner Ebene verstehen Sie es.«

Und die furchtbare Wahrheit war, *es war so.* Saru hatte sein Leben lang mit der Bedrohung durch Raubtiere gelebt und ein Teil von ihm würde diese Kreaturen immer hassen. *Es gibt keine Beute, die nicht davon träumt, zum Jäger zu werden.* Er spürte Madohs mächtiges Aurafeld, das unsichtbare Knistern des kaum gezähmten Ärgers des Gorlaners und seines aufsässigen Willens.

»Hören Sie auf ... mich zu bedrängen«, brachte Saru hervor und fand eine Spur von Auflehnung in sich. »Die Föderation streckt die Hand zum Frieden aus, aber glauben Sie nicht, dass wir schwach sind. Es wäre ein schwerer Fehler, sich die Sternenflotte zum Feind zu machen.«

»Wollen Sie mich einschüchtern? *Jetzt?*« Madoh und seine Rotbinden gackerten. »Dafür ist es zu spät.«

»Das ist keine Drohung«, platzte es aus Weeton heraus. »Er stellt eine Tatsache fest! Sie haben ihn vorhin gehört, wir können Ihrem Volk helfen. Wir können eine Welt für Sie finden, die Sie kolonisieren können, eine bessere als irgendeinen halb toten Felsbrocken. Wieso sollten Sie das nicht wollen?« Er warf Saru erneut einen fragenden Blick zu. »Wieso kann er uns nicht vertrauen?«

»Die Antwort ist einfach«, sagte Madoh. »Die Gorlaner haben kein Vertrauen mehr für Außenweltler übrig. Von jetzt an laufen die Dinge zu unseren Bedingungen.« Er legte eine Hand vor die andere und zog sich an dem Stützpfeiler entlang, bis er vor Saru und dem Ensign schwebte. »Wir werden unsere Leute wieder zurückholen. Und wenn die *Shenzhou* kommt, werden wir sie auch übernehmen.«

Diese Feststellung kam so unerwartet, dass Saru eine Sekunde lang brauchte, um sicher zu sein, was er gehört hatte. *Unmöglich!*

»Mit Ihrem Schiff und diesem hier können wir gehen, wohin wir wollen, und die Föderation, die Pelianer, die Tholianer ... der Schöpfer kann sie alle verdammen.« Madohs kalte Wut war zu eisenharter Gewissheit kristallisiert.

»Das wird nicht passieren«, entgegnete Weeton. »Captain Georgiou wird Ihnen niemals ihr Schiff überlassen!«

»Sie werden uns zeigen, wie man es übernimmt«, sagte Madoh und starrte den Kelpianer an.

»Nein«, entgegnete Saru mit leiser, schwacher Stimme.

»Wenn Sie nicht tun, was ich sage, werde ich die Gefangenen töten. Ich werde mit dem pelianischen Captain und Ihrem verwundeten Ingenieur anfangen. Oder vielleicht mit dem hier.« Er zeigte auf Weeton. »Sehen Sie, Saru? Ihr einziger Wert ist das, was Sie für mich tun können. Helfen Sie uns und Sie leben. Sie sind wertvoll. Oder Sie tun es nicht und werden wertlos. Das ist die Realität, in der wir jetzt leben.« Er zog sich zurück und machte sich auf den Weg zur Luke. »Aber eins nach dem anderen. Löschen Sie den Computer. Beginnen Sie den Wiederherstellungsprozess.«

Die anderen Rotbinden schwebten auf sie zu. Einige zogen ihre Waffen. Weeton hangelte sich dicht an Saru heran. Seine Augen waren weit aufgerissen. »Sir, das können wir nicht machen ...«

»Das können Sie«, rief Madoh von der Luke her. »Sagen Sie es ihm, Saru. Sie haben es schon einmal getan. Sobald die Grenze erst überschritten ist ... sobald man zum ersten Mal gekatzbuckelt hat, wird es leichter, es noch einmal zu tun.« Er ließ sie in der darauffolgenden Stille zurück.

»Was meint er mit ›schon einmal‹?« Die Frage in Weetons Gesichtsausdruck mischte sich mit Verwirrung und dann Verärgerung. »Lieutenant! Redet der von unserem Schiff? Als sie angegriffen haben? Haben Sie ...?«

»Ich gebe Ihnen einen direkten Befehl, Ensign«, sagte Saru mit tonloser Stimme. »Die volle Verantwortung für alles, was daraus folgt, liegt ganz allein bei mir. Löschen Sie die Kontrollsoftware aus dem pelianischen Computerkern.«

Das Entsetzen auf Weetons Gesicht war deutlich und gepaart mit Verbitterung. »Ich werde nicht mit denen kollaborieren«, begann er, doch Saru ließ ihn nicht ausreden.

»Tun Sie's!«, donnerte er.

Eine lange Pause entstand. Saru fürchtete, dass Weeton sich erneut gegen ihn auflehnte – und das würde den Ensign das Leben kosten. Doch das Gesicht des jüngeren Offiziers wurde zu einer versteinerten Maske. »Lieutenant Burnham hätte das niemals getan.«

»Ich weiß«, seufzte Saru. »Führen Sie meine Befehle aus.«

Die miteinander verflochtene Kommunikation zwischen den beiden Eskortdrohnen zuckte zwischen ihnen mit Geschwindigkeiten hin und her, denen die meisten organischen Gehirne nicht hätten folgen können. Sekunde um Sekunde teilten die automatischen Schiffe Daten darüber, wo die optimalsten Zielerfassungen bei dem Föderationsschiff lagen, das sie flankierten. Ihre Phasenkanonentürme richteten sich ständig neu aus, um Abweichungen und Kurskorrekturen auszugleichen. Bisher folgte das Zielschiff dem vorbestimmten Kurs, seine Waffen waren abgeschaltet, seine Schilde heruntergefahren.

Ständige Sensorscans pulsierten im Doppelpack und behielten die *Shenzhou* fest im Fadenkreuz. Die künstlichen Kampfintelligenzen, die die beiden Schiffe steuerten, waren bereit, das Feuer zu eröffnen, sollte das Ziel von den vorbestimmten Verhaltensmustern abweichen.

Doch die automatischen Schiffe waren nur so gut, wie ihre Programme es zuließen. Sogar mit den fortschrittlichen, heuristischen Lernalgorithmen, die Peliar Zel ihren unabhängigen Maschinen gab, fehlte ihnen die Fähigkeit eines organischen Wesens, etwas vorherzusehen, Verdacht zu schöpfen oder einen intuitiven Schritt zu unternehmen, der auf bruchstückhaften Daten basierte.

Deshalb entstand eine Pause, als die beiden Drohnengehirne die Aktivierung des Materietransportersystems der *Shenzhou* bemerkten, weil sie gemeinsam das Problem behandelten, was zu tun sei. Ihre Meister hatten keinen speziellen Gegenschlag für so einen Fall vorgesehen. Es war den Drohnen überlassen, zu entscheiden, wie sie vorgehen wollten.

All das geschah innerhalb weniger Herzschläge und angesichts der kämpferischen Ausrichtung ihrer Dauerbefehle, war es nicht weiter überraschend, dass die Drohnen gleichzeitig beschlossen, sich an ihr Grundkommando zu halten: *Im Zweifel angreifen.*

Doch die Verzögerung, bis sie zu dieser Entscheidung gelangten, war einen Bruchteil länger als der Transportzyklus der *Shenzhou*.

Beide Drohnen registrierten zwei Rematerialisierungsprozesse in ihrer unmittelbaren Nähe und im selben Moment die Aktivierung elektromagnetischer Klemmen an ihren äußeren Hüllen.

Die Einheit, die hinter der *Shenzhou* herflog, reagierte, indem sie ihren Geschützturm herumwirbeln ließ, sodass die visuellen Sensoren, die unter der Waffengruppe angebracht waren, sehen konnten, was sich da außen an ihrem Rumpf festgesetzt hatte.

Die Sensoren fixierten sich auf zwei Gestalten. Beide trugen Raumanzüge. Die Gestalt, die sich näher an ihnen befand – eine dunkelhäutige Menschenfrau, deren Gesicht durch die durchsichtige Hülle eines Helms zu erkennen war – hielt ein Phasergewehr in den Händen. Die Waffe zielte direkt auf den Geschützturm.

»Überraschung«, sagte Burnham und drückte ab.

Die Impulsstöße jagten durch den Drehring an der Unterseite des Phasenkanonengeschützturms und der gesamte obere Bereich der Waffenanordnung wurde abgesprengt. Die neutralisierten Waffen zogen orange Funken hinter sich her und schwebten in dem Impulssog der *Shenzhou* davon.

Burnham bemerkte, wie am Rand ihres Sichtfelds ein weiterer Phaser auf die zweite Drohne abgefeuert wurde, die sich vor dem Bug des Raumschiffs befand, hatte aber keine Zeit, darüber nachzudenken.

»Shanahan, los!«, rief sie der Technikerin zu, die hinter ihr stand und ebenfalls mit magnetischen Stiefeln an der Hülle der Drohne klebte. Der Chief Petty Officer hatte einen Schneidbrenner dabei und machte sich schnell an die Arbeit, sich ins Innere des Flugkörpers vorzuarbeiten.

Kleine Ionenwölkchen schossen aus Öffnungen an der Seite der Drohne und sie begann, sich zu drehen. Burnham suchte nach Gruppen von Sensorantennen und fand sie am Bug. Sie schoss sie ab, sodass die Drohne blind war.

»Wir sind drin!«, sagte die Technikerin. Sie ließ den Schneidbrenner frei an einem Trageband schweben, der ihn an ihrem Arm sicherte, und hockte sich vor das Loch, das sie in die Hülle geschnitten hatte. *»Okay. Schauen wir mal ...«*

»Keine Zeit!«, erwiderte Burnham scharf. »Wir können nicht zulassen, dass das Ding sich selbst zerstört.«

»Verstanden, Lieutenant. Vergessen wir die Feinheiten.« Shanahans Gesicht verzerrte sich vor Anstrengung, während sie beide Hände in die Lücken steckte, wo der zentrale Prozessor der Drohne saß, und alles herausriss, dessen sie habhaft werden konnte. Sie löste leuchtende Kabel und ein Beben durchlief den Flugkörper.

Die Ionendüsen erstarben und Burnham spürte, wie die Drohne anfing, zu treiben. »Ich glaube, das reicht schon.«

»Wir sollten nicht darauf warten, es herauszufinden«, sagte die Technikerin und schnappte sich wieder den Schneidbrenner. *»Geben Sie mir zwei Minuten, dann habe ich die Achskontrolle hier herausgeschnitten.«*

Burnham stieß die Luft aus, die sie angehalten hatte. »Team zwei, hier ist Team eins.« Sie drehte sich um und sah hinaus zu der anderen Drohne. Diese trudelte langsam davon und Burnham sah zwei Gestalten in Raumanzügen, die immer noch an ihrer Hülle befestigt waren. »Ensign Harewood, Bericht!«

»Ziel neutralisiert«, lautete die Antwort. Eine der Gestalten winkte in ihre Richtung. *»Wir haben sie, Lieutenant! Chief Guymer holt sie in diesem Moment heraus.«*

»Sehr schön.« Sie gestatte sich ein erleichtertes Lächeln. »*Shenzhou*, haben Sie das gehört?«

»Haben wir«, antwortete Captain Georgiou. *»Gute Idee, Michael. Sie haben gerade beide Probleme auf einen Schlag gelöst.«*

Sie machte sich auf den Weg zum Heck der Drohne und stampfte schwer mit ihren Magnetstiefeln auf. Vor ihr zog Shanahan langsam ein großes, würfelförmiges Modul aus der Warpgondel der Eskorte. »Da werden die Pelianer anderer Meinung sein.« Burnham wollte nicht darüber nachdenken, dass das, was sie da in Gang gesetzt hatte, durchaus als Akt der Piraterie angesehen werden konnte.

»Wir müssen uns nicht vor ihnen rechtfertigen«, sagte Georgiou. *»Und wenn das Sternenflottenkommando damit ein Problem hat ... nun, darum kümmere ich mich, wenn es so weit ist.«* Sie wurde wieder knapp und geschäftsmäßig. *»Alle Raumteams, nehmen Sie, was wir brauchen, und beamen Sie zurück. Wir haben eine Menge verlorener Zeit aufzuholen.«*

10

»Warp eins«, sagte Detmer, während sie langsam die Antriebskontrolle schrittweise nach vorne schob. »Zwei. Drei.«

Eine besorgniserregende Vibration pflanzte sich durch die gesamte Länge des Decks fort und ein leiser Alarmton war von der Maschinenkontrolle zu vernehmen. Burnham sah Belin Oliveira an, die vorläufig Britch Weetons üblichen Posten besetzte. Der dunkelhaarige Lieutenant sah nicht hoch. Ihre Aufmerksamkeit war auf die Anzeige vor ihr gerichtet. Sie hob eine Hand und machte ein halbherziges Daumen-hoch-Zeichen.

»Weitermachen!«, befahl Commander ch'Theloh. Er hatte Haltung angenommen, als wäre er auf dem Exerzierplatz, stand hinter der Doppelkonsole von Navigation und Ops und sah über Detmers Kopf hinweg auf die sprühenden Farben der verzerrten Sterne, die an ihnen vorbeirasten.

»Warpfaktor vier.« Detmer schob den Hebel noch eine Arretierung weiter, doch die Vibration ließ nicht nach. »Warp fünf.«

Der Alarm an der Maschinenkontrolle wurde schriller und das Rütteln des Decks stärker. »Captain, ich habe hier eine Menge roter Warnlichter«, sagte Oliveira. »Wir befinden uns außerhalb der akzeptablen Parameter. Wir können diese Geschwindigkeit nicht länger als ein paar Minuten beibehalten.«

Ch'Theloh knurrte leise und wandte sich wieder dem Kommandosessel zu. »Wir wussten, dass das passieren könnte. Pelianische Technologie ist zwar nah am Föderationsstandard, aber nicht nah genug. Wenn die *Shenzhou* ein neueres Schiff wäre, könnten wir die Achskontrollen womöglich besser synchronisieren, aber ...«

»Wir müssen uns damit begnügen«, unterbrach Georgiou ihn. »Wir haben vielleicht nicht die schnittigen Linien dieser neuen *Constitution*-Klasse, aber wir sind zäh.«

Der Andorianer zuckte mit den Schultern. »Um ehrlich zu sein, gefällt mir dieses neue minimalistische Design nicht.«

»Ensign Detmer«, fuhr der Captain fort, »bringen Sie uns vorsichtig auf drei Komma fünf herunter und halten Sie diese Geschwindigkeit. Wir sind auf Warp und das ist immer noch besser als das, was wir vor einer Stunde zu bieten hatten.«

Burnham betrachtete die Datenanzeigen auf ihrem Bildschirm an der Wissenschaftsstation. Dort war eine Telemetrieanzeige vom Warpkern zu sehen. Eine der »geborgenen« pelianischen Achskontrolleinheiten hatte Mühe, den Job ihres Sternenflottengegenstücks zu bewältigen. Es war eine notdürftige Reparatur – Chief Petty Officer Shanahan hatte sie eine »verdammte Flickschusterei« genannt –, aber sie funktionierte.

Halten Sie durch, Saru, sagte sie stumm. *Wir sind unterwegs.* Aber der Gedanke wurde unmittelbar von Zweifeln überschattet. *Werden wir das Schiff einholen, bevor Schlimmeres passiert?* Burnham rief eine andere Anzeige auf – die

Kursberechnung von Troy Januzzis Station. Sie zeigte die *Shenzhou*, die dem Ionenkielwasser des Raumfrachters folgte, und die frischere Spur, die Tauhs Trägerschiff hinter sich herzog. Die beiden blassen Kurven bogen sich um nahe gelegene Nebel herum und führten zu dem, was der pelianische Admiral »die Zuflucht« genannt hatte ... ein unscheinbares Sonnensystem, das im galaktischen Verzeichnis als DRL-559-G eingetragen war.

»Mit bestmöglicher Geschwindigkeit knapp unter zwei Tagen«, sagte eine leise Stimme hinter ihr. Captain Georgiou sah über Burnhams Schulter hinweg auf die Sternkarte. »Nicht gut genug.«

»Siebenundvierzig Stunden, siebzehn Minuten«, sagte Burnham automatisch. Die Berechnung war für sie ein reiner Reflex. »Dieser Nebelformation auszuweichen, verdoppelt quasi unsere Reisezeit von Punkt zu Punkt.«

»Sie ist gespickt mit reaktiven Metreongastaschen, also können wir nicht hindurchwarpen. Wenn wir die direkte Route nehmen, sind wir wieder auf Impulsgeschwindigkeit runter und haben wieder keine Schilde«, sagte Georgiou und nickte. »Davon habe ich für heute die Nase voll.«

Burnham drehte sich um, als der Erste Offizier zu ihrer Konsole herüberkam. Seine Antennen krümmten sich nach vorn, wie sie es immer taten, wenn er über irgendetwas frustriert war. »Es gibt noch eine andere Möglichkeit«, sagte er leise. »Ich hasse es, sie überhaupt auszusprechen, aber ich bin der XO dieses Schiffs und es ist meine Pflicht, auf Alternativen hinzuweisen.«

Burnham glaubte zu wissen, worauf ch'Theloh hinauswollte, und sie trat zurück, damit er ihre Konsole benutzen konnte. Er bearbeitete die Sternkarte und zoomte heraus, bis ein größerer Ausschnitt der Region zu sehen war. DRL-559-G, der Nebel und die Systeme von Peliar Zel und

Dimorus tauchten auf der Anzeige auf sowie ein Raumabschnitt, der in kräftigem Rot markiert war. Die Farbe wies auf eine von der Sternenflotte definierte Gefahrenzone hin: stellare Gefährdungen oder feindliches Gebiet.

Hüte dich vorm Jabberwock, dachte sie – die Zeile des uralten Gedichts kam ihr unvermittelt in den Kopf.

»Es gibt einen Kurs, der uns weitaus schneller dort hinbringen wird«, sagte ch'Theloh, während er den neuen Kurs berechnete. »Und meiner Meinung nach ist das eine äußerst schlechte Idee.«

Die angepasste Kursvorschau nahm einen anderen Verlauf, entfernte sich von der Route um den Nebel herum und ging direkt über die rote Linie, um durch eine Ecke der Gefahrenzone zu schneiden – in den Raum, der offiziell von der Tholianischen Versammlung annektiert worden war und von ihr kontrolliert wurde.

»Wir würden uns für etwa zehn Stunden innerhalb der tholianischen Grenzen befinden«, fuhr er fort.

»Neun Stunden, einunddreißig Minuten«, sagte Burnham.

»Wie ich bereits sagte, eine ganz schlechte Idee.«

»Das wäre ein Stich ins Wespennest«, gab Georgiou zu. »Es ist ziemlich sicher, dass sie uns im Auge behalten. Wir wissen zweifelsfrei, dass sie unsere Überwachungsboje beschossen haben. Wenn wir in ihren Raum vordringen ...«

»Geben wir ihnen, was sie wollen«, beendete Burnham den Satz. »Aber wenn nicht und wir kommen zu spät, um Saru und die anderen ...« Sie brach ab.

»Haben wir irgendwelche Aktivitäten auf der tholianischen Seite der Grenze entdeckt?«, erkundigte Georgiou sich.

»Negativ«, stellte der Erste Offizier fest. »Um genau zu sein, war es ungewöhnlich ruhig da drüben. Was angesichts der jüngsten Vorkommnisse merkwürdig ist. Wenn ich raten müsste, würde ich argumentieren, dass ihre Schiffe anderweitig im Einsatz sind. Entweder das oder sie stellen sich absichtlich schlafend.«

»Ich weiß, was das Sternenflottenkommando sagen würde«, sagte der Captain. »Meinen Sie, wir brauchen deren Rat, Nummer Eins?«

Ein ironisches Lächeln umspielte ch'Thelohs Mundwinkel. »Den haben wir bisher auch nicht gebraucht.«

Georgiou nickte vor sich hin. »Lassen Sie es darauf ankommen, Commander. Mit ein bisschen Glück werden die unregelmäßigen Warpfeldemissionen, die wir mit diesen Ersatzteilen ausstoßen, sie völlig verwirren.«

»Captain!« Burnham wandte sich an den Captain, bevor sie weggehen konnte. »Ich muss Sie um etwas bitten.«

Georgiou wechselte einen Blick mit dem Ersten Offizier. »Nur zu.«

»Ich glaube, wir sollten eine verschlüsselte Subraumbotschaft an die *Yang* schicken. Unsere Leute müssen wissen, dass Admiral Tauh unterwegs ist.« Sie sprach etwas lauter, nachdrücklicher. »Sie haben gehört, was er gesagt hat. Er will diese Situation nicht zu einem friedlichen Ende bringen. Wenn wir Saru und die anderen warnen können, hätten sie vielleicht einen Vorteil. Wenn wir es nicht können, bekommen sie möglicherweise nicht mit, wenn Tauhs Schiff mit einer Schwadron Drohnen eintrifft.«

»Sie haben aber schon zugehört, oder?«, sagte ch'Theloh energisch. »Und zwar, als wir uns gerade über die Tholianer und Nester mit tödlichen Insekten unterhalten haben?«

»Ja, Sir, aber ...«

Er fiel ihr ins Wort und zischte leise, sodass es niemand außer ihnen hören konnte: »Um das hier zu überstehen, müssen wir unsere Emissionen auf ein Minimum beschränken, Lieutenant. Entdeckung vermeiden. Ein Subraumsignal zu senden wäre das genaue Gegenteil davon!« Ch'Thelohs

Antennen richteten sich steif auf. »Wir wissen nicht einmal, ob überhaupt noch jemand von unseren Leuten am Leben ist, um es zu hören.«

»Warum fliegen wir dann hinter ihnen her?« Burnham passte sich seinem Tonfall an. »Nur um die Leichen unserer Toten abzuholen? Tauh hat bereits versprochen, das für uns zu erledigen.«

»Commander, Lieutenant.« Georgiou hob eine Hand, um die Diskussion zu beenden. »Wir ziehen das durch und ich sage, wir setzen alles auf eine Karte.« Sie nickte Burnham zu. »Schicken Sie die Nachricht, Michael. Arbeiten Sie mit Ensign Fan, um das Signal so gut wie möglich zu maskieren.«

»Das gefällt mir nicht«, sagte ch'Theloh.

»Ihnen gefällt gar nichts, Sonny«, entgegnete der Captain und klopfte dem Andorianer auf die Schulter. »Das ist Ihr Job.«

Saru saß allein in der vertrauten Stille des Shuttlecockpits und starrte traurig durch die Kanzel.

Draußen, weit vor der Nase der *Yang* und der unendlich langen, gekrümmten Metallhülle, auf dem das Shuttle stand, bot sich ihm ein Anblick, der bis zum fernen Heck des Frachters reichte, wo der Impulsantrieb den Endpunkt des »Rückgrats« bildete. Große, dunkle Umrisse drängten sich im All neben den Flanken des Schiffs. Jeder einzelne hatte die asymmetrische Keilform eines riesigen Frachtmoduls. Der Kelpianer beobachtete, wie Ionenblitze an den Rändern einiger Einheiten aufflackerten und sie immer näher an den Transporter heransteuerten. Gleichzeitig breiteten sich glitzernde, blaugrüne Lichtfächer von den Traktorstrahlemittern entlang des Schiffsrumpfs aus, fingen die Module ein und manövrierten sie in Position. Die Container wurden auf die gestapelt, die bereits vor Ort waren. Dann wurden sie zusammengekoppelt und verbanden sich zu einer einzelnen Struktur. In den letzten Stunden hatte sich die Masse des Pelianerschiffs durch all die Neuzugänge beinahe verdoppelt.

Er beobachtete die geräuschlose Bewegung und fragte sich, wie es in den Containern wohl aussehen mochte. Die Sensoren der *Yang* zeigten eine gewaltige Dichte gorlanischer Lebenszeichen, da die gesamte Kolonialbevölkerung, die überlebt hatte, sich in die letzten paar funktionstüchtigen Module gezwängt und ihre zeitweilige Heimat verlassen hatte.

Saru hatte die Botschaften abgehört, die Vetch den Gorlanern auf der Oberfläche geschickt hatte. Sogar über die Entfernung hinweg hatte er die mächtige Mischung aus reinem Zorn, Verzweiflung und Freude über die Möglichkeit einer zweiten Chance gespürt. Die Flüchtlinge unten auf dem Zufluchtsplaneten waren ohne ihren Knotenpunkt, der sie führte, verloren gewesen. Zu wissen, dass sie immer noch lebte, gab ihnen neue Hoffnung.

Doch Saru erkannte, dass das bald vergehen würde, und dann würden die Gorlaner wegen dem, was sie durchgemacht hatten, verbittert sein. *Sie sind ein stolzes und leidenschaftliches Volk*, dachte er. *Ich weiß nicht, ob Ejahs Hilfestellung ausreichen wird, um ihren Zorn zu dämpfen.*

Saru wollte noch einmal mit ihr sprechen, sie anflehen, Madoh von seinem Plan abzuhalten, einen weiteren Angriff auf die *Shenzhou* zu starten, doch die Rotbinden hatten dem Kelpianer unmissverständlich klargemacht, dass ihm das nicht gestattet werden würde. Er hatte keine Möglichkeit, herauszubekommen, ob Ejah überhaupt wusste, was ihre Wächter vorhatten. Er vermutete, dass das nicht der Fall war, denn Madoh und Vetch hatten beide von Taten gesprochen, die sie ohne ihr Wissen vollbracht hatten – von Handlungen, die »notwendig« seien, um ihre Sicherheit zu gewährleisten.

Auf ihre eigene Art schützten sie sie und schirmten den Knotenpunkt vor den finsteren Wahrheiten, die ihrer aller Überleben betrafen, ab.

Er erwog, einen Weg hinunter in die Frachtmodule zu suchen, aber die Rotbinden beobachteten ihn jederzeit scharf. Sogar jetzt war einer von ihnen in der Nähe. Er war im Gang unterhalb der Luke, die mit dem Shuttle verbunden war. Saru hatte dem Gorlaner gesagt, dass er mithilfe des Zentralrechners der *Yang* eine Datenkarte vorbereiten müsse, um damit den Vorgang abschließen zu können, der die Kontrollsoftware aus den Subsystemen des Frachters löschte. Doch das war nur die halbe Wahrheit. Er hätte die Arbeit auf dem Kommandodeck des Transporters oder mithilfe seines Trikorders machen können.

In Wahrheit war er zum Shuttle zurückgekehrt, um in der Einsamkeit etwas Ruhe zu finden. Die Gewissheit, dass jeder um ihn herum sein Verhalten beurteilte, zermürbte Saru. Ensign Weeton machte kein Geheimnis aus seinem Widerwillen gegen Sarus Befehle und der junge Offizier hatte ihn mehr oder weniger geradeheraus einen Feigling genannt. Trotz ihres Entsetzens, die Wahrheit über den Zufluchtsplaneten erfahren zu haben, vermutete er, dass Nathal und Hekan Saru als gorlanischen Kollaborateur betrachteten und die Gorlaner wiederum hielten ihn für schwach.

»Wie konnte das nur so schiefgehen?«, fragte er sich laut und ließ missmutig seinen Blick über die Kontrollkonsole schweifen, während die Datenkarte ihren Upload beendete. »Ich hatte gute Absichten. Wie konnte es nur so weit kommen?«

Unter ihm hämmerte die Rotbinde mit einem Knüppel gegen die Luke. »Außenweltler! Wie lange dauert das noch?«

»Noch eine ganze Weile«, log er. Saru ließ seine Hände in einem aussichtslosen Impuls auf den Steuerknüppel des

Shuttles fallen. Er dachte kurz darüber nach, die Luke zu schließen, die Schubdüsen hochzufahren, die *Yang* loszureißen und zu fliehen.

Lauf, Saru! Eine Stimme in seinen Gedanken, eine Erinnerung an seine weit zurückliegende Vergangenheit bahnte sich einen Weg in den Vordergrund seiner Gedanken. *Lauf, Saru*, sagte sie, *lauf und sieh nicht zurück.*

»Nein!« Er spie das Wort hervor. Der verängstigte, unerfahrene Jugendliche, der er einst gewesen war, war längst verschwunden. Vorsichtig zu sein war eine Sache, aber er war kein Feigling.

Er wollte sich vom Sitz erheben, zurück nach unten gehen, Madohs Aufmerksamkeit fordern und eine weitere Audienz beim Knotenpunkt verlangen, egal welche Konsequenzen das nach sich zog. Doch seine Selbstzweifel nagten an ihm und in jedem Moment, den er zögerte, hinterfragten Angst und Besorgnis jeden Gedanken, der ihm durch den Kopf ging. Es war wie eine schreckliche Lähmung. Wenn er doch nur wüsste, wie er diese überwinden könnte.

Ein Piepen ertönte vom Subraumkommunikationsnetz der *Yang*. Das war so überraschend, dass Saru vor Schreck versteinerte. In der nächsten Sekunde schüttelte er diese Reaktion ab, griff nach einem kabellosen Empfänger und hielt ihn an sein Ohr. Das Kommunikationssystem bat ihn um einen persönlichen Sicherheitscode, um die hereinkommende Botschaft zu entschlüsseln. Er riss seine Augen weit auf, als er den Ursprung des Niederfrequenzsignals erkannte. *U.S.S. Shenzhou* NCC-1227.

»Autorisierung Kappa Saru sieben«, flüsterte er und warf einen besorgten Blick auf die offene Luke hinter sich im Abteil. Wenn der Gorlaner heraufkam, um nachzusehen, was da so lange dauerte, wenn Saru erwischt wurde, würde das kein gutes Ende für den Kelpianer nehmen.

Ein lautes, summendes Knistern erklang in Sarus Gehörgang und er zuckte bei dem Geräusch zusammen. Die Kommunikation hatte alle typischen Anzeichen für eine Übertragungsnachricht, die mit hohem Verstärkungsfaktor in der Hoffnung ausgesandt worden war, dass die Überwachungssysteme der *Yang* sie in der Leere auffangen würden. Die Entschlüsselungssubroutinen des Shuttles arbeiteten daran, das verschlüsselte Signal wieder in etwas Verständliches umzuwandeln, und Saru lauschte mit wachsender Besorgnis, als die verstümmelten Geräusche sich zu einer vertrauten Stimme zusammenfügten.

»Hier ist Lieutenant Burnham an Bord der Shenzhou *an irgendjemanden an Bord des Shuttles* Yang. *Diese Nachricht ist von höchster Wichtigkeit. Wir haben den Schaden repariert, der unserem Schiff zugefügt wurde, und verfolgen im Moment den Flüchtlingstransport. Ich weise Sie darauf hin, dass uns ein Drohnenträgerkampfschiff aus dem Peliar-Zel-System voraus ist und an Ihrer Position eintreffen wird, bevor wir Sie erreichen können. Die Absichten dieses Schiffs sind aggressiv, ich wiederhole, aggressiv.«* Burnham machte eine Pause und Saru konnte die Furcht in ihrer Stimme hören. *»Tun Sie, was immer nötig ist, um sich zu schützen. Wir sind unterwegs, aber es wird wohl noch eine Weile dauern ... Wir nehmen eine Abkürzung. Bis dahin, halten Sie durch.* Shenzhou *Ende.«*

Ein Wirbelsturm aus Reaktionen stürmte auf Saru ein und er musste sich gewaltig zusammenreißen, um sie alle unter Kontrolle zu halten. *Erleichterung*, dass Burnham – und hoffentlich auch alle anderen – an Bord der *Shenzhou* unverletzt waren; *Hoffnung*, dass sie noch rechtzeitig eintreffen würden, um zu verhindern, dass die Dinge noch schlimmer wurden; *Beklommenheit,* über die neue Enthüllung, dass sich ein Kriegsschiff näherte, und schließlich *Bestürzung* über die

Abrechnung, die angesichts der Entscheidungen, zu denen man ihn gezwungen hatte, bevorstand.

Es kostete ihn körperliche Anstrengung, all diese widersprüchlichen Emotionen niederzuringen und sie wegzuschließen. *Ich hätte besser aufpassen sollen, als Burnham von ihren vulkanischen Mediationsritualen erzählt hat.*

Er seufzte, atmete tief durch und spielte die Nachricht dann noch einmal ab, um sicherzustellen, dass ihm nichts entgangen war.

Saru hörte das Stampfen schwerer Schritte auf der Leiter unterhalb der Luke. Dann tauchten Kopf und Schultern der Rotbinde in der Öffnung auf. Er sah sich misstrauisch um und entdeckte schließlich Saru im Bug des Shuttles. »Sie sind schon viel zu lange hier drin. Was machen Sie?« Der Gorlaner hievte sich hinein und schlug sofort mit der flachen Hand gegen die offene Tür eines Ausrüstungsspinds an der Wand, wo eigentlich der kleine Vorrat an Phasern der *Yang* aufbewahrt wurde. Alle Waffen waren bereits von Madoh und seinen Kameraden geplündert worden, doch die Rotbinde fragte sich offensichtlich, ob sie vielleicht ein paar übersehen hatten.

Saru ließ geschickt den kabellosen Empfänger in seiner Tasche verschwinden, bevor der Gorlaner diesen entdecken konnte, und schaltete das Kommunikationsnetz ab. »Ich bin fertig.«

»Dann Bewegung!«, schnauzte der Gorlaner.

»Selbstverständlich ...« Saru kletterte aus dem Pilotensitz und ging um die Rotbinde herum. Er erwog seine Möglichkeiten. Wenn er das, was er wusste, Madoh zutrug und diesen vor dem herannahenden pelianischen Kampfschiff warnte, war das vielleicht genug, um den militanten Anführer davon zu überzeugen, ihn mit Ejah sprechen zu lassen.

Das würde allerdings bedeuten, den einzigen Vorteil aufzugeben, den ich habe, grübelte Saru. *Und was habe ich davon?*

Die Hoffnung, dass Madoh mir Vertrauen entgegenbringt? Er runzelte die Stirn. *Nein. Ich muss das anders machen. Doch bevor ich das tun kann, muss ich die Verantwortung für die Fehler, die ich gemacht habe, übernehmen.*

»Sie«, sagte er und richtete sich zu voller Größe auf. »Sie werden mich zum Rest der Gefangenen führen.«

»Nein, Madoh sagte, dass Sie Ihre Aufgaben für uns erledigen müssen und dann …«

»Ich brauche den Rest meines Teams, um die Aufgaben zu erledigen«, schoss er zurück. »Wollen Sie derjenige sein, der Madoh sagt, dass Sie mich davon abgehalten haben, das zu Ende zu bringen, was ich angefangen habe?«

Die Rotbinde starrte ihn wütend an und knetete den Griff des Knüppels in seiner Hand. Saru dachte schon, er würde ihn für sein trotziges Auftreten niederschlagen. Doch dann zuckte der Gorlaner mit den Schultern und winkte ihn voran. »Also los. Und verschwenden Sie nicht noch mehr meiner Zeit.«

»Das war nicht meine Absicht«, antwortete Saru und ließ sich durch die offene Luke der Luftschleuse gleiten.

»Er ist immer noch der ranghöchste Offizier«, sagte Yashae und blinzelte mit ihren großen Augen. Sie sah hoch und erwiderte Weetons Blick, der ihr an einem der Tische, die fest mit dem Boden der Messe verschraubt waren, gegenübersaß. »Wir können nicht einfach seine Befehle ignorieren.«

»Wer hat denn etwas von *ignorieren* gesagt?«, antwortete Weeton. »Ich rede davon, ihm etwas entgegenzusetzen.« Der Ensign nickte in Richtung des nächsten Tischs, auf dem Saladin Johar bewusstlos unter einer silbernen Rettungsdecke lag. »Saru trifft eine schlechte Entscheidung nach der anderen. Das kann so nicht weitergehen.«

»Wir werden Johar nicht aufwecken«, sagte Zoxom mit fester Stimme. »Das ist mein Ernst. Es ist mir vollkommen egal, welcher Rang was sagt – Sie können mich gerne melden oder sonst was. Dem Chefingenieur geht es nicht gut genug. Ich kann nicht vorhersagen, was der Schock bei ihm anrichten würde.«

»Niemand sagt, dass wir das tun sollen«, ruderte Weeton zurück. »Ich sage nur, dass Lieutenant Saru nicht derjenige sein sollte, der hier im Moment das Sagen hat.« Sein Vortrag kam allmählich in Schwung. »Ich mag den Kerl irgendwie. Wirklich. Aber er verbiegt sich wie eine Weide und wir brauchen im Moment eine Eiche, wissen Sie, was ich damit meine?«

»Das weiß ich nicht, Sir.« Subin wischte sich mit der Hand über die Stirn. »Was sind ›Weide‹ und ›Eiche‹?«

»Das sind beides irgendwelche irdischen Tiere«, sagte Yashae.

»Es sind *Bäume*«, berichtigte Weeton mit einem gereizten Schnauben. »Okay, hören Sie zu. Vergessen wir die Gleichnisse. Ich bleibe bei den Tatsachen. Saru will doch immer auf Nummer sicher gehen, oder? Und deshalb hat er sich die ganze Zeit jedes Mal, wenn hier etwas geschehen ist, nicht gewehrt. Was also bedeutet das für uns? Sind wir Geiseln, genau wie die da?« Er deutete mit dem Daumen auf die Gruppe gefangener Pelianer, die auf der gegenüberliegenden Seite des Abteils unter sich blieben. »Nein, schlimmer als das. Wir kollaborieren mit Terroristen. Wir haben Madoh dabei geholfen, das Schiff seinen rechtmäßigen Besitzern wegzunehmen und die volle Kontrolle darüber zu erlangen. Und jetzt verlangt er, dass wir ihm dabei helfen, *unser* Schiff als Nächstes zu kapern! Wie zur Hölle ist das mit der Kommandokette vereinbar?«

Yashae starrte zu Boden. »Also, was wollen Sie damit sagen, Ensign? Denn für mich klingt das gewaltig nach Meuterei, was Sie da sagen.«

»Machen Sie sich nicht lächerlich, Chief«, antwortete Weeton. »Wir werden das M-Wort nicht benutzen! Doch es gibt Präzedenzfälle für das Überstimmen eines Offiziers, der ständig fragwürdige Entscheidungen trifft.« Er sah Zoxom an. »Kommandotauglichkeit und so was, nicht wahr?«

»Ich weiß nicht, ob ich mich dem anschließen könnte«, sagte der Sanitäter.

»Wieso nicht?« Subin warf einen Blick auf den breitschultrigen Xanno. »Der Ensign hat nicht ganz unrecht.«

»Weil wir nicht wissen, was Lieutenant Saru denkt und weil es uns nicht zusteht, unsere Offiziere infrage zu stellen«, beharrte Zoxom.

»Dann sollten wir vielleicht herausfinden, was er denkt«, schlug Yashae vor und sah hoch, als die Tür zur Messe sich klappernd öffnete. »Fragen wir ihn doch.«

Weeton drehte sich gemeinsam mit den anderen um, als Saru hereinkam. Der Kelpianer stockte, als er merkte, dass er das Thema ihrer jetzt verstummten Unterhaltung gewesen war.

»Lieutenant«, sagte Yashae, als er näher kam. »Sir. Wir haben uns unterhalten ...«

»Zweifellos«, antwortete Saru und warf einen Blick in Weetons Richtung. Dann sah er wieder weg. »Wie ist Mister Johars Zustand?«

»Stabil«, erwiderte Zoxom. »Aber ich weiß ehrlich gesagt nicht, wie lange das noch so bleiben wird. Er braucht richtige medizinische Betreuung und einen voll ausgestatteten Operationssaal. Die Krankenstation auf diesem Kahn reicht nicht. Sie besteht nur aus einigen automatischen Roboterärzten und die sind auch nur auf pelianische Anatomie programmiert.«

»Ich weiß, Sie tun Ihr Bestes, Sanitäter.« Saru nickte. Dann blieb er vor der Gruppe stehen und musterte ihre argwöhnischen Gesichter. Nach einer ganzen Weile setzte er sich auf die Bank, damit er alle ansprechen konnte. »Wo sind die gorlanischen Wachen?«

Subin warf einen Blick über seine Schulter hinweg. »Gehen zurück zur Luke, Sir. Außer Hörweite, würde ich sagen.«

»Gut.« Er stieß einen Seufzer aus. »Nichts läuft so, wie wir es erwartet haben. Ich bin auf dieses Schiff zurückgekommen, weil ich hoffte, diesen Leuten helfen zu können. Stattdessen habe ich uns alle in ... das hier hineingezogen.«

»Niemand ...«, begann Weeton zu sprechen, doch dann stockte er und versuchte, seine Worte sorgfältig zu wählen. »Es ist nicht Ihr Fehler, Lieutenant. Sie sind nur nicht ...« Er geriet erneut ins Stocken. »Ich meine, äh ...«

»Ich bin dem nicht gewachsen?« Saru hielt seinem Blick stand. »Der Kelpianer, der jedes Mal wegläuft und sich versteckt, wenn jemand einen Hyperspanner fallen lässt? Ich weiß, was man über mich sagt, Ensign, ich bin nicht taub.«

»Sind Sie dem gewachsen?«, fragte Subin leise. »Denn ich möchte Ihre Befehle wirklich befolgen, Sir. Aber ich muss es wissen. Wir alle müssen es wissen.«

»Ja«, stimmte er zu. »Das müssen Sie.«

»In meiner Ausbildung zum Offizier an der Sternenflottenakademie brachte man mir bei, dass ein Kommandant das Vertrauen seiner Untergebenen braucht, wenn er wirklich anführen will.« Er sprach leise, damit außerhalb der Gruppe nichts zu hören war. Saru beugte sich vor, um Subin, Weeton und den anderen das Einzige anzubieten, das er konnte: seine Aufrichtigkeit. »Ich habe Ihres nicht und das ist ganz allein mein Fehler.«

Niemand widersprach ihm und die Stille war erdrückend.

Saru fuhr fort: »Ich habe unüberlegt gehandelt, ohne in allen Einzelheiten über die Konsequenzen meiner Handlungen nachzudenken. Ich hätte nicht auf dieses Schiff zurückkommen sollen. Man erwartete von mir, an Bord der *Shenzhou* zu bleiben. Doch ich habe es trotzdem getan, weil ich dachte, ich wüsste es besser.«

Weeton und Zoxom wechselten einen Blick. »Der XO sagte so etwas«, merkte der Ensign an. »Er sagte Johar, er solle sie zurückschleifen.«

Saru nickte. »Er ist aufgrund der Entscheidungen, die ich getroffen habe, schwer verletzt. Er hat sich einen Disruptorstoß eingefangen, der für mich bestimmt war. Und wenn ich mich diesem Schuldgefühl auch nur für eine Sekunde hingebe, fürchte ich, dass es mich lähmen wird.« Er schüttelte den Gedanken ab. »Ich kenne nur einen Weg, um Ihr Vertrauen zu gewinnen: ehrlich zu sein. Das ist meine Wahrheit.« Er sah Subin an. »Ich bin auf dieses Schiff zurückgekommen, weil ich dachte, ich könnte etwas wider meine Natur tun. Ein blindes Risiko eingehen, um etwas Größeres zu erreichen.« Saru rief sich die Unterhaltung in der Shuttlebucht der *Shenzhou* ins Gedächtnis, als er mit Burnham über Regeln und Vorschriften gesprochen hatte. »Ich habe versucht, jemand anderen nachzuahmen, eine Person zu sein, die ich nicht bin, und das war ein Fehler.« Sein Blick richtete sich auf Zoxom. »Dann waren wir hier und die Dinge liefen aus dem Ruder. Ich sagte mir, dass ich die Dinge zusammenhalten könnte, wenn ich nur einen Weg fände, weitere Verluste zu vermeiden. Also habe ich eine weitere Entscheidung getroffen. Einen Kompromiss. Ich half einem Angreifer dabei, unser eigenes Schiff anzugreifen.«

»Sie sagten Madoh, wo er die *Shenzhou* treffen sollte«, sagte der Sanitäter. »Die Maschinen, nicht die Mannschaftsdecks.«

Saru nickte wieder. »Es war ... logisch.«

»Ich kann nicht glauben, dass Sie das getan haben ...« Weetons Gesicht versteinerte. »Sie hätten das rundweg ablehnen sollen!«

»Und was dann?« Zoxom sah den Ensign an. »Madoh hätte trotzdem eine Salve in unser Schiff gejagt und wer weiß wie viele getötet …«

»Der Captain hätte zurückgeschossen …«

»Wenn sie noch am Leben gewesen wäre«, konterte der Sanitäter. »Und wie viele Tote hätte es wohl gegeben?« Er schüttelte den Kopf. »Das war eine unmögliche Entscheidung. Das war … Schadensbegrenzung.«

»Ich tat, was ich für nötig hielt, um Leben zu retten«, sagte Saru und brachte beide zum Schweigen. »Und noch einmal, als Madoh drohte, Hekan zu töten. Und wieder, als er damit drohte, er würde Johar und Nathal exekutieren, wenn ich ihm nicht helfe.«

»Und was ist jetzt, Sir?«, fragte Yashae. »Werden wir wirklich diesen Entführern helfen, auch noch die *Shenzhou* unter ihre Kontrolle zu bringen? Madoh glaubt, wenn er eine Waffe zieht, werden Sie einknicken. Werden Sie weiterhin Versprechen abgeben? Wo ziehen wir die Grenze?«

Saru ordnete seine Gedanken. *Das ist meine einzige Chance, es ihnen verständlich zu machen*, sagte er zu sich. *Wenn ich sie nicht davon überzeugen kann, hinter mir zu stehen, dann sind mein Rang und mein Offizierspatent bedeutungslos.* Er sah nach unten und erkannte niedergeschlagen, dass sein Rangabzeichen ohnehin schon fort war – geopfert an anderer Stelle für die vergebliche Hoffnung einer friedlichen Lösung. »Auf meiner Heimatwelt war unser Leben ein endloser Kreislauf der Angst. Wir konnten uns niemals behaupten, denn die Chancen standen immer gegen uns. Dann veränderte sich etwas und ich ließ meine Welt hinter mir. Ich wurde Teil *hiervon.*« Er zupfte an dem metallisch-blauen Material seiner Uniform. »Und ich lernte, dass es überall Jäger gibt und dass sie in vielen Gestalten daherkommen. Aber ich lernte auch etwas, das Madoh und Nathal und all die zornigen, bitteren Leute auf beiden Seiten dieses Konflikts nicht gelernt haben.« Er sah Ensign Weeton an. »Mitgefühl ist keine Schwäche. Durchhalten bedeutet nicht, zu leben. Und Angriffslust ist keine Stärke.«

Das Phantomgewicht, das Saru niedergedrückt hatte, schien sich aufzulösen. Diese Worte laut auszusprechen und das alles so zu meinen – war *befreiend.*

»Dieser Konflikt, in den wir hineingezogen wurden, steht kurz davor, noch viel schlimmer zu werden«, sagte er zu ihnen. »Und wir haben die Pflicht, dafür zu sorgen, dass er nicht in offene Kämpfe übergeht.«

»Wovon reden Sie, Lieutenant?« Weeton wurde blass.

Saru erklärte ihnen leise den Inhalt der besorgniserregenden Botschaft, die Burnham von der *Shenzhou* geschickt hatte. Er hielt Weeton den Ohrstöpsel hin, in dessen internem Speicher sich immer noch das entschlüsselte Signal befand. Nacheinander hörten der Ensign und die anderen sich die Warnung an.

Saru beobachtete, wie sich langsam Erkenntnis auf ihren Gesichtern ausbreitete. »Ich sage Ihnen das, damit jeder hier weiß, was auf dem Spiel steht. Hier geht es nicht nur um uns und Lieutenant Commander Johar. Es gibt Leute unter den Gorlanern und den Pelianern, die sich in großer Gefahr befinden, wenn die Schießerei beginnt. Ich weiß, Sie glauben, ich hätte zu viel Angst, um mich zu behaupten, aber Sie müssen die Realität von alldem hier erkennen. Ich versuche, ein Blutbad zu verhindern. Das kann ich nicht alleine. Ich brauche Sie. Es ist wichtig, dass Sie alle mit mir zusammenarbeiten.«

»Würde der Chefingenieur zustimmen?«, fragte Weeton.

Sarus Haut zog sich um seinen Schädel herum zusammen. »Er kann diese Frage nicht beantworten, Ensign. Wollen Sie meine Befehle infrage stellen? Bitte. Aber es wird nichts an dem, was uns bevorsteht, ändern.«

Saru fragte sich, ob der Ensign sich ihm widersetzen würde. Doch dann stieß Weeton seinen Atem aus und schüttelte den Kopf. »Was genau verlangen Sie von uns, Sir?«

Saru nahm seinen Trikorder von dem Tisch vor sich und mit der anderen Hand zog er die schmale Datenkarte aus seiner Tasche. Er hielt beides dem jungen Techniker hin. »Sie müssen etwas für mich programmieren.« Dann sah er die anderen an. »Und Sie müssen mir Ihr Leben anvertrauen.«

Die Rotbinden brachten Saru erneut zu Madoh. Sie führten ihn auf dem Kommandodeck dem Anführer der gorlanischen Entführer vor. Nachdem Ensign Weeton von Sarus Plan erfahren hatte, hatte er diesen überrascht, indem er darauf bestand, mit ihm zu kommen, und die Proteste des Lieutenants ignoriert hatte. *Ich habe den ganzen Tag über Befehlsverweigerung nachgedacht, Sir*, hatte er gesagt, *also werde ich Ihren Befehl, hierzubleiben, missachten.*

Saru fühlte sich merkwürdig ermutigt durch die Gesellschaft des Ensigns und übertrug Chief Petty Officer Yashae die Verantwortung für das restliche Sternenflottenteam. Er gestattete sich nicht, über die Möglichkeit nachzugrübeln, dass er sie möglicherweise zum letzten Mal sah oder dass diese Befehle die letzten sein könnten, die er je erteilen würde.

»Entwickelt sich nicht so, wie Sie gedacht haben, oder?«, kommentierte Weeton aus dem Mundwinkel.

Saru erwiderte nichts. Er entdeckte Nathal und Hekan auf der anderen Seite des Raums. Beide Pelianer wurden von Madohs Leuten mit Waffen bedroht. Kommandantin Nathal warf Saru einen langen, unergründlichen Blick zu.

»Sie gibt Ihnen die Schuld, Außenweltler«, sagte Madoh, als sie sich dem Hauptkontrollpodium näherten. »Und damit könnte sie recht haben.«

Die Schultern des Kelpianers sackten nach vorn und er seufzte tief. »Ich habe getan, was Sie verlangt haben. Dies wird ein Löschprotokoll aktivieren, um die Schiffssysteme von jeglicher automatisierten Befehls- und Kontrollsoftware zu befreien.« Er hielt die dünne Datenkarte hoch. Vetch trat einen Schritt vor und riss sie aus seinen Fingern. Der Sprecher warf sie von einer Hand in die andere, bevor er sie in einen Schlitz auf der Kontrollkonsole steckte.

»Löschung läuft«, sagte Vetch, der den Fortschritt des Programms auf einem Bildschirm vor sich beobachtete. »Bald wird dieses Schiff endlich ganz unter unserer Kontrolle sein.«

»Sie haben uns alle dem Untergang geweiht!«, rief Nathal.

Madoh musterte Saru mit einer Mischung aus Arroganz und Mitleid. »Sie dienen gut, Saru. Ihr Captain Georgiou hat ihren Offizieren ganz offensichtlich Disziplin beigebracht.« Er warf Weeton einen Blick zu. »Gehorcht ihr alle in der Sternenflotte so bereitwillig?«

»Nicht unbedingt«, sagte Saru und nickte dem Ensign zu. »Dieser hier auf gar keinen Fall.«

»Es spielt keine Rolle.« Madoh kam näher. »Ich habe einen neuen Befehl für Sie. Sie werden mir sagen, wo und wie man an Bord der *Shenzhou* gehen muss, um dort die Kontrolle zu übernehmen. Sie haben mein Wort, dass der Besatzung nichts geschehen wird, wenn Sie mir helfen.« Er machte eine Pause. Saru spürte, wie der Druck von Madohs aggressivem Aurenfeld am Rande seiner Wahrnehmung wirbelte. »Die Pelianer kennen den Preis der Auflehnung bereits. Muss ich ihn Ihnen auch noch beibringen?«

»Nein.«

»Gut«, fuhr Madoh fort, »und jetzt tun Sie, was ich ...«

»Nein!«, wiederholte Saru fest. »Ich werde Ihnen nicht mehr helfen. Bis hierher und nicht weiter.«

Schweigen senkte sich über den Raum. Madoh wandte sich um. Eine seiner Hände bewegte sich zu einem von der *Yang* gestohlenen Phaser, der in einem Holster steckte. »Saru, es ist immer dieselbe Leier und sie hat schon vorher nicht funktioniert. Erwarten Sie wirklich, dass ich glaube, Sie hätten bis jetzt gewartet, um ein Rückgrat zu entwickeln?« Er sah sich um. Sein Blick fiel auf Vetch und die anderen, die sein Publikum bildeten. »Oder haben Sie Zweifel an mir? Sie glauben nicht, dass ich ein Leben nehmen werde, um zu bekommen, was ich will?« Er zog den Phaser.

»Ich zweifle nicht an Ihnen«, sagte Saru. »Ich habe gesehen, was Sie getan haben. Ich weiß, dass Sie durchaus dazu fähig sind. Aber ich verweigere mich.« Er sprach weiter, während das Gesicht des Gorlaners immer finsterer wurde. »Wir werden Ihnen helfen, dieses Schiff von dem Zufluchtsplaneten wegzufliegen, aber das ist alles. Wir werden unser Schiff nicht an Sie verraten und auch keinen unserer Leute mehr.«

Madoh zog eine Kommunikatorscheibe aus einer Tasche seiner Jacke und hob sie an seine Lippen. »Tayak, Status?«

»Ich stehe Wache vor der Messe«, erklang die schroffe Antwort. Saru erkannte die Stimme. Sie gehörte einer der Rotbinden, die die Geiseln bewachten. *»Stimmt etwas nicht?«*

»Werden wir noch sehen«, gab Madoh zurück. »Suchen Sie sich einen der Gefangenen der Sternenflotte aus. Machen Sie sich bereit, ihn hinzurichten, wenn ich Sie erneut kontaktiere.« Er schloss den Kanal mit einem Klicken und sah Saru fest an. »Wollen Sie Ihre letzte Feststellung noch einmal überdenken?«

Langsam richtete sich Saru auf und nahm Haltung an. »Ich ... schäme mich dafür, dass ich es so weit kommen ließ.«

»Das sollten Sie auch«, höhnte der Gorlaner. Mit diesen Worten bot er Saru die Gelegenheit, auf die er gehofft hatte.

»So wie Sie?«, schoss er zurück.

»Ich bereue keine der Entscheidungen, die ich gefällt habe«, fuhr Madoh fort.

»Sie lügen«, sagte Saru, der sich weigerte, nachzugeben. »Sie schämen sich sehr wohl dieser Entscheidungen. Deshalb verstecken Sie sie vor dem Rest Ihrer Leute ... den anderen Gorlanern, denen in den Frachtmodulen. Die haben keine Ahnung, was Sie getan haben. Sie haben ihnen den Preis für ihre Sicherheit nicht verraten, denn Sie wissen, dass sie darüber entsetzt wären!«

»Nicht so viele, wie Sie glauben«, antwortete er kalt.

»Ejah wäre es«, beharrte Saru und sah, wie Vetch und einige der anderen bei der Erwähnung ihres Namens den Blick abwendeten. »Deshalb verbergen Sie das hier vor ihr. Der Knotenpunkt glaubt an Einigkeit und Frieden. Was Sie tun, entehrt sie.«

»Ich tue das, was nötig ist, damit unser Volk überlebt!« Madohs Stimme wurde zu einem scharfen Knurren. »Ich schütze sie vor alldem hier! Sie darf nicht besudelt werden!«

»Sie belügen sie«, konterte Saru. »Sagen Sie mir, wo das von Respekt zeugt, Madoh. Sie belügen sie, weil Sie wissen, dass sie dem hier niemals zustimmen würde.«

Madoh stand kurz davor, Gewalt anzuwenden. Saru spürte, wie seine Bedrohungsganglien sich über seinen Schädel wanden. Dann spuckte der Gorlaner aufs Deck und wippte auf den Fersen. »Was jetzt passiert, geht auf Ihre Kappe, Außenweltler«, sagte er und hob den Kommunikator. »Ich habe Ihnen eine Chance gegeben, das aufzuhalten.«

»Nein!« Sarus Hand schoss vor und umklammerte Madohs Handgelenk. Einer der Arme des Gorlaners packte seinen, ein weiterer riss den gestohlenen Phaser aus dem Holster. »Hören Sie mir zu!«, rief Saru. Er ignorierte die Waffe und sprach so laut, dass jeder auf dem Kommandodeck ihn hören konnte. »Dieses Schiff muss sofort hier weg. Ein pelianisches Kriegsschiff ist unterwegs hierher und sie beabsichtigen, anzugreifen! Wir sind alle in Gefahr! Wir werden Ihnen helfen, zu fliehen, aber es muss sofort sein.«

»Woher wissen Sie das?«, wollte Vetch wissen.

»Eine Botschaft von der *Shenzhou.* An unser Shuttle geschickt. Eine Warnung.«

»Sie Narr«, sagte Madoh und riss sich aus Sarus Griff los. »Ist diese lächerliche List alles, was Ihnen noch bleibt?«

»Er lügt nicht«, sagte Nathal und schob sich nach vorn. »Es ist mir gelungen, ein Notrufsignal nach Peliar Zel zu schicken, als Sie mit Ihrer Kaperung begonnen haben. Die Kohorte wird es erhalten und ein Kriegsschiff losgeschickt haben, um uns aufzuspüren. Und wenn sie kommen, werden sie keine friedlichen Absichten haben.«

»Wie lange noch?« Vetch ging zu ihr und seine Hände wedelten verärgert durch die Luft.

Nathal warf Saru einen Blick zu. »Ich habe sie schon vor Stunden erwartet.«

»Computer, Nahbereich scannen«, sagte Vetch zu einem der Kontrollpodien. »Alle herannahenden Objekte melden.«

»Verarbeite Befehl«, erwiderte eine gestelzte Stimme mit Pelianerakzent. *»Keine Ortungen zum jetzigen Zeitpunkt.«* Die großen Scannerbildschirme zeigten das leere All und den Planeten unter ihnen.

Madoh grunzte wegwerfend. »Sie wollen nur Zeit schinden«, schloss er. »Das wird Ihnen überhaupt nichts bringen.«

»Sie lassen mir keine andere Wahl«, sagte Saru. »Bitte denken Sie noch einmal darüber nach.«

»Und falls nicht?«

Saru atmete tief ein und als er erneut sprach, richtete er seine Stimme auf die nächste Konsole. »Computer, *die Sonne sinkt tief.*«

»Was hat er gesagt …?«, fing Vetch an.

»Verarbeite Befehl«, antwortete die künstliche Stimme. Einen Lidschlag später wurden alle Konsolen in der Abteilung dunkel und die Luken zu den Gängen wurden zugeschlagen. Die Hauptbildschirme schalteten ab und das Umgebungslicht wurde langsam auf ein Viertel seiner üblichen Stärke gedämpft.

»Computer, antworte …« Madoh hämmerte mit seiner Faust auf die einzige beleuchtete Konsole. »Antworte, sofort!«

Auf der anderen Seite kicherte Nathal tief und humorlos. »Sehr clever, Lieutenant. Die Datenkarte, ja? So haben Sie das gemacht.«

Neben Nathal spähte ihre Stellvertreterin auf eine andere tote Konsole. »Ein stimmaktivierter Abschaltbefehl, der auf einen bestimmten Schlüsselsatz reagiert. Er hat eins unserer eigenen Sicherheitsprotokolle umprogrammiert.«

»Um genau zu sein, habe ich das gemacht«, sagte Weeton und überlegte es sich dann anders. »Na ja. Teamarbeit. Es wurde gestartet, als die Datenkarte hochgeladen wurde.«

»Idiot!« Madoh starrte Vetch an. Dann ging er auf Saru los und umklammerte dabei den Phaser in seiner Hand. »Was, glauben Sie, haben Sie damit erreicht?«, schnauzte er.

»Hören Sie«, sagte Saru und zeigte mit einem langen Finger auf einen Schacht in der Wand über ihnen. »Die Atmosphärenprozessoren wurden abgeschaltet. Genauso wie jede operierende Kontrollmatrix in diesem Schiff. Alle Luken wurden versiegelt. In einigen Minuten werden die Lebenserhaltungsfunktionen ausfallen und dann wird es sehr schnell sehr kalt hier drin werden.« Er zeigte auf Weeton. »Ich habe den Ensign angewiesen, nur den vorderen Bereich des Schiffs zu isolieren. Niemand in den Frachtmodulen ist betroffen. Den Flüchtlingen wird nichts geschehen. Aber jeder in dieser Abteilung, Ihre Leute im Herz der Maschinen und diejenigen in der Messe oder anderswo ... wir werden alle erfrieren oder ersticken.« Er sah Nathal und Hekan bedauernd an. »Ich entschuldige mich.«

»Machen Sie das rückgängig!«, forderte Vetch und seine Stimme wurde schrill vor Entsetzen.

Madoh nickte langsam und starrte dann wütend zu Saru hoch. »Tun Sie, was er sagt, oder ich werde dafür sorgen, dass Ihre letzten Atemzüge qualvoll sind.«

»Nein!«, beharrte Saru. »Sagen Sie Ihren Leuten, sie sollen die Waffen niederlegen und sich ergeben. Geben Sie die Kontrolle über dieses Schiff auf und ich deaktiviere das Programm. Andernfalls sterben wir hier.«

»Ich habe keine Angst vor dem Tod!«, entgegnete Madoh.

»Das glaube ich Ihnen«, sagte der Kelpianer. Seine nächsten Worte waren schwer für ihn, aber er übte weiter Druck aus. »Und genau deshalb bedrohe ich das Einzige, woraus Sie sich etwas machen. Ejah. *Den Knotenpunkt.*« Eine Welle der Verblüffung ging durch die Kammer. »Wir werden sterben und dieses Schiff wird im All treiben, ohne irgendjemanden, der für die Sicherheit Ihrer restlichen Leute sorgt.«

»Wenn die Kohorte dieses Schiff für abtrünnig erklärt hat, werden sie bei ihrer Ankunft hier keine Sekunde zögern und es auf der Stelle zerstören.« Nathals düstere Prophezeiung sorgte dafür, dass sich die Schlinge, die Saru um Madohs Hals gelegt hatte, weiter zuzog.

Der kampfeslustige Gesichtsausdruck des Gorlaners veränderte sich und wurde verbittert. »Ich habe mich in Ihnen getäuscht, Kelpianer. Sie haben wohl doch etwas von einem Jäger in sich. Sonst könnten Sie nicht so hartherzig sein.«

»Ich habe Sie gebeten, es sich anders zu überlegen«, sagte er. »Wir sind Ihretwegen jetzt in dieser Lage, Madoh. Aber es ist noch nicht zu spät, um vom Abgrund zurückzutreten.«

Im Zwielicht breitete sich eine Eiseskälte in der Luft aus und Sarus Worte kamen mit einer weißen Dampfwolke über seine Lippen.

Madoh wurde still und erstarrte, als die Realität von Sarus Drohung deutlich wurde. Man hatte ihn schachmatt gesetzt und er wusste es. »Seien Sie verflucht!«, sagte der Gorlaner steif. Dann warf er mit einer wütenden Handbewegung seinen gestohlenen Phaser aufs Deck. Er hob die Kommunikatorscheibe. »Meine Brüder ... es ist vorbei. Legt eure Waffen nieder und ergebt euch. Wir übergeben die Kontrolle über dieses Schiff wieder an die Pelianer.« Seine Stimme war erstickt vor Frustration, Resignation und Reue.

»Madoh, sind Sie sicher?« Sogar über die Kommunikatorverbindung war Tayaks Entsetzen greifbar.

»Es ist schon getan«, erklärte Madoh zu ihm. »Machen Sie, was ich sage.«

Weeton nahm den Phaser an sich, während Nathal und Hekan vorpreschten, um die anderen Gorlaner zu entwaffnen. Keiner von ihnen wehrte sich, doch Saru konnte die Wellen der Ablehnung und Niedergeschlagenheit spüren, die von ihnen ausgingen. Ihre Aurenfelder verfinsterten sich gleichzeitig mit ihrem emotionalen Befinden. Nachdem die Waffen eingesammelt worden waren, nahm Weeton Kontakt mit Yashae auf und die Vok'sha meldete, dass alle Geiseln frei waren.

»Die haben schnell nachgegeben«, sagte sie. *»Nach allem, was geschehen ist, hätte ich nicht gedacht, dass sie das tun würden ...«*

Saru schüttelte den Kopf. »Das ist es nicht«, erwiderte er. »Ich habe ihnen nur keinen Ausweg gelassen.«

»Sie haben, was Sie wollen«, rief Madoh und schlang die Arme um sich, weil die Kälte mit jeder verstreichenden Sekunde zunahm. »Halten Sie Ihr Versprechen, Außenweltler.«

»Computer«, sagte Saru, *»die Monde sind aufgegangen.«*

»Verarbeite Befehl.« Die Konsole akzeptierte den Codesatz und die Systeme schalteten wieder in den Operationsmodus. Nacheinander flackerten die Bildschirme auf, die über ihren Köpfen hingen, und zeigten das All um den Frachter herum.

Aus der Kälte und der Stille heraus heulte plötzlich eine schrille Alarmsirene über die Brücke. Gleißend helle, blaue Warnleuchten begannen zur selben Zeit zu blinken. Einige der Konsolen schalteten in den Panikmodus und warnten vor einer unmittelbaren Gefahr.

Sarus Bedrohungsganglien öffneten sich als zuckende Fächer, da er urplötzlich eine sehr reale Bedrohung spürte.

Auf dem nächstgelegenen Bildschirm leuchteten neue Ortungen der Sensorphalanx des Frachters auf.

Dort, wo vorhin nichts gewesen war, befanden sich jetzt Dutzende Objekte, die hinter dem Zufluchtsplaneten hervorkamen. Eine Flotte Angriffsdrohnen näherte sich dem Transporter in einem schnellen, zielgerichteten Schwarm. Hinter ihnen war die Wölbung eines Trägerschiffs zu erkennen. Die Partikelstrahlgeschütztürme erfassten nacheinander ihre Ziele. Flackernde Energiekugeln sammelten sich an der Spitze jeder Kanone und hielten genug Feuerkraft bereit, um das Schiff mit einer einzigen Salve auseinanderzureißen.

11

Das Schiff näherte sich auf einer geneigten Flugbahn und nutzte den riesigen Schatten der Zufluchtswelt, um seine Annäherung vor der Sensorphalanx des Frachters zu verschleiern. Während der Transporter blind war, weil die zentrale Computermatrix abgeschaltet war, hatte das pelianische Kriegsschiff die Tag-Nacht-Grenze überschritten und war mit voller Kraft auf sein Ziel zugeflogen. Die restlichen autonomen Drohnen wurden ausgeschickt. Sie schossen aus ihren Silos hervor und nahmen eine breite Kampfformation ein.

Bis der Computer des Transporters wieder erwachte, hatten die Drohnen und ihr Mutterschiff bereits die optimale Schussreichweite für ihre Waffen erreicht. Alle Fluchtrouten, die das größere, langsamere Schiff hätte wählen können, waren abgeschnitten. Die Drohnen folgten derselben Vorgehensweise wie bei der *Shenzhou*. Sie umzingelten das Schiff und ahmten eine Strategie nach, die die Kohorte Peliar Zel von den Spinner-Schiffen der Tholianischen Versammlung gelernt hatte.

Das Transportschiff besaß Verteidigungsschirme und ein Netzwerk aus Kurzstreckenplasmakanonen oben und unten auf der Hülle, aber es waren keine militärischen Waffen und die von künstlicher Intelligenz gesteuerten Drohnen schätzten ihre tödliche Wirkung als gering ein.

Auf dem Kriegsschiff machten schwere Partikelwaffen, die dafür gebaut waren, die Hüllen feindlicher Schiffe zu durchschlagen, ihre Angriffsmuster bereit und zielten auf die Warpantriebe, Energieleitungen und die dichten Ansammlungen zusammengesteckter Frachtmodule.

Wenn die Schlacht losbrach, würde es ein Massaker geben.

»Was haben Sie getan?« Madohs Worte waren ein Keuchen, ein erstickter Aufschrei. Ein wenig seines früheren Feuers wurde wieder entfacht, während er Saru anstarrte. »Ich hatte recht! Ihr ganzes Gerede über Gleichheit bedeutet gar nichts! Sie haben uns an die Pelianer verraten!«

»Nein ... nein!« Saru schüttelte den Kopf. »Ich habe Sie gewarnt und ich habe Ihnen gesagt, dass sie unterwegs sind. *Wir* haben sie nicht hierhergebracht!«

»Diese Drohnen«, sagte Weeton, halb zu sich selbst. »Das sind dieselben Roboterkampfeinheiten, die wir als Begleitung für dieses Schiff gesehen haben, bevor all das hier anfing. Sie sind auf jeden Fall von Peliar Zel.«

Eine Konsole rechts von Saru gab einen Warnton ab. Jemand versuchte von außen, die Schildkontrollen des Schiffs zu überbrücken und sie abzuschalten. Dann war aus dem Nichts ein hohes, singendes Geräusch zu hören. Blaugrüne Lichtsäulen bildeten sich mitten auf dem Kommandodeck und zogen die Aufmerksamkeit aller auf sich. Der Beameffekt löste sich auf und gab den Blick auf einige bewaffnete Pelianersoldaten und zwei gebieterisch aussehende Pelianer frei, die die hohen Kopfbedeckungen hochrangiger Offiziere trugen. Der Ältere der beiden ließ seinen finsteren Blick durch den Raum schweifen. Saru bemerkte, dass Kommandantin Nathal körperlich auf seinen Anblick reagierte.

»Vater«, flüsterte sie. Saru erhaschte einen Blick auf eine neue, besorgniserregende Verletzlichkeit in Nathal, die er bei ihr nicht für möglich gehalten hätte.

»Ich bin Admiral Tauh der Kohorte Peliar Zel«, begann der ältere Offizier. Falls er seine Tochter unter den versammelten Gesichtern erkannte, ließ er es sich nicht anmerken. »Wir werden nicht zulassen, dass dieses Schiff weiter in der Gewalt von Kriminellen bleibt.« Seine Soldaten hoben ihre Disruptoren und zielten damit auf die Gorlaner. »Sagen Sie es Ihren Leuten«, fuhr er fort, »jeglicher Widerstand gegen die Anweisungen von Peliar Zel wird auf der Stelle beendet, oder ich werde tödliche Gewalt gegen Sie anwenden. Diejenigen, die für aufständische Handlungen verantwortlich sind, werden sich einem Schnellverfahren unterwerfen. Alle übrigen Fremden im Orbit haben sich auf der festgelegten Zufluchtswelt einzufinden. Es wird keine Verhandlungen geben.«

Vetch ließ sich gegen eine Stützstrebe sinken. »Wir haben versagt. Wir haben unseren Vorteil aufgegeben und jetzt werden wir sterben ... hier in der Leere oder da unten auf dem vergifteten Felsen!«

Saru wandte sich an Nathal. »Kommandantin, bitte, Sie müssen etwas tun.«

Nathal blinzelte, als wäre sie aus einer Trance erwacht. »Ja ... natürlich.« Sie zog ihre Jacke gerade, trat vor und salutierte zackig. »Admiral, ich danke Ihnen für Ihr Eingreifen, aber Sie können Ihre Eskorten zurückrufen, Sir. Dieses Schiff befindet sich bereits unter pelianischer Kontrolle. Die Gorlaner, die es übernommen hatten, haben sich ergeben. Sie sind keine Gefahr mehr.«

»Das zu beurteilen ist meine Sache«, antwortete Tauh. »Besorgniserregende Entwicklungen haben unter Ihrem Kommando stattgefunden, Kommandantin. Sie tragen dafür die Verantwortung. Die Kohorte ist mit Ihrer Leistung unzufrieden.«

Nathals doppelte Nasenlöcher blähten sich auf. »Das räume ich ein. Meine Mannschaft hat alles getan, was ihr gegen die zahlenmäßig überlegenen Gegner möglich war.« Sie deutete auf Saru. »Diese Föderationsoffiziere haben uns dabei geholfen, das Schiff ohne weitere Gewaltanwendung zurückzuerobern.« Nathal geriet ins Stocken. »Aber Admiral, dieser Planet ... Was man uns darüber gesagt hat ...«

Tauh richtete seine Aufmerksamkeit auf Saru und ignorierte sie. »Ah, ja. Die Wichtigtuer von der Sternenflotte.« Er musterte Saru verächtlich von Kopf bis Fuß. »Ein Kelpianer. Ich habe von Ihrer Spezies gehört. Sie leben also noch, ja? Ihr Captain Georgiou war ziemlich besorgt über Ihr Wohlergehen.«

Saru konnte sich die Frage nicht verkneifen. »Die *Shenzhou* ... geht es allen gut?«

»Wenn sie das getan haben, was man ihnen gesagt hat, dann geht es ihnen gut«, sagte Tauh leichthin. »Ich habe ihnen befohlen, auf Ihre Seite der Grenze zurückzukehren. Zu ihrer eigenen Sicherheit.«

Der Kelpianer dachte über diese Antwort nach und überlegte, wie sein Captain wohl auf diese Forderung reagiert hatte. Das passte nicht zu dem, was Lieutenant Burnham gesagt hatte, aber Saru beschloss, diese Unstimmigkeit für sich zu behalten, und sprach weiter.

»Admiral, ich bin Lieutenant Saru. Da Sie der hier ranghöchste anwesende Offizier der Kohorte Peliar Zel sind, möchte ich Ihnen meine Dienste als unabhängige dritte Partei anbieten, um als Vermittler für die gorlanischen Flüchtlinge an Bord dieses Schiffs im Namen der Vereinigten

Föderation der …« Saru brach ab, als er merkte, dass Tauh ihn auslachte. »Sie finden meine Worte amüsant, Sir?«

»Ich finde Ihre *Arroganz* amüsant, Lieutenant«, versetzte Tauh und sein eiskalter Humor verschwand. »Sie haben hier nicht die Befugnis, irgendetwas anzubieten oder gar zu erwarten. Vielleicht haben Sie meiner ersten Ausführung keine Aufmerksamkeit geschenkt? Lassen Sie mich die wichtigen Punkte noch einmal wiederholen: Alle Fremden haben sich auf der festgelegten Zufluchtswelt einzufinden. Das schließt Sie und Ihre Sternenflottenkollegen mit ein.«

»Das ist also das wahre Gesicht der sogenannten Nächstenliebe der Pelianer«, sagte Madoh und starrte Saru wütend an. »Sehen Sie es, ja? Jetzt ist es zu spät für uns alle.«

»Er spricht?« Tauh schnaufte abfällig, als hätte er die gorlanische Rotbinde gerade zum ersten Mal bemerkt. »Ich muss mir nicht anhören, was Sie Verbrecher zu sagen haben.« Er wandte seine Aufmerksamkeit wieder seiner Tochter zu. »Kommandantin, führen Sie diese Fremden in die Frachtcontainer zurück und setzten Sie sie auf der Oberfläche ab. Oder muss mein Adjutant das für Sie erledigen?« Er zeigte auf den anderen pelianischen Offizier, der ihn begleitete und zögerlich einen Schritt vortrat.

»Du willst sie wieder da runterschicken?« Nathal warf der trostlosen Welt auf dem Hauptbildschirm einen kurzen Blick zu. »Vater, sieh dir das an. Der Rat der Alphaner hat uns gesagt, dieser Ort wäre grün und die Gorlaner hätten hier eine faire Chance auf ein neues Leben. Aber das entsprach nie der Wahrheit, nicht wahr?«

»Kind«, hob er an, »ich habe dir beigebracht, klüger als das zu sein. Im Krieg muss man bestimmte Realitäten akzeptieren. Sei nicht naiv.«

»Wir befinden uns nicht im Krieg mit den Gorlanern«, konterte sie.

Tauhs Unzufriedenheit wuchs. »Du sprichst wie ein Betaner. Ich habe mehr von dir erwartet.«

»Admiral! Diese Welt ist eine raue und gnadenlose Wildnis«, beharrte Saru. »Wenn Sie diese Leute hier aussetzen, geben Sie sie ihrem Untergang preis.«

»Dann können sie mir dafür danken, die Herde ausgedünnt zu haben.« Tauh blieb abweisend. »Die Gorlaner prahlen mit ihrer inneren Stärke. Dieser Planet wird ihnen ausreichend Gelegenheit geben, diese unter Beweis zu stellen, und Peliar Zel hat sich einer Ablenkung entledigt, die unsere Welten niemals wollten.«

»Das können Sie nicht machen.« Sarus Stimme wurde vor Zorn immer lauter. »Haben Sie keine Empathie? Trotz aller Verfehlungen, der sich eine Handvoll dieser Leute in ihrer Verzweiflung schuldig gemacht haben, können sie nicht Zehntausende Unschuldiger zu einem langsamen Tod verurteilen!« Sein Gesicht lief dunkel an, als Entrüstung und Zorn seinen angeborenen Überlebensinstinkt überlagerten. »Das werde ich nicht zulassen! Die Föderation wird das nicht zulassen!«

»Die Föderation wird davon gar nichts erfahren«, schnaubte Tauh und es schwang eine unausgesprochene Drohung darin mit.

»Sir ...« Tauhs Adjutant wagte es zum ersten Mal, zu sprechen. »Ich würde von übereilten Handlungen abraten, die eine zukünftige Mitgliedschaft Peliar Zels in der Föderation gefährden könnten.«

»Schweigen Sie, Craea!« Tauh winkte ab. »Die geschwätzigen Politiker von Alpha und Beta sind Lichtjahre entfernt. *Ich* habe hier die Befehlsgewalt.«

»Ich werde immer Peliar Zel und der Kohorte dienen«, begann Nathal. »Und ich bin diesen Fremden in keiner Weise verbunden ...«

»So sollte es auch sein«, sagte Tauh.

Sie beachtete ihn nicht und sprach weiter. »Aber ich habe Moralvorstellungen! Diejenigen, die sich gegen meine Mannschaft gewandt haben, werden dafür zur Verantwortung gezogen werden müssen, ja, aber Lieutenant Saru hat recht. Ich werde mich hieran nicht beteiligen.«

Tauh starrte seine Tochter vernichtend an. »Das hätte ich mir denken können. In dir ist zu viel von deinen Paarmüttern.«

»Ich glaube jetzt, dass *die* mich mehr gelehrt haben, als du es jemals getan hast«, schoss sie zurück.

Der Admiral sah sich um und sein Blick fiel auf Nathals Untergebene. »Sie, stellvertretende Kommandantin. Hekan, nicht wahr? Nathal ist ihres Kommandos enthoben. Sie haben jetzt das Sagen. Führen Sie meine Befehle aus!«

Hekan verschränkte die Arme und blieb standhaft. »Ich fürchte, Sie werden niemanden auf diesem Schiff finden, der sich gegen unsere Kommandantin stellt, Sir.«

»Ach wirklich?« Tauh ließ seinen Blick durch den Raum schweifen und nahm Saru erneut aufs Korn. »Ist das Ihr vergiftender Einfluss, Fremdling? Schlimm genug, dass die widerwärtigen Moralpredigten Ihrer Föderation die Betaner und all die anderen Alphaner, die mit einem schwachen Willen ausgestattet sind, für sich eingenommen haben, aber jetzt glauben Sie, dass ich das auch noch schlucken werde?« Er verschränkte seine Hände. »Also schön. Ich werde das jetzt allen Beteiligten zum letzten Mal in aller Deutlichkeit sagen. Befolgen Sie meine Befehle buchstabengetreu – dann bin ich möglicherweise gewillt, das hier als einen kleinen Ausbruch von Gehorsamsverweigerung zu betrachten, der auf den Stress der jüngsten Ereignisse zurückzuführen ist. Doch falls sich irgendjemand weigert, falls die Gorlaner nicht freiwillig auf die Zuflucht zurückkehren …«

Aus dem Augenwinkel sah Saru, wie Warnlichter auf Dutzenden unbemannter Konsolen aufflackerten. Ensign Weeton ging hinüber, betrachtete den Bildschirm und runzelte die Stirn.

»Ich werde dafür sorgen, dass meine Schützen diesen Kahn handlungsunfähig machen«, fuhr Tauh fort, der nicht registrierte, was vor sich ging. »Und dann werden diese Frachtmodule abgekoppelt und fallen wieder hinunter auf die Oberfläche, wo sie hingehören. Ich glaube nicht, dass alle einen unkontrollierten Absturz überleben würden, also denken Sie sorgfältig über Ihre Entscheidung nach.«

Doch Sarus Aufmerksamkeit war auf den anderen Sternenflottenoffizier gerichtet. Weeton war blass geworden. »Lieutenant?« Er winkte den Kelpianer zu sich. »Das müssen Sie sehen.«

»Ignorieren Sie mich nicht!«, tobte Tauh, doch Saru tat genau das und erreichte mit zwei schnellen Schritten die Konsole. »Meine Befehle sind alles, womit Sie sich befassen müssen!«

Saru studierte die Daten auf dem Bedienfeld, seine Bedrohungsganglien spannten sich an und er musste sich dazu zwingen, nicht die Hand auszustrecken und die winzigen, dendritischen Wedel wegzudrücken. »Sie irren sich gewaltig, Admiral.« Das kurze Aufflackern von Zorn, das Saru über seine tief sitzende, furchtsame Natur erhoben hatte, verschwand schlagartig, als eine weit tödlichere Bedrohung sich zeigte. »Ich möchte Ihre Aufmerksamkeit auf Subraumfrequenz null eins eins vier richten.«

Tauhs Adjutant Craea spähte auf eine digitale Tafel, die am Unterarm seiner Uniform befestigt war, und drückte ein paar Tasten auf dem Gerät. Der Pelianer reagierte schockiert und flüsterte etwas, das Saru nicht verstand.

Tauh wirbelte zu seinem Offizier herum. »Wie bitte? Was haben Sie gesagt?« Sein Toben verstummte augenblicklich, als er sich tuschelnd in eine heimlichtuerische Unterhaltung mit Craea vertiefte.

»Null eins eins vier«, sagte Hekan, die laut nachdachte, »das ist eine allgemeine Frequenz, die von den … Tholianern verwendet wird.«

Saru tippte bereits auf das Kontrollfeld. Eine holografische Projektion erwachte ihnen gegenüber zum Leben und schien ein Objekt abstrakter Kunst darzustellen. Vor einem funkelnden Hintergrund stand eine diamantförmige Säule, die aus trübem Kristall geschnitten war und am unteren Ende aus dem Bildausschnitt verschwand. Die oberen Facetten der Gestalt wurden von einem Paar scharfer Augenpunkte unterbrochen, die mit einem höllischen Licht glühten.

Der Tholianer sprach und sein grelles Kreischen wurde von der Übersetzungsmatrix in eine schrille, hochmütige Stimme umgewandelt. *»Achtung, Eindringlinge. Wir haben festgestellt, dass Ihr Raumschiff eine Bedrohung für die Sicherheit der Tholianischen Versammlung darstellt. Wir haben Verteidigungsstreitkräfte in dieses Sonnensystem entsandt. Sie werden in Kürze hier eintreffen. Wir erwarten, dass Ihr Schiff sich zu diesem Zeitpunkt jenseits der äußeren Umlaufbahn dieses Systems befindet. Jedes Schiff, das sich innerhalb dieser Grenze befindet, wird als Bedrohung angesehen und entsprechend behandelt.«* Der Tholianer hatte seine Botschaft übermittelt und das Bild verschwand.

»Wie bald ist *in Kürze*?«, fragte Weeton, während Saru bereits hektisch an einer anderen Podiumskonsole arbeitete.

»Die Sensoren empfangen nichtidentifizierte Werte am Rand ihrer Reichweite«, sagte er bedächtig. »Der Schnelligkeit und der Energieleistung nach … zwei, möglicherweise drei Schiffe. Sie werden hier sein in … neun Komma sieben Minuten.«

Hekan schnappte nach Luft. »Selbst wenn wir sofort auf Warp gehen, werden wir es mit der zusätzlichen Masse dieser Frachtmodule nicht bis hinter den äußeren Orbit schaffen, bevor sie uns erwischen!«

»Das wissen sie«, sagte Madoh bitter. »Eine mögliche Bedrohung? Wir sind nichts dergleichen, genau wie unsere Kolonie es nicht war.«

»Sind wir wirklich dazu bestimmt, hier zu sterben?«, murmelte Vetch mit gesenktem Kopf. »Holt das Schicksal uns ein? Die Geschichte wiederholt sich. Wir sind verdammt.«

»Noch nicht«, beharrte Saru und überhörte den hohlen Klang seiner eigenen Worte. Seine Gedanken rasten, während er Mühe hatte, eine Lösung für dieses akute Problem zu formulieren. »Mister Weeton! Ingenieurin Hekan! Wäre es möglich, die Warpblase, die von diesem Schiff erzeugt wird, zu modifizieren und mit der des Kriegsschiffs zu verschmelzen?«

»Äh ... theoretisch ...« Der Ensign warf der Pelianerin einen fragenden Blick zu.

»Es wäre machbar«, räumte Hekan ein. »Wir haben Dutzende schwerer Traktorstrahlemitter auf der äußeren Hülle. Man könnte sie benutzen, um beide Schiffe aneinanderzubinden.«

Weeton nickte hektisch, griff Sarus Idee auf und spielte sie durch. »Die Belastungen wären hoch und der Raumwiderstand würde den Frachter massiv verlangsamen, aber es könnte funktionieren.« Er machte eine Pause und blinzelte, während er versuchte, es auszuarbeiten.

»Ensign, würden wir rechtzeitig die Grenze erreichen?«, drängte Saru.

»Ich weiß es nicht«, gab Weeton zu. »Aber wir sollten es lieber versuchen.«

Auf der anderen Seite des Raums drehte Admiral Tauh sich langsam um und sah sie an. Er schien innerhalb weniger

Sekunden um Jahre gealtert zu sein. Das unerwartete Eintreffen dieser neuen Gefahr hatte ihm kurz die Sprache verschlagen.

»Hören Sie mir zu«, krächzte er. Seine bisher überlegen wirkende und gelangweilte Haltung war verschwunden und Saru bemerkte, dass echte Furcht sie ersetzt hatte. »Die Dauerbefehle der Kohorte Peliar Zel sind in diesem Fall eindeutig! Unter keinen Umständen werden unsere Schiffe etwas tun, das die Tholianische Versammlung verärgern könnte.« Er drehte sich um und bellte seinem Adjutanten Befehle entgegen. »Rufen Sie sofort alle Drohnen zurück! Weisen Sie die Navigation an, die gesamte Energie in den Sternenantrieb zu leiten!«

»Vater ...« Nathal ging auf ihn zu. »*Admiral.* Was tun Sie?«

»Eine taktische Neuorientierung!«, fauchte er. »Komm! Ich lasse meinen Transporter alle pelianischen Lebenszeichen erfassen ... Macht euch bereit! Wir brechen auf!«

»Sie wollen dieses Schiff und alle an Bord den Tholianern überlassen?« Saru sprach die Worte laut aus und konnte sie dennoch kaum glauben. Es war eine Sache, dazu bereit zu sein, die Gorlaner auf diesen trostlosen Planeten da unten zurückzubringen, aber eine ganz andere, sie hierzulassen – auf einem nur leicht bewaffneten Frachtkahn – und der Gnade einer tholianischen Angriffsmacht auszuliefern.

»Die Drohnen haben den Angriff abgebrochen und lassen sich zum Träger zurückfallen«, meldete Weeton. »Er wird das wirklich tun, Lieutenant.«

Nathal war über das, was ihr Vater tat, entsetzt. Sie sah den Adjutanten an und hoffte auf Unterstützung. »Craea, sagen Sie etwas! Das können Sie doch nicht gutheißen!«

»Du hast ihm nichts zu befehlen!«, gab Tauh zurück und fand einen Teil seiner vorherigen Giftigkeit wieder. »Ich bin hier der Befehlshaber! Sie werden mir gehorchen!«

Saru konnte das pure Entsetzen schmecken, das in der Luft der Brücke knisterte. Er spürte es in dem vibrierenden, stummen Druck der Aurenfelder, die von den verängstigten Gorlanern ausgesandt wurden, sah es auf den Gesichtern der Pelianer und fühlte das ätzende Brennen seiner eigenen Ängste, die drohten, aufzusteigen und ihn einzuhüllen.

Die reine, starke Macht seiner Angst – seines alten, ständigen und meistgehassten Begleiters – schien aus jeder Ecke auf den Kelpianer einzuströmen. Er brauchte seine gesamte Willenskraft, um sie in Schach zu halten.

»Admiral, was, glauben Sie, wird passieren, wenn Sie fliehen?« Er verzog das Gesicht und sah ihn durchdringend an. »Glauben Sie, die Tholianer werden hierbleiben, wenn sie nicht herausgefordert werden? Es hat schon immer in ihrer Natur gelegen, die Grenzen um sie herum zu verschieben! Wenn Sie Ihr Schiff nehmen und sich zurückziehen, werden sie das sehen und sie werden in der Lage sein, Ihre Ionenspur zu verfolgen.«

»Vielleicht sogar den ganzen Weg bis nach Peliar Zel«, fügte Weeton düster hinzu.

»Vielleicht«, sagte Tauh. »Vielleicht nicht. Wenn sie wirklich auf dem Vormarsch sind, ist es noch unerlässlicher, die Monde Alpha und Beta zu warnen, damit sie sich vorbereiten können!« Er tippte auf die Kontrolltafel an seinem Handgelenk. »Ich schlage keine Schlachten, die ich nicht gewinnen kann.«

»Du willst es nicht einmal versuchen?« Nathals hartherziges Äußeres war auf einmal verschwunden und Saru erkannte, wer sie wirklich war und in welchem Konflikt sie gefangen war.

»Aktivieren …« Tauh hob seinen Arm und sprach in das Gerät, doch seine Worte blieben ihm im Halse stecken, als seine Tochter mit einem Phaser auf seine Brust zielte.

»Sir!«, rief einer der bewaffneten Pelianersoldaten. Er und seine Männer waren nicht sicher, auf wen sie mit ihren Waffen zielen sollten. »Was sollen wir tun?«

»Nicht schießen!«, befahl der Adjutant, noch bevor Tauh reagieren konnte.

»Nein, Vater«, sagte Nathal zu Tauh. »Ich werde nicht fliehen. Meine Mannschaft wird nicht fliehen. Saru hat recht. Wir müssen den Tholianern die Stirn bieten.«

»Du nimmst strategische Ratschläge von einem Wesen an, das genetisch darauf programmiert ist, ein Feigling zu sein?«, entgegnete der Admiral.

»Ich kann meine Instinkte überwinden, wenn die Situation es erfordert«, sagte Saru so fest er konnte. »Können Sie dasselbe von sich behaupten, Sir?«

»Gorlaner werden kämpfen!«, rief Madoh. »Uns bleibt nichts außer unserer Wehrhaftigkeit!«

»Für uns«, sagte Vetch mit resigniertem Nicken. »Für unsere Gemeinschaft und für den Knotenpunkt.«

Tauhs Angst verwandelte sich in Wut, als er seine Tochter anstarrte. »So sei es! Ich hatte mir mehr von dir erhofft, aber in Wahrheit warst du schon immer eine Enttäuschung für mich, Kind. Dann bleib mit diesen fremdartigen Bastarden hier und stirb. Ich verschwinde!«

»Nein!«, sagte Nathal und sah zu Saru, der ihr unterstützend zunickte. »Das wirst du nicht. Wir müssen die Gorlaner schützen, wie wir es versprochen haben!«

Auf ihr Stichwort trat der Kelpianer vor und riss Tauh das Kontrollgerät vom Handgelenk, bevor dieser davon Gebrauch machen konnte. »Das Volk von Peliar Zel hat diesen Gorlanern in die Augen gesehen und ihnen Sicherheit versprochen.« Saru ließ seinen Blick schweifen und sah nacheinander den pelianischen Soldaten in die Augen. »War das eine Lüge oder war das die Wahrheit? Jeder Einzelne von

Ihnen hat eine Wahl zu treffen, genau wie Kommandantin Nathal es getan hat. Werden Sie andere intelligente Lebewesen sterben lassen oder werden Sie sich gegen eine größere Bedrohung verbünden, die uns alle vernichten könnte?«

»Außenweltler sind keine pelianischen Leben wert!«, rief Tauh.

»Wer von Ihnen glaubt das wirklich?«, fragte Saru in die absolute Stille hinein, die diesen Worten folgte.

Craea schüttelte langsam den Kopf. »Wir haben ein Versprechen gegeben«, sagte er und schloss sich Nathals Worten an. Er hob sein Handgelenk und sprach in das Gerät. »Trägerkontrolle, Befehl zurück. Gehen Sie auf Kampfstation und stellen Sie die Drohnen als Verteidigungsschirm auf.«

»Sie auch?« Tauh sah seinen Untergebenen vernichtend an. »Das habe ich nun davon, einen Betaner auf einen Kriegerrang zu befördern!«

»Adjutant?«, erklang eine Stimme über den offenen Kanal. *»Wo ist Admiral Tauh?«*

»Er wurde seines Postens enthoben«, sagte der andere Pelianer. »Wir bleiben hier und stellen uns dem Kampf.«

»Narren ...«, murmelte Nathals Vater. »Jetzt werden wir alle sterben!«

Nach dieser düsteren Prophezeiung schrillte ein Annäherungsalarm von der Konsole vor Ensign Weeton durch den Raum. Der Ingenieur tippte auf das haptische Tastenfeld und kniff die Augen zusammen. »Donnerwetter. Exakt neun Komma sieben Minuten. Die Tholianer sind wirklich so pünktlich, wie alle behaupten.«

»Möge das Schicksal über uns wachen«, sagte Craea. »Wir werden auf den Träger zurückkehren und uns auf den Kampf vorbereiten.« Der Pelianer tippte noch einmal auf sein Kontrollgerät und der Außentrupp wurde von den Transportern davongetragen.

Saru entging der giftige Blick nicht, den Tauh seiner Tochter zuwarf, als er dematerialisierte. »Sie haben das Richtige getan«, sagte er zu ihr.

»Ich brauche Ihre Plattitüden nicht, Saru«, schnauzte sie und wurde wieder knallhart. »Ich brauche einen Weg, um *die* zu besiegen.« Sie deutete auf den Hauptbildschirm.

Am oberen Rand der Anzeige glitten drei silberne Schiffe in Position. Sie waren schlank und pfeilförmig.

Die tholianischen Schiffe bewegten sich in schnellen, ruckartigen Bewegungen, wie Fische, die unter der Oberfläche eines Flusses entlangschießen. Das machte es Waffensystemen oder Schützen schwer, sie im Fadenkreuz zu behalten. Leuchtend rote Versorgungsnetze auf ihren dreiseitigen Hüllen stießen überschüssige Energie in die Dunkelheit hinaus, während sie ihre Geschwindigkeit verringerten, um sich allmählich der Kampfposition zu nähern.

Die Formation schwankte und teilte sich dann. Zwei Schiffe rollten herum und bildeten ein neues Element. Dabei wiesen sie mit ihren spitzen Nasen auf das pelianische Kriegsschiff. Sie flogen frontal darauf zu und boten ihrem Gegner so die kleinstmögliche Angriffsfläche. Das dritte Schiff brach mit einer scharfen Wendung aus und raste dann in einem Spiralkurs auf den langsam fliegenden Raumfrachter zu. Blasen aus glitzerndem Licht schimmerten kurz um beide Pelianerschiffe herum, als die Besatzung die Schutzschilde hochfuhr, aber die Tholianer flogen unbeirrt weiter.

Sie ließen nicht von ihrem Ziel ab und zögerten auch nicht. Die Waffen wurden mit Energie geladen und das Vorglühen ihrer Partikelstrahlkanonen begann. Am Himmel über dem Zufluchtsplaneten würde eine Schlacht entbrennen.

»Achtung, Eindringlinge.« Der schrille Klang der fremden Stimme war vergleichbar mit dem Geräusch, wenn zwei Stücke zerbrochenes Glas aneinandergerieben wurden. Der disharmonische Ton ließ Saru die Zähne zusammenbeißen. *»Sie haben keinen glaubhaften Versuch unternommen, dieses Gebiet zu verlassen. Deshalb wurden Ihre Schiffe als feindliche Kämpfer eingestuft und werden als solche behandelt. Im Interesse eines guten Einvernehmens wird die Tholianische Versammlung Ihnen gestatten, sich ohne Schäden davonzutragen zu ergeben. Entziehen Sie all Ihren Waffen, Schilden und Antrieben die Energie. Auf der Stelle!«*

Das schimmernde Hologramm des außerirdischen Wesens stand mitten auf dem Kommandodeck und wirkte, als würde man es durch Hitzeflimmern betrachten. Saru erinnerte sich an eine xenobiologische Besprechung, in der angedeutet worden war, dass die innere Temperatur eines tholianischen Schiffs einige Hundert Grad betrug. Er versuchte, sich vorzustellen, wie sich eine Lebensform hatte entwickeln können, die unter solchen Extremen überleben konnte.

»Wir werden nichts dergleichen tun«, sagte Nathal.

»Das hatten wir erwartet«, antwortete der Tholianer.

Saru schreckte auf. Er hatte nicht bemerkt, dass die Übertragung live war, und hatte erwartet, wie zuvor eine weitere, in sich geschlossene Anweisung zu erhalten. Er machte einen Schritt vorwärts und in ihm regte sich ein Funken Hoffnung. Wenn der Tholianer mit ihnen sprach, dann kämpfte er nicht – und wenn er nicht kämpfte, gab es immer noch eine hauchdünne Chance, die Situation zu entschärfen. »Wir haben nicht den Wunsch, zu kämpfen, aber was Sie verlangen, ist unzumutbar. Unsere Gegenwart hier ist absolut keine Bedrohung für Ihre Spezies oder Ihre Territorien!«

»Falsch!«, kam die barsche Antwort. *»Allein Ihre Anwesenheit ist eine Bedrohung.«*

»Sie verschwenden Ihren Atem, Kelpianer«, sagte Vetch. »Ich habe ihnen dasselbe gesagt, als sie zu unserer Kolonie kamen, und habe dieselben Antworten bekommen. Sie sind nicht an einem Kompromiss interessiert.«

»Warum nicht?« Saru sah wieder zu dem Hologramm und seine Gedanken rasten. »Warum tun Sie das? Wollen Sie wirklich einen interstellaren Konflikt heraufbeschwören?«

»Die Provokation geht von Ihnen aus«, krächzte der Tholianer. *»Wir beobachten und beurteilen. Sie bauen Stützpunkte, von denen aus Spionageoperationen gegen die Versammlung betrieben werden.«*

»Er redet von dem gorlanischen Kolonieplaneten«, sagte Weeton. »Die glauben, wir hätten etwas damit zu tun?«

»Sie gründen militärische Bündnisse, die unsere Grenzen gefährden«, fuhr das Hologramm fort. *»Wir reagieren, um uns zu schützen.«*

»Sie meinen die Diskussionen mit der Föderation.« Hekan warf Saru einen Blick zu. »Woher wissen die …?«

»Wir beobachten und beurteilen«, wiederholte der Tholianer.

Saru hob seine Hände in einer unwillkürlichen Geste der Besänftigung. »Sie irren sich. Die Gorlaner gehören nicht zur Vereinten Föderation der Planeten und wir haben nichts mit ihren Kolonialmissionen zu tun. Wie die Pelianer und Ihre Spezies sind sie unsere Nachbarn. Wir wollen friedlich nebeneinander existieren.«

»Sie sind nicht wie wir«, sagte der Tholianer und Saru konnte die klare Drohung, die in diesen Worten lag, nicht leugnen. *»Kohlenstoffbasierte Lebensformen sind von vornherein unterlegen. Gefährlich. Sie werden beseitigt.«* Das Hologramm löste sich auf und in der nächsten Sekunde rief Madoh alarmiert: »Sie haben das Feuer eröffnet!«

Gleißend helle Lichtfinger stachen von den Nasen des tholianischen Schiffs in eine Gruppe pelianischer Drohnen hinein. Sie durchbohrten die Deflektoren und verwandelten diese in umherfliegende Trümmer. Die Angreifertriade fegte durch die von dem Kriegsschiff errichtete Verteidigungslinie, ohne langsamer zu werden, während die Überreste des Drohnengeschwaders reagierten und versuchten, sie aufzuhalten.

Die tholianischen Spinner flogen weiterhin mit Höchstgeschwindigkeit auf ihren Angriffsvektoren und ignorierten die kleineren automatischen Flugkörper. Stattdessen konzentrierten sie sich auf die beiden größeren Ziele. Das Kampfpaar bewegte sich, als würde ein unsichtbares Seil die beiden Schiffe miteinander verbinden. Sie gingen in eine Rolle über und wirbelten auf den Rumpf des Schiffs zu. Partikelwaffen auf der Oberfläche des Pelianerschiffs eröffneten das Feuer und spien rote Feuerlanzen in den Weg der pfeilartigen Angreifer, doch sie trafen nichts außer dem leeren Vakuum.

Die wendigen Tholianer brachen plötzlich aus ihrer Formation aus und feuerten auf den Rumpf des Trägers. Sie durchschlugen Sektoren der Schilde und setzten mit schwerem Beschuss nach. Die Treffer überhitzten die Plasmaleitungen und verflüssigten das Metall des Rumpfs zu Kügelchen aus blitzartig geschmolzenem Tritanium, die davonstoben.

Die Drohnen reagierten entsprechend der Befehle, die in ihrem Netzwerk gespeichert waren, und schwärmten zu ihrem Mutterschiff zurück. Die programmierten Anweisungen zwangen sie dazu, dieses zu schützen. An Bord des Trägers wurde fieberhaft daran gearbeitet, ihnen neue Aufgaben zuzuweisen, aber es war zu spät. Ein Fenster der Verwundbarkeit hatte sich über dem Transportschiff geöffnet. Der letzte tholianische Spinner schoss darauf zu und wurde zu einem Wurfgeschoss.

»Sie kommen!«, rief Saru und beobachtete, wie die Gestalt des silbernen Angreifers auf dem Hauptschirm immer größer wurde.

Im Vergleich zu dem Transportschiff war das tholianische Schiff klein, aber die Energiekurven, die es aufwies, zeigten ein tödliches Verhältnis von Energie zu Masse. Seine internen Systeme waren auf die Waffenfunktionen ausgelegt. Der Transporter war gebaut worden, um gewaltige Frachtmengen durch Sonnensysteme zu bewegen – das tholianische Schiff war um die tödliche Partikelkanone herumkonstruiert worden, die sich durch die gesamte Länge seines Kerns erstreckte. Es war im wahrsten Sinne des Wortes ein Kanonenschiff.

Überall um ihn herum stolperten Gestalten – Pelianer, Gorlaner und Mitglieder der Sternenflotte gleichermaßen – hastig durcheinander, um die leeren Stationen des Kommandodecks zu besetzen, doch sie waren nicht genug, um all die komplexen Systeme des riesigen Schiffs zu bedienen.

Saru sah die Gefahr, die sich vor ihnen auftat. *Zu wenige, um das Schiff zu bedienen, zu langsam, um zu fliehen, zu schwach, um ihnen einen echten Kampf zu liefern.* Trotz all seiner vorherigen aufsässigen Worte fragte der Kelpianer sich, ob er nun doch zu weit gegangen war.

»Schub!«, rief Nathal ihm zu. »Rollen Sie das Schiff, Saru!«

»Jawohl!« Er erkannte die Absicht der Kommandantin und seine langen Finger rasten über das Bedienfeld vor ihm, um die Kontrollmatrix für die Fluglage aufzurufen. Er zündete die Ionendüsen des Schiffs, die blaues Feuer spien, und dann verschob sich die Ansicht auf dem Bildschirm.

Einen Koloss wie den riesigen Sternenfrachter zu drehen war grundsätzlich ein schwieriges Unterfangen, aber es war unmöglich, Treffern der wendigen Spinner auszuweichen, die direkt auf sie zuflogen. Wenn sie allerdings das Schiff um seine Hauptachse rollen ließen, würde sich der Beschuss nicht auf einen Punkt konzentrieren können.

Ein heller Feuerstrahl verband die Spitze des tholianischen Schiffs mit dem pelianischen Transporter und die Schilde des riesigen Schiffs gaben nach, als Gigawatt zerstörerischer Kraft auf sie einprasselten.

Unter Sarus geschickter Kontrolle rotierte der Frachter, drehte sich von dem vernichtenden Schlag weg und der hereinkommende Angriff verteilte sich über eine größere Fläche. Der Partikelstrahl zog eine hässliche Brandspur über die Rumpfpanzerung.

»Legen Sie die Hauptlast auf den vorderen Bereich!«, befahl Nathal. Sie musste nicht erklären, dass jeder Treffer im hinteren Bereich des Schiffs das Risiko barg, die Frachtmodule zu durchbohren, die mit verängstigten gorlanischen Flüchtlingen vollgestopft waren.

»Ich bekomme keine Verbindung ...«, sagte Weeton. Er rief Hekan zu: »Was stimmt mit den Zielrastern dieser Plasmageschütztürme nicht? Jedes Mal, wenn ich den Tholianer aufs Korn nehmen will, gehen die Schüsse ins Leere!«

Hekan zeigte mit dem Finger auf ein freies Podium in der Nähe von Weeton. »Das Stabilisierungssystem ist asynchron. Kann mal jemand die Station bemannen und ihm helfen?«

»Wer von uns?« Vetch trat einen halben Schritt von seiner Konsole weg und zögerte dann. »Soll ich? Ich weiß nicht ...«

Das Deck bebte, als der tholianische Angreifer nach seinem ersten Angriff mit einer Salve Torpedos nachsetzte. Vetch wurde zu Boden geschleudert. Saru klammerte sich verzweifelt an seinem Podium fest, aber der orangefarbene Blitz der Entladung auf einem der sekundären Bildschirme entging ihm nicht.

Die Torpedos durchschlugen die Schilde und trafen eine Warpgondel des Frachters. Saru keuchte, als die gesamte Antriebskapsel von ihrem Pylonen losgerissen wurde, wegtrudelte, in die Heckwelle des Impulsantriebs geriet und mit einer Eskortdrohne kollidierte, die herangerast kam, um sie einzuholen.

»Wir haben nicht genug Leute, um dieses Schiff unter Kampfbedingungen adäquat zu bedienen«, sagte Saru tonlos und riss seinen Kommunikator von seinem Gürtel. Er klappte ihn auf und sprach in das Mikrofon. »Yashae, Subin! Kommen Sie im Laufschritt zum Kommandodeck! Bringen Sie alle mit, die Sie finden können!«

»Negativ, Lieutenant, wir haben hier unsere eigenen Probleme!«, antwortete die Vok'sha. *»Der letzte Treffer hat ein Elektroplasmaverteilernetzwerk hier unten erwischt und es brennt überall im Flur. Ich bringe gerade alle aus der Abteilung, Sir …«* Eine Pause entstand und Saru hörte in der Ferne das Knirschen von Metall, das sich verzog. *»Wir kommen zu Ihnen, wenn wir können.«*

»Verstanden, Chief«, sagte er. »Wenn gar nichts mehr geht, dann lassen Sie sich in die *Yang* zurückfallen und koppeln Sie ab. Wir werden hier oben unser Bestes geben.«

Saru sah hoch. Madoh zog sein eigenes Kommunikationsgerät hervor. »Brauchen Sie Leute? Ich kann welche holen!«

»Tun Sie's«, sagte Saru und warf Nathal einen Blick zu, der ihren Protest im Keim erstickte, bevor sie ihn aussprechen konnte. »Wir haben keine Zeit, wählerisch zu sein, Kommandantin.«

Die Pelianerin machte ein finsteres Gesicht, das der strengen Haltung ihres Vaters ähnelte. »Das wird keine Rolle spielen, wenn wir nicht zusammenarbeiten können.«

»Irgendwas geschieht da!«, rief Vetch. »Die anderen beiden Tholianer lassen sich zurückfallen.«

»Er hat recht«, sagte Weeton. »Lieutenant, die Sensoren messen sehr starke Energiespitzen auf allen Schiffen. Ein neues Muster, das wir vorher noch nicht gesehen haben.«

Die beiden Spinner, die das pelianische Kriegsschiff bedrängten, drehten in perfektem Einklang ab und vollführten eine Kehrtwendung, als der größte Teil der Drohnenflottille durch die Finsternis auf sie zuschoss. Aus den Kanonenmündungen der automatischen Flugkörper brachen Impulsstöße hervor. Die Eskorten versuchten, eine Feuerwand zu errichten. Die Maschinenintelligenzen in den Drohnen arbeiteten über Subraumverbindungen zusammen und koordinierten ihren Gegenangriff, um die größtmögliche Vernichtungskraft in den Weg der Tholianer zu legen.

In den Speicherbänken der Drohnen befanden sich Daten aus Tausenden Stunden Langstreckenscans sowie prognostizierte Modelle und Spionagedaten, die Peliar Zel über die Streitkräfte von Tholia besaß – doch alldem zum Trotz fehlte den Drohnen die Fähigkeit einer nichtkünstlichen Intelligenz ... die Fähigkeit, eine rein zufällige, vollkommen unerwartete Entscheidung fällen zu können.

Entgegen jeder Vernunft wandte die tholianische Zwillingsschiff-Formation sich dem herankommenden Feuer *zu* und schlängelte sich durch die Lücken in der Salve, wie hell glitzernde Nadeln, die den Schussfaden zwischen den Kettfäden hindurchtrieben. Das gemeinsame Netzwerk der Drohnen entdeckte das ungewöhnliche Energiemuster, das sich in beiden Schiffen aufbaute, erkannte es aber nicht. In den pelianischen Aufzeichnungen gab es keine Scans eines derartigen Musters.

Der Grund dafür war einfach. Kein Schiff von Peliar Zel hatte jemals die Waffe eines Tholianers überlebt, die jetzt freigesetzt werden sollte.

Die Energieladung wurde von den Hüllen der beiden Spinner mit einer knisternden Wellenfront freigesetzt. Sprühende, blaue Lichtblitze breiteten sich in Sekundenschnelle aus, bis die Wellenfront weit genug auseinandergezogen war, um die Drohnen zu durchdringen.

Jede Drohne, die von der Doppelwelle getroffen wurde, erlitt dieselbe katastrophale Überladung. Erst brachen ihre schwachen Deflektoren zusammen, dann wurden ihre Energiesysteme von einer unglaublichen Energieflut überschwemmt, die durch ihren Überspannungsschutz jagte. Das hoch intensive Energiedämpfungsfeld, das die Tholianer abgaben, verblasste nach ein paar Tausend Metern, doch die Drohnen hatten sich so dicht beieinander befunden, dass die Wirkung verheerend war.

Die Schubdüsen erstarben und die Waffenphalanx war außer Gefecht gesetzt. Doch der Vorwärtsschwung der pelianischen Eskorten war unvermindert, wodurch die Drohnen zu einer Wolke unkontrollierter Geschosse wurden. Einige der Roboterflugkörper kollidierten miteinander, einige trudelten in den Gravitationssog des Planeten unter ihnen, wieder andere begaben sich auf Kollisionskurs mit ihrem Mutterschiff. Das zwang die Schützen auf dem Träger, ihre eigenen Flugkörper zu vernichten, um keinen tödlichen Zusammenstoß zu riskieren. Die meisten der betroffenen Drohnen löschten sich gegenseitig in kurzlebigen Feuerbällen aus. Die Angriffsfähigkeit des größeren Pelianerschiffs war in weniger als einer Minute vollkommen zerstört worden.

Die Verwendung der Waffe war wie die Tholianer selbst: unbarmherzig, präzise und unnachgiebig.

Jetzt war die für sie unmittelbarste Bedrohung neutralisiert. Die beiden Spinner drehten bei und schossen wieder auf das Kriegsschiff zu. Erneut flogen sie von Seite zu Seite, während sie sich elegant durch das sich immer weiter ausbreitende Trümmerfeld schlängelten, das durch ihren Angriff entstanden war. Dunkelrote Strahlen blitzten an den spitzen Nasen beider Schiffe auf. Sie kombinierten ihre Feuerkraft, um dieselben Punkte auf der äußeren Hülle des Frachters zu treffen.

Metallplatten außen an dem sichelförmigen Schiff schmolzen unter gasartigen Strömen aus sonnenheißem Plasma dahin. Ein gewaltiges Beben durchlief das pelianische Kriegsschiff, als wichtige Systeme ausgebrannt wurden.

Die Schützen des Kriegsschiffs konnten nicht wissen, wie lange es dauern würde, bis die Energiedämpfer wieder aufgeladen waren. Sie wussten nur, wenn ihr Schiff bewegungsunfähig gemacht wurde, dann konnten die Tholianer sie ganz nach Belieben aufschneiden – oder noch schlimmer, sie webten eins ihrer merkwürdigen Energienetze um den Träger und zerrten ihn in ihr Hoheitsgebiet.

Die pelianische Besatzung kämpfte mit der Verzweiflung derjenigen, die sich einem Feind gegenübersahen, den sie nur durch Gerüchte und Halbwahrheiten kannten. Strahlensalven durchschnitten das dunkle All im Orbit und versuchten, im Vakuum ihre Ziele zu finden. Da der Kampf auf so engem Raum stattfand, musste irgendwann irgendein Schuss sein Ziel treffen. Ein Partikelstrahlturm auf dem hinteren Viertel des Kriegsschiffs landete einen direkten Treffer und riss einen Teil der kristallinen Hülle des Spinners auf. Überhitzte Atmosphärengase schossen aus dem Riss und das Schiff schwenkte ab. Sein Begleiter fand die Kanone, die den Treffer erzielt hatte, und schmolz sie mit einem hoch intensiven Energiestoß zu dunkler Schlacke ein.

Die Tholianer, die das Kriegsschiff angriffen, flogen davon und formierten sich neu. In weniger als einem Kilometer Entfernung setzte das dritte Schiff dieser Triade seinen schonungslosen Angriff auf den größeren, langsameren Raumfrachter fort.

Ein Sturm aus Plasmastößen schoss hinauf zu der herumwirbelnden Gestalt des tholianischen Spinners, doch keiner von ihnen traf den Angreifer. Saru spürte, wie ihn der Mut verließ, als das fremde Schiff begann, sich dem rollenden Schlingerkurs des Transportschiffs anzupassen. Jeder Treffer von der Hauptwaffe des Tholianers war wie ein Hammerschlag, der die Decks erzittern und die Bildschirme, die von der Decke herabhingen, flackern und dunkel werden ließ.

Warnanzeigen ließen auf das wachsende Grauen schließen, das sich unter Deck und in den Frachtmodulen ausbreitete. Einige Etagen des vordersten Moduls wurden aufgerissen und dem Weltall preisgegeben. Sporadisch sickerten Schadensmeldungen von den Containern im Heckbereich durch. Teilweise waren diese Module durchlöchert und verloren ihre Lebenserhaltungssysteme.

Wie viele sind bereits tot? Als Saru über diese furchtbare Frage nachdachte, wurde ihm schlecht. *All diese Zivilisten da hinten. Die Alten und die Jungen. Ejah.*

Er schüttelte den Gedanken ab. Er hatte keine Zeit, um darüber nachzugrübeln. Der Kelpianer versuchte verzweifelt, seine Aufmerksamkeit zwischen der Kontrollkonsole vor ihm und einer sekundären Antriebsstation zu seiner Rechten aufzuteilen. Es war harte Arbeit, sich mit einer Arbeitsoberfläche, die nicht von der Sternenflotte stammte, und zwei verschiedenen Anzeigen, die teilweise widersprüchliche, teilweise übereinstimmende Angaben machten, gleichzeitig zu befassen. Saru stieß einen tiefen, erschöpften Seufzer aus, als das Schiff erneut bebte, und legte den Kopf in den Nacken. Er sah zu Weeton. Der Ensign sah so überanstrengt aus, wie Saru sich fühlte. Auch er versuchte, zu viele Informationen gleichzeitig aufzunehmen und ein Frachtschiff, das niemals für einen Kampf vorgesehen gewesen war, durch ein tödliches Szenario zu steuern.

Wir sind zu wenige hier oben. Die Hälfte der Kontrollpodien war unbemannt, während Nathal, Hekan und die anderen von einem zum anderen eilten und versuchten, die Arbeit einer kompletten Brückenbesatzung zu erledigen. *Und wir scheitern.*

Diese kalte, unausweichliche Tatsache, die Saru ständig im Nacken saß, drängte sich in den Vordergrund. Das Gefühl des herannahenden Todes und die Angst, die ihn nie verlassen hatte, wurden an die Oberfläche gespült, und eine alte Erinnerung kam mit ihnen.

Saru erinnerte sich daran, wie er als Kind in einer Höhle gekauert hatte mit steifen Beinen und zitternden Armen. Er erinnerte sich daran, wie er die Angst vor seinem geistigen Auge wie eine dunkle, klebrig-ölige Masse gesehen hatte. Sie stieg hoch, um ihn zu bedecken und ihn zu ersticken. So lange, bis nichts mehr von dem Kelpianer namens Saru übrig war – keine Intelligenz, kein Verstand, keine Persönlichkeit. Die Angst würde ihn ertränken und sein ganzes Wesen erfüllen. Dann würde nichts übrig bleiben, außer einem verängstigten, zitternden Tier. Er würde verschlungen werden.

Seine langen Finger ballten sich zu Fäusten.

Ich. Werde. Nicht. Aufgeben.

Jetzt, wie damals, wehrte er sich mit aller Kraft, die er aufbringen konnte, und bemühte sich, von der unnachgiebigen Schwerkraft der panischen Angst loszukommen. Wenn er doch nur noch eine Sekunde länger verhindern könnte, sich dieser brennenden Angst hinzugeben, zehn Sekunden länger, eine Minute, dann könnte er sie zurückdrängen.

Ich habe Angst, sagte er zu sich selbst. *Aber sie wird mich nicht beherrschen.*

»Ich kann ihn nicht treffen!«, sagte Weeton und fluchte leise. »Jemand muss den seitlichen Schub hochdrehen, und zwar schnell!«

Vetch zögerte an seiner Konsole. »Wie geht das?«

»Roter Ziffernblock, um neunzig Grad drehen«, rief Hekan von der anderen Seite des Raums.

»Rot …?« Der gorlanische Sprecher stockte. Er war vollkommen überfordert und er wusste es. »Ich kann nicht …«

»Das da!«, knurrte Madoh, sprang hinter der Konsole, die er bediente, hervor, und stach mit einem Finger auf das Bedienfeld vor Vetch.

»Zu spät«, sagte der Ensign und fluchte erneut, als das Schiff einen weiteren, hämmernden Treffer einstecken musste. »Das Ding da draußen wird uns wie einen Truthahn zerlegen!«

»Das wäre nicht optimal«, antwortete Saru und begrub seine dunkleren Emotionen. Die Angst würde wiederkehren – das tat sie immer –, aber nicht in dieser Sekunde, nicht in dieser Minute. Er würde es nicht zulassen.

Der Kelpianer umklammerte die Ränder des rednerpultartigen Podiums vor sich und atmete tief durch den Mund ein. Die Sinnesorgane an seinem Gaumen schmeckten verbrannten Kunststoff, Schweiß und einen Hauch von Ozon.

»Wir können so nicht weitermachen«, sagte er. »Ensign Weeton hat recht. Wir müssen unsere Strategie ändern.«

»Strategie?«, wiederholte Nathal. »Ist es Ihrer Aufmerksamkeit entgangen, dass das hier ein Lastenkahn ist, Lieutenant Saru, und kein Kriegsschiff? Die einzigen Strategien, die uns zur Verfügung stehen, sind *fliehen* und *noch schneller fliehen.*«

Er hob eine Hand. »Bei allem Respekt, ich bin anderer Meinung.« Saru warf Hekan einen Blick zu. »Sie haben vorhin von den diversen Traktorstrahlen gesprochen. Können Sie die aktivieren?«

»Sie wollen, dass ich Energie von unseren Schilden und dem Antrieb abziehe?«

»Ja.« Saru nickte eifrig. »Und außerdem werde ich aufhören, das Schiff herumzurollen.«

»Dann bieten Sie den Tholianern ein leichtes Ziel«, sagte Nathal. »Sie können unsere Hülle durchschießen und dieses Deck anvisieren! Uns alle mit einem Schuss töten!«

»Ich hoffe, dass sie genau das versuchen werden.« Er wandte sich an Weeton. »Ensign, seien Sie sparsam mit dem Feuer aus allen oberen Plasmageschützen. Halten Sie sich bereit, um auf mein Zeichen alle gleichzeitig abzufeuern.«

Man musste Weeton hoch anrechnen, dass er den Befehl, ohne zu zögern, befolgte. »Aye, Sir! Konfiguriere neu.«

»Die Pelianerin hat recht«, maulte Madoh. »Haben Sie irgendeinen neuralen Schaden abbekommen, Außenweltler?«

»Bitte, vertrauen Sie mir.« Saru atmete noch einmal tief durch. »Es geht los. Beende Rollprogramm … *jetzt*!« Er nahm die Schubkontrollen zurück, damit es so aussah, als hätte es einen Systemausfall gegeben, und der tholianische Spinner schluckte den Köder.

Der Angreifer kam im Sturzflug auf den Bug zu und wollte den oberen Decks den Todesstoß versetzen, wie Nathal gesagt hatte.

»Er kommt schnell herein!«, rief Weeton.

»Hekan, die Traktorstrahlen«, sagte Saru. »Berechnen Sie die Masse des tholianischen Schiffs und legen Sie ihm die Schlinge um den Hals. Benutzen Sie jeden möglichen Emitter!«

»Das wird unsere Feldspulen überladen«, warnte Nathal.

»Wir müssen es nicht lange festhalten …« Saru sah Weeton wieder an. »Oder, Ensign?«

Ein wildes Grinsen breitete sich auf dem Gesicht des jungen Offiziers aus, als er verstand, was Saru vorhatte. »Nein,

Sir, müssen wir nicht.« Seine Hände huschten blitzschnell über die Waffenkontrollen und kopierten die Zielkoordinaten von Hekans Traktorstrahl direkt in die Angriffsmuster der Plasmakanonen.

»Festhalten!«, rief Hekan, als das tholianische Schiff auf sie herabstieß. »Warten ... warten ... *jetzt*!«

Hellgrüne Lichtstrahlen schossen aus den Traktorstrahlemittern auf dem Rücken des Raumfrachters hervor, sammelten sich auf der silbernen Hülle des Spinners und brachten ihn ruckartig zum Stillstand. Der Energieeffekt erfasste das kristalline Schiff unvermittelt und der Schock der Impulsübertragung pflanzte sich durch die Hülle des Frachtschiffs fort. Energieregler brannten durch und stießen heiße, weiße Rauchwolken aus und das größere Schiff stöhnte.

Saru fragte sich, was die Gorlaner unten in den Frachtkapseln wohl dachten. Erdrückte die Angst sie? Spürten sie dieses, hörten jenes und glaubten, dass ihr letztes Stündlein geschlagen hatte?

»Nicht heute«, murmelte Saru.

Auf dem Hauptbildschirm zerrte das tholianische Schiff an den Fesseln der Traktorstrahlen. Die Zwischenkühlernetze an seinen Triebwerken glühten rot, während es versuchte, sich loszureißen.

Hekan hustete in der rauchgeschwängerten Luft. »Ich kann es nicht viel länger festhalten!«

»Ensign«, sagte Saru. »Feuern Sie alle Geschütze ab.«

»Feuer!« Weeton schlug mit der Handfläche auf alle Auslöser der Plasmageschütze und sie leuchteten hell auf. Das Licht bewegte sich in Wellen auf den Umriss des tholianischen Angreifers zu.

Das fremde Schiff zersplitterte und ganze Bereiche der äußeren Hülle flogen davon. Sie gaben den Blick auf das glitzernde Innenleben frei, das wie glühende Magmaströme in einem Steinbett wirkte. Das Schiff hätte einen oder zwei Treffer der Plasmakanonen einstecken können, aber ein Angriff von allen gleichzeitig, ohne den Einschlägen ausweichen zu können, hatte den Spinner dem Untergang geweiht.

Hekan deaktivierte schließlich die Traktorstrahlen, bevor ihre Leitungen durch die Belastung überhitzen konnten. Es hatte gereicht. Der tholianische Angreifer fiel von dem Raumfrachter ab und zog einen glitzernden Schweif Glassplitter hinter sich her, während er davontrudelte und sich überschlug. Saru hörte überall im Raum Jubelrufe, als die anderen beiden Spinner – einer beschädigt und in seiner Bewegung eingeschränkt, der andere noch intakt – an ihrem Gefährten vorbeifegten und das Wrack mit gelben Netzstrahlen einfingen.

»Sie brechen ab ...«, sagte Nathal und kam näher zu Sarus Station. »Sehr beeindruckend, Lieutenant Saru. Ich habe noch nie gehört, dass die Tholianer sich zurückgezogen hätten.«

Saru versuchte, einen Bruchteil der Freude zu empfinden, die sich auf den Gesichtern von Weeton, Vetch und Hekan ausbreitete, aber fand nichts außer einer düsteren Gewissheit. »Das ist kein Rückzug.« Seine Hand glitt über seinen Hinterkopf und über die Bedrohungsganglien, die dort immer noch zuckten. »Ich bin ganz sicher. Sie werden zurückkommen.«

12

Saru riss die Augen weit auf, als er die Frequenzanzeige auf dem Subraumfunkgerät des Shuttles betrachtete. Die Botschaft, die er versucht hatte, von der *Yang* aus zu senden, wurde ihm als unverständliches Echo zurückgeworfen. Seine Worte waren verstümmelt und verzerrt, bevor das Signal auch nur ein paar Lichtsekunden überwunden hatte.

Er seufzte, ließ sich in den Pilotensitz zurückfallen und sah durch die Kanzel nach draußen, ohne den Anblick dahinter wirklich wahrzunehmen. Es war fast ein Wunder, dass das Shuttle den Kampf mit den Tholianern überlebt hatte und wie eine Klette immer noch an der Hülle des Pelianerfrachters angedockt war. In seiner Nähe hatte ein Schuss aus einer Partikelkanone ein Loch in die Wartungsdecks des Transportschiffs gerissen. Wäre dieser nur ein paar Grad weiter nach Steuerbord gerichtet gewesen, hätte der Strahl die *Yang* in zwei Hälften zerschnitten.

Dennoch half die vertraute Enge des Shuttles nicht, Sarus aufgewühlte Gemütsverfassung zu beruhigen. Er hatte nicht übertrieben, als er Kommandantin Nathal gesagt hatte, dass die Tholianer für eine zweite Runde zurückkehren würden. Das war eine bekannte Charaktereigenschaft, eine Kampftaktik ihrer Spezies – sie ließen einen Probeangriff vorausgehen, um ihren Feind einschätzen zu können, und schlugen dann noch schwerer bewaffnet erneut zu.

Da draußen waren noch mehr tholianische Schiffe, dessen war er sich sicher. Saru blinzelte in die Dunkelheit hinaus und spähte an den Trümmern des Kampfs vorbei, den sie vor einigen Stunden ausgetragen hatten, als könnte er von seinem Aussichtspunkt aus ein Zeichen der glitzernden Kristallschiffe ausmachen.

Der Lieutenant konnte sie nicht sehen, aber die Fehlversuche, mit der *Shenzhou* Verbindung aufzunehmen, konnten nur eins bedeuten. Die Tholianer sendeten ein Störfeld im gesamten System, das abgehende Subraumfunksignale blockierte und Langstreckensensoren vernebelte. Drei Spinnerschiffe würden dafür nicht ausreichen und er verlor sich in der Überlegung, welche Größe die Flottille, die die Versammlung zu dem Zufluchtssystem geschickt hatte, wohl haben mochte. *Fünf Schiffe? Zehn?* Wie viele Kampfschiffe waren ein Frachtschiff und ein Kampfschiff gemessen an den Standards des tholianischen Militärs wert?

»Ich habe die unerfreuliche Gewissheit, dass wir es herausfinden werden, Sir«, sagte eine Stimme hinter ihm.

Saru zuckte überrascht zusammen und drehte sich auf seinem Sitz um. Er sah Petty Officer Yashae, die in den hinteren Bereich der *Yang* kletterte. Er war so tief in Gedanken versunken gewesen, dass er nicht gehört hatte, wie sie sich auf leisen Sohlen genähert hatte. »Habe ich laut gesprochen?«

»Ja, Sir.« Sie setzte ein halbherziges Lächeln auf. »Keine Sorge, ich werde es niemandem sagen.« Yashaes milchig-blasses Gesicht und ihr blauer Uniformoverall waren von Rauch und Öl geschwärzt, aber das schien ihr nichts auszumachen.

»Bericht«, sagte Saru und schenkte ihr seine ungeteilte Aufmerksamkeit. Falls sie das hier alles überstanden, würde der Kelpianer Belobigungen für Yashae, Zoxom und den Rest des Rettungsteams im Logbuch aussprechen. Unter der Leitung des Petty Officers hatten sie den bewusstlosen Saladin Johar und den Rest der Leute, die in der Messe gefangen gehalten worden waren, evakuiert, als das Feuerlöschsystem während des tholianischen Angriffs versagte. Die Vok'sha erklärte alles schlicht und sachlich, aber Saru war klar, dass sie sich mehr als einmal bewusst in Gefahr begeben hatte, um das Team und einige aus Nathals Mannschaft in Sicherheit zu bringen.

»Der Chefingenieur befindet sich auf der Krankenstation«, schloss sie ihren Bericht. »Zoxom ist jetzt mit Subin dort. Als ich ihn zuletzt sah, beschwerte er sich über die pelianischen Medibots und flickte alle wieder zusammen, die es nötig hatten.«

»Das haben Sie gut gemacht«, sagte Saru.

Sie runzelte die Stirn. »Es tut mir leid, dass wir Sie nicht erreichen konnten, Lieutenant. Ich weiß, Sie hätten ein paar zusätzliche Hände da oben gebrauchen können.«

Er nickte. »Wir haben es auch so geschafft.«

Yashae deutete mit ihrem Kinn auf die Kommunikationstafel. »Konnten Sie die *Shenzhou* schon erreichen?«

Saru hielt ihrem Blick stand. Er sah keinen Sinn darin, nicht vollkommen offen zu sein. »Wir sind auf uns gestellt.«

»Können wir hier herauswarpen?«

Er schüttelte den Kopf. »Das Maschinendeck hat weitreichende Schäden erlitten.«

Yashae machte ein leises Geräusch in ihrer Kehle, das wie Spucken klang. Saru wusste, dass das ein Fluch der Vok'sha war. »All die Mühe, die wir investiert haben, um dieses

Schiff wieder flott zu bekommen, wurde innerhalb weniger Minuten zunichtegemacht. Johar wird ganz schön sauer sein, wenn er aufwacht.«

»Das wird er.« Eine Sekunde lang dachte Saru zurück an das, was Ensign Weeton gesagt hatte – dass jemand anderes das Kommando in dieser beklagenswerten Situation haben sollte –, und überlegte, wie es sich wohl anfühlen würde, die Last dieser Verantwortung an einen Offizier mit einem höheren Rang abzutreten.

Saru schüttelte kaum merklich den Kopf und verdrängte diesen schädlichen Gedanken. Der Kelpianer hatte schon früher die Personalverantwortung getragen – während der Ausbildung an der Akademie und manchmal in Arbeitsgruppen an Bord der *Shenzhou.* Aber noch nie so wie hier. Niemals in einer Situation, in der so viele Leben auf dem Spiel standen, in der intelligente Wesen entweder überleben oder mit Sicherheit sterben würden ... abhängig von seinen Entscheidungen. Saru kannte sich selbst gut genug, um zu erkennen, dass er manchmal arrogant sein konnte, aber das hier war nicht der richtige Zeitpunkt dafür. Ein guter Kommandant musste vieles sein, um zum richtigen Zeitpunkt Stärke, Demut und Mitgefühl zu demonstrieren. Er hätte nie gedacht, dass es so schwer sein könnte, das richtige Gleichgewicht zwischen diesen Dingen zu finden. Doch hier war er nun und lernte diese Lektion auf die harte Tour. Burnham hatte ihm einmal von einer Redensart der Menschen erzählt, so etwas wie, man solle vorsichtig sein, was man sich wünscht. Jetzt erkannte er die Wahrheit darin.

Wie schafft es Captain Georgiou, es so mühelos aussehen zu lassen?, fragte Saru sich. Er beschloss, sie zu fragen.

Vorausgesetzt, du lebst lange genug, um sie wiederzusehen, sagte seine skeptische innere Stimme.

Sein Kommunikator piepte und unterbrach seine Gedanken. Er zog ihn von seinem Gürtel und klappte ihn auf. »Saru hier.«

»Lieutenant, hier ist Weeton auf dem Kommandodeck.« Die Stimme des Ensigns klang angespannt. *»Sir, Sie sollten lieber wieder hier heraufkommen. Gleich bricht Krieg aus!«*

Saru glaubte, laute, verärgerte Stimmen im Hintergrund zu hören. »Sind die Tholianer zurück?«

»Negativ«, sagte Weeton. *»Es handelt sich um die Gorlaner und die Pelianer. Sie hören auf nichts, was ich sage, und ich glaube, die gehen gleich mit Fäusten aufeinander los!«*

»Bin unterwegs.« Saru klappte den Kommunikator zu und sprang aus dem Pilotensitz in Richtung der Luke im Boden.

»Was soll ich tun, Sir?«, fragte Yashae.

Saru bedeutete ihr, ihm zu folgen. »Ich glaube, ich werde jede Unterstützung gebrauchen können.«

»Sie werden den Tholianern die Arbeit abnehmen!«, fauchte Nathal und schnitt mit ihrer Handkante durch die Luft vor den Gorlanern. »Das wird alles nur noch schlimmer machen!«

»Sprechen Sie nicht mit uns, als ob wir Dummköpfe wären«, schnauzte Madoh. Er sah sich um und zeigte auf die zusätzlichen Gorlaner, die von den unteren Decks heraufgekommen waren, um die verwaisten Stationen auf der Brücke des Frachters zu bemannen. »Sie brauchen uns, um diesen Kahn zu fliegen, wenn wir überhaupt Hoffnung haben wollen, dem tholianischen Gegenangriff zu entgehen!«

»Jetzt beruhigen Sie sich mal alle«, sagte Weeton und versuchte, sich zwischen die beiden Gruppen zu stellen. »Madoh hat recht. Wenn die Gorlaner hier die leeren Posten füllen, können wir dieses Schiff vernünftig fliegen. Schneller reagieren, vielleicht heil aus der Sache herauskommen.«

Nathal knurrte und sah ihre Stellvertreterin nach Unterstützung heischend an. »Ich habe zugestimmt, Hilfe zu akzeptieren, aber nicht von unerfahrenen Anfängern. Hat irgendeiner von Ihnen jemals ein Schiff von dieser Größe bemannt?«

»Diese Männer sind ehemalige Besatzungsmitglieder von Kolonieschiffen«, beharrte Kijoh und sprach lauter. »Die wissen, was zu tun ist.«

»Ich teile Ihre Zuversicht nicht, Gorlanerin. Wir werden durch Ihre Inkompetenz getötet, noch bevor die Tholianer einen Schuss abgeben!«

Weeton reagierte nicht auf Nathals scharfe Antwort – zum Teil, wenn er ehrlich war, weil er ihr recht gab. Die Gorlaner hatten schon zwei Mal unabsichtlich möglicherweise tödliche Systemkonflikte in der Kontrollmatrix des Schiffs hervorgerufen, indem sie die Konsolen falsch bedienten. Der Ensign hatte Angst, dass so ein Fehler, wenn die Schießerei weiterging, tödlich ausgehen konnte.

»Dann holen Sie doch Ihre eigenen Leute, um diesen vom Schöpfer verlassenen Koloss zu fliegen!«, spie Vetch. »Das heißt, wenn Ihr liebender Vater es erlaubt!«

Genau das hätte er nicht sagen dürfen, dachte Weeton und sah, wie Nathals Miene versteinerte. »Kommandantin, hören Sie …«

Sie sah direkt durch ihn hindurch und starrte den gorlanischen Sprecher an. »Die Mannschaft des Trägers hat ihre eigenen Reparaturen vorzunehmen. Ihr Schiff wurde weitaus schlimmer getroffen als unseres.« Nathal ging auf Vetch los. »Aber was meinen Vater angeht, wollen Sie unbedingt, dass er recht behält? Gorlaner sind stur und primitiv. Stimmt das? Sind Sie so begriffsstutzig, dass man Ihnen nicht sagen kann, was zu tun ist?«

Alle vier Hände von Vetch wurden in die Höhe gerissen und griffen nach Nathal. »Arrogante pelianische …«

»Schluss jetzt!« Weeton drehte sich um und sah eine schlaksige Gestalt, die aus dem Aufzug trat und mit der Hand auf sie zeigte. Der Ensign hatte Lieutenant Saru noch nie zuvor jemanden anschreien hören. Seine Stimme hatte etwas von einem Peitschenknall und war nicht zu überhören.

Saru marschierte mitten auf das Kommandodeck. Yashae folgte einige Schritte hinter ihm und ließ ihren Blick durch den Raum schweifen wie ein Falke. Der Kelpianer richtete sich zu seiner vollen Größe auf und sein haarloser Schädel berührte beinahe die Decke des Raums. Weeton erkannte, dass Saru sich die ganze Zeit absichtlich vorgebeugt hatte, um mit allen anderen auf Augenhöhe zu sein. Jetzt allerdings wollte er das nicht – er wollte, dass alle ihm ihre Aufmerksamkeit schenkten.

»Es mag ja faszinierend sein, wenn intelligente Wesen in ihrer natürlichen Umgebung zanken«, versetzte er und Weeton glaubte, ein Echo des Captains der *Shenzhou* in der Ansprache des Lieutenants zu hören. »Aber die Tatsache, dass wir hier stehen, beweist, dass Sie im Angesicht einer großen Krise in der Lage sind, zusammenzuarbeiten. Ob es Ihnen gefällt oder nicht, wir sind Verbündete. Sternenflotte, Gorlaner, Pelianer. Die Tholianische Versammlung betrachtet uns *alle* als fremde Eindringlinge. Wenn wir uns jetzt entzweien, wird das zu unserer Vernichtung führen.«

Ein drückendes Schweigen lastete nach seinen Worten auf der Brücke. Saru dehnte diesen Moment aus und ließ alle über die harte Wahrheit nachdenken, die hinter seinen Worten steckte. Für Nathal, Hekan und die anderen Pelianer gab es nur ihre persönliche Angst, die unter der Oberfläche brodelte. Doch für Saru war die unterschwellige Strömung von Angst, Entsetzen und Frustration roh, echt und gegenwärtig. Er spürte sie in den disharmonischen Aurenfeldern, die jeder der Gorlaner ausstrahlte. Das unsichtbare Gefühl ihrer Empfindungen ließ die Rezeptoren in seiner Haut jucken. Er spürte ihre Furcht wie ein Prickeln in der Luft, das dem eines herannahenden Gewitters ähnelte. Saru war der einzige Nichtgorlaner, der das bewusst wahrnehmen konnte.

Die Pelianer mochten es unterbewusst empfinden und unwillkürlich abwehrend und negativ reagieren, aber sie würden es nie so verstehen wie er – das intime Gefühl eines heraufziehenden Verderbens, das sich manifestieren würde, wenn sie es zuließen.

Die brüchige Koalition, die sich im Angesicht der tholianischen Bedrohung gebildet hatte, lief Gefahr, zu zerfallen. Das durfte nicht passieren.

»Ich habe keine Zweifel an der Einsatzbereitschaft der Gorlaner«, sagte Nathal, die ihre vorherige Gereiztheit zügelte. »Aber ich fürchte, dass sie mit dieser Aufgabe überfordert sind.« Kijoh wollte gerade etwas entgegnen, aber Nathal sprach rasch weiter. »Sie sind alle zivile Raumfahrer. Sie sind nicht kampferprobt wie die Mannschaften von Peliar Zel. Dieses Schiff mag ein Transportschiff sein, aber jeder Einzelne meiner Leute an Bord hat die Militärakademie abgeschlossen.«

»Wir sind keine Krieger, das stimmt«, räumte Madoh ein. »Aber Gorlaner sind *Kämpfer.* Wenn der Schöpfer uns nicht so geschaffen hätte, wäre es uns unmöglich gewesen, Kolonien auf Dutzenden unwirtlicher Welten aufzubauen.«

Ein Gedanke formte sich in Sarus Kopf. Er atmete tief ein und machte sich bereit. Im Verlauf dieser ganzen verhängnisvollen Mission hatte der Kelpianer sich gegen die Flut der Ereignisse gestemmt und versucht, einen Weg zu finden, um das Richtige zu tun – und jedes Mal hatte er versucht, andere davon zu überzeugen, wider ihre Natur zu handeln. *Kann ich*

Ihnen die Augen öffnen? Die Frage lastete schwer auf ihm. *Habe ich eine andere Wahl?*

»Madoh. Kijoh.« Er sah auf die Gorlaner hinunter. »Nathal hat recht und so sehr ich mir das Gegenteil wünsche – reine Willenskraft wird nicht ausreichen. Wir brauchen hier Einigkeit. Ihre Leute müssen an einem Strang ziehen und nicht als Einzelpersonen arbeiten.«

»Nein ...« Madoh hob seine Arme. Er wusste bereits, was kommen würde. »Das können Sie nicht von uns verlangen. Sprechen Sie das nicht aus, Saru. *Tun Sie's nicht!*«

Doch er tat es. »Sie müssen Ejah hier heraufbringen. Sie müssen den Knotenpunkt an diesen Ort bringen und sie das tun lassen, was sie am besten kann: den Willen der Gorlaner einigen.«

»Nein!« Madohs Zorn ließ seine Wangen rot aufflammen und er gestikulierte, wobei die roten Binden um seine Handgelenke aufblitzten. »Sie wissen, was das bedeutet, oder? Ich beschütze sie! Ich werde sie nicht in Gefahr bringen!«

»Wir sind alle in Gefahr«, antwortete Saru und versuchte, beiläufig zu klingen. »Und wir werden alle sterben – den Knotenpunkt eingeschlossen –, wenn wir die Tholianer nicht zurückschlagen können. Das wissen Sie.« Er sah Kijoh an. »Ich weiß, dass Sie meine Aura spüren können, so wie ich Ihre spüren kann. Ist sie von Doppelzüngigkeit gefärbt? Glauben Sie, dass ich Sie anlüge?«

»Sie lügen nicht«, sagte Kijoh nach einer ganzen Weile und seufzte tief. »Aber das, was Sie da verlangen ... Ejah ist unsere wertvollste Gabe.«

»Ich weiß.« Saru nickte. »Aber Sie brauchen sie hier – und nicht isoliert in einer verborgenen Kammer unter Deck.« Er spreizte die Hände und legte seinen Kopf leicht in den Nacken. Für einen Kelpianer war es die ultimative Geste der Unterwerfung, der Offenheit, die entblößte Kehle schutzlos einem Außenstehenden preiszugeben. »Ejah kann uns allen helfen. Ihre Fähigkeiten ...« Saru hatte Mühe, die richtigen Worte zu finden. »Sie würden uns den Tholianern gegenüber einen Vorteil verschaffen.«

»Sie ist uns heilig«, entgegnete Madoh. »Sie ist eine lebendige Verbindung zum Schöpfer. Sie darf durch derartige Dinge nicht besudelt werden!«

Zwei von Kijohs Händen hoben sich und berührten die Schulter ihres Kameraden. »Sie haben so viel für unser Volk geopfert. Haben Sie das nur getan, damit wir hier sterben, an diesem namenlosen Ort? Saru hat recht. Hier geht es um Leben und Tod für unsere Kolonie – und für die Pelianer und diese Sternenflottenoffiziere.«

Madoh schüttelte sie verärgert ab. »Ich werde das nicht zulassen!« Eine seiner Hände fiel auf den Griff eines Messers an seinem Gürtel und er wich zurück. Andere Gorlaner – die meisten davon Rotbinden – begaben sich instinktiv an seine Seite. »Finden Sie einen anderen Weg!«

»Was würde Ejah sagen, wenn Sie sie fragen würden?« Saru trat vor, um Madoh den Weg abzuscheiden. Er war sich bewusst, wenn der Gorlaner sein Messer zog, konnte er nur wenig dagegen tun, dass er es ihm in die Brust stieß. »Haben Sie das Recht, diese Wahl für sie zu treffen?«

Öffne ihm die Augen, sagte eine Stimme in seinem Kopf. Sie klang wie die von Michael Burnham.

»Sie haben Angst«, fuhr Saru fort. »Ich spüre, wie sie von Ihnen ausgeht, wie die Hitze eines Feuers. Ich kenne das Gefühl. Ich lebe täglich damit. Aber ich überwinde sie. Ich passe mich an. Ich bitte Sie, dasselbe zu tun.«

»Ich werde ihr Leben nicht aufs Spiel setzen!«, brüllte Madoh ihm ins Gesicht und Saru sah, wie der silberne Halbmond der gekrümmten Klinge aufblitzte, während sie aus ihrer Scheide gezogen wurde.

Es steht dir nicht zu, zu entscheiden. Die sanfte, lautlose Stimme war plötzlich in Sarus Gedanken.

Alle Gorlaner erstarrten. Madoh glitt das Messer aus den Fingern und es klapperte vor Sarus Füßen aufs Deck. »Ejah!«, hauchte er.

Saru spürte sie, bevor er sie sah, und wandte sich dem offenen Aufzug im hinteren Bereich des Raums zu. Es war, als würde ein Hauch kühler, wohltuender Luft über ihn hinweg streichen und den sich kräuselnden Rauch all der Zweifel und Ängste vertreiben.

Der Knotenpunkt stand in ihrer schäbigen, weißen Robe auf der Schwelle der Kommandoetage und sah sich mit unverhohlenem Interesse um. Ein paar muskulöse Rotbinden begleiteten sie, aber sie wirkten unsicher, als wären sie hin- und hergerissen zwischen der Pflicht, ihr gehorchen zu müssen, und dem Verlangen, sie zu packen und wieder zurück in ihren Unterschlupf zu bringen. Sie bewegte sich mühsam auf ihrem verkrüppelten Bein voran und betrat den Raum. Sarus und ihre Blicke trafen sich kurz. Sie lächelte ihn an und hielt dann Ausschau nach Madoh. »Mein Bruder, was tust du?«

Ihre Worte brachen den Zauber, der Madoh an Ort und Stelle festgehalten hatte. Der Gorlaner schob sich an Saru vorbei und eilte an Ejahs Seite. »Du darfst nicht hier sein! Du musst nach unten gehen, wo es sicherer ist …«

»Ist es sicherer dort?«, sagte sie und schnitt ihm das Wort ab. »Es gibt wieder Tote und Verwundete in den Frachtmodulen. Leben gingen bei diesem ersten Angriff verloren und andere wurden für immer verändert.« Ejah warf Saru einen Blick zu. »Ich habe sie zusammengerufen, damit sie sich in den vordersten Kapseln versammelten. Das sind die, die am dichtesten an den Schiffssektionen mit der dicksten Hülle sind. Die anderen sollten sie aufgeben.

Es ist besser, dass wir uns dort zusammendrängen, statt uns diesen schweren Zeiten ohne Gemeinschaft zu stellen.«

»Wer hat dich hergebracht?« Madoh richtete seinen Zorn auf die beiden Eskorten. »Wer hat euch befohlen, sie hierher zu bringen?«

»Sie hat es ihnen befohlen«, sagte Saru und sah den Moment vor sich, als wäre er dort gewesen. »Ich habe recht, nicht wahr? Sie wusste, dass es so kommen würde. Der Knotenpunkt sah es kommen.«

Ejah nickte. »Manchmal ist der Weg dann am deutlichsten zu sehen, wenn es am dunkelsten ist. Ich gehe dorthin, wo ich gebraucht werde.«

»Ich flehe dich an«, beschwor er sie mit glänzenden Augen. »Bitte, Ejah. Kehre zu den anderen zurück. Sie brauchen dich!«

»Das werde ich nicht tun!«, erwiderte der Knotenpunkt scharf und richtete sich auf. Saru sah, dass eine ihrer Hände frisch verbunden war – wahrscheinlich nach einer Verbrennung –, doch sie zeigte keine Anzeichen von Schmerz. »Ich bin nicht aus Glas, Madoh, ich werde nicht unter der geringsten Belastung zusammenbrechen. Diejenigen, die mich am meisten brauchen, sind in diesem Raum.« Sie humpelte zu Saru und Nathal und nickte beiden zu. »Zeigen Sie mir, was zu tun ist. Und beeilen Sie sich.« Ihr Blick verlor kurz den Fokus und wandte sich nach innen. »Sie kommen. In großer Zahl. Auf allen möglichen Wegen sehe ich sie kommen.«

»Wie kann sie den Gorlanern dabei helfen, besser zu fliegen und zu kämpfen?«, fragte Nathal und musterte die schlanke Frau mit offenem Missfallen. »Das verstehe ich nicht.«

»Ich bin der Knotenpunkt«, sagte Ejah schlicht.

»Sie wird den Leuten Fokus und Einigkeit geben«, erklärte Saru.

»Davon könnten wir alle etwas gebrauchen«, murmelte Weeton.

»Und sie hat andere Talente.« Saru runzelte die Stirn. Jetzt, da er es laut aussprechen wollte, erkannte er, wie es klingen würde. *Ich glaube, sie kann in die Zukunft sehen.* »Ejah besitzt verborgene hellseherische Fähigkeiten. Eine telepathische Fähigkeit.«

Nathals Ungläubigkeit zeichnete sich auf ihrem Gesicht ab. »Sie wollen, dass wir Vertrauen in eine *Seherin* setzen?« Sie ließ das Wort wie eine Beleidigung klingen.

Ejah beugte sich zu der pelianischen Kommandantin und sprach leise. Saru konnte den Austausch zwischen den beiden kaum hören. »Sie lieben Ihren Vater, ja? Trotz allem, was er gesagt und getan hat.«

»Ja …«

»Sie werden bedauern, es ihm nicht gesagt zu haben.« Die Worte des Knotenpunkts brachten Nathal zum Schweigen.

Ein schriller Pfiff erklang von einer unbemannten Konsole und Yashae ging zu ihr hin. Sie schreckte sichtlich zurück, als sie las, was auf der Anzeige stand. »Lieutenant! Hier kommt eine Nachricht herein von Adjutant Craea auf dem Kriegsschiff. Er sagt, ihre Sensoren erkennen Objekte, die sich am Rand des Streufelds bewegen. Tholianische Schiffe. Vier dieses Mal.«

»Bestätigt«, fügte Hekan hinzu und rief eine holografische Projektion auf. »Alle vier Schiffe fliegen direkt auf das pelianische Kriegsschiff zu. Es handelt sich um die beiden, die es vorhin angegriffen haben, aber dieses Mal mit Verstärkung.«

»Das ergibt Sinn«, sagte Weeton. »Sie werden ihre Feuerkraft auf das Kriegsschiff konzentrieren und zuerst mit ihm ihren Spaß haben. Danach sind wir dran.«

Saru spürte, wie ihn jemand am Ärmel zupfte, und sah hinunter. Ejah stand neben ihm. Sie zeigte auf Hekans Hologramm. »Ich muss mir das ansehen.«

Er blinzelte und war nicht sicher, was sie meinte. »Sie sehen es doch.«

»Nicht hiermit.« Ejah zeigte auf ihre Augen. Dann nahm sie Sarus Hand und legte sie an ihre Stirn. »Hiermit.« Er spürte ein merkwürdiges Kribbeln an seiner Handfläche und erkannte plötzlich, dass er gerade das gorlanische Sinnesorgan berührte, das die Aurenfelder produzierte. »Verstehen Sie? Ich kann nur dann helfen, wenn ich es durch die Augen des Schiffs sehen kann.«

Sie will, dass ich sie mit den Sensoren des Raumfrachters verbinde. Sarus Gedanken rasten. Es war natürlich möglich. Er konnte seinen Trikorder umprogrammieren, um die Scannermessungen zu interpretieren und sie nicht als Text oder Bild, sondern als schwaches, elektromagnetisches Feld anzuzeigen. »Das kann ich tun. Allerdings wird es für Sie schmerzhaft werden.«

Ejah nickte. »Ich weiß. Ich vertraue Ihnen, Saru.«

Er atmete tief durch und machte sich an die Arbeit. »Machen Sie sich bereit.«

Die Tholianer ließen keine Fehler durchgehen.

Bei ihrer ersten Auseinandersetzung mit dem Schiff der Eindringlinge hatten sie festgestellt, dass die Schiffe von Peliar Zel bestenfalls ein geringes Risiko für ihre Streitmacht darstellten, und entsandten eine Gruppe Kriegsschiffe, die der Bedrohung durch die Fremden angemessen schien.

Die Tholianer hatten Schiffe von den pelianischen Monden schon mehrmals in der Vergangenheit angegriffen und jedes Mal waren die kohlenstoffbasierten Lebensformen gänzlich ausgelöscht worden. Die Tholianer waren gut darin, sicherzustellen, dass die Aggressorenvölker rund um ihr Territorium auch weiter Angst vor ihnen hatten, indem sie dafür sorgten, dass ihre Ziele niemals Notrufe absetzen konnten und dass keine Wrackteile der Schiffe, die sie vernichtet hatten, gefunden wurden. Die Überreste der Eindringlinge wurden in Energienetze eingehüllt und nach Tholia zurückgebracht, wo sie auseinandergenommen und analysiert wurden. Auf diese Weise wurde die Versammlung immer stärker und erhielt immer mehr Wissen über ihre Feinde. Gleichzeitig wuchs die Furcht der Außenweltler und sie zerbrachen sich den Kopf über das Verschwinden ihrer Schiffe und deren Besatzungen.

Die Tholianische Versammlung betrachtete die Pelianer als geringe Bedrohung. Sie hielten sie für eine schwache, lokale Macht, der die Fähigkeiten und die Mittel der größeren Aggressoren, wie der Föderation, fehlten. Insofern gab es eine sofortige Neubewertung des taktischen Szenarios, als zwei pelianische Schiffe nicht nur eine Gruppe Spinner-Schiffe in die Flucht geschlagen, sondern obendrein eins ausgeschaltet hatten. Ein Fehler war bei der Bewertung passiert. Das würde umgehend korrigiert werden.

Vier Spinner-Schiffe flogen mit maximaler Unterlichtgeschwindigkeit auf das Schiff zu, das vorher als militärisches Trägerschiff identifiziert worden war. Die Pelianer waren immer noch mit der Bergung ihrer bewegungsunfähigen Drohnen beschäftigt und wurden von der zweiten Angriffswelle unvorbereitet getroffen.

Dieses Mal entschieden die Tholianer sich für ein Zangenangriffsmanöver, statt ihre energiefressende, energiedämpfende Waffe für den Erstschlag einzusetzen. Sie flogen eng nebeneinander, dann trennten sie sich plötzlich und wirbelten sternförmig auseinander, um sich über die Verteidigungszone zu verteilen. Waffen auf dem Träger eröffneten das Feuer mit halbherzigen Schüssen, aber die wendigen Pfeilspitzen aus Kristall wirbelten aus der Feuerlinie. Im Gegenzug feuerten sie rote Partikelstrahlen, die durch die Schwärze schnitten und die äußeren Begrenzungen der Deflektorschilde aufleuchten ließen, als die Treffer auf die schützenden Energiehüllen einhämmerten.

Der Träger war ein Kampfschiff und als solches darauf ausgelegt, fortgesetzte Angriffe auszuhalten, aber die Tholianer loteten seine Schwächen aus und konzentrierten sich darauf. Schildemitter wurden durch ständige Treffer bis an ihre Grenzen belastet, gaben nach und versagten schließlich.

Schüsse von den tanzenden Spinner-Schiffen schlugen auf der schutzlosen Hülle ein und das Pelianerschiff bebte auf der gesamten Länge seines gekrümmten Rumpfs. Atmosphärisches Gas und Funken sprühende Entladungen aus zerfetzten Energieleitungen traten in das Vakuum aus. Seiner Verteidigungsanlagen beraubt und nicht in der Lage, seine Kampfdrohnen abzusetzen, war der Träger ein langsames, träges Ziel, das nur darauf wartete, von den tholianischen Angreifern auseinandergeschnitten zu werden.

»Sie werden ihn zerstören«, sagte Kijoh, die entsetzt war über die unbarmherzige Effizienz, mit der die Tholianer den Pelianerträger angriffen. »Wie Geier, die ein verwundetes Herdentier zerreißen.«

Saru blickte Nathal an und sah Zweifel in dem schroffen Gesichtsausdruck der Pelianerin. »Kommandantin?« Er sah sie auffordernd an.

Sie kam einen Schritt näher und ihre Stimme wurde leiser. »Der erste Angriff ... das war meine erste Erfahrung mit einem echten, offenen Kampf. Ich gebe zu, das hat mich überfordert.« Nathal runzelte die Stirn und war über ihre eigenen

Worte verärgert, doch sie erstickte die Reaktion schnell. »Lieutenant Saru, ich würde gerne Ihre Meinung hören.«

Fliehen. Der Impuls entsprang irgendwo tief in ihm drin, aus etwas Dunklem, Ursprünglichem. Der Kelpianer widerstand dem Drang, das Wort auszusprechen, und spannte sich an. »Wir müssen den tholianischen Angriff auf den Träger unterbrechen.«

»Da gebe ich Ihnen recht, aber die Reichweite unserer Waffen ist begrenzt«, merkte sie an. »Wir müssten bis auf nächste Nähe heranfliegen.«

Saru ging Kijohs Beschreibung des Angriffs nicht aus dem Kopf – *Geier, die ein Herdentier rissen* – und er erinnerte sich an etwas von seiner Heimatwelt ... einen Anblick, den er als Jugendlicher selbst gesehen hatte. Der *Ba'ul* vertrieb Rudel von Aasfressern von ihrer Beute, indem er Aggression vortäuschte. Dasselbe konnte man möglicherweise bei den Tholianern anwenden.

»Das ist richtig«, sagte er. »Aber wir sollten die andere Waffe nutzen, die uns zur Verfügung steht. *Dieses Schiff.*«

»Sie wollen auf sie *losgehen*?« Kijoh verstand sofort. »Das ist ein kühner Schritt.«

»Aber einer, der gelingen kann«, sagte Nathal und gewann wieder etwas von ihrer vorherigen stahlharten Art zurück. Sie warf Ejah einen Blick zu. »Können Sie sie zur Zusammenarbeit bringen, Gorlanerin? Ich muss das wissen.«

»Das kann ich«, antwortete der Knotenpunkt. Sie nahm Sarus Trikorder und ihre Hände zitterten. »Wir können es.«

»Das können wir«, bekräftige Madoh. »Das werden wir.«

»Alle Unterlichtantriebe auf volle Kraft!« Nathal gab den Befehl und der Raumfrachter machte einen Satz nach vorn. »Saru, ich überlasse Ihnen die Steuerung. Sorgen Sie dafür, dass ich es nicht bereuen werde, Ihnen vertraut zu haben!«

»Kommandantin.« Er akzeptierte den Befehl und legte seine Hände gespreizt auf das Podium. Sarus Mund wurde trocken und plötzlich war der Kragen seiner Uniform eng und schnürte ihm die Kehle ab. Doch er schob diese Ablenkungen beiseite.

»Energiekurve ist stabil«, sagte Kijoh.

Madoh nickte. »Schubmatrix stabil.«

»Gemeinsam«, flüsterte Ejah und ihre sanfte Stimme trug irgendwie durch den ganzen Raum. »Wir bewegen uns gemeinsam.«

Die beruhigende Ausstrahlung des Knotenpunkts umspielte Saru und die Spannung in ihm verebbte. Er musste der Versuchung widerstehen, auf sie hinunterzusehen und sich zu fragen, wie sie das hier fertigbrachte. Bisher waren die subtilen elektroemotionalen Felder, die die Gorlaner teilten, ein disharmonisches Aufeinandertreffen widersprüchlicher Ängste und Zweifel gewesen. Jetzt verwoben sie sich miteinander und griffen wie Zahnräder einer unsichtbaren Maschine ineinander. Die Ruhe und der Fokus erstreckten sich nacheinander auf alle.

Ejah atmete in langen Zügen ein und aus und Saru beobachtete, wie alle Gorlaner auf dem Kommandodeck in denselben Rhythmus verfielen. *Es funktioniert.*

»Lieutenant Saru, bringen Sie uns hinein«, sagte Nathal. »Wir werden Ihrem Kommando folgen.«

Er nickte und starrte in die Tiefen des Hauptschirms. »Geschütztürme, Feuer frei. Unser Ziel ist es, ihr Angriffsmuster zu stören, nicht, sie zu vernichten.«

»Sir, wollen Sie den Trick mit dem Traktorstrahl noch einmal probieren?«, fragte Weeton.

»Darauf werden sie kein zweites Mal hereinfallen, Ensign«, antwortete Saru. »Leiten Sie alle verfügbare Energie auf die vorderen Schilde und die Trägheitsdämpfer. Stellen

Sie sicher, dass die Flüchtlinge in den Frachtmodulen geschützt sind!«

»Ich arbeite dran«, kam die Antwort.

Das große Transportschiff bewegte sich jetzt schnell und nahm Fahrt auf. Der Bildschirm war von der Länge des pelianischen Trägers und seinen Angreifern erfüllt. Der erste tholianische Spinner reagierte auf den herannahenden Koloss, brach aus seinem Angriffsmuster aus und zog sich zu seinen Gefährten zurück.

»Sie haben uns bemerkt«, sagte Yashae. »Ich sehe zunehmende Übertragungen zwischen allen tholianischen Schiffen.«

»Sie fragen sich, was wir tun«, erkannte Madoh. »Vielleicht glauben sie, dass wir abhauen wollen.«

»Sie werden feuern …« Ejah zupfte an Sarus Ärmel und er hörte die Qual in ihrer Stimmte. »Ich sehe es.« Sie kniff fest ihre Augen zu, streckte die andere Hand aus und zeigte auf einen Bereich auf Sarus Vektoranzeige. »Dort.«

»Die Tholianer erfassen uns mit ihren Waffen!«, rief Weeton.

»Festhalten!« Saru drückte mit dem Daumen auf eine Kontrolle des Seitenschubs und der Frachter neigte sich scharf nach Backbord – gerade rechtzeitig, als eine Lanze aus heißem, rotem Feuer aus dem Bug eines tholianischen Schiffs austrat und dort durch den Raum schnitt, wo Ejah es angezeigt hatte.

»Hier«, sagte sie und berührte eine andere Stelle. Saru spürte, wie ihre Aura ihn umgab. Sie versuchte, ihn in die Einheit miteinzubeziehen und ihn so zu leiten, wie der Knotenpunkt es mit ihrem Volk tat.

Saru brachte ein kurzes Aufflackern von Panik zum Schweigen und ließ es zu. Sie bewegten sich koordiniert und schlängelten das riesige Schiff hin und her durch den herankommenden

Feuersturm. Streifschüsse blitzten beim Aufprall auf die Deflektoren auf, doch der klobige Frachter reagierte zu schnell für die Tholianer, die ihre Feuerkraft nicht für mehr als ein paar Sekunden auf eine Stelle konzentrieren konnten.

Die Spinner zogen sich zurück und Saru fragte sich, ob sie beschlossen hatten, trotz allem die Energiedämpfer einzusetzen. Diese Waffe konnte all ihre Pläne vereiteln, wenn sie ausgelöst wurde. *Wir müssen dafür sorgen, dass das nicht passiert*, sagte er zu sich und zog die Flugbahn des großen Schiffs in eine Kurve, um es mitten auf das Herz der tholianischen Formation auszurichten.

»Geben Sie mir maximale Schubkraft«, sagte Saru. »Und bleiben Sie standhaft!«

Der Raumfrachter pflügte durch das Trümmerfeld des vorherigen Angriffs und flog frontal auf die Spinner-Schiffe zu. In letzter Sekunde teilten die tholianischen Schiffe sich auf und drehten in vier verschiedene Richtungen ab. Sie waren gezwungen, den Angriff abzubrechen und sich von dem angeschlagenen Frachter zurückfallen zu lassen, oder sie würden einen Zusammenstoß riskieren.

Saru erhaschte einen Blick auf eins der dolchartig geformten Schiffe, das nur knapp einen Zusammenstoß seiner Schilde mit denen des Frachters vermeiden konnte. Er sah, wie die Antriebsnetze rot aufglühten, als es herumschwenkte und sich auf der Stelle drehte, um sie ins Visier zu nehmen.

»Es hat funktioniert!«, rief Weeton. »Sie haben aufgehört, auf die Pelianer zu schießen!« Er grinste aufgeregt und die Worte sprudelten nur so aus ihm heraus. »Wow, erinnern Sie mich daran, dass ich mit Ihnen besser niemals Poker spielen sollte.«

»Augen auf, Mund zu!«, entgegnete Saru und kanalisierte wieder einmal Captain Georgiou. »Wenn wir das hier überstanden haben, können Sie mir vielleicht erklären, was ein irdischer Zeitvertreib denn hiermit zu tun hat ... aber jetzt nicht!«

»Sie sind hinter uns her«, flüsterte Ejah, aber das hätte sie Saru gar nicht sagen müssen. Er sah, dass das tholianische Schiff seinem Anführer folgte und dass sie sich auf eine Gefechtslinie begaben, um das Transportschiff zu verfolgen. »Sie haben sie verärgert.«

»Gut«, sagte Nathal. »Sie reagieren, statt nachzudenken – das müssen wir ausnutzen.« Sie sah Saru an. »Die hinteren Frachtmodule sind jetzt alle leer, ja?«

»Ja«, antwortete Ejah an seiner Stelle. Die Anspannung in ihrer Stimme war deutlich.

Nathal wandte sich an ihre Stellvertreterin: »Hekan, geben wir den Tholianern noch etwas, worüber sie nachdenken können, um sie aus der Fassung zu bringen. Werfen Sie die Module in unserem Kielwasser ab.«

»Wird gemacht!«, sagte die Ingenieurin.

Saru spürte ein Beben unter seinen Füßen, das von unten aufstieg und dann das Deck entlanglief. Auf einem sekundären Bildschirm sah er Dutzende riesige Metallwürfel, die sich plötzlich von den Flanken des Frachters lösten und davon trudelten. Das vorderste tholianische Schiff war zu nah. Es wollte scharf beidrehen, doch es wurde von einem der großen Container getroffen, der zu einer Wolke aus Stahlsplittern zerplatzte. Das Spinner-Schiff begann, sich unkontrolliert zu überschlagen, und Saru beobachtete, wie es aus dem unteren Bildschirm verschwand, als es von der Anziehungskraft des Planeten erfasst wurde.

Als Reaktion eröffneten die übrigen drei Tholianerschiffe gleichzeitig das Feuer und überzogen das hintere Ende des Raumfrachters mit Hochenergiestößen.

»Weeton!«, rief Saru dem jungen Offizier zu. »Können Sie Warpplasma aus unseren Gondeln ablassen?«

Die Frage erwischte den Ensign unvorbereitet. »Ich schätze ja ... aber wir, na ja, wir brauchen es für den Warpantrieb.«

Saru kniff die Augen zusammen. »Ich weiß, wie die Technologie funktioniert.«

»Was geht in Ihrem Kopf vor, Kelpianer?«, verlangte Madoh zu wissen. »Ihr Mann hat recht. Wenn Sie das Plasma ablassen, verlieren wir die Fähigkeit, auf Warp zu gehen.«

»Es würde Stunden dauern, um es wieder aufzufüllen«, stimmte Hekan zu.

»Glaubt irgendjemand hier wirklich, dass die Tholianer uns erlauben werden, zu fliehen?« Saru stellte allen diese Frage, und es wirkte merkwürdig, diese Worte aus seinem Munde zu hören. »Die Reaktion eines Tiers in der Falle ist immer kämpfen oder fliehen. Ich glaube, dass uns nur die erste Möglichkeit offensteht.«

»Sie wollen, dass sie uns einholen?«, hakte Madoh nach und seine Gereiztheit wuchs.

»Bruder«, sagte Ejah und brachte ihn mit einem Wort zum Schweigen. »Wir vertrauen Saru. Lass ihn weitermachen.«

Nathal nickte widerwillig. »Also schön.«

»Lasse Warpplasma ab ... *jetzt.*« Weeton tippte eine Befehlsreihe auf seiner Konsole ein und der sekundäre Bildschirm trübte sich ein, als eine Masse aus schimmerndem, grauweißem Dampf aus dem Ring einer Gondel an der Hülle des Raumfrachters austrat. Im selben Moment brachte Saru das Schiff mit Absicht in eine merkwürdige Rotation und simulierte einen Kontrollverlust der Steuerung.

»Die Tholianer haben das Feuer eingestellt«, meldete Yashae. »Sie müssen denken, wir hätten einen Treffer am Leitsystem erlitten.«

»Geben wir ihnen keine Zeit, darüber nachzudenken«, sagte Saru. Seine Stimme klang, als würde sie gleich brechen, aber er machte weiter. »Alle Geschütztürme, nach achtern zielen.« Sarus Hände zitterten und er legte sie flach auf die Bedienoberfläche vor sich, um die Reaktion zu unterdrücken.

»Sie wollen, dass ich mit den Waffen direkt auf die Wolke hoch instabilen Plasmas ziele?« Weetons Gesichtsausdruck veränderte sich, während er sprach. »Oh. *Okay.*«

Ein Strom aus Energiestößen jagte aus der schwachen Waffenphalanx des Transportschiffs und raste an den Tholianern vorbei in den sich schnell auflösenden Plasmanebel. Dort, wo die Stöße die gasförmige Materie durchdrangen, entzündete sich eine unkontrollierte Energiereaktion. Flammenwände explodierten und breiteten sich über die gesamte Breite hinter dem Raumfrachter aus.

Leere Frachtmodule, die durch den Nebel trudelten, wurden von dem Effekt getroffen und auseinandergerissen, was das Chaos nur verstärkte. Helle, gezackte Blitze thermischer Entladungen zuckten hervor und fegten über die tholianischen Spinner hinweg, während diese verzweifelt versuchten, sich dem kurzen, aber heftigen Inferno zu entziehen.

Jenseits der Plasmawolke ergriff der verwundete Pelianerträger die Gelegenheit beim Schopf und fügte seine Feuerkraft dem Überraschungsangriff hinzu. Der Träger schickte eine Salve Merkulitraketen aus seinen Raketenröhren, um eine Detonationswand hinter den tholianischen Angreifern aufzubauen. Ohne Vorwarnung waren die Spinner in einem Höllensturm aus Plasmaflammen gefangen.

Die Sensoren registrierten gewaltige Sekundärexplosionen. Saru drehte sich beinahe der Magen um, als ihm klar wurde, dass er die Zerstörung der tholianischen Schiffe vor sich sah. Ihm wurde schlecht. *Aber sie haben uns keine andere Wahl gelassen,* sagte die Burnham-Stimme in seinen Gedanken.

Ein einzelner, beschädigter tholianischer Spinner platzte aus der Feuerwolke heraus, während diese sich auflöste. Er war schwarz angesengt und zog seine eigenen Trümmer hinter sich her. Das Schiff entfernte sich mit maximaler Impulsgeschwindigkeit und raste auf die Grenze der Sensorreichweite zu.

Die versammelte Gemeinschaft auf der Brücke des Transportschiffs stieß einen Jubelschrei aus, während sie die Flucht des Angreifers beobachteten. Doch Saru konnte die Emotion nicht aufbringen, um sich ihnen bei ihrer gemeinsamen Siegfeier anzuschließen. Er fühlte sich ausgelaugt und seine Glieder waren schwer vor Erschöpfung, als wäre er innerhalb eines Augenblicks um Monate gealtert.

»Hereinkommendes Signal vom Träger«, rief Yashae. »Adjutant Craea übermittelt eine Botschaft von Admiral Tauh. Er möchte seine Tochter wissen lassen, dass die Kohorte von ihrer Vorgehensweise beeindruckt sein wird.«

»Sagen Sie ihm, dass unseren Verbündeten das Lob gebührt«, antwortete Nathal.

Saru nahm die Unterhaltung nur am Rande wahr. Er und Ejah beobachteten den Bildschirm und den schrumpfenden Punkt des überlebenden Tholianers, während um sie herum Angehörige der Föderation, der Gorlaner und der Pelianer sich gegenseitig auf den Rücken klopften und Dankesworte austauschten.

Ejah sah auf den sekundären Bildschirm, wo die Wracks zu sehen waren, die der kurze Kampf hinterlassen hatte. »Schöpfer, erlöse sie«, sagte sie vor sich hin. »Diese Gewalt wurde aus Notwendigkeit ausgeübt, nicht aus Begierde.«

»Sie erflehen etwas für diejenigen, die Sie vernichtet hätten?!«, stellte der Kelpianer fest.

»Es ist für Ihre Person ebenso wie für sie«, sagte sie und sah zu ihm hoch. »Ich kenne Sie, Saru. Ich weiß, dass es Ihrer Spezies nicht leichtfällt, so weit zu gehen.«

Er lächelte ihr kurz und bitter zu. »Ein schüchterner Feigling, meinen Sie?«

Ejah berührte seine Hand. »Ich meine, einer, der weiß, wie es ist, das Angesicht des Todes zu sehen. Sie haben wider Ihre Natur gehandelt, um uns zu helfen.«

»Ich hätte nicht anders handeln können«, sagte er und merkte, dass er jedes Wort so meinte. Saru schnappte nach Luft, als hätte er schon eine ganze Weile die Luft angehalten. »Immerhin können wir jetzt durchatmen.«

»Noch nicht.« Ihm gefror das Blut in den Adern bei dem sanften Tadel in der Stimme des Knotenpunkts. »Es ist noch nicht vorbei.«

»Lieutenant?« Etwas in Weetons Stimme ließ Alarmglocken in Sarus Kopf schrillen. Der Kelpianer verließ seine Station und war mit drei Schritten bei dem Ensign.

»Was ist los?«, fragte er.

Weeton fand keine Worte, also zeigte er einfach nur. Der taktische Scan auf seinem Bildschirm zeigte einen Ausschnitt des Sonnensystems, die Kurve der Umlaufbahn des Zufluchtsplaneten und Indikatoren für die Pelianerschiffe. Weeton bearbeitete die Grafik, um herauszuzoomen und ein größeres Gebiet zu zeigen. Das Symbol, das den flüchtenden Tholianer anzeigte, tauchte am Rand der Sensorreichweite auf. Dahinter waren die verschwommenen Grenzen des Streufelds zu sehen, das die Fremden zuvor zum Einsatz gebracht hatten.

Zwei neue Symbole tauchten am äußeren Rand des Scans auf. Eins war ein weiteres Spinner-Schiff, das in Masse und Konfiguration identisch mit denen war, die ihnen in den letzten paar Stunden zugesetzt hatten. Das andere war mindestens achtmal größer als das kleinere Schiff und sogar auf diese Entfernung erkannte der Sensor Energieleistungen, die mit denen der neuen *Constitution*-Klasse der Sternenflotte oder einem klingonischen D10-Kampfkreuzer vergleichbar waren.

Saru sah unwillkürlich hoch und zu dem Knotenpunkt hinüber. Ejah starrte ihn direkt an und in ihren Augen stand eine schreckliche Erkenntnis.

Es ist noch nicht vorbei. Stumm wiederholte sie die düstere Aussage.

»Sie machen sich auf den Weg, um sich mit dem Überlebenden neu zu formieren.« Weeton fand endlich seine Stimme wieder. »Lieutenant, ich habe bisher nicht einmal von einem tholianischen Schiff dieser Größe *gehört.*«

»Das liegt wohl daran, dass diejenigen, die es gesehen haben, nicht überlebt haben, um darüber zu berichten.«

»Das ist nicht sehr ermutigend, Sir«, sagte Weeton.

»Wenn Sie dem Tod so oft wie ich ins Gesicht geblickt haben, dann entwickelt man eine ziemlich klare Wahrnehmung der Realität der Dinge, Ensign.« Saru trat von der Konsole zurück und ging zurück zu seiner eigenen.

Die Euphorie, die sich in der Gruppe ausgebreitet hatte, war verschwunden. An ihre Stelle trat gedrückte Stimmung. Wider besseres Wissen sickerte Ejahs düstere Erkenntnis in die Einheit der Gorlaner und ließ sie verstummen. Die Pelianer bemerkten schnell, wie die Stimmung in ihrer Umgebung gekippt war.

»Was ist los?«, fragte Nathal.

»Es scheint, dass uns nur eine kurze Atempause vergönnt ist, Kommandantin«, erklärte Saru ihr. »Die Tholianer formieren sich für einen neuen Angriff. Ich weiß nicht, ob wir ihnen ein drittes Mal standhalten können.« Es war geradezu wie ein Messerschnitt, das zugeben zu müssen, und seine innere Stimme schrie gegen das unausweichliche Schicksal, das ihnen bevorstand, an.

Möglichkeiten wogten durch seine Gedanken. Konnten sie die Flüchtlinge wieder auf den Zufluchtsplaneten evakuieren? Den Frachter vielleicht landen? Wären sie dort unten sicherer als hier oben im Orbit? Würden die Tholianer überhaupt in Erwägung ziehen, eine Kapitulation anzunehmen, nach alldem Blut, das vergossen worden war? Gab es etwas, das ihm entging, einen Hoffnungsschimmer, an den er sich klammern konnte, eine Taktik, die er anwenden konnte, um die Vernichtung noch ein bisschen länger abzuwehren?

In Sarus finstersten Albträumen konnte er den heißen Atem des *Ba'ul* auf der bloßen Haut seines Nackens spüren, hörte das Rumpeln seines riesigen, schlagenden Herzens und roch den nach rohem Fleisch stinkenden Atem. In dem Traum endete die Schwärze dieses Moments nie. *Die entsetzliche Angst, kurz bevor der massige Jäger zuschlug, reichte bis in die Ewigkeit. Der Tod streckte seine Hand nach ihm aus, eingehüllt in die Gewissheit, dass er unausweichlich war.*

Dasselbe spürte er jetzt, überschattet von großer Trauer. Saru hatte immer geglaubt, er würde alleine sterben, aber das würde nicht der Fall sein. Ejah und die Gorlaner, Nathal und ihre Leute, Weeton und Yashae – und alle anderen, die ihr Vertrauen in ihn gesetzt hatten, würden ihm in den Tod folgen. *Es tut mir leid*, wollte er sagen. *Das ist alles mein Fehler.*

»Ich erhalte einen neuen Ruf«, sagte Yashae und durchbrach das niedergeschlagene Schweigen.

»Die Tholianer?« In Kijohs Stimme war ein Funken Hoffnung zu hören, dass sie vielleicht doch noch einen Ausweg fanden – doch die Vok'sha schüttelte den Kopf.

»Keine Tholianer ...« Ihre Stirn legte sich in Falten, während sie versuchte, die Übertragung zu erfassen. »Das Streufeld macht es schwer, ihn zu verstehen. Das ist auch kein Signal von Peliar Zel. Ich kann nicht ...«

»Lassen Sie mich mal hören!«, befahl der Lieutenant.

Yashae gehorchte, doch das Geräusch, das aus den Lautsprechern des Kommandodecks drang, war verzerrt und voller Halleffekte.

Saru rief einen Verstärker auf und sah die hereinkommenden Subraumfrequenzen. Das war kein fremdes Muster. Es war vertraut. »Das ist … eine Frequenz der Sternenflotte!«

»Sensorkontakt!«, rief Weeton. »Ein weiteres Schiff, das aus der Magnetosphäre des Planeten tritt!«

»Achtung!«, sagte eine Stimme. Sie war durch statisches Rauschen und Störungen abgehackt, aber für Sarus Ohren war sie so deutlich wie ein Blitz aus heiterem Himmel. *»Hier spricht Captain Philippa Georgiou vom Raumschiff* Shenzhou. *Wir stehen bereit, um Hilfe zu leisten.«*

13

»Wir haben den Masseschatten verlassen«, meldete Detmer von der Navigation.

»Alarmstufe rot, Schilde hoch!«, rief Commander ch'Tehloh und beugte sich tief über seine Kontrollstation. »Seien Sie auf alles gefasst.«

Michael Burnham blickte an dem Andorianer vorbei durch die Sichtfenster der Brücke der *Shenzhou* auf das Chaos. »Sind wir zu spät?«

»Ich sehe ein großes Trümmerfeld in der Nähe der pelianischen Schiffe«, sagte Ensign Troke. Das Gesicht des Tulianers lief dunkelblau an, während er sprach. »Zerfallspartikel von dauerhaftem Waffenbeschuss, Spuren von ausgetretenem Warpplasma, Tritanium und zytokristallogene Fragmente ...« Er brach ab. »Das ist ein Kriegsgebiet.«

Erst vor wenigen Minuten hatten die Sensoren eine große Energiespitze jenseits des Zufluchtsplaneten entdeckt. Doch da sie den Planeten als Deckung für ihre Annäherung genutzt und ihn zwischen sich und ihrem Ziel gehalten hatten, war es ihnen nicht möglich gewesen, die Vorkommnisse direkt zu beobachten. Jetzt erkannte Burnham, dass das, was sie gesehen hatten, die Folge eines verzweifelten Zerstörungsakts gewesen war. Sie sah auf ihre Konsole hinunter.

»Admiral Tauhs Träger befindet sich auf zwei fünf zwei Komma drei«, stellte Burnham fest. »Der Pelianerfrachter ist fünftausend Kilometer vor unserem Bug an backbord. Beide Schiffe haben schwere Schäden erlitten.«

Captain Georgiou bestätigte Burnhams Worte mit einem knappen Nicken. »Mister Gant, wo sind die Tholianer?«

»Warten auf drei null acht Komma null«, sagte der taktische Offizier. »Drei Schiffe. Eins davon ziemlich groß.«

Georgiou drehte sich mit ihrem Kommandosessel herum und warf einen Blick zur Kommunikationsstation. »Ensign Fan, irgendeine Antwort auf unsere Botschaften?«

Die junge Frau nickte. »Ich habe eine Antwort. Es ist Lieutenant Saru!«

»Hologramm!«, befahl der Captain und erhob sich aus ihrem Sessel, als das schimmernde, trübe Abbild des Kelpianers sich mitten auf der Brücke formte.

Burnham konnte sich nicht beherrschen und ging nach vorn, um sich den verirrten Offizier näher anzusehen. Saru wirkte blass und erschöpft, aber er nahm immer noch formell Haltung an, als er merkte, dass sein Kommandant mit ihm sprach. *»Captain. Ich bin sehr froh, Sie zu sehen.«*

»Das könnte sich vielleicht noch ändern, Lieutenant«, sagte Georgiou knapp. »Kommen wir direkt zum Punkt. Was zur Hölle ist hier draußen passiert?«

Saru öffnete und schloss seinen Mund und setzte dann zu einer Erklärung an. *»Einige der Gorlaner zwangen uns dazu, ihnen bei der Entführung dieses Transportschiffs zu helfen. Wir haben ihr Volk von dem Planeten dort unten geborgen und dann die Kontrolle über dieses Schiff zurückerlangt, kurz bevor die pelianische Verstärkung eintraf ... und die Tholianer. Wir haben versucht, ihnen Widerstand zu leisten.«*

»Also, Sie machen sich unerlaubt aus dem Staub, um einen Krieg mit der Tholianischen Versammlung anzuzetteln?« Georgiou schüttelte den Kopf. »Eins muss man Ihnen lassen, Saru, Sie machen keine halben Sachen.«

Saru wirkte zerknirscht. *»Um genau zu sein, haben sie das Feuer eröffnet.«*

»Ich bin sicher, da steckt noch viel mehr dahinter«, sagte ch'Theloh.

»Das stimmt«, gab Saru zu, *»und ich werde alles in einem ausführlichen Bericht darlegen, falls wir die nächsten Minuten lebend überstehen. Die Tholianer ziehen sich für einen weiteren Angriff zusammen.«*

»Er hat recht«, stellte Burnham fest, die die Sensorübertragungen auf ihrem Bildschirm beobachtete. »Die Spinner begeben sich in Kampfformation.«

»Fan, irgendeine Verbindung zu den Tholianern?«, fragte der Captain.

»Negativ«, antwortete der Kommunikationsoffizier. »Ich rufe sie auf allen Allgemeinfrequenzen, aber sie ignorieren uns.«

Georgiou nickte ihrem XO zu und ch'Theloh befahl Gant, die Waffensysteme der *Shenzhou* hochzufahren. »Also schön, Mister Saru. Sie haben genug für einen Tag angerichtet, glaube ich.« Der Captain winkte ihn beiseite. »Bringen Sie das Schiff und diese Leute aus der Gefahrenzone. Wir werden Ihren Rückzug sichern.«

»Rückzug wohin, Captain?« fragte Saru. *»Wir können nirgendwohin fliehen.«*

»Detmer, bringen Sie uns zwischen den tholianischen Angreifer und den Raumfrachter!« Georgiou verzog das Gesicht und Burnham erkannte dieselbe bittere Wahrheit hinter Sarus Worten wie der Captain. »Gant, suchen Sie sich selbst Ihre Ziele!«

Saru sprach immer noch. Er beugte sich vor und beschwor sie: *»Wir können Ihnen immer noch helfen!«*

»Wie?«, wollte Burnham wissen.

Der Kelpianer warf einen nervösen Blick nach rechts, auf etwas, das sich außerhalb des holografischen Senders befand. *»Sagen wir, die Gorlaner haben einen einzigartigen, vorausschauenden Vorteil.«*

Georgiou zögerte und Burnham berührte ihren Arm. »Captain, wir sind hier deutlich in der Unterzahl. Jeder zusätzliche Vorteil wird uns zugutekommen.«

»Stimmt«, sagte Georgiou nach einem Moment. »Saru, verbinden Sie sich mit Lieutenant Gant und übermitteln Sie ihm alle Informationen, die Sie haben.«

»Aye, Captain!«

»Tholianische Schiffe nehmen Angriffsgeschwindigkeit auf!«, rief Januzzi von der Ops. »Zwei Spinner-Schiffe, ein unbekanntes Schiff von der Größe eines Kreuzers.«

»Ich sehe Vorfeueremissionen aus verschiedenen Partikelstrahlwaffen«, fügte Troke hinzu.

»Ein letzter Versuch«, murmelte der Captain und gab Ensign Fan ein Zeichen. »Mary, öffnen Sie einen Kanal.« Georgiou atmete tief durch, als der lange, massige Frachter der Pelianer unter der Brücke der *Shenzhou* entlangglitt. »Achtung, tholianische Schiffe. Wir wollen diese Situation nicht weiter eskalieren lassen. Schalten Sie Ihre Waffen ab und lassen Sie sich zurückfallen, dann werden wir dasselbe tun. Wir können darüber sprechen …«

»Sie werden feuern, drehen Sie bei!«, rief Saru. Sein Hologramm knisterte und verschwand abrupt.

Burnham hob ihre Hand, um ihre Augen zu schützen, als eine gewaltige Salve aus rotem Licht vor dem Bug der *Shenzhou* aufflammte.

»Hart backbord!« Ch'Theloh bellte das Kommando und Detmer gehorchte. Er schwenkte ab und eine Salve Energieblitze fegte durch den Bereich, wo das Raumschiff sich gerade noch befunden hatte.

Ein Streifschuss touchierte die Deflektoren auf der Unterseite der Antriebsgondeln, als die *Shenzhou* sich wie ein Kampfjäger auf die Seite legte und die Trägheitsdämpfer an ihre Belastungsgrenzen brachte. Burnham klammerte sich an ihrer Konsole fest, um nicht das Gleichgewicht zu verlieren, als das Schiff bebte.

Durch ein Bullauge im Deck der Brücke sah sie, wie eine silberne Gestalt vorbeiraste, als das führende Schiff der pfeilartigen Spinner ihren Kurs mit einem blitzschnellen Vorbeiflug kreuzte. Weitere Impulse aus rotem Licht blitzten auf und Detmer riss das Schiff herum, um ihnen auszuweichen.

»So viel zu Gesprächen!«, knurrte ch'Theloh.

Georgiou nickte missmutig. »Hecktorpedo abfeuern!«

»Torpedo abgefeuert!« Gant stach mit seinem Finger auf einen Knopf und entließ ein leuchtendes Geschoss in das Kielwasser der *Shenzhou.* Der Photonensprengkopf nahm dic Verfolgung des Spinners auf.

Burnham sah die Detonation, als der Torpedo auf die Schilde des tholianischen Schiffs prallte und dieses vom Kurs ablenkte, aber nur minimalen Schaden anrichtete.

»Wenden Sie und nehmen Sie die Verfolgung auf.« Der Erste Offizier marschierte zu Detmers Station. »Sie werden merken, dass wir ein nicht ganz so leichtes Ziel sind wie irgendein Transporter.«

Der Anblick vor den vorderen Sichtfenstern verschob sich, als die *Shenzhou* sich um die eigene Achse drehte und dem Spinner den Bug zuwandte. »Er versucht, uns abzuschütteln«, sagte Burnham. Sie interpretierte die hektischen

Schubstöße des Impulsantriebs des Tholianers als verzweifelte Versuche der Mannschaft, Distanz zum Schiff der Sternenflotte aufzubauen.

Ch'Theloh hatte recht. Bisher hatten die Tholianer nur den schweren, langsamen Pelianerfrachter angegriffen. Sich mit einem Kriegsschiff der Föderation auseinanderzusetzen – auch, wenn es nur ein alterndes Schiff der *Walker*-Klasse war – war eine ganz andere Sache.

»Richten Sie die Phaser auf ihre Antriebsspulen und feuern Sie!« Georgiou rief den Befehl und Gant gehorchte, doch die Schüsse gingen ins Leere, weil der Tholianer sich plötzlich aus der Zielerfassung rollen ließ.

»Sie versuchen, uns vom Hauptangriff wegzulocken.« Burnham erkannte, welche Taktik sie verfolgten, und sprach, ohne nachzudenken. »Sie wollen unsere Kräfte aufspalten.«

»Ein Grund mehr, ihn schnell auszuschalten«, sagte ch'Theloh.

»Captain Georgiou!« Sarus Hologramm tauchte wieder auf der anderen Seite der Brücke auf, als die unterbrochene Verbindung wiederhergestellt wurde. *»Ihr Ziel wird nach Backbord beidrehen, dann nach Steuerbord ... in zehn Sekunden!«*

»Woher weiß er das?«, fragte der Andorianer.

»Spielt das eine Rolle, Sir?«, schoss Burnham zurück. »Er hatte vorhin auch recht.«

»Da ist was dran«, stimmte der Captain zu. »Taktische Station! Photonentorpedos, Annäherungsdetonation, enge Fächerung, Backbordquadrant!« Sie zeigte aus dem Sichtfenster. »Auf das Zeichen warten!«

»Burnham, Countdown«, sagte ch'Theloh.

»Sieben. Sechs. Fünf.« Sie zählte herunter und genau aufs Stichwort ließ der tholianische Spinner sich plötzlich scharf in die Schwärze abfallen.

»Ziel fällt hart nach Backbord!«, rief Detmer.

»Vier. Drei. Zwei.« Burnham stockte der Atem, als der Tholianer wieder in die Richtung schwenkte, aus der er gekommen war, und wild nach Steuerbord schlingerte. »Er kehrt den Kurs um!«

Gant musste den Befehl nicht noch einmal hören. »Torpedofächer abgefeuert!«

Dieses Mal platzten drei Lichtstrahlen aus den Abschussröhren unter dem Primärrumpf der *Shenzhou*, die ins Leere gezielt zu sein schienen. Doch das fliehende Spinner-Schiff wendete direkt in dem Weg der Photonentorpedos und ihrer Explosionswelle, als die Sprengköpfe in einer Kettenreaktion detonierten.

»Direkter Treffer!« Troke riss die Faust in die Luft.

Das tholianische Schiff verlor erst seine Schilde und dann seine Energie, als die Antimaterieexplosion in ihren Antrieb schlug und das fremde Kriegsschiff lahmlegte. Es wirbelte sich überschlagend davon.

»Die sind aus dem Spiel«, sagte Georgiou fröhlich. »Navigation, drehen Sie bei. Es gibt noch genug zu tun.«

Die *Shenzhou* wandte sich wieder dem Kampf zu und Burnham ging zu ihrer Station. Sie rief die Sensorübertragungen auf, um die anderen beiden Tholianer aufzuspüren. Der zweite Spinner umkreiste langsam in weiter Entfernung den Kampf, wahrscheinlich, weil er bei einem früheren Feuergefecht Schaden genommen hatte. Doch der große Kreuzer flog auf das angeschlagene Kriegsschiff zu.

Das pelianische Kriegsschiff schickte das, was von seinen autonomen Drohnen noch übrig war, los, doch die Tholianer erledigten sie, sobald sie ihre Silos verließen. Der tholianische Kreuzer war eine Triade aus großen, gezackten Klauen. Der Primärrumpf wurde von einem länglichen Tetraeder gebildet und zwei gebogene Klauen ragten oben und unten aus der Oberfläche. An ihren Spitzen sammelte sich gleißendes, blauweißes Licht und pulsierte, während tödliche Fäden Phasenenergie ausgestoßen wurden. Ein Licht huschte über die gesamte Länge des Kriegsschiffs und säte eine Reihe orangefarbener Feuerbälle.

»Feuern Sie auf das Schiff!«, befahl der Captain. »Geben Sie denen etwas, worüber sie nachdenken können.«

Die Phaser der *Shenzhou* sandten ein Sperrfeuer aus, aber auf diese Entfernung steckte der tholianische Kreuzer es weg und hämmerte weiterhin auf das pelianische Kriegsschiff ein. Burnham sah auf ihrer Anzeige, wie die Überlebenswahrscheinlichkeit immer weiter nach unten sackte, während die Hüllenintegrität des Trägers mit jeder Sekunde weiter nachließ. »Sie werden es nicht schaffen«, hauchte sie.

»Captain.« Sarus Bild flackerte, aber seine Stimme war deutlich zu vernehmen. *»Wir bringen den Frachter näher heran. Können Sie den Kreuzer ablenken und uns Deckung geben?«*

»Ich dachte, ich hätte Ihnen den Befehl gegeben, sich rauszuhalten, Lieutenant«, sagte Georgiou.

»Bei allem Respekt, Captain, das Schiff, auf dem ich mich befinde, steht unter dem Befehl von Kommandantin Nathal, nicht Ihrem.«

»In Ordnung«, lenkte der Captain ein, nicht willens, sich herumzustreiten. »Versuchen Sie, am Leben zu bleiben, Saru.«

»Das ist an jedem Tag meines Lebens meine Absicht«, erwiderte Saru, der von der Äußerung etwas verwirrt war. *»Viel Glück.«* Sein Bild verblasste wieder. Burnham sah hoch und fing Ensign Trokes Blick auf.

»Die Scanner empfangen Energiefluktuationen in den Systemen des Raumfrachters«, sagte der Tulianer. »Sie leiten Energie auf ihr Transporternetz um.«

»Saru versucht, die Überlebenden von dem Träger herunterzubeamen«, erkannte Burnham.

»Er sollte sich lieber beeilen!«, fauchte ch'Theloh. »Ihr Warpkern destabilisiert sich.«

»Geben wir dem Lieutenant, was er braucht«, unterbrach Georgiou. »Detmer, gehen Sie auf Angriffskurs mit dem tholianischen Kreuzer. Wir legen uns mit dem größeren Kind an.«

Die *Shenzhou* fegte auf dem Hauptbildschirm des Kommandodecks vorbei. Saru, Weeton und Yashae schwiegen voller Angst, während sie ihr Schiff beobachteten, das sich in die Gefahrenzone warf.

Saru fühlte sich merkwürdig distanziert von den Ereignissen. Teile von ihm hatten das Gefühl, er solle dort drüben sein, auf der Brücke mit Captain Georgiou. Er hatte plötzlich eine furchtbare Vision, wie die *Shenzhou* von feindlichem Beschuss erschüttert wurde, Strahlenwaffen ihre Hülle aufrissen und ein Hagel aus Fluchtkapseln davonraste.

Zwei von Ejahs Händen umklammerten sein Handgelenk und er musste sich von dem Bildschirm losreißen, um sie anzusehen. »Heute nicht«, sagte sie mit schwachem Lächeln. »Nicht, wenn wir dem Weg folgen.«

»Ja.« Er schüttelte die beängstigenden Bilder vor seinem geistigen Auge ab und konzentrierte sich auf die Kontrollen. »Hekan, Kijoh. Können wir die Transporter alle gleichzeitig aktivieren?«

Die Pelianerin und die Gorlanerin wechselten einen skeptischen Blick. »Das wird ein Risiko für die, die wir hochbeamen«, sagte Hekan.

Kijoh nickte. »Ein Transport in nachgeordneten Phasen wäre besser.«

»Wie viel länger würde das dauern?«

»Lieutenant, ich kann die Phasenverschiebungen kompensieren!« Ensign Weeton platzte in die Unterhaltung. »Ich habe uns mit dem Kerncomputer in der *Yang* verbunden und die duotronische Matrix des Shuttles kann zweimal so schnell arbeiten wie die Schiffs...«

»Tun Sie's!«, unterbrach Saru ihn.

»Wir müssen ganz nah heran«, sagte Nathal.

Saru nickte und bediente die Kontrollen der Navigation. »Ein Überflug über die gesamte Länge des Trägers ... Ich hoffe, das wird genügen.« Er wollte noch mehr sagen, aber ein Wirbel gleißender Lanzen durchschnitt die Dunkelheit auf dem Hauptbildschirm und brachte ihn kurz zum Schweigen, während die *Shenzhou* und der tholianische Kreuzer aufeinander feuerten.

»Das Schiff der Sternenflotte hat ihre Aufmerksamkeit auf sich gezogen«, verkündete Madoh stirnrunzelnd. »Ich schlage vor, wir lassen die Gelegenheit nicht ungenutzt verstreichen.«

»Gemeinsam«, hauchte Ejah. »Gemeinsam können wir Erfolg haben.«

»Ich bringe uns rein.« Saru gab Energie auf die Impulsantriebe des Raumfrachters und das große Schiff schlingerte auf den übel zugerichteten Träger zu. Die Annäherungskurve würde sie bis auf ein paar Hundert Meter an die aufgerissene, verbeulte Hülle des Kriegsschiffs heranbringen.

»Erfasse Lebenszeichen«, sagte Madoh. Trotz der Spannung schaffte er es, genauso ruhig und konzentriert zu wirken wie zuvor. Der Einfluss des Knotenpunkts blieb bestehen. »Bereit zum Transport.«

»Signal von Adjutant Craea!«, rief Yashae. »Seine Mannschaft ist bereit zum Evakuieren.«

Erneut blitzte eine lautlose Detonation in der Ferne auf. Ein Miniaturstern funkelte, als ein Photonentorpedo in den tholianischen Kreuzer einschlug. Lichtblitze zuckten auf und die *Shenzhou* warf sich hinein, um Treffer abzufangen, die sonst ein anderes Schiff getroffen hätten.

Erneut zwang Saru sich, seinen Blick vom Kampf abzuwenden. Er nickte Nathal zackig zu. »Bereit, Kommandantin.«

»Hekan ...« Nathal gab ihrer Stellvertreterin ein Zeichen. »Holen Sie sie an Bord!«

»Energie!«, sagte die andere Pelianerin und drehte ein paar virtuelle Knöpfe bis zum Anschlag, als der Frachter seinen Überflug absolvierte. Alle Systeme auf der Kommandoebene fielen kurz aus, als die Energieverschiebung zum Tragen kam. Die Lichter gingen aus und schalteten sich dann wieder ein.

»Wir haben sie!« Auf Weetons Gesicht breitete sich ein Grinsen aus, als eine Reihe blauer Anzeigelämpchen auf seinem Schirm aufleuchtete. »Transporterzyklus ist aktiv, Puffer stabil!«

»Leiten Sie die Überlebenden zu den Gorlanerflüchtlingen in die Frachtmodule weiter!«, befahl Nathal. »Die Verwundeten werden dort sicherer sein.«

»Ich glaube nicht, dass irgendjemand von Tauhs Besatzung erwartet hat, seinen Tag mit einer Rettung durch uns zu beschließen«, merkte Kijoh an.

»Lieutenant, der Adjutant will direkt aufs Kommandodeck gebeamt werden.« Yashae warf Saru einen Blick zu.

»Ensign Weeton?« Saru sah den anderen Offizier an. Der nickte zurück.

»Leite sein Muster um ... jetzt.«

Eine Säule aus smaragdgrünem Licht bildete sich auf einer Plattform in der gegenüberliegenden Ecke der Brücke. Der Frachter beendete seinen Überflug und flog hinaus ins offene All. Auf einem Sekundärbildschirm sah Saru auf einer rückwärtigen Ansicht, wie der beschädigte Träger hinter ihnen abfiel. Orangefarbenes Feuer glühte im Schubdüsennetz des Schiffs und es begann, sich selbsttätig zu bewegen.

Saru drehte sich wieder um, als das Summen des Transporters verstummte, und sah den pelianischen Offizier Craea, der auf dem Deck stand. Sein verzierter Kopfputz war verschwunden und seine maßgeschneiderte Uniform war von Brandflecken und Rissen an einem Ärmel verunstaltet. Hustend trat der Adjutant vor und tastete sich ab, als wollte er sichergehen, dass sein Körper noch intakt war.

Craea sah hoch und direkt in Nathals fragende Augen. Saru sah den Blick, den sie wechselten, und beobachtete, wie das Gesicht der Kommandantin blass wurde. »Mein Vater …? Der Admiral …?«

»Er hat einen anderen Pfad gewählt«, sagte der Adjutant traurig, trat vor und legte eine Hand auf Nathals Schulter. »Statt entehrt nach Peliar Zel zurückzukehren, wollte er lieber dienen.« Er nickte in Richtung des Bildschirms, wo der Träger Fahrt für einen Angriffsflug aufnahm.

»Nein!« Nathal machte einen halben Schritt von ihrer Station weg, blieb dann stehen und erstarrte.

Saru empfand Mitgefühl mit ihr. Sie hatte das Kommando und die Verantwortung für ihre Mannschaft und jeden an Bord ihres Schiffs. Doch sie war auch Tauhs Tochter und trotz seines Verhaltens war es offensichtlich, dass er ihr immer noch viel bedeutete.

»Ich hatte sie gewarnt«, flüsterte Ejah.

In diesem Moment wurde Saru ein Bruchteil der Bürde, die Nathal trug, bewusst. *Der Preis dafür, Captain zu sein*, sagte er zu sich selbst. Es war ein ernüchternder Gedanke.

»Haben wir alle übrigen Überlebenden?«, erkundigte Nathal sich mit erstickter Stimme.

Weeton nickte. »Bestätigt.«

»Dann müssen wir dem Admiral genug Platz zum Kämpfen geben«, antwortete sie und wandte sich an Saru. Ihr kurzer Moment der Zerbrechlichkeit war vorüber.

Saru akzeptierte den Befehl mit einem ernsten Nicken und steuerte den Raumfrachter auf einen neuen Kurs, der sie auf Distanz zum Kampf brachte.

Auf dem Bildschirm raste der halbmondförmige Träger in eine Feuerwand, die von den Kanonen des tholianischen Kreuzers ausgespuckt wurde.

»Er kommt immer noch näher!«, rief Januzzi. »Captain, die Pelianer wollen sie rammen!«

»Kayla, bringen Sie uns hier weg!« Georgiou gab den Befehl, doch Detmer führte ihn bereits aus und zog die *Shenzhou* mit Impulsgeschwindigkeit in eine aufsteigende Wende, die sie aus der Schussbahn des Tholianers brachte.

Burnham legte entsetzt ihre Hand vor den Mund. Sie konnte nicht wegsehen, als der pelianische Träger sich frontal in die dichteste Konzentration der Energiestöße warf und begann, auseinanderzubrechen. Sie blinzelte den Rauch weg, der aus den überladenen EPS-Leitungen auf der Brücke aufstieg, ignorierte das Heulen der Alarmsirenen und beobachtete das Ende des Trägers.

Die beiden Kriegsschiffe kollidierten und eine unkontrollierte Entladung flammte auf. Die Klauen des tholianischen Kreuzers schienen sich um den gekrümmten Rumpf des pelianischen Trägers zu legen. Dann brach Tauhs Schiff in zwei große Brocken brennenden Metalls auseinander, flammte auf und explodierte vor dem schwarzen Hintergrund.

Die metallisch-kristalline Form des tholianischen Schiffs schoss durchs All und war nicht in der Lage, die gesamte Wucht der Kollision zu absorbieren. Die Deflektoren des Kreuzers brachen mit einem Aufblitzen von Strahlung zusammen und Schäden von der Stoßeinwirkung wurden überall oben und unten auf der Hülle sichtbar. Dennoch glühten die Waffen des Schiffs mit ihrem unerbittlichen, diamantscharfen Feuer auf. Die Opferung des Kriegsschiffs war ein schwerer Schlag gewesen, so viel war sicher, aber er hatte nicht gereicht, um dem Kampf ein Ende zu setzen.

»Da draußen ist immer noch ein kampffähiger Spinner«, sagte Ensign Troke, als hätte er Burnhams Gedanken gelesen. »Und der, den wir vorhin getroffen haben.«

»Captain, die Schilde des tholianischen Kreuzers sind komplett ausgefallen«, meldete Grant. »Sie sind schutzlos.«

»Wir können das auf der Stelle beenden«, sagte ch'Theloh und wandte sich an Georgiou. »Feuern wir alles, was wir haben, auf sie, bevor sie ihre Systeme wieder hochfahren können.« Die Antennen des Andorianers legten sich nach hinten an seinen Kopf an. »Wir können der Tholianischen Versammlung eine Botschaft senden, die sie so schnell nicht vergessen werden.«

»Lieutenant Gant, laden Sie alle vorderen Phaser und machen Sie die Photonentorpedos scharf.« Georgiou richtete sich auf und wurde kalt und emotionslos.

»Captain?« Das Wort kam über Burnhams Lippen. Das hatte sie nicht von der Frau erwartet, die sie als ihre Mentorin betrachtete. Sogar angesichts dieser offenen Aggression der Tholianer schien Burnham der Gedanke, ihnen hier und jetzt einen Todesstoß zu versetzen, einen Schritt zu weit zu gehen.

Georgiou hielt eine Hand hoch und brachte sie zum Schweigen. »Michael ... wenn Sie eine Waffe ziehen, müssen Sie bereit sein, sie zu benutzen.« Sie sah zu Ensign Fans Station. »Mary, schalten Sie eine Verbindung von Schiff zu Schiff. Ich glaube, sie werden uns jetzt zuhören.«

Fan nickte. »Verbindung steht, Captain.«

»Achtung, tholianische Schiffe. Hier spricht Captain Georgiou an Bord des Föderationsraumschiffs *Shenzhou*. Wir haben Sie gewarnt, das hier nicht in einen Kampf ausarten zu lassen, aber Sie haben uns ignoriert. Sie haben bündnisfreien Raum mit militärischen Absichten verletzt. Sie haben diese Situation absichtlich heraufbeschworen, indem Sie eine Überwachungsboje der Föderation sabotiert, eine Koloniewelt der Gorlaner angegriffen und Schiffe von Peliar Zel beschossen haben. Ich habe keinen Zweifel, dass Sie das getan haben, um die Erweiterung Ihrer Grenzen zu rechtfertigen und Chaos bei Ihren Nachbarn zu stiften. Das wird nicht unbeantwortet bleiben.« Sie warf Gant einen Blick zu. »Lieutenant, erfassen Sie den tholianischen Kreuzer mit allen Waffen und bereiten Sie sich darauf vor, zu feuern.«

Burnham stockte der Atem. *Sie wird das wirklich tun.*

Doch dann fing sie einen Blick Georgious auf, der etwas anderes sagte. »Ich setze Sie davon in Kenntnis«, fuhr der Captain fort, »dass die Kolonien der Gorlaner und das Volk der Kohorte Peliar Zel unter dem Schutz der Sternenflotte und der Vereinigten Föderation der Planeten stehen – ob sie darum bitten oder nicht, ob sie Mitglieder sind oder nicht. Unbegründete Angriffe auf sie werden nicht geduldet.« Sie machte einen Schritt vorwärts, denn sie wusste, dass ihr Bild direkt auf die Brücke des tholianischen Schiffs übertragen wurde. »Wenn Sie sich nicht zurückziehen, dann tragen Sie ganz allein die Verantwortung für das, was als Nächstes geschieht. Dieses Scharmützel kann hier enden ... oder die nächsten Schüsse, die abgegeben werden, sind die erste Salve in einem Krieg zwischen den Tholianern und der Föderation. Die Entscheidung liegt bei Ihnen.« Georgiou machte eine schneidende Geste vor ihrer Kehle und Fan schloss den Kanal.

Alle Stimmen auf der Brücke der *Shenzhou* waren verstummt. Nur das ständige Heulen des roten Alarms war zu hören und markierte die verstreichenden Sekunden.

Schließlich sprach ch'Theloh. »Burnham, Sie sind die Xenoanthropologin. Sagen Sie mir, wie reagieren die Tholianer auf Drohungen?«

»Ganz ehrlich, Commander?« Sie schüttelte den Kopf. »Ich weiß es nicht.«

»Gut«, sagte der Captain, »dann wird das hier für alle lehrreich werden.«

Ein Pfeifen ertönte von der Kommunikationskonsole. »Sie rufen uns«, meldete Fan.

»Dann lassen Sie mal hören.«

Der Ensign berührte eine Kontrolle auf dem Bedienfeld und ein facettierter Umriss erschien, der mitten in die Luft über dem Deck projiziert wurde. Die merkwürdige, edelsteinförmige Gestalt des Tholianers musterte sie mit einem vernichtenden, feurigen Blick. *»Ihr Schiff hat unsere Grenzen übertreten, um diesen Ort zu erreichen. Das ist eine Verletzung der vertraglichen Vereinbarung.«* Die kreischende Stimme klang, als würde man Fingernägel über eine Schiefertafel ziehen.

»Sie haben die Regeln zuerst gebrochen«, stellte ch'Theloh fest. »Und wir sind auf einer Rettungsmission. Wie lautet Ihre Ausrede?«

Der Tholianer konzentrierte seine Aufmerksamkeit auf den Captain. *»Wir wollen keinen offenen Krieg. Aber wir werden aggressiv unsere Grenzen verteidigen. Wir werden alle entmutigen, die unbefugt in das Gebiet der Versammlung eindringen wollen. Wenn Sie diese Entschlossenheit auf die Probe stellen wollen, dann wird es Krieg geben.«*

Er wartete nicht auf eine Antwort. Das Hologramm verblasste, noch während die Warnung des Tholianers durch die Brücke hallte.

»Energiespitzen in ihren Antriebskernen«, sagte Troke. »Der Kreuzer bewegt sich von uns weg, Richtung Grenze.«

»Bestätigt«, stellte Detmer fest. »Sieht so aus, als ob der andere Spinner den beschädigten mit einem Traktorstrahl ebenfalls abschleppt.«

»Geben Sie ihnen etwas Raum«, sagte der Captain und stieß dann die Luft aus. »Aber ... behalten Sie sie im Auge, bis sie außerhalb unserer Waffenreichweite sind.«

Georgiou warf einen Blick nach hinten und Burnham sah ihr in die Augen. »Hätten Sie es getan?«, fragte sie leise, als die Brückenbesatzung sich wieder an die Arbeit machte. »Diese Grenze überschritten?«

Burnhams Mentorin schwieg, bevor sie eine Antwort fand. »Michael, ich bin sehr froh, dass ich diese Frage heute nicht beantworten musste. Ich hoffe, das Ende meiner Laufbahn zu erreichen, ohne es herausfinden zu müssen.«

Yashae wartete am Fuß der Leiter auf Saru, die zu der Luftschleuse in der Decke führte, wo das Shuttle *Yang* immer noch angedockt war. Weeton steckte seinen Kopf durch die offene Luke und nickte, bevor er sich wieder zurückzog.

»Alle sind vollzählig, Sir«, sagte sie zu ihm. »Zoxom ist mit Lieutenant Commander Johar und den anderen Verletzten zur *Shenzhou* zurückgebeamt. Subin befindet sich bereits an Bord.«

Saru nickte und zögerte dann. Jetzt, da die Zeit für ihn gekommen war, aufzubrechen, fand er es schwer, loszulassen. Der Kelpianer hatte das unangenehme Gefühl, dass der zerbrechliche Frieden, den er geholfen hatte, aufzubauen, anfangen würde, zu zerfallen, wenn er fortging.

»Wir übernehmen jetzt«, sagte Nathal, die nur wenige Meter entfernt stand und sein Zögern bemerkte. »Ich danke Ihnen, Lieutenant Saru, für alles, was Sie getan haben.« Die kratzbürstige Art der Kommandantin war durch ihre kürzlichen Erfahrungen weicher geworden. Wieder einmal versetzte es Saru einen Stich, als er daran dachte, was sie empfinden musste.

Nur allzu oft glauben wir, dass unsere Anführer über alle Antworten verfügen, dass nichts sie erschüttern kann, grübelte er. Doch Saru war in den letzten Tagen in diese Rolle geworfen worden und er hatte am eigenen Leib erfahren, wie wenig das der Wahrheit entsprach. *Ich wusste, es würde eine Herausforderung werden, aber nicht so.*

»Auch unser Volk möchte Ihnen danken.« Neben Nathal stand Ejah mit der gorlanischen Ingenieurin Kijoh. Der Knotenpunkt neigte ihren Kopf in seine Richtung. »Sie sollen wissen, dass Madoh verspochen hat, sich den Behörden der Kohorte zu stellen. Er wird die Verantwortung für sein Vorgehen gegen Peliar Zel übernehmen und ihre Rechtsprechung akzeptieren. Seine Verbrechen waren von Verzweiflung getrieben, aber sie waren nicht die Taten aller Gorlaner.« Ejah warf Nathal einen Seitenblick zu. »Ich hoffe, wir können Schritte unternehmen, die Kluft zwischen unseren Spezies zu heilen, Kommandantin.«

»Wir haben beide Fehler gemacht«, sagte Nathal und nickte wehmütig. »Das wird nicht mehr geschehen.«

»Die Föderation wird Ihnen gerne helfen, wenn sie kann – beiden Völkern«, sagte Saru. Er brachte ein schiefes Lächeln zustande. »Derweil muss ich selbst ebenfalls die Verantwortung für gewisse Handlungen übernehmen.« Er machte einen Schritt auf das Shuttle zu, doch der Widerwille, fortzugehen, zerrte weiter an ihm und er blieb noch einmal stehen. »Verzeihen Sie mir«, begann er noch einmal, »aber ich kann nicht guten Gewissens fortgehen, ohne noch etwas gesagt zu haben.«

Saru richtete sich auf, atmete tief durch und musterte die Gesichter der Gorlanerin und Pelianerin. Sie waren so unterschiedlich, nicht nur durch ihre äußere Erscheinung, sondern durch ihre Kultur, ihre Erziehung und ihren Glauben. Die Idee, dass solch unterschiedliche Wesen diese Dinge beiseiteschoben, um Gemeinsamkeiten zu finden, schien wie ein unbezwingbarer Berg. Bestenfalls war es eine Zweckgemeinschaft, die zerfallen würde, sobald die Bedrohung, durch die sie entstanden war, nicht mehr existierte. Er musste ihnen zeigen, dass weit mehr auf dem Spiel stand.

»Unbestreitbar ist, dass die Galaxis ein gefährlicher Ort ist, und es gibt Bedrohungen dort draußen, die Sie nicht vorhersehen können. Nächstes Mal werden Ihre Feinde nicht einfach umkehren und davonfliegen.« Saru blinzelte, denn er sah Bestürzung auf ihren Gesichtern. Er sprach weiter. »Die Tholianer bestehen weiter. Die Versammlung wird weiterhin ihre Grenzen austesten – wie die gorlanische Kolonie erfahren musste – und Sie dürfen nie daran zweifeln, dass sie die Monde Peliar Zels im Blick haben.« Er zögerte und versuchte, die richtigen Worte zu finden. »Lassen Sie nicht zu, dass Angst Ihre Taten bestimmt. Angst vor ihnen, Angst vor uns, Angst voreinander.« Saru zeigte auf die Gruppe. »Ich habe ein Leben in Angst und Schrecken hinter mir und ich habe gelernt, dass man diese Angst nicht zerstreuen kann, wenn man alleine ist. Einheit bringt Licht. Und Licht drängt die Dunkelheit zurück.«

Er wandte sich ab und wollte Yashae die Leiter hinauf folgen. Doch dann spürte Saru wieder das vertraute Zupfen an seinem Ärmel und die geisterhafte Präsenz von Ejahs Aura, die seine Sinne berührte.

»Saru«, sagte sie und sprach leise, damit niemand anderes sie hören konnte. »Ich wollte Ihnen etwas sagen, bevor Sie gehen.«

Er blieb stehen. »Ja?«

Ihre vier Hände umklammerten seine und ihre sanfte Ruhe hüllte ihn ein. »Wehren Sie sich nicht so sehr«, sagte sie und sah ihm in die Augen. »Schieben Sie das, was Sie ausmacht, nicht so von sich. Nehmen Sie es an.«

»Ich … ich verstehe nicht.«

Ejah nickte. »Ich weiß. Nur … versuchen Sie nicht, einen Ort ohne Angst zu suchen. Sie ist ein Teil von Ihnen und Sie dürfen sie nicht leugnen. Eines Tages werden Sie diesen Ort finden und er wird nicht echt sein. Akzeptieren Sie das, was Sie sind, Saru. Denn darin werden Sie Frieden finden.« Sie zog sich zurück, humpelte davon und ließ ihn sprachlos zurück.

»Lieutenant?« Er sah hoch. Yashae stand über ihm. »Wenn Sie dann so weit sind, Sir.«

Er nickte und kletterte an Bord. »Wir sind hier fertig.«

Die *Yang* koppelte von der Hülle des Raumfrachters ab und steuerte von ihm weg. Sie drehte sich geschickt um die eigene Achse und richtete sich auf die *Shenzhou* aus.

Saru glitt auf den Co-Pilotensitz neben Ensign Weeton. Der jüngere Offizier bediente die Steuerung und brachte sie durch das Trümmerfeld, das sich immer noch in einer Umlaufbahn um den verlassenen Zufluchtsplaneten bewegte.

»Donnerwetter!«, platzte es aus dem Ensign heraus, der hinunter auf die äußere Hülle des Transporters blickte. »Das sieht von hier draußen noch *viel* schlimmer aus.«

Saru musste zugeben, dass Weeton recht hatte. Das große Schiff hatte Schäden erlitten, die man einem Schiff seiner Art niemals hätte zumuten dürfen. Es würde Wochen dauern, bis das Schiff wieder vollkommen raumtauglich war und es lag eine gewisse Ironie in der Tatsache, dass die technische Besatzung der *Shenzhou* wieder einmal bei den Instandsetzungsarbeiten helfen würde.

»Bei allem Respekt«, sagte Subin, »dieses Mal kann jemand anders da rübergehen und die Arbeit machen. Ich will eine Weile auf meinem eigenen Schiff bleiben.« Sie lächelte sehnsüchtig. »Ich brauche wirklich eine Schalldusche.«

»Allerdings«, fügte Yashae trocken hinzu.

»Und eine anständige Mahlzeit«, sagte Weeton nachdrücklich. »Und danach werde ich einen Antrag einreichen, dass mein Name für ein paar Monate von der Liste der Landetrupps gestrichen wird.«

»Ganz Ihrer Meinung«, stimmte Saru zu.

Weeton warf ihm einen seltsamen Blick zu, während er den Kurs änderte, um einem großen Metallbrocken auszuweichen. »Verzeihen Sie, Lieutenant, aber wird der Captain froh sein, Sie zu sehen?« Er fuhr fort, bevor Saru antworten konnte. »Ich meine, seien wir doch mal ehrlich, Sie sind in ganz schön großen Schwierigkeiten, Sir. Captain Georgiou ist zwar vernünftig, aber glauben Sie wirklich, dass sie …?«

Saru schnitt ihm das Wort ab. »Ja, danke, dass Sie mich daran erinnern, *Ensign.*« Er betonte den Rang Weetons überdeutlich. »Ihr Taktgefühl ist so feinsinnig wie immer.«

»Oh. Tut mir leid, Sir.« Der Mensch verlagerte sein Gewicht und wendete das Shuttle, um es auf eine offene Landebucht im Primärrumpf der *Shenzhou* auszurichten. »Ich wollte Sie nur unterstützen, wissen Sie? Und wir, äh, sind bereit zur Landung.«

»Ich hoffe, Sie zeigen dabei etwas mehr Feingefühl.« Saru widerstand der Versuchung, seine Arme abwehrend zu verschränken. Er beobachtete durch die Kanzel, wie die Bucht immer größer wurde. Die Tatsache, dass Weeton zweifellos recht hatte, trug nichts dazu bei, um die Stimmung des Kelpianers zu verbessern.

Die *Yang* wurde langsamer, als sie sich durch das Kraftfeld schob, das die Atmosphäre der Shuttlebucht eindämmte. Dann drehte das Shuttle sich sanft und senkte sich auf das Deck. Zwei uniformierte Gestalten warteten auf sie im

Landebereich und hatten Haltung angenommen. *Captain Georgiou und Lieutenant Burnham.*

»Wissen Sie«, sagte Weeton, der sie ebenfalls sah, »wenn ich so darüber nachdenke … es wird schon nicht so schlimm werden, wie es da drüben war.«

Ich werde nicht darauf warten, es herauszufinden. In dem Moment, als die Kufen des Shuttles fest auf dem Deck standen, erhob Saru sich aus seinem Sitz und marschierte durch die Kabine. Er erreichte die Luke am hinteren Ende, bevor diese sich vollständig geöffnet hatte. Er ging direkt auf den Captain zu, ignorierte den Blick, den Burnham ihm zuwarf, und weigerte sich, vor Georgious scharfem Blick zurückzuzucken.

Erst vor wenigen Tagen hatte er genau an diesem Punkt gestanden und eine ganz ähnliche Unterredung erwartet. Das ganze Szenario kam ihm auf unangenehme Weise bekannt vor – und war doch zehnmal schlimmer.

»Lieutenant Saru und der Landetrupp melden sich zurück«, sagte er förmlich. »Mission erfüllt.«

»Oh, das werde ich entscheiden«, entgegnete der Captain, drehte sich um und bedeutete ihm mit einem Finger, ihr zu folgen. »Sie kommen mit mir, Mister Saru. Sie haben einiges zu erklären.«

Er ging hinter ihr her und konnte nicht anders, als Burnham einen Seitenblick zuzuwerfen. Die Menschenfrau stand mit einer sehr vulkanisch hochgezogenen Augenbraue dort und ihr Gesicht sagte: *Viel Glück, Sie werden es brauchen.*

Die Fahrt mit dem Turbolift nach unten war genauso ungemütlich, wie Georgiou sie haben wollte. Sie stellte sich vor, dass sie dem fehlgeleiteten Offizier wie Stunden vorkommen musste.

Als die Tür sich öffnete, um sie auf dem Brückendeck der *Shenzhou* abzusetzen, ging sie direkt zu ihrem

Bereitschaftsraum, ohne abzuwarten, ob Saru ihr folgte. Doch aus dem Augenwinkel sah sie den ernüchternden Blick, den ihr Erster Offizier dem Kelpianer zuwarf. *Gut. Ich will, dass Saru ein wenig schmort.*

Sie setzte sich auf ihren Sessel hinter dem Schreibtisch und bot ihm keinen Platz an. »Privatsphäre«, sagte sie und die transparenten Türen des Bereitschaftsraums wurden milchig und undurchsichtig.

So, wie Saru dort stand und Haltung angenommen hatte, erinnerte er sie an einen irdischen Greyhound, den sie als Kind gesehen hatte. Er war drahtig, hatte überlange Beine und konnte seine Nervosität nicht verbergen, selbst wenn er es gewollt hätte. Sie musste ihm nicht sagen, welche Fehler er gemacht hatte, das wusste er bereits. Doch fürs Protokoll musste es gesagt werden.

»Sie sind nicht vorschriftsmäßig gekleidet«, begann sie, als sie merkte, dass sein Delta-Abzeichen nicht vorhanden war.

»Ich fürchte, das stimmt«, antwortete er. »Und ich entschuldige mich.«

»Aus meiner Sicht ist das das Geringste Ihrer Vergehen, Mister. Fangen wir von vorne an«, sagte Georgiou zu ihm, »an dem Punkt, als Sie beschlossen, Ihrer eigenen Eingebung zu folgen und nicht dem Protokoll der Sternenflotte.«

Sarus Gesichtsfarbe nahm einen dunkleren Ton an, doch er nickte leicht und räusperte sich. Sie lauschte die nächsten zehn Minuten schweigend und nahm alles, was er sagte, ohne Unterbrechung oder Rückfragen zur Kenntnis. Wenn überhaupt, schien das den Lieutenant nur noch nervöser zu machen.

Er sprach über seine guten Absichten den gorlanischen Flüchtlingen gegenüber, die unerwartete Entführung und die Schuld, die ihn nach den beunruhigenden Entscheidungen, zu denen man ihn im Zusammenhang mit Madohs Plänen gezwungen hatte, niedergedrückt hatte. Er erzählte von der pelianischen Kommandantin Nathal und ihren Leuten und der Entdeckung, die er unter den Gorlanern gemacht hatte. Saru ging näher auf den Knotenpunkt ein – das Mädchen namens Ejah – und auf die Gabe, die sie besaß. Und plötzlich verstand Georgiou, was der Lieutenant mit dem »vorausschauenden Vorteil« der Gorlaner gemeint hatte. Das war ein faszinierender Einblick, den sie später genauer verfolgen wollte, doch für den Moment ließ sie es unkommentiert.

Saru fuhr fort und erklärte, wie sie es geschafft hatten, die Kontrolle über den Frachter zurückzuerlangen, nachdem sie die anderen Gorlaner von der Zufluchtswelt gerettet hatten, und welche neuen Spannungen das hervorgerufen hatte. Dann waren Admiral Tauh und sein Kriegsschiff aufgetaucht und sie konnte sich vorstellen, wie sich der Rest nach der Einmischung der Tholianer entwickelt hatte. Georgiou spürte ein stummes Entsetzen, als ihr klar wurde, dass nicht mehr viel gefehlt hätte und die *Shenzhou* wäre zu spät gekommen. Sie schob die Gedanken an all das beiseite, was sie wohl erwartet hätte, wenn das Schiff aufgehalten worden wäre.

Die Wiedergabe der Ereignisse des Lieutenants kam allmählich zum Ende. »Den Rest kennen Sie, Captain.« Er holte tief Luft. »Ich bin bereit, jede Strafe zu akzeptieren, die Sie für angemessen halten.«

Sie beschloss, die Fragen, die zweifellos in den Gedanken des Kelpianers ganz oben standen, vorläufig nicht zu beantworten. »Ich habe mit Doktor Nambue gesprochen, kurz bevor Sie aufs Schiff zurückgekehrt sind. Er ist mit all den Patienten, die Sie ihm mitgebracht haben, ziemlich beschäftigt. Wir mussten Frachtraum eins in eine vorläufige Krankenstation für die Verwundeten der Gorlaner und

Pelianer umfunktionieren. Aber ich glaube, das wird ihnen guttun. Es gibt nichts, das die Kluft zwischen zwei Völkern so gut überbrücken kann, wie geteiltes Leid. Und Sie werden bestimmt froh sein, zu hören, dass Lieutenant Commander Johar bereits aufgewacht ist. Wie ich höre, ist er sauer, weil er die ganze Aufregung verpasst hat.« Sie lehnte sich in ihrem Sessel zurück. »Ich bin sicher, er wird seine eigene Meinung darüber haben, wie er die Situation gemeistert hätte.«

»Besser als ich«, sagte Saru, runzelte die Stirn und starrte aufs Deck.

Georgiou schüttelte den Kopf. »Suhlen Sie sich nicht in Selbstmitleid, Lieutenant. Sie sind besser als das.«

Saru hob ruckartig den Kopf. Das war nicht die Reaktion, die er erwartet hatte. »Ich habe viele Fehler gemacht«, fügte er hinzu.

»Ja, das haben Sie«, stimmte sie ihm zu. »Was haben Sie daraus gelernt?«

»Ich bin ... nicht sicher ...« Er geriet ins Stocken. Saru versuchte, herauszufinden, was er jetzt sagen sollte, was Georgiou hören wollte, und schüttelte den Kopf.

»Was haben Sie gelernt?« Sie betonte jedes Wort. »Etwas Wertvolles, hoffe ich. Das wäre immerhin ein versöhnliches Element für diese ganze Angelegenheit.«

Der Captain setzte ihn absichtlich unter Druck und er reagierte mit einem kaum verhohlenen Aufflackern von Zorn. »Vielleicht, wenn Lieutenant Burnham an meiner Stelle auf diesem Schiff gewesen wäre ...«

Georgiou ließ ihn nicht aussprechen. »Glauben Sie, ich hätte Nachsicht mit ihr?« Als Saru zögerte, zu antworten, ließ sie nicht locker. »Sprechen Sie offen, Mister Saru. Ich bitte darum.«

»Ja!« Er stieß das Wort aus. »Ja, Captain, ich glaube, das würden Sie. Ich glaube, dass Sie sie mir vorziehen.«

Das wollte ich hören. Die Wahrheit. Georgiou wollte lächeln, aber sie tat es nicht. Stattdessen behielt sie einen neutralen Tonfall bei und sagte: »Ich habe keine Lieblinge unter meiner Besatzung, Lieutenant. Ich reize sie manchmal, miteinander zu konkurrieren, aber das ist auch schon alles. Ich habe nie gewollt, dass Sie glauben ...« Sie machte eine Pause. »Wenn Sie das Gefühl haben, schlechter abzuschneiden als ein anderer Offizier, dann ist das Ihr eigenes Problem, nicht ihres.«

Seine Verärgerung ebbte ab. »Ich habe versucht, mehr wie Burnham zu sein, aber das war falsch.«

»Natürlich war es das«, sagte Georgiou nicht unfreundlich. »Ich brauche keine zwei Michael Burnhams auf meinem Schiff. Ich brauche eine Burnham und einen Saru.« Sie stand auf und ging um den Schreibtisch herum. »Ich bin davon überzeugt, dass Sie beide das Zeug zu ausgezeichneten Offizieren haben – eines Tages vielleicht zum Captain. Aber noch sind Sie nicht so weit, noch lange nicht. Sie brauchen Abhärtung – Sie beide.« Sie ließ das im Raum stehen und fuhr fort. »Wenn wir schon schonungslos ehrlich sind ...«

»Das wäre mir das Liebste«, sagte Saru kleinlaut.

»Sie und Lieutenant Burnham sind sich ähnlicher, als Sie beide zugeben wollen.« Sie zeigte auf die Tür, die hinaus auf die Brücke führte. »Michael ist dickköpfig, eigensinnig und intelligent – doch ihre vulkanische Erziehung, die für all das verantwortlich ist, ist auch ihre Schwäche. Sie ist stark, aber zerbrechlich. Burnham muss ihre menschliche Seite wiederfinden. Und allmählich schafft sie das.« Georgiou sah Saru in seine blassblauen Augen. »Und Sie? Nun, Sie sind genauso willensstark, empathisch und klug, aber sie stehen in Konflikt mit Ihrer kelpianischen Natur. Sie wollen über allem stehen, aber Sie wollen auch gefallen. Sie haben ein Ego, aber Sie sind willens, dieses dem Gemeinwohl unterzuordnen.«

Der Captain ging an ihm vorbei zum Fenster des Bereitschaftsraums und sah hinaus auf die Sternenlandschaft. »Saru, ich will, dass Sie den Mittelweg finden. Ich will, dass Sie lernen, auf der Grenze zu wandeln, zwischen dem, was sie *waren* und dem, was Sie *sein können.* Wenn Sie das nicht tun, werden Sie niemals Ihr volles Potenzial ausschöpfen können.«

»Das ist nicht leicht für mich«, gab er zu und stellte sich neben sie. »Ich dachte, ich wäre dazu bereit, diese Kommandoentscheidungen zu treffen. Ich habe … mich geirrt.«

»Wirklich?« Georgiou lächelte milde. »Lieutenant, man denkt immer, dass man bereit ist, und zwar genau bis zu dem Moment, wenn man es nicht ist. Der Unterschied ist, wenn man mit dieser Realität konfrontiert wird, gehen schlechte Offiziere unter und die guten schwimmen. Sie sind die ganze Zeit geschwommen. Sie haben Lösungen gefunden. Und bei keinem Rückschlag haben Sie geschwankt. Sie haben danach gestrebt, jedes Mal die gewaltlose Wahl zu treffen.« Sie tippte mit ihrem Finger an seine Brust. »Nicht, weil Sie schwach sind, sondern weil Sie stark sind.«

»Ich habe getan, was richtig war«, sagte er.

Der Captain verlor sich in dem Anblick draußen und sah das entfernte Aufblitzen von Wrackteilen, die der Kampf im Orbit zurückgelassen hatte. »Gewalttätige Reaktionen sind die schnelle und einfache Lösung, die Zuflucht Kampflustiger wie die Tholianer. Die Sternenflotte wird darauf entsprechend reagieren, wenn es nicht anders geht, aber wir suchen immer, *immer* einen anderen Weg, wenn wir können. Das ist der Eid, den wir abgelegt haben, als wir diese Uniform angelegt haben.« Sie strich mit der Hand über ihren Kragen. »Sie haben diesen Eid aufrechterhalten. Aber ich will nicht lügen, die Art und Weise, wie Sie das getan haben, war … sollen wir großzügig sein und sie *unkonventionell* nennen?« Er lief noch dunkler an und sie fuhr fort: »Aber Sie haben es dennoch getan. Tausende leben deswegen noch. Und vielleicht werden noch Hunderttausende auf den Monden von Peliar Zel ihre Haltung den Gorlanern gegenüber überdenken, weil Sie ein Zeichen gesetzt haben.«

Sie wartete, bis Saru eine Antwort darauf gefunden hatte. »Ich muss zugeben, dass die Erfahrung, von meinesgleichen isoliert zu sein, mich dazu getrieben hat. Ich weiß, wie es ist, wenn man sich verloren fühlt. Ich weiß, wie es sich anfühlt, auf die Mildtätigkeit anderer angewiesen zu sein, um überleben zu können.«

Georgiou nickte, sagte aber nichts. Sie kannte einen Teil der Geschichte, wie es dazu gekommen war, dass der Kelpianer seine Heimat verlassen hatte, von den Sternenflottenoffizieren, die Saru eine Chance gegeben hatten, nachdem sein Volk sich von ihm abgewandt hatte.

»Ich habe etwas von mir in den Gorlanern gesehen«, erklärte er. »Und auch in den Pelianern. Ich habe gesehen, wie Ängste die Leute entzweien können. Aber man kann sie auch überwinden, und dann können sie heilend und vereinend wirken.« Widerstrebend umspielte ein Lächeln seine Mundwinkel. »Und niemand versteht die Natur der Angst besser als ein Kelpianer.«

Der Captain nickte ihm zu. »Hier draußen herrscht Chaos, Lieutenant. Aber so ist das nun mal. Am Rande des Föderationsraums sind die Dinge nie so klar, wie sie an der Akademie immer scheinen. Wir finden einen Weg hindurch und wir setzen einen Fuß vor den anderen.« Sie streckte ihre Hand aus und berührte seine Schulter. Saru riss die Augen weit auf. Ihm dämmerte allmählich, dass Georgiou ihn *nicht* in die Arrestzelle werfen und verlangen würde, dass er seinen Abschied nahm. »Ich beurlaube Sie für die nächsten vierundzwanzig Stunden, zusammen mit Weeton und all den anderen. Ruhen Sie sich aus, Sie haben es sich verdient. Und dann empfehle ich, dass Sie einen vollständigen und detaillierten Bericht schreiben.«

»Und das Sternenflottenkommando?«

»Ich werde mit Admiral Terral sprechen. Ich werde es ihm ... logisch begründen.« Sie deutete mit dem Kinn zur Tür. »Sie sind entlassen, Lieutenant.«

Er nickte dankbar und machte sich auf den Weg.

»Saru!«, rief sie hinter ihm her, als die Tür sich zischend öffnete. »Trotz allem, was Sie denken mögen, Sie haben sich gut geschlagen.«

»Danke, Captain.« Er nickte erneut. »Nächstes Mal werde ich es besser machen.«

»Ich weiß, dass Sie das tun werden.«

Saru achtete sorgfältig darauf, während des kurzen Gangs zum Turbolift mit niemandem auf der Brücke Blickkontakt aufzunehmen. Als die Türen sich schlossen, schaffte er es mit einem tiefen Seufzer, sein Deck auszusprechen, und ließ sich dann gegen die Wand fallen.

Sein Herz raste immer noch, als er seine Kabine errcichte und in die kühle, stille Umarmung seiner Privatsphäre trat. Es war merkwürdig, wie etwas, das scheinbar so einfach war – wie eine Unterhaltung mit einem anderen intelligenten Wesen –, ihn mit beinahe derselben Panik erfüllen konnte, als würde er von einem Jäger verfolgt. Andererseits war Captain Philippa Georgiou auf ihre Art fast genauso beängstigend.

»Ruhezustand aufgehoben«, verkündete eine vertraute, künstliche Frauenstimme. *»Möchten Sie einen Neustart?«*

»Nein!«, sagte Saru schärfer als beabsichtigt. »Um genau zu sein, alle Simulationsprogramme bis auf Weiteres aussetzen!«

»Bestätigt.« Der Computer piepte als Antwort.

Er atmete tief durch, um seine Mitte zu finden – und sofort spürte Saru, dass etwas nicht stimmte. Es war nicht dasselbe unheimliche Unbehagen, das er verspürte, wenn der holografische Simulator seine Kabine mit unerwarteten Gefahren füllte, es war ein unterschwelliges Gefühl, dass etwas nicht ganz richtig war.

Er drehte sich auf der Stelle, ließ den Raum auf sich wirken und dann dämmerte es ihm. »Jemand war hier drin, während ich fort war«, sagte Saru laut. Er machte ein finsteres Gesicht und ging zu dem Regal, wo seine persönlichen Habseligkeiten lagen. Sein Blick wurde zuerst von dem dreidimensionalen Schachspiel angezogen, das in einer Ecke stand. Die Teile waren alle immer noch dort, wo er sie hinterlassen hatte – in den Positionen einer klassischen El-Mitra-Austausch-Eröffnung.

Saru streckte die Hand danach aus, als die Türklingel ertönte und er erstarrte. »Wer ist da?«

»Ich bin's«, kam eine Frauenstimme durch die geschlossene Tür und Saru wusste genau, wer in seine Privatsphäre eingedrungen war.

»Herein!«, blaffte er und drehte sich zu Burnham um, als sie vorsichtig den Raum betrat.

»Saru«, sagte sie zur Begrüßung. Sie blieb auf der Schwelle stehen und sah sich skeptisch um. Da war der Kelpianer sicher, dass sein Instinkt ihn nicht getrogen hatte.

»Kommen Sie doch herein«, sagte er schnaufend. »*Ist ja nicht das erste Mal.*«

»Wird das Hologramm mich angreifen, wenn ich es tue?«

»Ich habe es abgeschaltet.« Trotzdem zögerte sie noch. »*Jetzt* zögern Sie, einzutreten? Bitte, entscheiden Sie sich, Lieutenant.«

Sie kam herein und die Tür schloss sich hinter ihr. »Ich bin gekommen, um mich für das zu entschuldigen, was sie offensichtlich schon herausgefunden haben, Saru. Ich schätze, ich hätte wissen müssen …«

»Dass Kelpianer ein unfehlbares Gespür für die Verletzung ihrer Privatsphäre haben? Ja, das hätten Sie. Vielleicht könnten Sie das noch zu dem Bericht hinzufügen, den Sie über mich schreiben.« Er sagte das Letzte halb im Spaß, aber an dem Ausdruck auf dem Gesicht der Frau erkannte er, wie nah er der Wahrheit gekommen war. »Sie schreiben wirklich einen Bericht über mich?«

»Nein!«, sagte Burnham nachdrücklich. Sie seufzte verärgert. »So ist es nicht. Es ist nur … nachdem der Frachter entführt und die *Shenzhou* angegriffen wurde, standen Fragen im Raum. Über Sie.«

Er erstarrte und war hin- und hergerissen zwischen dem Verlangen, zu fragen, wie diese Fragen lauteten, und der Angst vor den Antworten darauf. »Ich kann Ihnen versichern«, begann Saru, »dass ich die volle Verantwortung für den Schaden übernommen habe, der diesem Schiff zugefügt wurde.«

»Commander ch'Theloh wollte sichergehen, dass Sie nicht unter irgendeinem äußeren Einfluss standen oder unter psychischen Beeinträchtigungen litten«, beharrte Burnham. »Glauben Sie mir, er hätte diesen Ort bis ins Kleinste auseinandergenommen.«

»Lassen Sie mich raten. Sie sind eingeschritten? Sie haben angeboten, mein Quartier an seiner Stelle zu durchsuchen und meine Privatsphäre zu verletzen? Wie großzügig von Ihnen.«

»Es tut mir leid, ich musste es tun«, konterte sie. »Und der Befehl war vielleicht fragwürdig, aber ich bin hergekommen, weil ich Sie schützen wollte!« Burnham kam näher. »Sie können doch nicht wirklich überrascht sein, dass das passiert ist. Sie öffnen sich nie Ihren Mannschaftskameraden, Saru. Sie sind distanziert und die Leute sehen das als unfreundlich an. Niemand weiß, was er von Ihnen halten soll, und das ruft bei Leuten wie ch'Theloh Argwohn hervor.«

Er knickte ein. »Es geht nicht …« Er hielt inne und versuchte es noch einmal. »Ich bin keine gesellige Person.«

Burnhams Ausdruck wurde weicher. »Saru, ich weiß, dass Sie wie ich denken. Ich weiß, dass Sie in der Sternenflotte vorankommen wollen, aber um das zu erreichen, müssen Sie den Leuten entgegenkommen. Sie wissen schon, versuchen, ein paar Freundschaften zu schließen?«

»Ich habe Freunde«, erwiderte er hitzköpfig. Aber dann verzog er das Gesicht, als er den Wahrheitsgehalt seiner eigenen Aussage auf den Prüfstand stellte. »Na ja. Kollegen. Mannschaftskameraden, um genau zu sein.« Die Erklärung wirkte schwach. Er wollte das zurückweisen, was Burnham gesagt hatte, aber in diesem vernichtenden Moment wusste er, dass sie recht hatte.

»Sicher«, antwortete Burnham wertneutral. Sie schien zu merken, dass sie zu weit gegangen war, und nickte. »Ich sollte gehen. Ich bin sicher, Sie müssen sich ausruhen. Ich entschuldige mich noch einmal. Ich hoffe, es wird unsere Zusammenarbeit in Zukunft nicht negativ beeinflussen.«

Ein ungewöhnlicher Gedanke kam Saru in den Sinn. *Hat Burnham gerade versucht, mir eine Tür zu öffnen, und ich habe sie ihr vor der Nase zugeschlagen?* Er erinnerte sich daran, was er zu Captain Georgiou darüber gesagt hatte, was das Bitten um Hilfe von anderen anging.

Die Vorstellung, dass er und Michael Burnham vielleicht tatsächlich Freunde werden könnten, statt Konkurrenten, schien ihm so weit entfernt zu sein wie die Sterne außerhalb seiner Kabine, aber dann fragte Saru sich, ob es einen anderen Weg gab, auf dem sie eine Verbindung aufbauen konnten – ein Weg, bei dem sie sich gegenseitig austesten konnten, ohne bei jeder Kleinigkeit aneinanderzugeraten.

»Ich bin zu – ich glaube das Wort heißt *aufgedreht*, um schlafen zu können, Lieutenant«, sagte er zu ihr und warf einen Blick auf das Schachspiel. »Sie spielen, nehme ich an?«

Burnham reagierte, als wäre die Antwort offensichtlich. »Selbstverständlich. Vulkanische Kinder sind von klein auf Meister dieses Spiels. Ich habe gegen Captain Georgiou gespielt, bis sie die Nase voll davon hatte, dass ich immer gewinne.«

»Selbstverständlich«, wiederholte Saru und ging dann zu dem rechteckigen Kästchen aus dunklem, geschnitztem Holz, das auf dem Regal stand. »Dann sind Sie vielleicht an einer anderen Herausforderung interessiert?« Er tippte auf den Deckel und dieser klappte sich zu einem kleinen Spielbrett auseinander. »Das sind sie einzigen Dinge, die ich von meiner Heimatwelt behalten habe.« Als er erst begonnen hatte, zu erklären, gab es kein Halten mehr. »Geschnitzte Talismane. Steinchen und so etwas.« Er hielt einen hoch, damit sie ihn betrachten konnte. Es war ein Stück schwarzes, vulkanisches Glas mit vielen Facetten. »Wenn einer von uns stirbt, dürfen diejenigen, die ihn kannten, ein Stück nehmen, damit sie etwas als Erinnerung an ihn behalten können. Auf diese Weise verbinden sich unsere Vergangenheit und unsere Gegenwart.« Saru trug das Kästchen zu einem Tisch in der Nähe, setzte sich und stellte es vor sich.

»Und das ist auch ein Spiel?« Burnham kam näher und war offensichtlich fasziniert. Sie betrachtete das Spielbrett. »Es erinnert mich an etwas aus der irdischen Kultur, das Königliche Spiel von Ur. Die Boslicen haben etwas Ähnliches, aber dazu sind gefesselte Vögel nötig und ein Brett, das mehrere Hundert Meter lang ist.«

»Ach wirklich?«, sagte Saru. Er zog eine Handvoll Spielsteine hervor und ein paar Tetraederwürfel. »Der kelpianische Name ist *Kasaad*. Das Wort bedeutet *Erinnerung*.«

Saru sah ein seltenes Lächeln, das über Burnhams Gesicht huschte, und lächelte zurück. Er konnte sehen, dass sie fasziniert war – nicht nur von dem Spiel, sondern auch von den Einsichten, die es in ihn und seine Spezies bot.

Vor dem heutigen Tag hätte Saru das Gefühl gehabt, dass dies eine Einladung wäre, etwas Intimes zu entdecken, aber seine Erfahrungen auf dem Pelianerschiff und mit den Gorlanern ließen diesen Gedanken belanglos und dumm erscheinen.

»Mir ist es zu langweilig, immer den Schiffscomputer zu schlagen, wenn ich spielen möchte«, sagte Saru zu ihr. »Ich könnte einen besseren Gegner gebrauchen.«

Burnham nickte und setzte sich ihm gegenüber. »Zeigen Sie es mir. Ich verspreche, ich werde versuchen, nicht allzu schnell zu gewinnen.«

Saru murmelte eine trockene, belustigte Bemerkung vor sich hin und stellte die Steine auf. Im Sternenlicht, das durch das Fenster fiel, glitzerten sie wie Geheimnisse.

DANKSAGUNGEN

An erster Stelle muss ich mich bei Kirsten Beyer dafür bedanken, dass sie mich auf diese neue Reise eingeladen hat, die *Star Trek – Discovery* heißt, und für die Gelegenheit, die Hintergrundgeschichte eines Schlüsselcharakters der Besatzung der *Discovery* mitzugestalten. Es ist mir eine Ehre, einen Beitrag zu dieser neuen Verkörperung der Star Trek-Saga zu leisten. Mit Kirsten eng zusammenzuarbeiten war – wie immer – eine großartige Erfahrung.

Außerdem möchte ich meine Wertschätzung für Lisa Randolph, Ted Sullivan, Bo Yeon Kim, Erika Lippoldt, Sean Cochran, Chris Silvestri und Aaron Harberts zum Ausdruck bringen, die mich und meine zahllosen Fragen im Autorenzimmer aufgenommen haben – danke für die Aufklärung, die Begeisterung … und das gegrillte Käsesandwich.

Hut ab vor Doug Jones, Sonequa Martin-Green, Michelle Yeoh und dem Rest der *Shenzhou*-Besatzung für ihre Darstellungen, die mir geholfen haben, meine Erzählung in einer Besatzung spannender Charaktere zu verankern.

Gleichermaßen muss ich den Hut vor meinen vorzüglichen Mitstreitern David Mack und Dayton Ward ziehen – für ihre Zusammenarbeit und ihre Romane *»Gegen die Zeit«* und *»Drastische Maßnahmen«*, die die Messlatte für mich sehr hoch gelegt haben. Ganz besonderen Dank auch an Margaret Clark, die unermüdlich daran gearbeitet hat, diesen Roman zu verwirklichen, genau wie Ed Schlesinger und John Van Citters.

Meine Dankbarkeit gilt auch Franz Joseph, Michael Okuda, Denise Okuda und Debbie Mirek für ihre unschätzbar wertvollen Referenzwerke *»Star Fleet Technical Manual«* und *»Star Trek Enzyklopädie«*. Diese beiden Bände stehen auf meinem Nachforschungsregal für alles, das mit der »Final Frontier« zu tun hat. Danke auch an meine Freunde und Schriftstellerkollegen Peter J. Evans und Lisa Smith, MSc, für ihre Einblicke in theoretische Xenobiologie.

Und, wie immer, sende ich viel Liebe an Mandy Mills.

Über den Autor

James Swallow wurde für den BAFTA nominiert, hat es auf die Bestsellerlisten der *New York Times* und der *Sunday Times* geschafft und ist stolz darauf, der einzige britische Schriftsteller zu sein, der an einer Fernsehserie von Star Trek mitgewirkt hat. Er schrieb die Konzepte für die Geschichten der Star Trek – Voyager-Episoden *»Eine«* und *»Das Mahnmal«*.

Außerdem hat er u. a. die Star Trek-Romane *»Aus der Dunkelheit«*, *»Der Giftbecher«*, *»Synthese«* oder die Novelle *»Der Stoff, aus dem die Träume sind«* geschrieben, das Videospiel Star Trek Invasion geskriptet und mehr als vierhundert Artikel in dreizehn verschiedenen Star Trek-Magazinen weltweit veröffentlicht.

Swallow ist der preisgekrönte Autor der internationalen Bestseller-Thrillerreihe »Mark Dane« mit den Romanen *»Die Rubicon-Verschwörung«*, *»Die Rubicon-Mission«* und *»Ghost«*, des Steampunk-Westerns *»Sundowners«* und Romanen aus den Welten von 24, Doctor Who, Warhammer 40000, Stargate, 2000AD und vielen mehr.

Außerdem hat er an Skripten für Video- und Hörspiele mitgewirkt – unter anderem Ghost Recon Wildlands, der Deus Ex-Reihe, Disney Infinity, Non Man's Sky, Fable: The Journey, Battlestar Galactica, Blake's 7 und Space 1889.

Er lebt in London und arbeitet gerade an seinem nächsten Buch.